FASHION PIONEER

时尚先行记

经济日报出版社

目录

CONTENTS

目录

CONTENTS

自序

PREFACE

仲建春 经济日报社高级编辑

我的人生道路起伏波折，磨砺坎坷。小学中学就读于北京名校：八一学校、人大附中；在黑龙江建设兵团下过乡，种过地，是半个农民；在珍宝岛自卫反击战时，任建设兵团三师师部警通连排长，扛过枪， 算半个军人；在工厂做过工，当过车间主任，够半个工人；给胡耀邦同志的夫人李昭大姐、经济日报创始人安岗总编辑两位赫赫有名的大人物当过秘书，耳提面命，谆谆教诲；而我真正的本色是一名时尚新闻记者。

1982年进入党中央刚刚创建的经济日报社，曾担任经济日报社首任总编辑安岗的秘书、总编室1版编辑、报社办公室负责人、科教部副主任；1991年担任主编，领衔创办了《中国经济信息》杂志。1994年，经济日报社点将推荐，在李昭大姐的率领下，参与创办了《服装时报》，出任副社长兼总编辑。《服装时报》曾驰骋风行大江南北，引领时尚潮流，争相传诵，一纸难求。《服装时报》与《中国服饰报》同为1994年7月1日创刊，是我国改革开放大潮中最早问世的时尚服装报，被誉为时尚服装媒体的先驱。2001年，应邀走出国门采访报道巴黎时装周，是我国破天荒现场采访巴黎、米兰、伦敦时装周的第一人。自此敲开了世界五大时装周对我国封闭的时尚大门，传为业界时尚先行的佳话。2003年授命出任《中国纺织报》社总编辑。2008年，年近六旬，不坠青云之志，毅然变卖自住房产，充作启动资金，投身参与创办了《时尚北京》杂志，担任出版人、执行副社长。至此，心无旁骛，专心办刊十年，厚积薄发，潜心写作，渐入新闻生涯高峰期。《时尚北京》杂志以宣扬中华文化的浓郁风格，后来居上，成为我国本土高端时尚刊物一面猎猎迎风的领军旗帜。

自九十年代起，纵横耕耘时尚服装媒体界三十余年，一直担纲领导角色，策马先行，忘我创业在时尚最前沿，初心不移，励志发愤，宠辱不惊，笔耕不辍，不断开创新的时尚服装报刊事业，历经困难危局无数，遭遇挫折逆境无数，千头万绪聚于前，荣辱成败忘于后，若将这千般无数凝聚在心，那就是一心只为办好中国本土的时尚报刊。

作为我国最早开拓时尚服装报刊的先行媒体人，上上下下，起起落落，见过各色人物，高官显贵，明星大咖，平民百姓，三教九流，人外有人，知浅薄；游历祖国天南海北，名山大川，四海无疆，山外有山，天外有天，知渺小；身为我国跨出国门，现场采访巴黎等国际时装周的第一人，实地拍摄时装大品牌发布秀，览世界现代时装艺术兴起的高雅，知不足；喜看中国时尚服装产业迅猛崛

起，中华文化重回世界舞台中心，肩担重任，不容懈怠，知奋斗。悉数国内时尚服装媒体界，能有幸担纲多家报刊创办人、领头人的不过一二，我在其中，了却平生记者志。常思古训：人贵有自知之明。自知者明，方得始终。

岁月作证。如今，当年发起创办《服装时报》的李昭大姐、《经济日报》社总编辑杨尚德已然作古，回望举步峥嵘来路，音容笑貌恍如昨日，提笔成书，谨此告慰先贤，激励后人。在改革开放的时尚服装发展的大潮中，始终站立时尚潮头，亲身经历见证了波澜壮阔的历史进程，纵观潮起潮落的时尚美景，得媒体优势，居高临下，先行先记，随感实录，不经意间，竟然成为不可多得的第一手珍贵史料。遂精选多年撰写的百十篇佳作，汇集成册，定名《时尚先行记》。

时尚无边界，时尚无止境，时尚是追求美好生活的引擎，时尚就是你心中的那盏明灯，时尚更是一个时代繁荣昌盛的标志。古人云：文以载道。本书所阐发的时尚之道，就是探寻改革开放四十余年不断走向文化自信、自强的时尚规律，就是采撷时尚大潮中敢于追梦、勇于圆梦的弄潮人的心海浪花，就是铭记一段启迪现实、昭示未来的具有特殊温度的“时尚史记”。前事不忘，后事之师。先行者，以先启后也。能有缘分亲手记述四十年时尚大潮中的那些人与事，传于后世，足矣。假如你热爱时尚，崇尚时尚文化，或从事时尚服装行业，或是一名时尚达人，读一读《时尚先行记》，洞观闪烁的时尚星空，探寻时尚媒体人前行的足迹，若有收获，则幸甚。

01

名人往事

我曾在胡耀邦同志的夫人李昭大姐，新闻界泰斗前辈、经济日报创始人安岗总编辑两位鼎鼎大名的人物身边做秘书工作，可谓三生有幸。

人生旅途中若遇到贵人，是你的福气，你的造化，百年修得贵人来，幸莫大焉。贵人引路，唯励志忘身，报知遇之恩。

在李昭大姐身边工作的日子

写在李昭同志九十寿辰之际

2010年，为李昭大姐九十寿辰祝寿时，在胡耀邦同志家，与李昭大姐合影。

2010年12月20日是李昭大姐九十寿辰，在北京服装纺织协会和北京纺织控股公司的倡议下，曾经在李昭同志领导下工作的部分同志和她的子女胡德华等共同收集编辑了《李昭同志九十寿辰纪念画册》，我荣幸地担任画册主编。

李昭是胡耀邦同志的夫人。她出生在湖南宁乡，后随母亲到安徽宿县。1937年抗日战争全面爆发，她放弃高中学业，毅然投身新四军领导的抗日救国队伍。1939年来到延安，进入我党创办的中国女子大学深造。在大学时期，她与参加过二万五千里长征、时任中央军委总政治部组织部部长的胡耀邦相识相爱。1941年他们喜结良缘，从此志同道合，风雨同舟，相伴相随，相濡以沫48个春秋。

品高声自远。李昭同志虽是胡耀邦同志的夫人，位尊不显，平易近人；官高不矜，身在群众。李昭在北京乃至全国纺织服装业界享有很高的声望，人们尊敬地称她李昭大姐。敬重李昭不是因她是胡耀邦同志的夫人，而是她作为一名老共产党人坚定的革命信仰、无私的坦荡胸怀、谦逊的高尚情操、朴素的人格魅力。我在李昭同志身边工作前前后后几十年，亲眼看到她高屋建瓴大手笔开拓事业，兢兢业业细微处破解难题；亲身感受她长辈般温暖的关爱，亲切慈祥的谆谆教诲，此时此刻如烟往事涌上心头……

1975年，我调到北京纺织局办公室做秘书，李昭书记每次走进办公室总是笑吟吟的，全然没有大领导的架子，“小仲啊……”她和蔼地称呼我，我顿觉压力消散了，心里热乎乎的。一次，她看到我在一块磨平的大青砖上用毛笔蘸水，临写赵孟頫、董其昌名帖。鼓励我说，毛笔字是中国文化的形象代表，字如其人嘛，练字也是修炼人。李昭书记就写得一手秀气的好字。平日里，无论讨论拟写报告，或布置任务，李昭书记从不居高临下，总是和颜悦色，让人备觉亲近，始终保持着源于骨子里的那种谦逊美德。

李昭书记对身边工作人员体贴入微，心细如发。那时，我父母不在北京，平日就住在办公室。每次到李昭家汇报请示工作，临走时总要让人给我装点好吃的，有的还是从湖南农村老家捎来的稀罕物。李昭家院子里种了一棵大枣树，枣又大又甜，每逢秋天她都把打下来的枣，装成袋分给办公室同志品尝，其乐融融。

1980年，李昭书记家住在富强胡同，她每天都是走路到东单三条局里上班。胡耀邦同志担任党中央领导后，许多人在路上截住李昭，让她向上面有关部门转信。局里李昭的信最多的时候，一天收到上百件，主要是冤假错案。李昭说：“我想他们给我信和材料，是对我的一种信任，我应该负责。”她让机要秘书杜玉芬整理信件转送有关部门，要求一定做到件件有着落。因此有人把纺织局办公楼戏称为“中办第二信访局”。北京市领导担心李昭安全，派了一辆车接送她上下班。李昭说：“我不能占公家的便宜，每月要交汽油费。对自己严格点好，就应该是这样。”她让杜玉芬每月从自己工资里扣。从1981年12月到1983年7月，再到李昭退居二线，交了19个月汽油费。居庙堂之高则忧其民，老一辈革命家身居高位心忧老百姓，真的不一样。在李昭看来，为百姓办事天经地义，公家便宜毫发不占，本色使然。

在老百姓想象中李昭大姐家一定很阔气，其实并不是，她的生活非常简朴。李昭穿着朴素，她的衣服一直是她母亲做的。1983年，李昭虽然已是纺织工业局的书记兼局长，却把胡耀邦穿过的衣服拿到京棉一厂，请陈师傅改了两三套自己穿。艰苦朴素早已融入李昭大姐那样老革命家的血脉中，成为一种传统。那年李昭大姐的母亲去世了，办丧事急等用钱。她向局财务处柯鉴明处长申请借钱，柯处长起初不信，觉得这么大的官家里怎么会没钱呢？最后李昭大姐从局里互助金借了700元，年底还清了。北京市公安局干部王金锐生活困难，小女儿得了急性肾炎，必须住院。李昭大姐把家里仅有的400元积蓄给了王金锐，让他赶紧送孩子住院治疗。孩子病好了，王金锐带孩子到李昭大姐家看望，胡耀邦同志说：“不要提什么帮助的话，谁有困难，关心一下是应该的，不提这些。”是啊，同样几百元，对自己之苛刻，对人民之怜爱，天壤有别。我爱读历史，尊崇为官清廉、两袖清风的人物，但那毕竟是耳闻；在李昭大姐身边工作，目睹我们党的领导人、老革命家对待家事、国事、天下事的风范，哪朝哪代的清官都难以企及，可谓高山仰止。

1982年，为支持党中央提出推动干部年轻化的号召，李昭书记带头退居二线。此时，她关切地问我：“小仲啊，你对将来有什么打算呀？”“我从上中学起就想考人民大学新闻系当个记者，后来下乡没当成。”我不假思索地说起年少时的梦。她像往常那样慈祥地微笑着，没说什么。不久，我被推荐到国家刚刚组建的经济日报社工作，区区微志终得实现。李昭大姐恩德终生不忘。

1989年4月15日，胡耀邦同志溘然辞世。22日下午，李昭将胡耀邦同志的骨灰盒捧回家，率子女在灵堂前做最后的祭奠诀别。李昭含泪说：“耀邦，你和我们永别了。尽管我觉得我们还和往日一样在一起，一个东边一个西边地看书，你却走完了自己的革命历程……”斯人已去，长歌当哭，悲痛至极的李昭和泪写下这样的诗句：“独秀红梅随冬去，落絮细雨泣无声。人生自古谁无死，忠魂丹心慰后人。”在常人难以承受的巨大打击下，那段时间我们眼见李昭大姐一天天消瘦，甚至在椅子上都坐不稳，常常要垫靠背，大家都焦虑万分。李昭是经历过战争硝烟考验的老革命家，内心的坚强是摧不垮的，更不会在危难面前倒下。李昭喜爱鲜花，她亲自挑选耀邦同志生前的照片挂在客厅正面墙上，下面摆满了鲜花，以此明志，永远和耀邦一起为党的事业奋斗。2010年4月15日，温家宝同志在《人民日报》发表《再回兴义忆耀邦》的文章，文中回忆道：“1989年4月8日上午，耀邦同志发病抢救时，我一直守护在他身边。4月15日，他猝然去世后，我第一时间赶到医院。1990年12月5日，我送他的骨灰盒到江西共青城安葬。耀邦同志去世后，我每年春节都到他家中看望，总是深情地望着他家客厅悬挂的耀邦同志画像。他远望的目光，坚毅的神情总是给我力量，给我激励，使我更加勤奋工作，为人民服务。”温家宝同志所说的客厅悬挂的耀邦同志画像正是李昭大姐挑选的，他的话也再次道出了李昭大姐埋在心底多年的夙愿。

1984年7月，在李昭的积极倡导组织下，北京服装协会宣布成立了，她被推选担任会长。这是全国服装纺织行业创立的第一家行业协会。上任伊始，她就提出创办一张服装行业的报纸。筹划办报的事持续了八年，李昭笑着称之为 “抗战八年”。李昭甚至自己立下军令状，她说：“办不成《服装时报》，死不瞑目。”这句话成为我日后创办《服装时报》时刻鞭策自己的警语。

1994年初，李昭提出的由中央和地方共同办《服装时报》的改革方案，得到国家新闻出版总署批准。李昭找到经济日报社总编辑杨尚德希望给予支持。杨尚德总编曾任国务院副秘书长，欣然赞成。杨尚德总编找我谈话，语重心长地说：“你在李昭大姐身边工作过，报社决定派你去，不能有负众望啊。”那一天，李昭大姐召集《服装时报》三个主办方领导：经济日报总编杨尚德、中国服装研究设计中心副主任谭安、北京服装行业协会副会长徐青伟开会，高兴地宣布请他们担任《服装时报》副社长，李昭同志亲自挂帅担任社长。我被推荐出任副社长兼总编辑。李昭大姐说：“我们家底很薄，一定要发扬王国藩三条驴腿办合作社的穷棒子精神，以改革的思想办好《服装时报》。”7月1日，《服装时报》正式创刊。李昭积八年之久的心愿终于实现了。

1999年，《服装时报》创刊五周年，在人民大会堂举行隆重的庆祝典礼。李昭请来人大常委会副委员长王光英出席。王光英即席讲话。他由衷地向李昭大姐祝贺，无限敬佩地说，年近八旬还在办报，前无古人啊。细想，今生今世我能跟随李昭大姐左右，真是莫大的福分啊。

创办《服装时报》第九年，无论身处困境逆境，或遭遇怀疑非难，或有提拔升迁的机会，我始终全力以赴，矢志不移，不敢有丝毫动摇和懈怠。常怀感恩之心，忘掉怨恨情仇。所谓不以物喜，不以己悲，宠辱皆忘，只为办好《服装时报》。“办不成《服装时报》，死不瞑目。”李昭大姐催人心魄的话总在我耳边回荡，那是对我殷切的重托和期许。

2009年，新中国成立60周年。我陪北京服装协会张培华常务副会长前往李昭大姐家，将北京服装纺织行业建国六十年杰出人物的金质荣誉奖章佩戴在李昭大姐胸前。年届九旬，银发如雪，李昭大姐露出纯真灿烂的笑容，那是多么美好的时刻啊。她自1953年从事纺织服装业至今近六十年矣！真是岁月有知，好人一生平安。

现在，创办《时尚北京》杂志，李昭大姐又慨然担任高级顾问。几十年过去，抚今追昔，倍觉言语万千难抒心中之情。谨此李昭大姐九十寿辰之际，记下在她身边工作的点滴见闻，表达我深深的感念和敬意。

官园七十号的荣耀时光

纪念《服装时报》创刊二十年

2014年7月1日是北京服装纺织行业协会创办的《服装时报》创刊二十年纪念日。无独有偶，中国服装行业协会主办的《中国服饰报》也是1994年7月1日创刊。自此就在同年同月同日，中国服装行业诞生了两张并驾齐驱的专业报纸。《服装时报》二十年，记录了中国服装产业伟大变迁的足迹，探索了新一代中国服装文化和理论的基础，见证了中国服装企业家、设计师创业的历程，宣扬了中国服装品牌成功的形象，发挥了不可替代的服装媒体的文化领导力量。二十年历史证明，创办《服装时报》对改革开放中实现复兴和崛起的中国服装行业来说，是一件功德无量的事。

《服装时报》创刊成立的第一次会议是在李昭大姐家召开的。李昭大姐作为《服装时报》社长亲自主持会议。参加会议的有经济日报社总编辑杨尚德，中国服装设计研究中心主任谭安，北京服装纺织行业协会常务副会长徐青伟，我作为《服装时报》第一任总编辑出席会议。李昭大姐满怀激情地讲的两段话至今在我耳际回荡：“《服装时报》已经‘抗战’八年了，一直没有办起来；今天新班子成立了，我到了这样的年纪，办不好《服装时报》死不瞑目。”这一句“死不瞑目”让我感受到一种强烈的震撼和千钧的重托。“我们办报也要讲改革，《服装时报》中央单位和地方联合办报在国内是第一家，这是国家新闻出版署特批，我们要学习五十年代王国藩三条驴腿办合作社的穷棒子精神，拧成一股绳，不达目的，不罢休。”这第二句话，我直到今天才更印证了李昭大姐当年改革的勇气和远见。与会的经济日报社总编辑杨尚德，聆听了李昭大姐的肺腑之言，当即表示为创办《服装时报》腾出办公地点。那次会议确立了《服装时报》的领导体制和办报方针。我作为战斗在一线的总编辑全力以赴实现李昭大姐殷切的托付。在以后的岁月里，每年李昭大姐都在家里的会客室里主持《服装时报》的社委会。她把《服装时报》看作自己的孩子一样，倾注心血，悉心呵护。在李昭大姐心中，那也是她革命生涯中为服装纺织行业做的一件文化大事。每当我拜访满头银发的李昭大姐时，只要说起创办《服装时报》那些事，她老人家总是眼睛发亮，兴致盎然。

《服装时报》在国内服装媒体中艰苦创业，敢于创新是出了名的，创造了不少第一：在全国省市地方服装行业协会中，北京服装纺织行业协会是第一个创办了有正式出版刊号的专业报，《服装时报》出乎意料地成为一张影响乃至引领中国服装时尚的全国性报刊。时至今日还没有第二家；第一张率先进入北京报刊零售市场面向百姓读者的专业报。当我们拜访那些私人报摊主时，都摇着头不相信能干得成，我们硬是蹬着三轮车把报纸送到他们报摊上；《服装时报》更是国内第一张走出国门参加巴黎、意大利、伦敦、纽约国际时装周的中国服装报刊。那些年，在巴黎时装周卢浮宫时装秀记者摄影席上，外国记者们总把我们误认为是日本、韩国人，我总要不断重复地说：“我是中国人，来自北京。”世界时尚媒体惊异地发现中国记者第一次闯入了他们垄断的时尚圈子；第一张打破传统新闻纸改用高端铜版纸印刷的专业报刊，每期版面由对开4版飙升至48版的最高数量，令同行叹服，可喜可敬的是，这些第一常常又被自己改写……

《服装时报》创业中历经数次迁址。《服装时报》最早的办公地在西单辟才胡同一间平房里，当时全部家当不过几张旧桌椅。正式出刊是经济日报社在寸土寸金的王府井腾出的一间颇有来历的办公室，那曾经是经济日报的张颂甲、刘树烈两位副总编辑办公的地方。《服装时报》早期创业的二十几个人挤在这里，三个人使用一张办公桌，编出了第一期《服装时报》。之后搬到经济日报汽车库上面的基建木板房。《服装时报》的故事从王府井开端。

20世纪90年代末，经李昭大姐亲自出面斡旋，《服装时报》才得幸迁至官园南小街70号。官园是个历史王爷福地。清代时是两大王府，东边是果亲王府，西边是诚亲王府。《服装时报》两排二十几间修葺一新的灰色平房，煞是气派。《服装时报》在官园那些年达到了发展的最辉煌最鼎盛的时期，也成为发祥的福地。其间涌现出一大批风云人才，可谓群贤毕至，少长咸集，称一时之雄，以至常常被服装业界誉为培育服装媒体人才的黄埔军校。那些年和至今活跃在国内时尚服装媒体的知名人物，很多是在那个时期从《服装时报》走出来的。

《服装时报》二十年，曾经得到党和国家领导人的亲切关怀。在1993年12月10日的第一期试刊号上，第八届全国人大常委会委员长乔石、第十五届中央政治局常委李岚清亲自题词祝贺，这是任何一张地方报都无法企及的政治礼遇。创业中，曾有两位国家领导人躬身亲临参与活动，这对一张地方专业报纸来说是极为罕见，珍贵难得的。一位是第十二届中央政治局委员、书记处书记，第五届、第七届全国人民代表大会常务委员会副委员长习仲勋。《服装时报》周年庆在南长街的中央警卫局的小礼堂举行。我正忙碌着组织嘉宾签到，一抬头看到习仲勋副委员长微笑着来到现场，并在贵宾留言簿上签名，他亲切地与李昭大姐握手，老朋友见面格外高兴，还风趣地说："李昭大姐办报纸，我是来捧场的啊。"另一位是第八届、第九届全国人大常委会副委员长王光英。《服装时报》五周年庆典在人民大会堂举行。王光英是国人敬重的工商界泰斗，他说，李昭大姐五年来殚心竭虑创办《服装时报》，振兴中国服装业，令人敬佩，我是深受感动前来助阵的。随后，王光英与参会代表集体合影留念，那张历史性的照片见证了《服装时报》顶峰时期的无限风采。

人一生的黄金时间就那么二三十年，我融入生命的十个春秋，参与创办《服装时报》，幸莫大焉。回首二十年倥偬笔耕，有实现李昭大姐谆谆嘱托的感恩之心，有宠辱皆忘运筹于陋室决胜服装界的耿耿胸怀，有在改革开放时代投身激情事业的坚定信念，我们一腔热情创办了《服装时报》。《服装时报》无可比拟的成就也没有辜负那些创业者们。那是我生命中最有价值的十年。

多少兴衰事，都付烟雨中。在庆祝《服装时报》创刊二十年之际，写下上面的话，表达我对那十年和我一起创业的战友们由衷的敬意和感激。

2014年7月25日发表于《服装时报》

怀念李昭大姐

2017年3月11日，李昭大姐在北京协和医院与世长辞，享年95岁。

3月17日，在八宝山革命公墓为李昭大姐举行了隆重的追悼大会。党和国家的领导人以及社会各界人士四千多人静穆地向鲜花翠柏中安详的李昭大姐鞠躬道别。

北京服装纺织行业协会会长吴立率领北京时尚控股集团和北京服装纺织行业协会的干部在李昭大姐追悼会现场负责组织服务工作，代表北京纺织服装行业的广大干部员工向与他们共同奋斗工作了60余年的敬爱的李昭大姐深情道别，送最后一程。

全国纺织服装业界对这位德高望重、谦虚和蔼的老领导感到由衷的敬佩，亲切地称：李昭大姐。怀念李昭大姐，她是20世纪50年代新中国成立初期北京纺织产业最早的开拓者和建设者。她担任北京国棉一厂厂长时成为北京纺织行业的排头兵，全国文明的标杆红旗纺织厂。毛泽东、周恩来、朱德等老一辈党和国家领导人多次视察并给予很高的评价。自此，李昭大姐与纺织服装结下了一生之缘，在这个她深

在安岗身边学当记者

1985年，与我国新闻界泰斗、经济日报创始人、总编辑安岗合影。

2013年4月28日，安岗在海南逝世，享年95岁。安岗生前有嘱，不开追悼会，一切从简。在安岗家肃穆的灵堂中，我把自己毛笔书写的挽联“新闻界泰斗千古，老领导安岗走好”轻轻地挂在敬献的花篮上，三鞠躬，向安老最后道别，顿时泪如雨下，再也止不住失声痛哭。

安岗总编辑是我走进新闻界的领路人。80年代初，安岗奉党中央之命筹建创办经济日报担任总编辑时，我曾作为秘书和办公室负责人跟随左右两年之久，耳提面命，言传身教，终生难忘。

安岗1936年参加革命，解放前任晋冀鲁豫人民日报副总编辑等职。1949年10月起任人民日报副总编辑，之后曾任中国人民大学第一任新闻系主任，中国社会科学院新闻研究所所长，经济日报第一任总编辑，是中国新闻事业奠基人之一。安岗自战火硝烟的30年代投身党的新闻事业，就再也没有离开过。安岗见证和经历了新中国成立前后以及改革开放以来那段惊心动魄的历史，从某种意义上说，他的辞世代表着革命战争时期成长起来的新闻工作领导者一个时代的结束。

1982年，我经胡耀邦夫人李昭大姐的推荐从北京纺织工业局来到刚刚筹建创办的经济日报工作。80年代初，经济日报创办初期，记者编辑队伍大多数是刚刚毕业的大学生，报社氛围朝气蓬勃、活跃、融洽，安岗总编辑那时已经66岁，大家没有称职务的习惯，见面都直呼“老安”，十分亲切。第一次见到安岗总编辑，他亲切地问我：“小仲，你打算去哪个部门工作？”“当记者，哪里最艰苦最需要，我就去哪里。”我满腔激情地回答。安岗笑了笑，“好，你就去做夜班编辑，那里锻炼人。”于是，我被分配到报纸1版做编辑工作。那时，经济日报夜班编辑在回民中学一个破旧的两层木板小楼工作。每天夜里一两点钟，只要听见木梯熟悉的咯吱响声，就知道是安岗来审阅明天刊出的报纸大样了，风雨无阻。他说，总编辑亲自看大样是从人民日报传下来的好传统，不能丢。安岗夜里回到家里，凌晨3点钟报纸将要付印时，他必定还要来电话询问1版头条的内容、题目，才肯放心睡觉。后来作为安岗的秘书，我曾记录他每天的工作时间：早晨7:30到办公室，下午5点回家吃饭，晚上看完新闻联播，8点又来到办公室，直至晚上10:30回家，夜里1:30再来夜班看报纸大样，一年四季，周而复始……常人看来难以置信。然而，这就是安岗真实的工作和生活，这就是老一辈新闻工作者安岗的革命风范。

《经济日报》是我们党提出改革开放将工作重心转移到经济建设上来后，创办的第一张经济大报。那时，经济就是最大的政治。安岗受命于此时，是他几十年风风雨雨新闻生涯最严峻的挑战。摸着石头过河，滩险浪急，要有非凡的智慧和勇气。如何办好《经济日报》事关全局，党中央高度重视。1983年创刊后不久，邓小平亲自为《经济日报》题写刊名。胡耀邦总书记亲自接见安岗总编辑，对办好《经济日报》作出重要指示。党和国家最高领导人单独接见一张报纸的总编辑，在我国新闻史上是十分罕见的。党中央的关怀和支持极大鼓舞了安岗总编辑和报社全体员工的办报热情，提升了报纸的位势和影响力。自此，在安岗总编辑的领导下，《经济日报》始终站在经济改革最活跃最敏感的前沿，做了大量有声有色的报道，如：让王府井亮起来等，成为全国经济报刊的一面旗帜。安岗总编辑在任期间，报纸发行量创造了150余万份的辉煌成就。

安岗常说，记者是靠两条腿走出来的。1985年，适逢红军长征胜利五十周年。安岗找到杨成武老将军，提出重走红军长征路。在安岗看来，中国改革开放正在经历第二次长征路，继续发扬红军勇闯万水千山，不怕千辛万苦的那样一种精神至关重要。安岗选派记者罗开富，按照红军当年长征的路线、时间徒步重走长征路。在《经济日报》1版开辟《来自长征路上的报告》专栏，每日刊发罗开富现场采访文章。此时，我恰好在1版，时常夜里编辑罗开富文章，拟写标题。安岗每每过问，令我受益匪浅。安岗授命担任经济日报总编辑时已年逾六旬，患有心脏病、糖尿病等疾病，他却不顾个人安危先后五次去长征最险要的雪山、草地路段，前往现场看望罗开富，指导报道。在四川茂县，安岗由于过度劳累昏倒在路上，当安岗醒来第一句话就问罗开富："五座大雪山爬完了吗？"命悬一线，置之度外，是何等心胸，何等无畏，周围的人无不落泪。毛主席说，"红军不怕远征难，万水千山只等闲。"在这位踏上革命征途的新闻老战士的心中，生命早已交付党的新闻事业。

时光荏苒，几十年过去，当我有了人生的阅历，回首在安岗身边工作的日子，深深感到新闻前辈安岗的品质和精神是独有的：忠诚党的新闻事业是毕生遵从的信仰，不限时空永不衰竭的创新思维，对年轻人无私大胆的培育提携，善于倾听的博大胸怀，对人直到心底的亲切真诚，那是我今生今世学不尽的，自当无比珍惜……

斯人已逝，如烟往事不在，唯有精神永存，写下心中无尽思念，纪念新闻界老前辈、经济日报创始人安岗。

报刊更名那些事

从本期起，《北京服装纺织》杂志正式更名为《时尚北京》杂志。《时尚北京》杂志成为北京市政府工业促进局主管，以宣传时尚产业和北京时装之都建设的时尚刊物，实现了时尚文化全覆盖的历史性新跨越，这是一件值得庆贺与纪念的大事。

扇动一只蝴蝶的翅膀可以搅动整个世界。媒体的力量进入现代信息时代正在被重新认识和高度评价。成大业者舆论先行，这种规律和法则得到普遍认同。

20世纪80年代，改革开放初期，党中央工作中心转移到经济建设上来，国务院决定创办经济日报，将原来的中国财贸报更名为《经济日报》。党中央点将，任命人民日报原副总编辑安岗同志担任总编辑创办经济日报。1982年，在经济日报创办初期，我担任安岗总编辑的秘书兼任报社办公室负责人。经济日报在改革开放的大潮中应时而生，广受欢迎，发行量激增至近150万份。党中央对办好经济日报十分重视，邓小平同志亲自为经济日报题写报名，经济日报专门刊发邓小平同志阅读《经济日报》的照片。实践证明更名后的经济日报在宣传推动我国经济建设高速发展上发挥了重要作用，成为与人民日报齐名的中国第一经济大报。

安岗同志于1948年人民日报初创时即任副总编辑，是人民日报发展历史过程中还健在的，为数不多的见证人之一。他回忆说，1948年随着全国解放的临近，党中央为了在新中国成立后，指导全国的工作，决定将原来的晋冀鲁豫人民日报，更名为人民日报。毛主席非常重视，亲笔题写了报名。安岗说，解放后毛主席的重要文章都是通过人民日报发表，人民日报的许多社论毛主席亲自撰写。毛主席习惯夜间工作，常用毛笔写文章。那时是铅字排版，为了节约时间，保证出版，人民日报配备了专职机要通讯员，毛主席写完一张纸，机要通讯员立刻从中南海取回，赶送报社，常常往返多次，第二天及时见报发表。

安岗同志是中国新闻界德高望重的前辈，他不仅长期担任人民日报主要领导，还是人民大学新闻系第一任主任，社会科学院新闻学院第一任院长，我有幸在他身边工作了几年，言传身教中感受到一代新闻大家风范，深深体会到老一辈革命家身体力行、殚精竭虑的办报精神。我们从人民日报和经济日报更名后，对党和国家经济建设发挥的巨大作用，可以领略报刊名称变更的深远影响力。

《时尚北京》杂志更名后如何？据我所知，目前北京市属报刊中以北京命名的有三家，北京日报、北京晚报，这两家报纸的刊名均为毛主席亲自手书，这样高的规格礼遇在国内报刊中凤毛麟角，首都位高势重，无可比拟。北京青年报乃后起之秀，是广大新生代喜读的报纸。

奥运来了，新北京，新奥运。北京国际化时尚大都市向你走来，也向世界走来。《时尚北京》杂志代表的正是北京历史的新时尚时代。北京大力发展创意产业，建设时装之都，《时尚北京》杂志的地位和任务之重不言而喻。报纸与杂志形态不同，各有所长。《时尚北京》杂志的价值和力量是无可估量的。以北京命名，报道北京建设的报纸已有三张，加上《时尚北京》杂志权且称作三报一刊罢。

《时尚北京》杂志的更名谈何容易。北京市有关领导、北京市工业促进局、北京服装纺织行业协会领导亲自出面，多方斡旋，在北京市和国家新闻出版部门的全力支持下，《时尚北京》杂志，终于如愿诞生了。固然《时尚北京》杂志不能与当年人民日报、经济日报更名相提并论，但可以相信《时尚北京》杂志作为一本新时尚媒体，对宣传推进新北京的创意时尚产业，时装之都建设将发挥不可替代的重要作用。

《时尚北京》更名的兴奋喜悦自不必说，厚重的荣誉和重担，让杂志社编辑部的同仁们深感无形的压力和责任，深知任重而道远。还是用毛主席的那句名言自勉：雄关漫道真如铁，而今迈步从头越。

《时尚北京》杂志一定能够实至名归。我们与《时尚北京》杂志一起在新北京、新时尚之路上快乐前行。

2008年8月

2010年，祝贺李昭大姐荣获北京纺织工业60年功勋奖时，在胡耀邦同志家与李昭大姐合影。

上图：1997年7月，在北京人民大会堂举行的《服装时报》创刊五周年庆祝大会上，作者作为《服装时报》副社长兼总编辑陪同全国人大常委会副委员长王光英、李昭大姐等领导进入会场。

中图：1997年7月，在北京人民大会堂举行的《服装时报》创刊五周年庆祝大会上，李昭大姐与全国人大常委会副委员长王光英亲切交谈，作者作为《服装时报》副社长兼总编辑迎接陪同各位领导。

下图：1997年7月，在北京人民大会堂举行的《服装时报》创刊五周年庆祝大会上，李昭大姐、王光英副委员长、经济日报社副总编辑罗开富（左二）在一起亲切交谈。

上图：2018年5月25日，作者陪同全国政协原副主席林文漪视察北京著名女装品牌赛斯特时与北京服装行业协会、企业家等同志一起合影。全国政协原副主席林文漪（前排中间），北京服装行业协会常务副会长兼秘书长张培华（前排左二），北京服装行业协会专职副会长王文生（后排右一），北京市工商联（商会）副会长、赛斯特女装品牌董事长薄成书（前排右二），北京赛斯特女装品牌总经理王娜（前排左一）。

下图：2018年，陪同全国政协原副主席林文漪视察北京著名女装品牌赛斯特时合影。

2005年，北京市副市长陆昊（右五）会见法国高级时装公会主席哥巴赫先生（右四）一行。北京服装协会会长常青（左四），北京服装协会常务副会长兼秘书长张培华（右三），《时尚北京》杂志主编、北京服装行业协会秘书长贾杨（右一）出席一起合影。

1994年，由李昭大姐倡导的三方合作共同创办《服装时报》协议签字仪式在胡耀邦同志家里圆满完成后，三方领导终于共同完成了一件媒体改革的有历史意义的大事，喜笑颜开，亲切交谈。

上图：1994年，《服装时报》创刊签字仪式在胡耀邦同志家举行，李昭大姐亲自主持仪式。签字仪式结束后，李昭大姐与经济日报社总编辑杨尚德一起合影。

下图：2010年，李昭大姐荣获北京纺织工业60年功勋奖。作者前往胡耀邦同志家祝贺，与李昭大姐亲切合影。《时尚北京》杂志主编、北京服装行业协会秘书长贾杨（右一）。

上图：2014年春节，作者随北京服装行业协会领导前往胡耀邦同志家给李昭大姐拜年时，李昭大姐谆谆教诲，勉励大家。

左图：1994年，《服装时报》创刊签字仪式结束后，在胡耀邦同志家，与李昭大姐合影。

右图：在胡耀邦同志家，向李昭大姐汇报工作，亲切交谈。

上图：20世纪70年代，在北京纺织工业局办公室担任李昭书记、局长秘书工作时，局办公室的同志在胡耀邦同志家合影。

下图：2004年，中国新闻界前辈泰斗、经济日报社创始人安岗总编辑（左二），中国社科院学部委员、世界经济学家樊亢（左三），《时尚北京》杂志主编、北京服装行业协会秘书长贾杨（右一）与作者的家人合影。

上图：2007年在北京钓鱼台国宾馆，胡耀邦同志夫人李昭大姐与作者的家人在一起。《时尚北京》杂志主编、北京服装行业协会秘书长贾杨（左一）。

下图：2007年，在北京钓鱼台国宾馆，作者与胡德平合影。全国工商联副主席、胡耀邦同志长子胡德平（中间），服装时报副总编辑孙毅（左一）。

02

时装天地

时装如此神秘，凝香积玉，流光溢彩，不知多少人为之痴迷。时装伴随着历史的脚步前行，从长袍马褂、中山装、西装的演变，看到时代变迁的身影。时装行业天高地阔，引千般人物驰骋创业，让芸芸众生改变模样。90年代，我最早在温州、宁波报道了翻江倒海的男装钱江大潮，眼见报喜鸟、雅戈尔品牌成为男装领袖。在深圳，我首创《南北女装对话》论坛，年年赴春潮，看遍了深圳女装争红斗艳的烂漫花季。有人说：“时装行业，门槛低，台阶高，欲做品牌难似上云霄。”不必崇拜国际大牌，中国服装创造了无可比拟的品牌神话。

CHIC 托起中国服装梦

像我这样做了多年服装专业媒体的记者几乎都和CHIC即中国国际服装服饰博览会有着解不开的缘分，当然也有说不完的故事。我的不少服装圈朋友是当年在CHIC的展上派发《服装时报》时结识的。服装专业媒体的名声、读者、客户和广告无一不和CHIC有着千丝万缕的联系，因为我们是伴随着CHIC一路走过来的。中国服装界的品牌大佬们也都是从CHIC里走出来的，不论他今天如何显耀，如何有财富。许多服装企业家笑称自己是草根，其实专业媒体不过是附着在草根上的泥土而已，所谓风起于青蘋之末。但无论你做服装领域的哪一行，无论你有怎样的发展路径，大家不约而同地对CHIC充满感激和敬仰之情。

CHIC是1993年举办的第一届，那一年，时任国家主席江泽民出人意外地出现在CHIC开幕式，破格接见了应邀来华做专场表演的世界级著名设计大师瓦伦蒂诺、费雷等人。这是改革开放后，中国最高领导人第一次接见外国的服装设计大师。中国最高政治规格的会见瞬间将CHIC推向顶峰，轰动海内外。就像当年胡耀邦总书记第一次换了毛式中山装穿上西装让世界惊愕一样，说明服装文化的演变蕴含着深刻的思想变革。CHIC对中国服装20年不可替代的巨大推动力从那一年喷发。也是在1993年，我们在李昭大姐的亲自领导下紧锣密鼓地筹备创办《服装时报》。1994年7月1日《服装时报》与《中国服饰报》同时创刊，标志着中国服装专业媒体的正式起航。由于《服装时报》的副社长之一谭安先生也是CHIC 的发起创始人，《服装时报》与CHIC一直有着亲密良好的合作关系。得益于CHIC的广阔舞台，《服装时报》进入快速发展时期。《时尚北京》杂志也是北京服装行业协会主办的刊物，近几年，延续过往优良合作传统，在与CHIC的合作中，一方面吸收聚集全国服装行业的众多品牌优势，集中发声，形成行业权威媒体格调；另一方面抓住《中国服装论坛》高端性、理论性、前沿性的特色，配合论坛主创人王军推出的专题，做人物系列深入报道，使关注服装界发展深层次问题的企业家们如大旱逢甘霖，解疑释惑，形成行业理论风格。回眸以往，中国服装协会的历届领导从CHIC初创时就认识到专业媒体的无形力量，与媒体成为亲密的朋友，创造宽松环境让媒体发挥到极致，CHIC如添羽翼而高飞，蜚声海外，成为国际服装产业顶尖的世界级展会。

北京服装行业协会与CHIC有良好合作的渊源。北京市政府建设时装之都的发展目标是实现中国服装强国梦想的重要举措之一。近几年，北京以时装之都展的形式积极组织著名品牌参展CHIC，在提升品牌知名度、拓展销售市场等方面发挥着其他展会无法比拟的显著作用。北京的著名品牌天坛、红都、雷蒙、伊里兰等不以老品牌自居，不因名高而止步，不论市场火爆抑或萧条坚守不放弃，始终参加时装之都展，为北京品牌树立了做大做强的榜样。我想，在他们打造百年品牌的理念之中，还有一份对北京时装之都建设的责任担当和崇高理想。在这一点上不是每个品牌的掌控者都具备的，对此我们心怀由衷的敬意。居高声自远。只有那些胸怀远大抱负的企业家，他们的品牌才能走得更远、更长久。

今年是CHIC创办20年后又一个起始的春天。那飞逝的20年，CHIC像疾驰的时尚火车头带领中国服装产业跨越了西方百年发展的历程，使中国成为举世瞩目的服装大国。CHIC代表着中国服装业一个非凡变革的时代。今天，中国涌现了一大批卓越的服装品牌企业家，就资产而言可与不少国际品牌比肩，但距离世界级的企业家还有一段路要走；拥有了一批引以为豪的服装品牌群体，但称得上真正意义世界级品牌的还是空白；中国的服装设计师虽然已经叩开巴黎、米兰、纽约世界时装之都的大门，但也仅仅是初露峥嵘；中国的服饰文化刚刚开始吐露东方的时尚曙光，要达到世界时尚界的广泛认同还有一个曲折的过程，更重要的是我们自己准备好了吗？面对实现服装强国的中国梦，CHIC责无旁贷地挑起了大梁，还是那样年轻无畏，还是那样充满希望的力量。

2013年，在这明媚的春天里，相信CHIC将带给中国服装业姹紫嫣红的满园春色。

北京时装之都与 CHIC 同行

2008CHIC即中国国际服装服饰博览会搬到了北京顺义新落成的现代化展馆举办，我们这些从90年代第一届就一起走过来的老CHIC，感到格外欣喜，不由得为CHIC鼓掌，喝彩！我想这是CHIC凭借北京国际化大都市真正办成世界级展会的新开端。新CHIC也是北京时装之都建设的新标志。

《时尚北京》杂志特别以“CHIC15季荣耀闪回”为主题，记录CHIC走过的辉煌历程。一个展会，带动了中国的服装业，这绝非夸张溢美之词。CHIC是中国服装产业改革大潮、市场经济中的杰作。它汇集服装业的贸易流通、品牌塑造、理论研讨、流行发布于一体，在全国服装纺织业界上百个展会中脱颖而出，成为中国乃至亚洲东南亚最具影响力的国际服装专业大展。客观地讲，业界知名的专业媒体也是伴随着CHIC的迅速发展而成长起来的。CHIC像一个巨大的时尚载体，成就了品牌，成就了媒体，成就了中国服装业。

北京新展馆的巨大空间，为CHIC进一步办成国际专业大展奠定了基础，也同时面临一些新的挑战。我曾采访美国拉斯维加斯的国际服装展。有两点印象殊深：一则，只针对专业买手、经销商、品牌商开放，凡入展必须登记，将本人需求资讯输入电脑网络，以便提供参展商及日后联系，形成了随时可以交易的网上展会和客户咨询网络体系；二则，主办方准备了几十辆黑色豪华加长大福特轿车，往返接送，让来者体验尊贵气派，每个人都是展会上宾。反观国内展会，往往是展会期间热闹非凡，人走茶凉，展会没有延续性。同时周到专属的细节服务不够，使参展商感到诸多不便。2008年CHIC提出创新元年，如何办成绿色展会、网络展会、人文展会，国际展会许多好的做法值得思考借鉴。

CHIC办展初期，全国各服装重要省市、地区、重镇参与热情甚高，纷纷组团参展，形成了风格各异的专馆，加之香港贸发局、意大利贸易委员会等国际港台展区，让人真实感受到代表中国服装产业的国际展会。随着CHIC的发展，或是老国展面积所限，或是出于专业展发展方向考虑，形成了男女装两期展的特色。面对北京新展馆的新情况，调动发挥各省市政府和地方行业协会的作用，共同办好CHIC成为一个课题。这也是我接触的一些国内业界协会领导、大品牌企业家普遍关心的事情。CHIC办好了，关乎中国服装产业的发展，也关乎北京时装之都建设的发展。众人拾柴火焰高。我们祝愿CHIC红红火火，再上层楼。

北京市政府与中国纺织工业协会共建时装之都取得前所未有的进展。CHIC是北京时装之都建设举足轻重的专业展，北京服装纺织行业协会十分重视，努力组织协调，不少大品牌企业积极参与CHIC和中国国际时装周的各项活动，取得可喜的成果。《时尚北京》杂志和时装之都网、中国国际服装纺织网作为宣传时装之都的指定媒体，全体同仁摩拳擦掌，倚马可待将以精彩报道宣传2008CHIC，奉献读者。

我们整装待发，与2008CHIC同行。

神采方寸间

2009年春季，一年一度的中国国际服装服饰博览会CHIC又在北京顺义的新国际展馆开幕了。在世界经济金融危机恶化的形势下，CHIC作为亚洲最大的国际服装展备受关注，中国服装人怀着复杂的心情面对CHIC。企业家有的观望，有的退缩，有的甚至临阵撤展了……而一些有眼光和勇气的企业家却异乎寻常地大手笔、大气势毅然参展2009CHIC。毫无疑问，CHIC是中国服装业冲出危局扬我国威的风向标。值此关键时刻，北京市工业促进局、北京服装纺织行业协会与中国服装协会合作，首次以北京时装之都主题展整体亮相，逆势而上参展2009CHIC，成为本届CHIC引人瞩目的新亮点。3月13日，温家宝总理在全国人代会闭幕记者会上说，信心要比黄金还重要。只有信心才能产生勇气和力量。只有勇气和力量才能战胜困难。莫道今年春将尽，明年春色倍还人。给全世界表明中国人的信心。北京时装之都主题展表现的正是这样的信心和力量，恰如常言说的，沧海横流方显英雄本色。北京时装之都的品牌风范，厚积薄发，意气飞扬，成为信心的榜样。

自2004年11月19日，北京市人民政府和中国纺织工业协会共同发布《促进北京时装产业发展，建设“时装之都”规划纲要》，时装之都建设走过了6个不平凡的年头。北京时装之都建设取得的非凡成就，不仅在国内服装纺织业界，而且在海内外时尚界赢得了广泛的尊重和声誉。谁都知道，在现代经济中，体现一个国家实力的重要标志是品牌，或者说是否拥有在世界上有影响力的品牌群体。北京建设时装之都的进程中，品牌建设是核心战略之一。近年来，为实现品牌战略规划，北京市工业促进局、北京服装纺织行业协会精心策划了北京十大时装品牌、北京十大热销服装品牌、北京国际时装品牌推广周等一系列各具特色、人气旺盛的活动，北京品牌群体实力迅速提升，涌现出了李宁、白领、爱慕、依文、派克兰帝、雪莲、铜牛等一批享誉全国的知名品牌。目前北京已拥有中国名牌4个、中国驰名商标12个。2008年，北京服装品牌企业主营销售收入超过130亿元人民币，占行业销售收入60%以上。本次CHIC

北京时装之都主题展正是对北京优秀知名品牌精华的检阅。

CHIC北京时装之都主题展是北京时装之都建设迈出的重要一步，是北京优秀品牌群体整体出击，展示形象的开端，是北京品牌群体壮大成熟的标志。宋代朱熹《春日》诗中说道："等闲识得东风面，万紫千红总是春。"北京建设时装之都的春天，仅靠一两个品牌显然不行，必须培育一大批特色各异的知名品牌，才可能有姹紫嫣红、争奇斗艳的满园春色；才真正称得上北京时装之都的美名。

非常幸运的是《时尚北京》杂志社的同仁也参加了本次主题展的具体工作，我们目睹了北京的品牌争先恐后、热情参与的动人情景，也从更深层面看出北京时装之都巨大的凝聚力和号召力。可以想见，如果在几年前，北京的品牌也许不会像今天这样踊跃参加主题展。而近年来，在北京市工业促进局、北京服装纺织行业协会大力倡导推动品牌战略下，企业品牌观念今非昔比，品牌的价值和力量深入人心，一大批优秀品牌汇聚在时装之都的旗帜下，开始走上品牌发展的新阶段。企业家们把危机视为展示品牌的良机，虽然每个品牌展位不足十米，与那些百米展位的品牌相比不过方寸之地，但每个参展品牌却一丝不苟，精益求精，他们说因为他们代表着北京时装之都。是的，中国的书画印章方寸之间承载着博大精深的文化。北京参展知名品牌也在方寸之间描绘出北京时装之都天圆地方的古都神采。

回眸中国时装界二十年

2011年10月，北京金秋季节，香山醉人的红叶、钓鱼台金灿灿的银杏树，秋景秋韵迷人眼。放眼街头，熙熙攘攘的人群穿着打扮五颜六色，犹如川流的美景，在服装圈人眼里那是胜过秋景的另一番景致。

20日，北京国际饭店中国服装二十年纪念大会热烈进行中，全国服装界人士谈起20年来服装的巨大变化万分感慨，因为他们正是创造催生新时尚的精英。席间，中国服装协会领导们感叹：忆往昔，撑起这片天不容易；中国服装品牌第一军团的企业家坦言：坚持创新，才有胜利；桃李天下的服装院校老教授笑着说：谁想到服装专业这么火；与荣获中国金顶奖时装设计师们则抱拳恭礼：设计改变了生活；与资深服装媒体人会心握手：见证人和吹鼓手一个不能少……

20年，对中国服装行业发展历程来说也许是倥偬瞬间，而对于奋斗在这个行业的人来说却是奉献了人生最好的青春年华。当中央电视台名嘴白岩松把雅戈尔李如成、杉杉郑永刚、报喜鸟吴志泽等服装界的品牌大佬们请上台时，感悟人生的铿锵豪言掩饰不了鬓角的丝丝银发。是啊，20年前他们个个是豪情万丈的热血青年，如今已年届知天命。中国服装业走到今天，就像社会上形成了一批中产富有阶层一样，激烈的竞争淘汰，服装界造就了一批中高端知名品牌群体。无边落木萧萧下，与之相伴绝大多数早期创业的品牌无声无息地倒下了，其中不乏红极一时的好品牌。20世纪90年代，温州是中国男装品牌的基地，中国服装大会在温州召开；那时刘松福会长领导的温州服装商会风生水起，夏梦、法派等男装炙手可热。浮云过后，温州产生了报喜鸟、美特斯邦威、森马等中国一线上市公司大品牌。北京、福建、江苏及深圳、宁波等省市区也都经历过残酷的服装行业洗牌。有的老板说，在短缺经济时代，裤腿长短不一样的裤子照样火火地卖，这并非玄虚。遗憾的是许多人把淘到的第一桶金又倒掉了。20年，执意坚守到今天走上讲台的人，终于尊享了品牌的巨大价值。毫无疑问，没有中国服装行业协会悉心的培育呵护，大手笔的助推，服装品牌难以想象有今天的尊崇与荣耀。曾几何时欧洲强势大品牌统治着时尚世界，20年后的今天，在中国服装行业协会担纲组织下，正在进行中国服装大品牌的集结，开始冲击国际服装垄断势力。

20年，人生难得一次的收获。我在嘉宾中寻找曾经熟悉的中国服装行业协会的前老领导盛才庆，有人告诉我说，由于身体原因他没来会场，甚是遗憾。不能忘记，是服装界第一梯队领导唤醒了中国服装。看到蒋衡杰、陈大鹏等历届中国服装行业协会的领导笑意融融，精神饱满地步入会场，与他们打招呼问候时，当年相识在长安街十二号中国纺织部大楼里潇洒才俊的样子就在眼前，备感岁月无情，敬意油然而生。他们有理由自豪，20年，他们的心血奠定了中国服装业发展的基石。中国服装产业规模、品牌数量、时尚文化地位居世界前列，仅用20年跨越了西方百年发展的历程。

北京服装协会的领导张培华、常青、龙云泽应邀来到了庆典大会。这里不能不说到北京服装行业协会的创办人李昭大姐。1984年，李昭同志富于远见地倡议创办了北京服装行业协会，得到当时北京市委书记段君毅的支持，在全国率先创建第一个服装行业协会。可以想见，改革开放初期，刚刚起步的服装协会处在计划经济转向市场经济的阵痛中，要实现协会引导组织，协调服务的功能需要何等的勇气和智慧。20年，北京与全国一样完成了这个历史性的转变，向李昭大姐及北京历届协会领导表示深深的敬意和由衷的祝贺。今天，中国服装行业协会成为领导服装业发展的强大行业机构组织，率领中国从服装大国向服装强国迈进。

当文化创意产业成为世界经济发展的火车头，服装领军时尚潮流成为世界共识时，服装是夕阳产业的陈腐论调可以休矣。服装时尚改变提升了现代人的生活。中国服装时尚与文化的大幕刚刚拉开。

假如再过20年，依然是这样金色的秋天，依然欢聚在国际饭店，不知还有怎样的感慨？

时装有如生命一样

2004年，时任北京市副市长陆昊与中国纺织工业联合会会长杜钰洲首次提出共建北京时装之都的倡议，发表了纲要文件，第一次把时装文化列为北京建设国际大都市标志性的内容，作为带动北京成为时尚之都的引擎文化产业。“建设北京时装之都”的口号立刻传遍国内外的时装时尚界。在当时，北京是全国首次提出这个口号的大城市，有击掌欢呼的，有冷眼旁观的，有质疑反对的，议论沸腾，莫衷一是。毫无疑问，在整个社会都崇尚信息网络新时代的大背景下，把时装作为北京建设的重头戏提出来是需要勇气和远见的，是前所未有的建设都市时尚大手笔。自此，北京坚定地迈出了建设时装之都的第一步。

什么是时装之都？时装从来就不是传统产业。社会上一直存在一种误区，把时装纳入所谓传统夕阳产业之列，认为是低端没落的淘汰行业。他们把传统的纺织印染工业与时装产业混淆了。传统的纺织印染工业的噪声污染属性是早期工业时代的产物，已成为历史。时装产业是集文化艺术、创意设计、流行元素、色彩面料于一体的时尚载体；是一个民族，一个城市的文化底蕴，创意活力、生活方式以及经济发达程度的高度集中体现；是带动一个城市乃至一个国家走向现代时尚文明的领军产业。欧美发达经济体有文化历史底蕴的大都市都毫无例外地把时装产业放在现代都市建设中的领衔地位，尽管汽车、电子、数码等新兴产业此起彼伏，时装的文化时尚标志仍然是任何其他产业无法替代的，这已被现代大都市发展历史证明。这是我们建设北京时装之都实践和理论的核心依据。

纵观欧美时装发展史，拥有占据世界高端消费市场的时装大品牌，不仅代表一个国家的经济实力，也掌控着欧美文化输出的制高点。因此推广时装品牌既是占据消费市场，也是输出文化的重要手段，当香奈儿的品牌在北京落地生根的时刻，欧洲文化已经搅动了北京城纵横交错的老胡同。面对这样的局面，北京怎么办？当中国成为影响世界的经济大国时，站在弘扬传播中华文化，打造本土时装品牌的层面来看，提出建设时装之都顺应潮流，恰逢其时。

北京时装之都十周年，开拓和建树了许多在国内外有影响力的活动和项目，取得令世人羡慕的实实在在的可喜成绩。我前后在北京纺织服装业和相关媒体工作了几十年，目睹了北京这座古城时尚的沧桑巨变，尤其是提出时装之都建设的十年，年年新，年年变，就像唐人崔护的诗句“去年今日此门中，人面桃花相映红。人面不知何处去，桃花依旧笑春风。”北京时装之都以鲜明的时尚特色凸显出位，令人叹服。比如共同打造的中国国际时装周已与巴黎等世界五大时装周并驾齐驱，七十场国内外时装秀的庞大阵容，充分显示了北京时尚平台不容忽视的巨大魅力，品牌流行发布中心的地位是不争的事实。更让北京品牌深感自豪的是十几年来爱慕、白领、东北虎等品牌独领开闭幕式秀的时尚大戏，彰显了北京品牌的文化坚守和强势崛起。当然，对没能以北京命名也有些许遗憾，因为国际上的时装周惯例是以城市命名，着重彰显城市特色，传承都市历史和文化。北京市政府大手笔开辟的以798设计创意园区为代表的独立设计艺术群体的形成，对国内外设计师有强烈的吸引力和凝聚力，大批已经成名和新生代设计师落地创业，加速北京成为中国最大的时装设计硅谷，也为北京增添了一大时尚景观。十年树木，百年品牌。十年来，北京形成了男装、女装、内衣、童装、羽绒等门类比较齐全的高端时装品牌群体，也涌现了一批在时装业内外有广泛影响力的著名企业家。他们大多数是在改革开放初期就投身时装行业的，20年，30年，寒来暑往，春短冬长，美好的青春年华伴随着时装度过，一腔的热血激情倾注在品牌之上，如今功成名就到了不惑之年，常常发自肺腑地感慨：“时装，就是我生命的全部，我为时装狂。”他们创造的时装品牌也在告诉世人：他们实现了一代人的梦想。

为北京时装之都建设而创办的《时尚北京》杂志的同伴们何尝不是如此呢？今天，我们站在北京时装之都的大舞台上，任思绪徜徉，让生命再一次感知时尚的力量。

2014年12月《时尚北京》杂志卷首语

时装在北京的文化地位

2018年1月18日，中国（深圳）国际时装节在深圳大浪时尚小镇隆重开幕。令我十分振奋的是时装节组委会首度推出了由中国社科院、清华大学等国内外机构的统计数据以及世界二十个城市时尚发展情况综合而成的《全球时尚城市指数》。评价体系要素是产业素质、国际形象、时尚环境、公共服务和设计创新五个方向指标。时尚城市排名标准对北京“四个中心”建设有积极的参考价值。在深圳市政府的积极支持下，时装时尚产业实现了跨越式发展，成为中国最大的女装产业基地，也是深圳都市时尚产业重要支柱之一。深圳的榜样证明，那些认为时装是传统夕阳产业的观点恰恰陈腐了、过时了，有必要纠正认识的误区。

时装产业是建设时尚城市中最活跃的时尚力量。时装为何物？在不少人的眼里，时装已经是过时的传统夕阳产业。然而当各大电视台和网站直播纽约、巴黎时装周时名牌、明星、名人聚焦世界目光，尤其是中国的著名品牌、明星大腕纷纷亮相走红时，人们惊讶地发现：时装是现代大都市最炙手可热的宠儿。2月7日，李宁品牌亮相2018纽约时装周，以“悟道”主题发布“天人合一”运动时装秀，再次引爆中华文化复古潮流风范。时装有天然的文化属性，时装本身就是集文化、设计、艺术为一体的时尚载体，时装是走在时代前沿的时尚文化。今天聚集在大都市的时装是以品牌运营和设计为中心，剥离了加工部分，是以打造品牌文化为核心的轻资产，绝非简单的传统工业加工产品。时装在现代都市时尚产业中扮演着领军的角色，代表着一个城市的文化时尚发展水平。当新时代迎面而来，重新认识和评价时装产业在北京现代城市建设中的地位和作用，澄清人们以往的误解和偏见尤为重要。北京“文化中心”的新定位，为北京时装产业迎来了前所未有的新选择、新机遇。

从世界发达国家建设现代大都市的经验看，都将时装时尚产业作为城市发达程度的重要标志之一。巴黎、伦敦、纽约、米兰等世界著名历史文化名城都着力打造时装品牌强国，举办自己的时装周，借此促进国际时尚交流，培育世界级的时装大品牌，例如香奈儿、路易威登等品牌。一个时装品牌能够称雄世界，表明其引领世界时尚潮流的强大文化能力和制造能力，同时也突显了本国文化时尚至高的地位。在发达国家的大都市，时装时尚产业不是雾里看花，表面风光，而是重要的现代支柱产业和经济来源。刚刚结束的2018秋冬伦敦时装周，92岁的英国女王伊丽莎白二世来到Richard Quinn秀现场观看闭幕秀，亲自为英国时装时尚业界助威，表明对伦敦城市时尚重回时尚霸主地位的强烈欲望，成为世界各大媒体的头条新闻。北京作为有千年文化历史古都和崛起的经济大国首都如何思考和借鉴他们的经验呢？站在新时代的起点上，要有新思维、新作为。时装产业必须把北京建设“文化中心”作为最大发展主题，释放时尚力量，绽放文化光彩。因此，给予时装清晰明确的产业定位，成为北京谋求发展的当务之急。

北京的时装产业具备哪些发展优势呢？改革开放40年，北京时装产业得到了突飞猛进的发展，形成了男女装、童装、内衣、羽绒、中式等门类齐全、规模较大的品牌体系，其中不少是年产值几十亿元的在国内外具有很高的知名度和广泛的影响力的大品牌，比如爱慕、雪莲是国内同行业排名第一的大品牌，爱慕每年的产值达四十多亿元；白领、依文、顺美、铜牛、大华、朗姿、蓝地、庄子、威克多、格格等几十个品牌都创建20年以上。如此实力雄厚的完整品牌群体和产业基础在国内大城市中是绝无仅有的。试想，如果北京谋划整合现有品牌优势，集中力量打造十几个爱慕、雪莲这样的国际时装大品牌集群，将比肩世界五大时装之都，时装在北京“文化中心”建设中将占据何等荣耀的地位，何等的增光出彩。

围绕北京“文化中心”“国际交往中心”的建设，2016年，北京举办了首届北京时装周，此举让国内外时装时尚界一片惊呼：北京作为时尚领头羊，终于爆发了。北京时装周立即成为万众瞩目的时装文化交流的国际大舞台。我们有理由相信，北京时装周与北京电影文化周将成为北京两个并驾齐驱的重要文化标志。新的时代，中国将走上世界经济、文化舞台的中心。首都北京成为时尚文化中心的日子也不会遥远。

柳绿莺飞，春意盎然。伴着新时代的脚步，时装像万紫千红的鲜花扮靓古都北京，我们充满文化自信地走在世界时装中心的路上。

2018年3月《时尚北京》杂志卷首语

百年新男装

2010年12月收官之际，首届中国式新男装设计作品展在大牌男装气势恢宏的时装秀高潮中落下帷幕。男装设计在新时代背景下，步入前所未有的高位。

今年是辛亥革命一百周年。100年前，孙中山先生率先穿的新式男装中山装，对于清朝的长袍马褂来说不仅仅是简单的外在形象设计的彻底改变，而是代表着民主对封建的宣战，中国服饰文化的觉醒，中山装成为辛亥革命的文化旗帜。从这个意义上说，北京新男装设计作品展拉开了纪念百年中山装的序幕。

服装变革与时代变迁相伴相随。1978年，胡耀邦总书记等党和国家领导人率先穿上西装，向全世界表明我们改革开放的坚定决心和鲜明态度。中西服饰文化交流的冰河开始融化，中国男装产业大发展迎来了历史的春天。2009年，在隆重庆祝中华人民共和国成立六十周年的盛典上，胡锦涛主席又重新身着庄重的中山装出现在天安门城楼上。风尘百年，中山装独特的风格依然魅力无限。全世界在惊叹胡锦涛主席大国领导人的新风采。时隔30年，胡锦涛主席再次穿中山装表明了在新的历史发展时期弘扬中华文化的必要性和紧迫性。文化乃立国之本，与发展经济互为依托，相辅相成，好比大鹏展翅的两翼。中国作为发展中的经济大国，文化的后发力量日益凸显，必须重新审视和发掘中华文化内在价值。当今新兴的文化科技创意产业极具爆发力，瞬间改变着世界，已经成为发达国家激烈角逐的前沿领域，时尚时装文化站在了潮头。本届北京新男装设计作品展正是百年中山装的承前启后之举。物换星移，一百年过去，男装设计新命题在北京重启。

当我流连于新男装展，细细品味款款别具韵味的设计师作品时，思绪豁然回到自己那些年留下深深印记的几件男装。男人骨子里和女人一样爱美，追求美好的东西。对于美，女人表现得直白外在，而男人则含蓄内敛，更不要说在个性压抑的环境下，爱美之心只能隐藏在潜意识里，不能轻易向外表露罢了。俗话说得好，人要衣装，佛要金装。每个男人生活中都有自己的男装情结。我的第一件男装是妈妈买的。我小时候穿的衣服都是大姨买粗布裁剪一针一线手缝的。小学毕业的那个春节，妈妈特意给我买了一件蓝色的确良上衣。那时物质匮乏，的确良面料刚问世，比纯棉布挺括硬朗，很稀罕。几个弟弟争着试穿尝鲜，咂咂称帅，男同学也用羡慕的眼光看着我，真神气。那个春节是我最快活最难忘的。慈母手中线，游子身上衣。妈妈的爱让我第一次尝到了“新男装”那美美的滋味，就当作一个男孩的启蒙男装吧。我父亲是老红军，给了我一件旧绿军装。那年，我恰好在黑龙江建设兵团三师警通连当排长奉命武装押运建设兵团种植的大烟往内地，穿着这件旧绿军装，佩戴冲锋枪在天津鼎章照相馆照了一张相，挺威武气派，虚荣也罢，显摆也好，满足了一个懵懂少年向往阳刚之美的心气儿。现在我才能理解那件旧绿军装是老爸对儿子的一片深情爱意。改革开放后流行穿西装。我在经济日报社工作时，为了做记者外在形象的需要，恰好在上海采访，我慕名找到南京西路284号的老字号培罗蒙西服总店，定制了一套浅米色纯毛面料西装。那套西装是纯手工制作，内衬用马尾鬃，十分考究，按照现在的说法叫作高级定制。当时我花了一百多元，算很奢侈了。2010年，参加上海时装周的报道，恰好遇到现任培罗蒙西服公司总经理金建华。他说培罗蒙西服品牌起于20世纪初的上海滩，渊源是著名的红帮裁缝。当我谈起20多年前的订衣经历时，金总一脸惊讶，说我居然记得南京西路总店的门牌号，犹如老友重逢，盛情邀请我再到总店定制一套现代版的培罗蒙西服。其实并不是我的记性好，只是印证了一件好西服在男人生活中的分量。

真是山不转水转，离开北京纺织局十几年后，因1994年创办《服装时报》让我重新踏进了服装圈，结识了许多国内著名服装老板，熟悉了众多服装品牌成长的故事，读懂了中国服装产业发展的路径，用一个资深专业媒体的眼光见证了中国服装产业发展的辉煌。男装设计好比服装设计金字塔的顶端，要达到经典与现代的完美融合，就像数学里的哥德巴赫猜想等许多世纪难题一样，是古老而又现代的命题。古人讲衣食住行，衣放在第一位是有缘由的。礼仪之邦，外在仪表彰显民族文化文明素质，经济发达程度。国家盛衰与否走在大街上看看老百姓衣着水准就知道了。为中国男人设计新形象，有滋有味有难度，北京新男装设计作品展即是推动男装设计的积极探索。

2011年，又一个新的十年开端。十年，人生能有几个十年，很少很珍贵。我早已失少年梦，也没有资格论而立之年，更不敢奢谈知天命，我只是一个喜欢登山的媒体人，爱看重山叠嶂深处飘浮的云。不着意顶峰，只在乎过程。服装业界领导、企业家和设计师感慨中国式新男装设计是一座难以逾越的高峰，本届北京新男装设计作品展就是开始尝试挑战高峰，不是吗？百年中山装历史蹉跎，今天依然站在新起点，重要的是我们重新启程。南宋诗坛四大家之一的杨万里有《过松源晨炊漆公店》诗：“莫言下岭便无难，赚得行人错喜欢。政入万山围子里，一山放出一山拦。”让人欣喜的是，首届北京新男装设计作品展成功地征服了第一座山峰。

年年岁岁有不同。许多读者说，《时尚北京》杂志越来越有得看了。我想办杂志好比登山，一山放出一山拦，不知疲倦，谁叫你心里喜欢？

富安邦土 文行天下

2009年在共和国历史上是值得永远纪念的年份。9为大，在中国文化里是吉利数字。这一年，中国电信跃升世界最大的电信公司，互联网宽带用户突破一亿，居世界第一；中国汽车销售超越一千万辆，成世界之最……惊人的数字背后，让世界看到中国从此跨入世界经济大国的行列。中国实现这一目标仅用了30年。

中国服装时尚产业在这一伟大进程中担当何种角色？10月21日，第十三届宁波国际服装节举办爱尔尼·中国国际服装产业发展论坛，探讨中国如何从服装制造、出口大国发展成品牌大国、服装强国。我应邀出席作为媒体代表演讲。我与宁波服装节颇有缘分。1996年，现任宁波市人民政府副秘书长的陈国强参与倡议发起宁波服装节，那时我们就相识开始合作了。在服装业界，陈国强以有思想有创意出名，宁波服装节有今日辉煌，他功在其中。他主持的中国服装协会产经研究所担纲品牌发展课题多有建树。他说，在大国经济的新构架中，服装产业发展亟须大思维大手笔布局，这方面的研究远远不够。宁波是红帮裁缝的诞生地，也是中国男装大品牌的发祥地，汇聚了雅戈尔、杉杉、罗蒙、太平鸟等著名品牌。拥有世界级服装品牌群体是一个经济大国的强大支柱和文化象征，比如美国的Calvin Klein(CK)、Anna Sui（安娜苏）、POLO，英国的Burberry，法国的Dior（迪奥）、CHANEL（香奈儿）等驰名世界品牌传播的即是大国强势文化。客观地说，目前中国还没有真正走出国门的被世界时装界认同的服装大品牌。但毋庸置疑的是，中国经济大国的位势和巨大影响力，为服装产业孕育产生世界级的大品牌奠定基础。一个国家没有左右世界经济的话语权，很难想象能够有人追逐推崇你的品牌。一种文化对世界的影响力，取决于产生这种文化的强盛经济，品牌亦如此。只有一个富强的中国，服装品牌才有机会晋升世界级的行列。宁波是男装之都，责无旁贷应当抓住祖国强大的历史机遇，承担起创造中国服装大品牌的重任。

中国经济大国崛起的身后是千年积淀的博大精深的传统文化，人们往往忽视思想文化影响力在大国崛起中的核心价值。英国首相丘吉尔有一句名言："我宁愿失去一个印度，也不肯失去一个莎士比亚。"一个国家的文化，是民族的灵魂，是兴旺发达的保证。中国传统文化的精髓之一是孔子的儒家文化，仅有古希腊先哲的思想与之相媲美，堪称超人的智慧。现在世界许多地方建立了孔子研究学院，中国文化开始影响世界。就连巴黎、米兰国际时装周这样的顶级时尚殿堂，也开始接纳中国时装品牌和设计师的发布秀，中国元素成为研究追逐的新宠。美国总统奥巴马来北京访问，会谈间隙不忘抽出一个小时参观故宫，穿过气势恢宏金碧辉煌的一座座大殿，他不禁感慨了一句："我一定带着家人再来。"北京古文化让这位美国总统折服了。中国的富强崛起，让世界仰起头来重新审视和推崇中国的文化，可以预见东方文化之风将吹遍世界。文化没有国界，所谓文行天下。

几天前，中国一代原子弹之父钱学森谢世，无数人从全国各地自愿来京吊唁，在钱学森居住的航天大院宿舍楼前，吊唁的人排成长队，络绎不绝，以致吊唁的时间不得不延长了数日。祖国人民把一代原子弹之父钱学森高高举过头顶，只因他是造福中国人的科学家。钱学森说：我姓钱，但我不爱钱。是的，这是一辈子献身共和国航天事业的大科学家的无私胸襟，钱学森爱的是生养他的祖国，他从美国毅然举家归国奋斗了60年。参观过法国先贤祠的人知道，那是法兰西思想和精神的圣地，正门上铭刻着这样一句话：献给伟人，祖国感谢他们。这里安葬着72位法国历史著名人物，其中大多数是思想家、科学家、作家、艺术家，足见法国把民族文化放在至高的地位。60年不过是历史的瞬间，中国在核武器、航天事业取得非凡的成就，与钱学森等一批伟大科学先贤的奉献分不开，共和国感谢他们。

当中国文化成为共和国发展的重要驱动力时，才能真正展示中国品牌大国、文化大国的魅力。这一天并不遥远。

鸟巢故宫红

红墙绿瓦历来是北京故宫的专属颜色，皇家气派。2011CHIC北京时装之都主题展的造型设计将北京故宫城墙红色与鸟巢结构巧妙地融为一体，展现了气势非凡的独特品牌集群景观，配合以故宫红色大门为背景的时装秀，吸引了众多参展商驻足观看洽谈，有人戏称为"红色鸟巢"。

明眼人看得出，参加本届北京时装之都主题展的不少是北京家喻户晓的重量级老品牌。这些品牌与北京的服装业同龄，见证和代表着北京服装产业发展不寻常的历史。这些品牌重拳出击参展有两个主要原因。其一，时装之都主题展代表北京品牌整体形象，那一台戏，老品牌不可或缺；其二，老品牌经过几十年积累沉淀，是时候厚积薄发了，集体亮相有品牌集群轰动效应。我们身边铜牛、红都、天坛、雷蒙等都有了几十年品牌史。比如铜牛品牌起于50年代，其名不知是否源于颐和园昆明湖畔那头镇湖的铜牛。据说那头昂首坐卧的铜牛是当年慈禧太后祈求江山社稷太平而铸造的。无独有偶，大洋彼岸的美国华尔街那头象征牛市的铜牛又融入了新的文化含义。红都品牌是1956年在周恩来总理的指示下由上海迁都的蓝天、造寸等品牌重组成立的。历史可以追溯到为孙中山、蒋介石定制中山装，新中国成立后曾为毛泽东、华国锋、邓小平、江泽民、胡锦涛等党和国家领导人定制服装。辛亥革命百年之际红都公司的中山装足以见证历史。天坛衬衫于1955年注册，是京城衬衫品牌第一家。天坛是明清皇帝祁谷祭天的圣地，取天坛命名品牌非北京企业莫属。雷蒙品牌也是1956年由上海迁京的老字号精品男装，与上海的培罗蒙齐名。犹如达尔文优胜劣汰的物种进化论一样，这些老品牌经历了社会不同时期的大动荡大变革，半个多世纪过去，大浪淘沙般幸运地存活了下来，本身就是北京品牌的奇迹，是胜者。现在常说要打造百年品牌，他们有资格说这个话，有这个底气，胜者为王。先哲黑格尔有句名言：存在即合理。今天，北京的这些著名老品牌不仅存在，还活得很滋润很风光，高调出手参加北京时装之都主题展，让服装界和追随他们的消费者知道，被称作“化石级”的品牌依然那样鲜活出位，那样散发着时代的魅力。

在雷蒙品牌的展位上，我遇到几批慕名专程来看雷蒙西服的顾客。他们年纪大多在五十左右，爱不释手地抚摸着雷蒙西服，就像见到多年未见的老朋友一样激动兴奋，有的人还在展台前留影纪念。他们告诉我，年轻时常去王府井雷蒙店，非常喜欢雷蒙的版型款式。这让我怦然心动。什么是品牌？什么是品牌的生存之道？从这些忠贞不二的雷蒙顾客那里，能真切领悟到品牌是追随者持久的爱，是存在于心底的那份抹不去的文化记忆。可惜有的品牌掌门人没有珍惜这份爱，当然也就谈不到延续了。毫无疑问品牌是一门精深博大的现代学问，需要那些想做品牌的人重新认识研究。

现在一说起那些世界级的国外大品牌就敬畏有加，自愧弗如。翻阅那些国际大牌的历史，创立时间并不都是那么久远，像高田贤三、三宅一生创立于1970年，阿玛尼创立于1975年，范思哲创立于1978年，安娜苏创立于1981年……他们能在短短几十年风靡世界，成为一个国家文化的代表、国力的象征，更令人惊奇的是竟然能潜入无数国内中高端消费者的心里，致使中国跃升为世界奢侈品消费第二大国，国际大品牌的传播技术可见一斑。当然，我们不能不说这其中《时尚芭莎》《ELLE世界时装之苑》等国外时尚大刊发挥了推波助澜的推介宣传作用。遗憾的是中国品牌尚未进入奢侈品牌的行列。细想若论品牌历史论辈分北京的老品牌不在其下，然而由于国力、体制机制、品牌文化、品牌宣传等多种历史原因，相比之下我们还处在品牌发展的初级阶段，还有很长的一段路要走。信心比金子珍贵。重要的是北京自主品牌已经认识到差距，开始行动。中国改革开放几十年一跃成为世界第二大经济体，为创造世界级品牌奠定了基础。中国自古是文化之邦，发达国家能做到的中国也一定能做到。本届北京时装之都主题展，我们选用奥运标志鸟巢和北京故宫红表达的正是北京品牌的这种信心和力量。

有理由相信，北京将来一定会产生世界级的时装品牌。

出手振兴时尚北京杂志，逐步建立杂志、网站、微信、信息服务立体媒体中心。《时尚北京》杂志是北京服装纺织行业协会主办的时尚刊物。2008年，在时任北京市副市长陆昊的关怀支持下定名创办的时尚刊物，成为建设北京时装之都的时尚媒体旗帜。环顾国内省市业界可以说，“独此一家，别无分号”，难得珍贵。然而，在网络媒体冲击下，纸媒遭遇了前所未有的困境。但《时尚北京》杂志利用丰富的时尚生活内容的特点，最早开发了网络电子版阅读，拥有几千万网上时尚粉丝，是其他国内时装专业媒体无法比拟的优势。刚刚完成转型的北京时尚控股公司承担着开发北京时尚产业的重任，吴立会长富于远见地选择《时尚北京》杂志作为宣传时尚产业的喉舌，择机出手增资杂志社，《时尚北京》杂志自此有了强有力的后盾支持，开始走上健康快速发展的道路。与此同时加快筹划运作协会、杂志的网站、微信等联合新媒体，尽快建成立体媒体中心。

发起创建北京时装设计师协会，努力营造时装设计师聚集研发创业的中心。著名时装设计师谢锋这样评价：“现在是设计师的平民时代。”是的，时装设计大师的时代已成过去时，到了群星灿烂的时代。常言说，名人、明星、名家、名角要想红，来北京。国内几百所大专院校都设有服装专业，每年大批的毕业生云集到北京谋发展。北京时装设计师协会的宗旨就是广纳设计人才，搭建交流平台，为他们在北京落地生根寻找孵化基地，成为培养风格各异，百花齐放的时装设计师摇篮。

2017年春天来得格外早，寒冰溶解泥土复苏的暖意，绿枝吐芽含苞欲放的气息，给北京带来了新一年的期盼。唐朝诗人刘禹锡有诗云：“唯有牡丹真国色，花开时节动京城。”在北京服装纺织行业协会率领下的时装品牌群体何尝不是国色天香？北京服装纺织行业协会与《时尚北京》杂志一起忙碌着筹划新项目新蓝图，相信当春风吹绿京城的时候，北京服装纺织行业协会会员的品牌大花园里也一定会姹紫嫣红，满园春色。

结缘深圳女装十二年

2012年是深圳服装交易会走过的第12个年头。民俗十二生肖整整一个轮回。生肖学讲究外圆内方，天人合一，龙是十二生肖中唯一的人造动物，代表着富贵腾飞。龙年为深圳服装交易会带来了好运兆，展位面积创造了八万平方米的新纪录。开幕式上吉祥斋品牌富丽堂皇的中国民族风大秀，令在场人无不倾倒，应和着深圳女装新十二年开端的吉祥之意。

深圳服装协会沈永芳会长一袭吉祥斋别致华服上台致辞万分感叹：“十二年，服装交易会一路走来不容易，感谢深圳女装老板们，谢谢啦！”沈永芳会长的话发自肺腑，只要放眼看看大江南北曾经风起云涌大小100多个服装展会，如今只剩下寥寥无几，就明白她的坚持与不易。是的，深圳女装品牌老板们慷慨的援手托起了一届又一届深圳服装交易会；沈永芳会长非凡的勇气和魄力，带领深圳服装交易会滋养成就了一批又一批深圳女装品牌。对于中国服装产业来说，深圳服装交易会和深圳女装品牌的崛起都是了不起的奇迹。

12年前，我在《服装时报》工作时结识了沈永芳会长。第一届服装交易会是在深圳老展馆。那时深圳服装还没有品牌可言。服装交易会是以卖服装为主，《经典故事》女装的展位卖得热火朝天，一抢而空的场面如在眼前。我特地采访了老板陈伯君，并且日后成了很好的朋友。商机诱人，当时就连一些卖海产品的商贩也乘机挤了进来，火爆程度可想而知。为了提升深圳服装交易会的影响力，培育品牌文化品位，沈永芳会长和我一起筹划，由《服装时报》牵头首创了“衡韵杯”中国女装设计大赛、中国南北女装对话论坛两项堪称经典的活动。衡韵女装品牌的老板钱孟元来自浙江，慷慨出资60万元冠名设计大赛，只为弘扬中国服饰文化，令人敬佩不已。要知道十几年前的60万元，对于一个刚刚起步的企业家来说是个不菲的数字。钱孟元的名字理所当然地写在深圳女装发展的历史上。在中国南北女装对话的讲台上，我特别邀请了法国高级时装工会主席哥巴赫先生演讲，使论坛具有了真正的国际性，也打开了深圳女装与国际品牌合作的大门。因为我是最早参加巴黎国际时装周并多次采访哥巴赫主席的中国时尚媒体的记者，与哥巴赫主席建立了良好的友谊。当时，这两个活动在国内服装业界产生广泛的影响，为深圳服装交易会的文化活动奠定了基础。在开幕式晚宴上，当年衡韵杯设计大赛的评判长，也曾是中国服装设计师协会主席助理的李欣老师再次被邀请来了。她感慨：“沈永芳会长不忘过去，很念旧。”沈永芳会长真诚地说：“你们这些帮助过我们的老朋友，不论何时，我永远欢迎你们来。”这正是沈永芳会长的品格。我想这是她领导的深圳服装交易会能在经济危机的环境下屹立不倒的原因吧。

过去不少人认为服装行业门槛很低，进入很容易，似乎有点钱就能做个牌子，活得不错。30年过去，回头看谈何容易，不论北京、上海、天津这些大都市，还是温州、杭州、宁波、石狮等中等城市，曾经叱咤风云的千百个服装品牌，在经济大潮的冲刷下归于寂静，留存至今仍然健在的品牌屈指可数。事实证明，服装品牌的门槛很高，来不得轻视，应当怀着恭敬的心抬头仰望，那是一座云雾缭绕的高峰。品牌文化是一门大学问，不是靠勇气，凭运气，更多的是一种融汇古今的文化积淀，一种锲而不舍的创造与坚守。

人们惊讶地发现，当中国许多城市服装品牌日益减少趋于集中时，深圳女装品牌群芳争艳，异军突起，横扫南北大中城市，形成了商业强势主流。深圳以移民城市文化背景，吸引了内地各类优秀人才，汇集到这片创业者的乐园。细心的专业人士评价，深圳女装品牌风格各异，几乎找不到相同的。比如，吉祥斋斋主杨帆是西安大学航空专业的，艺之卉品牌董事长周胜是武汉大学新闻专业博士，朗黛品牌总经理苏颖波是湖南大学工业设计专业……不胜枚举，不同地域的文化，不同的专业，造就了不同女装品牌文化。这就是深圳的文化魅力。吉祥斋斋主杨帆在开幕式上自白：“十年过去了，我们一直珍藏着最初的好奇心，没有忘记当初为什么出发；十年里，我们也一直记忆着最开始的缘起，也让我们更加珍惜现在的拥有。”《时尚北京》杂志特别采访了杨帆，意在让人们追寻深圳女装不平凡的足迹，铭记那闪耀光芒的每一个创业者的初心。

12年，我有幸现场报道和亲眼见证了每一届深圳服装交易会，这是一个记者生涯难得的经历和缘分。唐朝诗人韦应物有诗：“浮云一别后，流水十年间。欢笑情如旧，萧疏鬓已斑。”岁月流逝，与深圳女装品牌的那份情日浓，报道和分享她们的成功难道不是人生的一大享受吗？

英雄无憾

每次参加深圳国际服装交易会对我来说都是一种享受。原因在于当年深圳服装行业协会沈永芳会长发起创办展会时，我是有幸参与谋划者之一。转眼举办了九届，一届比一届人气旺，档次高，规模大，套句股市的行话叫“九连阳”。2009年，沈永芳会长又与中国皮革行业协会合作，同期举办了国际皮艺时尚博览会，成为新的亮点。目前深圳服装交易会是国内服装行业仅次于北京CHIC展会的服装专业展会，形成南北呼应的格局。展会经济是在市场经济条件下产生的代表性产物，直接反映国家经济兴衰和企业活跃发展的状况。在全球经济危机的大背景下，服装行业作为中国出口创汇的支柱之一遭受损失，服装展会大面积萎缩。我在中国纺织报社任总编辑的时候曾经做过一个统计，每年全国服装纺织行业大大小小的服装展会有100多个、省市县乡镇一起办纺织服装展会，编辑部里展会邀请函雪片一般，充分反映行业发展的火热势头。据了解，今年不少赫赫有名的大展会缩小了规模，小展会干脆不办了，屈指一数所剩不多，那些跑会的记者确有门前冷落鞍马稀的感受。由此给服装行业发展带来不小负面影响。有人评价说，深圳服装交易会是逆势飞翔的雄鹰。沈永芳会长感慨道：“深圳市政府把服装作为都市创意时尚产业，从政策和资金上强力出手支持本届展会，是展会成功的根本保证，光靠我们是飞不起来的。”我想过往的经验表明，展会兴，则行业兴。展会是产业发展的龙头，是时候像深圳市政府那样出手扭转危局了。

深圳服装交易会带动了服装产业强劲发展，成为全国最大的拥有两千多家企业的女装产业基地，催生和聚集了一大批中国著名女装品牌。深圳女装已是跨区域中高端女装品牌的代名词。《时尚北京》杂志对北京大型商场做过调研，深圳女装品牌口碑好、信誉高，占据了女装销售的半壁江山，成为主流热卖品牌，比如玛丝菲尔、歌力思、影儿、马天奴等不少品牌在北京独立开设大型旗舰店。自古英雄不问出处。汉高祖刘邦起于布衣，明朝开国皇帝朱元璋曾是放牛郎，共和国一代开国领袖不少出自农民，成大业者多出身寒微，古今概莫如是。深圳女装大牌的创立者们，当年投身深圳草创时也都是胸怀志向初出茅庐的年轻人。马天奴品牌吴穗平夫妇是部队退役的篮球运动员，他们在深圳郊区一所学校租了几间旧房起家，是最早进入北京市场，可谓南北通吃的大品牌。我问吴总何谓马天奴？吴总笑答，天马行空，奴为美女自谦语，刚柔并济啊。其心志在品牌中。艺之卉品牌周胜、赵卉洲夫妇来自湖北，双双大学博士毕业，是深圳女装圈有名的儒帅。他们在深圳服装交易会上独树一帜地首创了中国服装博物馆，集20世纪至今中国服装历史之大成，令人叹为观止。有人疑：赵周二位脑子进了水？不做产品展示，搞什么服装博物馆？周总直袒胸臆对我说：艺之卉可能不是中国最大的女装品牌，但她一定是寿命最长的品牌之一。是的，根深才能叶茂，文化的历史穿透力是品牌的生命力所在。歌力思品牌的夏国新是天津纺院毕业专攻服装设计的研究生，在深圳女装品牌集群中，学设计的高学历老板凤毛麟角。由夏国新操刀的歌力思品牌的设计优势日渐显现，加之与意大利合作，大牌风格快速确立。在北京的歌力思品牌国际融资发布会上，夏总意气风发，踌躇满志的雄姿，与我多年前刚认识他时，只身闯深圳的凄苦无助的情景判若两人。还有许多深圳女装企业家在我脑海里翻涌……深圳女装品牌创立者的雄心卓识，不仅代表深圳，也代表中国女装的未来。时势造英雄。深圳这方国际水土吸纳着全国各地的服装品牌有识之士，有容乃大，这里应该也必然产生中国女装的国际化大品牌。

有人评价说企业家和他们的品牌创造了我国产业经济飞速发展的奇迹。深圳服装企业家造就的中国女装品牌基地就是一个奇迹。在全球经济危机笼罩时刻，深圳服装交易会和深圳女装品牌逆势飞翔，那是一种何等的英雄气概！时代不同，英雄有别。我们为有深圳这样一批可敬可爱的企业家深感自豪；为他们坚韧不拔创品牌的英雄作为击节相庆。我想，深圳女装品牌创立者们应无憾。

建设时装名镇
引领时尚潮流

访东莞虎门服装服饰产业管理委员会主任、虎门服装行业协会会长 谭志强

2018年11月25日，第23届中国（虎门）国际服装交易会暨2018虎门时装周完美谢幕。我有幸从采访第一届虎门服装交易会就结识了东莞虎门服装服饰产业管理委员会主任、虎门服装行业协会会长谭志强，之后每年都来采访虎门服装交易会，二十三年从未间断，与谭志强主任成了朋友。今年在虎门交易会展会现场又见到老朋友谭志强主任，有朋自北京来，不亦乐乎？三句话不离本行，自然就谈起虎门服装交易会和虎门时装周。

2018年适逢改革开放40年，从1996年举办第一届中国虎门服装交易会到今年整整23年，谭志强主任亲身经历和亲眼见证了虎门服装交易会伴随着改革开放的大潮一路走来取得的巨大成绩。谭志强主任兴奋地介绍说："虎门镇在改革开放初期仅仅是一个南方边陲小镇，改革开放40年来，虎门勇于站在改革开放大潮的潮头，大力发展服装服饰产业，汇聚产业资源，深化产业升级，推进产业融合，形成了规模庞大的服装产业集群、配套完善的产业链、成熟发达的市场交易体系，在创意设计、品牌培育、智能制造、电子商务、海外合作、责任发展等方面取得了令人瞩目的成绩，成为享誉国内外的中国服装服饰名城。我作为普通一员能够伴随虎门服装交易会一直走到今天感到十分幸运和光荣。"

在2018年的服装交易会开幕式上，中国纺织工业联合会会长孙瑞哲亲自到会致辞，对虎门服装交易会在推动纺织服装产业集群的重要作用给予了高度评价和赞扬。谭志强主任兴奋地回顾说："这是中国纺织服装行业的领导对虎门的鼓励和鞭策。虎门服装交易会是改革开放后社会主义市场经济下催生的典型代表，对虎门服装服饰产业发展发挥了不可替代的重要作用。近年来，虎门服装交易会依托区位优势与产业优势，规模与质量不断提升， 行业影响力与品牌认知度日益彰显，在促进区域经济发展、带动时

尚文化合作方面，扮演了越来越重要的角色。历经23年的历练与沉淀，虎门服装交易会成为行业贸易往来的年度盛会和虎门高质量发展的靓丽名片。如此巨大的成绩是通过历届虎门镇领导班子坚持不懈地举办虎门服装交易会和虎门时装周取得的。”

虎门服装交易会每年都有新进展、新特点、新亮点，本届虎门服装交易会成功搭建了“四台”即对接的平台、产业的看台、时尚的T台、展示的舞台，成为新特点、新亮点。一是对接的平台。向世界集中展示了“虎门特色”的服装供应链，涵盖女装、童装、男装、中国流行面料、印花创意等。产业对接实现了从采购商、专业买手与服装品牌企业、服装市场的全产业链模式对接，纺织服装上下游的面料企业、印花企业与服装企业的对接等。以“合作合生共享共赢”为主题的2018全国纺织服装企业虎门对接交流会，是虎门服装交易会史上第一次较大规模的跨区域的行业对接交流会。二是产业的看台。本届服装交易会是虎门乃至中国纺织服装产业的大看台，举办了中国纺织服装“一带一路”跨境电商发展论坛、中国纺织服装供应链（虎门）论坛、中国（虎门）孕婴童产业“实战·制胜大讲坛”等高端论坛。三是时尚的T台。2018虎门时装周以“虎门杯”国际青年设计（女装）大赛为重头戏，结合十余场国际时尚流行趋势发布，打造国际味、创意味十足的时装周，进一步推动国际化合作的创新。四是展示的舞台。服装交易会展场总面积达30多万平方米，主会场设在虎门会展中心，特设时装专区、童装专区、面辅料专区、服装印花创意精品展专区、设计师原创展区、电商展区、社会责任展区等，同时还设有20多个分会场。成为向世界集中展示“虎门特色”的舞台。

目前，国内北京、上海、深圳等都举办城市时装周，虎门时装周风生水起享有很高的知名度和影响力，成为时尚业界十分关注的品牌发布活动。本刊作为虎门时装周拍摄品牌时装秀的合作方，记者现场拍摄了所有品牌时装秀和“虎门杯”国际青年设计（女装）大赛，亲身感受到虎门时装周品牌的实力、设计的主力、新潮的魅力。谭志强主任是虎门时装周策划负责人之一，他介绍说：“举办虎门时装周的初衷就是培育时装品牌群体、聚集设计师力量、打造南方时尚流行发布中心，我们一直向这样的目标努力， 取得了显著的效果。今年时装周时尚品位大幅提升，本土品牌担当主流，专业机构合作积极，国际创意有最新突破。今年众多各具特色的本土知名品牌企业对时装周的认可度更高，踊跃报名，一展风采。在11场时装秀中，本土企业占了9场， 远高于往年，包括以纯、Zimple、意澳、ANOTHER ONE、韩菲斯、忆花寻、森虎儿、ECA、蔓露卡等品牌及富民公司专场，展示了良好的品牌形象与雄厚的企业实力，成为时装周的中坚时尚力量。”

专业时尚机构和名模积极合作为时装秀发布奠定良好基础。我们再次邀请国内顶尖时尚机构新丝路模特公司以及杨兰、文程美子、吕冉蓓等中国名模演绎，还有四位世界小姐与广大商家和消费者互动，并领衔众多国内外名模共同展示品牌新品风采。

展现国际、科技新亮点。时装周上来自法国及全国各地的著名设计师工作室、设计师品牌举办了设计师原创展，其中法国新锐设计师Gueffaz和中国新锐设计师李惠珊以“遇尚”命名的中法新锐设计师联合秀在国际合作方面实现了新突破；在Zimple专场发布上，Zimple与华为一起为时尚环保艺术发声，将时尚与科技完美结合，彰显科技时尚的魅力，更是引起广泛热议。这些都充分彰显了虎门作为中国服装名城、中国女装名镇、中国童装名镇、全国服装（休闲服）产业知名品牌创建示范区的独特时尚魅力。”

“虎门杯”国际青年设计（女装）大赛无疑是虎门时装周的重头戏，以其国际性、权威性、时尚性得到业界的一致认可，被称赞为国内参赛国际选手最多、设计水平最高、影响力最大的设计大赛之一，吸引着全世界年轻设计师目光。2018年大赛组委会共收到来自俄罗斯、韩国、波兰、日本、法国、英国、德国、意大利等十余个国家和地区的3236份参赛作品，30组作品进入决赛。经过激烈角逐，中国选手胡铭方以作品《物生之型，衣隐于物》一举夺得金奖，银奖、铜奖以及10个优秀奖也名花有主，大赛获得巨大成功。近几年，为了让虎门服装成为引领中国南派服装时尚潮流的设计中心，虎门着力在培育设计师队伍，聚集设计人才，建立设计师孵化基地等方面下大力量，实施多举措吸引研发设计团队虎门筑巢，集聚了来自全国各地的年轻设计师，向原创设计、自主品牌、时尚源头发展。

谭志强主任介绍了虎门的经验，他说：“通过举办虎门时装周，营造更浓郁的时尚文化氛围，吸引和发现更多的优秀青年设计师和设计师品牌来虎门创新创业，落地生根。在服装交易会主会场上，专门开辟了设计师展厅，免费为由中国纺织工业联合会推荐的优秀年轻设计师，带着他们的设计作品来虎门参展，感受虎门服装的时尚氛围。”

虎门在富民新商务大楼成立了虎门服装设计研发中心，对设计师在创业场地、政策引导等方面扶持，目前已聚集包括中国十佳服装设计师邓兆萍，中国童装十佳设计师冯璐、丁冰，黄秋凡设计师工作室等10多家国内知名设计师团队， 100多名服装设计师在虎门创业，从而成为时尚设计的引领者。

2017年虎门镇政府支持万科集团，利用旧工业区改造创意时尚公社，打造成集创意办公、文化商业、教育培训、艺术展厅、产业孵化、餐饮配套于一体的服装文化创意型园区，旨在吸引更多的服装设计师来虎门创新创业。

谈到在新时代虎门服装设计时尚产业的发展，谭志强主任充满信心地表示， 未来虎门将一如既往支持虎门服装设计研发中心的发展，在培养、扶持本土设计研发团队的同时，通过营造产业氛围、完善产业配套与城市配套，吸引一批世界各地的知名纺织服装研发企业及知名服装设计研发机构落户虎门，加快高端智力资源集聚，提升虎门服装服饰产业的研发水平与集聚效应。我相信，在虎门镇政府大力倡导推进下，国内外会有更多的服装设计师来虎门创业发展，虎门一定会成为南方设计创意的中心，继续引领时尚的潮流。

雄安千年情

雄安，没有人知道这个名字，更不知道在什么地方，然而它注定将成为中国版图上最耀眼的新星。

2017年4月1日，中共中央、国务院决定在雄安设立国家级新区。这是一次历史大手笔，叫作：千年大计、国家大事。雄安新区规划建设起步区面积约100平方公里，中期发展区面积约200平方公里，远期控制区面积约2000平方公里。

时下，继中国最高规格的北京“一带一路”国际论坛之后，雄安成为最热的焦点新词。雄安新区地处京津腹地，涵盖雄县、容城、安新三县，拥有河北最大的天然白洋淀湿地水系，明珠在握，举世瞩目。说了几年的京津冀一体化建设有了一个扎实的落脚点和出发点。

先有千年历史积淀，后有千年大计建设未来。何谓千年？雄安本是燕赵千年古域，有悠久传奇的历史。自古燕赵多慷慨悲歌之士。“风萧萧兮易水寒，壮士一去兮不复还。”春秋战国时，燕国就在雄县建中都，于易县建下都。燕国的昭王招贤纳士，荆轲刺秦王的悲壮故事出自易县燕下都。雄安新区原属保定地区，保定是尧帝的故乡，有三千多年历史。保定之名，寓保卫大都、安定天下之意，大都即北京。保定自古为京畿重地，元朝设郡，明朝建府，清朝为直隶总督署，一直是河北的政治、经济、文化、军事中心。

正定县毗邻雄安新区，历史上曾与北京、保定并称“北方三雄镇”，名胜古迹众多，文化积淀深厚，隆兴寺是国内现存时代较早、规模较大而又保存完整的佛教寺院之一。九楼四塔八大寺、二十四座金牌坊，享有古建筑宝库的美誉。我们说雄安新区千年大计，是建立在古往今来千年历史发展的基础上，是浓浓的历史情结。因此，雄安新区建设一出手就把保护历史文化遗产放在十分重要的位置。

雄安地区地处晋察冀抗日革命根据地，有光荣的革命传统，涌现出许多可歌可泣的英雄人物。我上中学的时候，家父买的《保定外围神八路》《野火春风斗古城》等许多抗日小说我十分爱看，感觉抗日英雄很神奇，也很崇拜。后来拍摄的《平原游击队》《敌后武工队》等电影，更是百看不厌，郭振清扮演的游击队长李向阳是孩子们心中的偶像。早年民间有俗语：“京油子，卫嘴子，保定府的狗腿子。”那是贬低京津保人民的说法，冀中平原是我们党领导下抗日英雄辈出的热土。

雄安新区所在的白洋淀也是以孙犁为代表的革命文学“荷花淀”派的诞生地。1945年，孙犁在延安发表了著名小说《荷花淀》。孙犁参加过吕正操将军领导的抗日斗争，白洋淀军民们的英勇抗战故事，成为孙犁的创作源泉。荷花淀派主要作家还有刘绍棠、从维熙等，芦苇荡雁翎队、小兵张嘎是红色文学的代表。底蕴深厚的革命文学反映了晋察冀根据地人民的精神面貌。我想，当年，毛主席在西柏坡指挥雄兵百万赢得解放战争的胜利。今天，我们也一定能在这片英雄的土地上建设新雄安。

水是一个城市的灵魂，没有水就没有了灵气，就是一座枯城。说到雄安新区就不能不说白洋淀。白洋淀，水面面积366平方公里，淀区被3700多条沟壕、12万亩芦苇分割成大小不等的143个淀泊，是华北平原最大的内陆湖，有华北明珠之誉。白洋淀距北京、天津各150公里左右，形成水路相依的金三角。

遥想抗日战争时期白洋淀烟波浩渺的辽阔水域，曾是抗日雁翎队杀敌的好战场。今天，白洋淀也将成为雄安新区千年大计建设不可或缺的资源优势。

我和白洋淀还有一段缘分。八十年代中期，我在经济日报当记者，曾接受了采访濒临枯水困扰的白洋淀任务。当年河北省宋恩华副省长主抓此事，十分重视，特意安排我走访了许多水乡村镇和渔家船户。当时由于盲目大上工业项目，抽取地下水，白洋淀到处是淀水枯竭、沙尘飞扬的沟壕，昔日芦芽竞出、苇绿荷红的美景早已荡然无存，拯救白洋淀刻不容缓。我在经济日报1版发表了《喜忧参半白洋淀》的长篇通讯，引起强烈的社会反响，并得到国务院领导重视和批示，我还因此荣获当年全国好新闻一等奖。当我听到建立雄安新区的新闻，欣喜万分，白洋淀终于迎来了新生。

唐代边塞诗人岑参有："古来青史谁不见，今见功名胜古人。"所谓千年大计，建设雄安新区必须要有"功成不必在我"的坦荡胸襟，一茬接一茬，一代接一代地干下去，为子孙后代留下一份千秋的基业。2017中国·廊坊国际经济贸易洽谈会开幕，刚刚设立不久的雄安新区，即刻派出了容城县作为北方最具代表性的服装生产基地和产业集群全新亮相。可以想象现代时尚时装产业将会在雄安新区独领风骚。不信吗？你去看看曾经同样是偏僻渔村的深圳，如今成为代表中国最大的女装产业基地。

我想，党中央对北京市城市新定位，为我们提出了新思考、新课题，北京时尚时装产业也要早些谋篇布局，共享雄安新区建设发展的千年机遇。

上图：2010年，李昭大姐荣获北京纺织工业60年功勋奖，在胡耀邦总书记家亲切会见北京服装纺织行业协会、《时尚北京》杂志的同志合影。北京服装纺织行业协会常务副会长兼秘书长张培华（左二），《时尚北京》杂志主编、北京服装行业协会秘书长贾杨（右一），北京服装纺织行业协会副秘书长杜玉芬（右二）。

下图：2014年春节，北京服装行业协会领导前往胡耀邦总书记家拜年时合影。前排北京纺织工业局党委书记孙建勋（右一）、北京服装协会副会长徐青伟（右二）、北京服装纺织行业协会常务副会长兼秘书长张培华（左一）。

上图：2021年4月12日，在深圳时装周开幕式上与中国纺织工业联合会副会长、中国服装行业协会会长陈大鹏合影。

下图：2020年，在虎门时装周上，与中国服装行业协会原常务副会长蒋衡杰合影。

上图：与中国纺织工业联合会副会长兼秘书长杨东辉一起合影。

下图：2009年参加哈尔滨时装周期间，与北京服装纺织行业协会会长常青（中间）、黑龙江服装协会会长王丽梅（左一）合影。

上图：2020年，应邀采访深圳时装周，与深圳服装协会名誉会长、深圳时装周发起创办人沈永芳合影。

中图：2019年，应邀参加深圳时装节。与深圳时装设计师协会会长、中国（深圳）国际时装节创办人周世康合影。

下图：2019年，在北京服装学院六十年华诞上，与中国纺织出版社社长董青松合影。

左上图：1996年，参加上海服装交易会，与上海服装行业协会副会长兼秘书长徐秀清（中间）合影。

右上图：20世纪90年代，作者作为《服装时报》总编辑应邀参加香港服装节，与香港贸易发展局负责联络内地服装纺织业务的主管杨吴国梅女士合影。

下图：20世纪90年代，在广东服装产业发展论坛上合影 。广东服装协会会长刘岳屏（后排居中），深圳服装协会名誉会长、深圳时装周发起创办人沈永芳（前排居中），广东省服装服饰协会副会长、广东设计师协会常务副会长汤敏仪（前排左一），《经典故事》董事长陈伯君（后排右二）。

上图：2014年，参加宁波时装周期间，与宁波服装协会副会长兼秘书长张晓峰合影。

中图：2016年11月，参加广东虎门国际服装交易会与虎门国际服装交易会的发起创办人之一，虎门镇原党委书记钟淦泉（右二）、中国纺织报记者苏铁鹰(左一)一起合影。

下图：2020年，应邀参加第25届虎门服装交易会暨2020虎门时装周（秋季）期间，与虎门服装服饰产业管理委员会主任、虎门服装行业协会会长谭志强合影。我自1995年在《服装时报》任总编辑时应邀参加首届虎门服装交易会，此后每年均应邀来虎门采访，岁月沧桑，弹指25年过去，与虎门服装行业结下了深厚的友情，与谭主任是二十多年的老朋友了。

03

时尚潮头

时尚为何物？世界上不知有多少人追随着她奔放的脚步，或痴迷忘情，或一掷千金，或才艺纵横，或托付终生。世间若没有了时尚，生活中拿什么点燃美的欲望？惊涛拍岸，潮起潮落，时尚媒体傲立在时尚潮头。

北京时尚四十年

2018年是改革开放四十年的纪念年，12月是收官之月。《时尚北京》在这辉煌的时间节点邀请北京时装界企业家、设计师共同回顾四十年不平凡的人生创业历程，感恩这个伟大的时代，致敬创造时装产业，引领时尚生活一代英雄人物。

四十年，时尚改变了生活，生活因时尚而精彩。北京从一个纺织城发展演变成时装时尚的中心，沧桑巨变，很大气、很惊艳、很有故事，也难以复制。1984年，李昭大姐在改革开放的春风中，做了两件对北京服装时尚产业发展有历史意义的大事。一是她率先垂范发起创办了北京服装纺织行业协会，这在当时的中国是破天荒的创造，是国内第一个城市服装纺织行业协会，可谓时尚奠基石。二是她创办了全国服装行业第一份时尚新闻媒体《服装时报》，高高举起了宣扬传播服装时尚文化的大旗。回望历史，缅怀先辈，对于从延安走出来的老革命李昭大姐来说，这样的改革壮举需要非凡的魄力和远见卓识。

自20世纪80年代起，北京服装协会就走在改革开放的时代前沿，致力于服装时尚产业的创新发展，做了许多服装行业前人没有做过或没有实现的大事，赢得了国内服装纺织业界的普遍敬佩和赞誉。1985年，李昭大姐破例在家里接见日本著名时装设计师小筱顺子。小筱顺子在国际舞台上是与三宅一生、山本耀司等时装设计大师享有同样声誉的设计师。北京服装行业协会策划促成她在北京饭店举办了当时中国国内最大的时装秀，引起热烈反响，此举开启了时装设计师国际交流的先河。随后的二十年里，小筱顺子与北京服装界密切合作，成为促进中日时尚文化交流的友好使者，被称为“一朵开在中国时尚大树上的花”。

1994年7月1日，北京服装纺织行业协会经历8年曲折的运作筹备，《服装时报》终于正式创刊，李昭大姐担任社长。同一天，由中国纺织工业联合会主办的《中国服饰报》也问世了。两个新派服装专业报记录并推进中国服装产业迈入巅峰时期，成为两面耀眼夺目的服装时尚文化旗帜。

1996年，北京时装设计师薄涛在第27届香港时装节上做时装发布秀，这是国内时装设计师第一次亮相香港，轰动了时装界。我现场见证了那激动人心的时刻。那时香港是时尚的风向标。薄涛是代表北京时装设计师站在香港时尚舞台的第一人。

1996年，《服装时报》应法国高级时装工会邀请赴巴黎采访巴黎时装周。这是中国服装专业媒体第一次走出国门采访国际时装周。我作为《服装时报》总编辑率队前往巴黎。在卢浮宫内时装发布秀摄影席上挤满了几百位来自世界各地的记者。正所谓：“儿童相见不相识，笑问客从何处来？”他们不约而同友好地和我打招呼：“你是日本人，还是韩国人？”“对不起，我是中国记者。”我彬彬有礼地回答。不奇怪，那时巴黎时装周还没有来自中国记者的身影。其间，我有幸采访了巴黎高级时装工会主席迪迪埃·哥巴赫先生，后来成为朋友。回国后，我们把在巴黎时装周拍摄的香奈儿、伊夫·圣洛朗等大牌发布秀的新一季图片印制成精美的画册，一时热销，成为国内时装设计师们争相抢手的第一线时尚资讯。那些年，《服装时报》是国内服装业界公认的引领时尚潮流的先锋媒体，也是北京服装行业协会一张引为荣耀的时尚名片。

2001年，北京服装纺织行业协会与深圳服装行业协会合作，联合上海、天津、广州、杭州、武汉等全国有代表性的服装行业协会参与，由《服装时报》和深圳国际服装文化节组委会联合主办了“东方巴黎杯”首届中国南北女装对话活动。法国高级时装工会主席迪迪埃·哥巴赫先生应邀出席并发表演讲。北京白领女装品牌老总苗鸿冰代表北方服装品牌出席参与对话。这是中国女装业改革开放20年的首次聚会，是南北女装第一次国际时尚的论坛。

2008年7月1日，在时任北京市副市长陆昊的关怀主持下，由北京服装纺织行业协会主办的《时尚北京》杂志创刊号赫然面世，这是国内省市服装协会创办的第一本，也是唯一的高端时尚杂志。当年，在国外时尚大刊林立一统天下的媒体界，《时尚北京》杂志曾被嘲笑为匪夷所思的时尚奇葩。然而，她不仅顽强地破土而生，竟然还撑起了北京的一片时尚蓝天，成为国内第一个真正意义上的本土高端时尚刊物。当前，在网络自媒体大潮的冲击下，国内服装时尚纸媒陷于被动局面，《时尚北京》杂志风姿绰约地立于时尚媒体群中，北京时尚依然在这儿。

2010年，北京服装纺织行业协会发起主办的大型时尚活动《时尚北京之夜》，定名“时尚北京·白领2010”的时装秀在北京标志性古迹北海五龙亭盛大举行，夜色中气势恢宏，天融地合的大秀成为北京经典的时尚代表之作，让时装业界领略了北京白领品牌如梦境般神秘、华丽的古典时尚文化。纵横40年间，有幸在中南海旁的北海举办品牌时装发布秀，只此一回。这一夜，属于白领。

2016年，北京服装纺织行业协会审时度势，勇于担当起城市时尚主角的大任，发起首届北京时装周。近几年，纽约时装周在国际时尚界格外耀眼。中国的首都北京，实现建设文化中心的新战略，跻身国际时尚界，必须要有自己的时装周。首届北京时装周获得了出人意料的巨大成功，让举世闻名的文化古都北京插上时尚的翅膀，实现了北京服装协会几代领导的多年夙愿。北京时装周已然成为新时代新时尚的国际交流舞台。而今我们有资格说：新时尚发端于北京。

2017年，北京时尚消费月活动首度启幕。这是由北京服装协会、北京时装设计师协会和《时尚北京》杂志发起，北京市商务委员会主办的大型活动。“为有源头活水来”，时尚源于消费，没有消费何谈时尚。时尚引领着消费趋势，消费催生着新的时尚。把时尚与消费融于一体，点亮寻常百姓的生活，北京又一次走在时尚的前面。这仅仅才开始。

纵览中国历史长河，改革开放四十年是蜕变成东方巨人的时代，是不可复制的时代。在这场伟大的历史变革潮流中，时尚是一朵雪白闪亮的浪花。四十年，对历史而言只是须臾瞬间，而对一个人几乎是一辈子，是他生命旅程的全部。四十年，敬畏英雄，感激那些为北京服装时尚行业创造奇迹的人们。时尚总让你无限向往、钟爱、留恋；能与北京的时尚同行四十年是幸运的，也是自豪的。

岁末冬寒，欣然命笔，记录下我知道的北京时尚四十年。

2018年12月《时尚北京》杂志卷首语

得时尚之先

北京服装纺织行业协会三十年回眸

人生的轨迹很神奇，有未知的机缘巧合，有冥冥中贵人相助，有自我的不懈追求，也有误打误撞，失之东隅，收之桑榆的福气。世上多数人或步入一个行当，或攻一门专业，无论成败，百转千回，阅尽风景无数，走过一生。当你过了不惑之年，蓦然回首，随心浏览生活中属于自己的那一片美妙风景，悠然自得，或许那便是生命的真谛。

2015年4月，新一届的北京服装纺织行业协会领导班子诞生了。新一届协会领导班子新面貌新气象，主要领导由现任北京纺织工业控股公司董事长吴立亲自挂帅担任会长，并出任《时尚北京》杂志社社长。吴立会长上任伊始立即委派协会驻会副会长王文生，三次深入《时尚北京》杂志社了解情况，商讨振兴发展大计。吴立社长也在日理万机的繁忙工作中专门听取杂志领导班子的汇报，颇有感慨地说："过去一直关注这本杂志，办得有水平，有品位，有影响。创业艰难，来之不易。"吴社长指出，今后要以北京的时尚纺织为出发点，着眼国家京津冀一体化大战略，开启《时尚北京》新的发展时期。

今年恰逢北京服装纺织行业协会创建三十年，70年代，纺织业曾是北京市举足轻重的利税大户，风光无限；三十年后的今天，北京市新的首都规划定位，为服装时尚产业带来了百年一遇的发展良机，在新一届协会领导下，再创辉煌正当时。

我1975年进入北京纺织行业，相继辅佐几任领导创办报纸和杂志，尽心竭力，形影相伴，屈指四十年矣。1982年，在李昭大姐的推荐下，我从北京纺织工业局办公室调入国家刚刚创办的经济日报社工作。之后，仿佛有一只无形的手，把我的工作与生活鬼使神差地放入《服装时报》《时尚北京》两个媒体上，不经意间释放了一段创业的精彩，结下了一生与时尚的缘分。

1984年在李昭大姐的积极倡导斡旋下，以服务市场经济改革破题，在北京市率先组建成立了北京纺织行业协会，李昭是第一任会长，是北京服装纺织行业协会的奠基人。至今已三十年。1986年，李昭大姐申办了《服装时报》的刊号，然而由于种种原因搁置了八年之久。1994年7月1日，《服装时报》与《经济日报》合作，发表创刊号，李昭大姐亲自担任社长，我出任总编辑。自此，北京服装协会有了一张自己的报纸。《服装时报》三个主办方领导创刊会在悬挂着胡耀邦总书记像的李昭大姐家会客厅举行。李昭社长动情地说："办不好《服装时报》，死不瞑目。"《服装时报》与《中国服饰报》并称为我国服装界的两大主流媒体同时创刊。《服装时报》创刊五周年时，在人民大会堂举行庆祝大会，王光英副委员长亲自到会，慨然致辞。北京服装协会和《服装时报》的事业达到前所未有的高峰。

2004年，在北京市陆昊副市长的倡导下，提出了推进北京市政府与中国纺织总会共建时装之都的规划纲要，时装之都建设将北京服装产业推到新的高度。与此同时，筹划创办了"时尚北京之夜"流行发布、"北京十大时装品牌"评选、组织"时装之都品牌展"参加中国国际服装服饰博览会等有广泛影响力的大型活动，有声有色，北京服装产业和品牌步入快速兴旺发展时期。

2008年7月1日，在北京市陆昊副市长、常青局长和张培华会长倾力运筹下，改组更名后的《时尚北京》杂志创刊号问世了。让国内服装业界感叹敬佩的是，北京服装纺织行业协会在成功创办了《服装时报》后，又迎难而上办《时尚北京》杂志，这在国内省市级的服装纺织协会中实为罕见，尚无先例。

2010年，常青局长主持工作后，为提升北京服装品牌整体文化品位，抓住设计核心，推动产业进步。配合中国国际园林博览会举办了"炫彩霓裳，锦簇园博"职业服装设计大赛；跨界联合燕京啤酒集团举办中国式新男装设计作品展；组织品牌企业到欧洲时尚地和大品牌观摩交流，充分展示了北京服装协会提升设计队伍的重要作用。

2014年10月，我在微信群得知，《服装时报》即将停刊，闻之惘然。年逾九旬的创刊人李昭大姐不知何种心情？我感慨万端，遂写了几句诗："春秋二十载，多少青年梦。官园叶落时，先贤痛失声。"一张驰骋服装纺织业界二十年的大报凄然倒下，付之东流。我是参与创办者，十年心血，灰飞烟灭。不畏浮云遮望眼。令人欣慰的是，《时尚北京》杂志在国内服装媒体界公认领先，时尚媒体丛林中位列前茅，已然成为北京服装纺织行业协会的一面文化旗帜。

衣食住行，衣为先。服装得时尚之先，早已不在传统产业的范畴，服装天然的时尚文化属性是一个城市乃至国家文化发达程度的重要标志，就像世界上以城市命名的巴黎、米兰、伦敦、纽约、东京五大时装周一样，时装发散着不尽的文化与潮流的魅力。"沉舟侧畔千帆过，病树前头万木春。"三十年，北京服装协会奠定了良好的发展基础，试想北京作为世界第二大经济体的中国首都，坐拥千年古都文化，东方的好时尚、好风景才刚刚开始。

2015年10月《时尚北京》杂志卷首语

为时尚呐喊

献给《时尚北京》创刊十周年

2018年7月，《时尚北京》杂志创刊十周年。《时尚北京》杂志特别做了十周年特刊以示纪念，借此献给曾经和正在关怀支持我们的领导和各界朋友们。

今天，当我们放眼国内高端时尚媒体行业，细数知名刊物时，我们有理由为《时尚北京》杂志喝彩鼓掌，只因她无可争议地成为中国本土原创时尚杂志的代表。留住难忘的创刊岁月，铭记蹒跚的时尚脚步。2008年7月1日，经国家新闻出版总署特批，《时尚北京》杂志石破天惊般地印出了七月创刊号，国内第一本以时尚命名的本土原创高端时尚杂志诞生了。在时任北京市副市长陆昊的亲自倡导支持下，北京服装纺织行业协会会长张培华挂帅，常青、龙云泽、王文生等历任协会领导，率领一批勇于创业的媒体人，志存高远、砥砺奋进，义不容辞地扛起创办《时尚北京》杂志的大任。十年寒暑，初心始终未改，誓言要创办一本中国自己的时尚大刊。

十年，当年老领导们敢为人先的果断决策，如今已经花开花落结硕果，时间印证了他们的慧眼与远

见。不用扬鞭自奋蹄，他们始终不离不弃与《时尚北京》杂志在一起。

十年，当年二十几岁加盟创业的年轻人，如今已过而立之年，依然痴心坚守在第一线。他们用青春浇灌了摇篮中的《时尚北京》，书写了中国当代时尚变迁的绚丽篇章。三千六百多个日日夜夜，我们这些早期创办者有幸和《时尚北京》在一起，十年风雨兼程，同享创业甘苦。人生道路万千条，我们依然选择站在这里。

十年，众多品牌老总站在《时尚北京》身后，如铜墙铁壁般的后盾，撑起了那片时尚的天空。张荣明、薄成书，《时尚北京》深深记住了两位著名企业家的名字，他们率先慷慨解囊，投资创刊，传为佳话。岁月有情，却说不尽企业家与一本时尚杂志互助交融的感人故事。

十年创刊历程，十年时尚风云。改革开放初期，随着西方文化潮水般地涌入，时装时尚领域也发生颠覆性的变化。1993年，国家主席江泽民破例接见了世界著名设计大师瓦伦蒂诺、费雷和皮尔·卡丹，这成为我国最高领导人与国际时装时尚界交流的“首秀”，也是迄今为止，对西方时装时尚界的最高礼遇，表明了我国对现代西方文化的尊重与包容。萌动的中国服装界第一次亲眼见到世界级的时装设计大师，国内刮起了时装设计的旋风。时尚像惊涛拍岸的钱塘江大潮般撞击着那一代年轻时装人的心。当年，皮尔·卡丹先生是最早带着自己的品牌进入中国的，那时穿皮尔·卡丹时装非常时髦，有如写在脸上的时尚。随后香奈儿、阿玛尼、迪奥、杰尼亚、古驰等国际奢侈大品牌纷纷抢滩中国，名声大噪，成为国人仰慕和追逐的时尚生活标配。国际大牌理念瞬间刷新了人们的时尚观念，效仿崇拜西方时尚成为一时的潮流。

与之相伴，在时尚媒体界，国际版权合作的美国、法国等西方时尚刊物应声而起，1986年，中纺集团与美国《时尚》合作的《时尚芭莎》在国内发行。紧随其后，《ELLE世界时装之苑》《时装》《瑞丽》等高端时尚刊物趁势而入，铺天盖地般占据了中国的时尚媒体市场，形成了一统天下的格局，西方时尚大刊大行其道。国内有识之士叹息焦虑的是，在时尚媒体的广阔疆土中，竟然没有中国自己本土时尚刊物的身影。

2008年7月，《时尚北京》站出来，在无语的沉寂中发出了第一声呐喊。我想到鲁迅先生1922年写于北京的小说《呐喊》，那是划破黑暗时代的怒吼声，近一百年过去了，读罢依旧轰然震耳。鲁迅说："有时候仍不免呐喊几声，聊以慰藉那在寂寞里奔驰的猛士，使他不惮于前驱。我的喊声是勇猛或是悲哀，是可憎或是可笑，那倒是不暇顾及的。"鲁迅先生自谦称"我绝不是一个振臂一呼应者云集的英雄"。文化巨匠鲁迅用《呐喊》唤醒了旧社会沉睡的年轻人。一百年后，《时尚北京》在沉寂中爆发，在被西方时尚刊物左右着舆论的阵地上竖起了一面中国本土时尚的旗帜，用自己的声音为中华文化时尚呐喊，那是划破时空的时尚之声。多年前，有人轻蔑的嘲笑言犹在耳："办高端时尚杂志是玩文化的烧钱行当，你们玩不了，也玩不起。"十年，《时尚北京》在铿锵有力的呐喊声中，长啸而过，一路走来。

告别了第一个十年，《时尚北京》又站在新征程的起跑线上。百感交集在，峥嵘岁月稠。不要说时尚的大道很宽很亮，没有原创的声音也一样失去市场；不要说媒体竞争无去留，身边的不少时装媒体已经倒在路上。然而，当你面对坚守十年、心志不移的创业者们时，你才会相信《时尚北京》的呐喊声一定会更加洪亮，更加动人心魄。

为中华文化呐喊。国家经济的强盛与文化繁荣相辅相成。时尚话语权代表一个国家的文化地位，中国作为世界极具影响的经济体，悠久深厚的文化需要重新发掘和认识，时尚需要赋予文化更鲜活更有品位的生命。现在电视台有一档栏目叫作《让国宝说话》，《时尚北京》就是让中国的时尚说话，赢得世界应有的尊敬和追崇。

为中国时装时尚产业呐喊。当今中国的时装时尚业今非昔比。中国的时装设计师已经走向世界，马可、郭培、赵慧洲、谢锋等新一代设计师在巴黎、纽约时装周展示出了非同凡响的力量，可以预见时装设计大师也会出自东方，中华文化正在走上世界时尚舞台的中央；中国时装品牌正在涌现一批年销售百亿级的大品牌雅戈尔、李宁、爱慕、玛丝菲尔、影儿等，已经比肩国际时装大品牌；在网络电商、数码手机、智能家电等领域无可争议地领跑世界；难道《时尚北京》不应为他们呐喊助威，击掌而歌吗？

为中国时尚媒体呐喊。时尚媒体是新文化、新时尚的风向标。西方国家几乎无一例外地拥有时尚大刊，推广本国的时尚文化，借此风行世界。比如美国《时尚芭莎》已创刊150年，风头依然强劲。中国高端时尚媒体刚刚起步，虽步履维艰，但前程远大。北京市政府建设"文化中心"和时尚之都的宏伟目标为《时尚北京》带来了难得的历史机遇。首都北京是中国的心脏，《时尚北京》拥有天时地利人和无可比拟的优势，有责任为中国时尚呐喊，有机会创办中国时尚第一刊。

《时尚北京》刚满十周岁，后面的路还很长，希望在远方。

十年，仅仅是开始。

2018年8月《时尚北京》杂志卷首语

新时尚马前卒

如今，时尚是网上和媒体中的时髦大热词，好像无论做点什么事总要沾上时尚才够新潮。时常有人好奇地问我："十年前美国、欧洲、日本等国际时尚刊物铺天盖地，几乎占据着国内的时尚文化市场，你们竟然把刊物定名《时尚北京》，真是有胆量，有先见之明啊。"我笑答："彼时尚与此时尚不一样，他们传播西方时尚，我们推广中华时尚。"何为时尚？在时尚界有各种各样的定义，不同的国家、不同的文化历史、不同的立场观点有着不同的解读。

党的十九大提出："文化是一个国家、一个民族的灵魂。文化兴国运兴，文化强民族强。没有高度的文化自信，没有文化的繁荣兴盛，就没有中华民族伟大复兴。"对文化在国家和民族复兴中的重要作用有了更新更深更高的认识。我们认为时尚属于文化中最活跃的部分，时尚是一种文化现象，是创造美好生活的力量。时尚似乎是虚无缥缈，看不见摸不到的东西。时尚并非和者盖寡的阳春白雪，抑或是少数富人阶层独享的流行玩偶；时尚既不是远离人们生活遥不可及的神秘文化，也不是极少数人占有的文化领地，更不是老百姓只能高高仰望的神圣殿堂；时尚就在我们身边，就在平凡的生活中。我们推崇的时尚要成为鼓舞人民创造美好生活的精神正能量，成为推进社会文明进步的力量，唯此才有文化价值，才是真正意义上的时尚。

目前，我国文化发展和国际传播能力的现状与日益提高的国际地位还不相称，从世界文化格局看，"西强我弱"的局面没有根本改变。多年来，在世界时尚领域，中国时尚的声音是微弱的，几乎没有话语权。不可否认的是，改革开放四十年后的今天，时尚界崇拜西方时尚的思潮时时作祟，西方的时尚媒体依然主导着市场。《时尚北京》自创刊之日起就以弘扬中华时尚文化为己任，不忘初心，守土有责，以积极鲜明的态度推进中华时尚文化和时尚产业的发展，大声疾呼一直走在最前面。

《时尚北京》创刊近十年来，参与创办举办了许多在国内外有广泛影响力的大型时尚活动，成为传播中华本土时尚的先锋媒体，赢得时尚界高度的肯定和赞誉。过去把世界上的五大时装周奉若神明，视为时尚圣地。2016年，《时尚北京》参与倡议发起举办首届2016北京时装周，向国内外宣誓时尚态度，展现时尚风范，这是一次时尚的破冰之行，北京以全新的姿态回到时尚最前沿。多年来，《时尚北京》站在城市时尚第一线，独家以图文并茂的专题形式报道全国各个城市举办的时装周，成为推广中国时尚文化流行的领先刊物。国内最具影响力的中国国际时装周以及上海、深圳、宁波、大连、哈尔滨、厦门、成都、虎门等城市时装周组委会把《时尚北京》作为重点邀请媒体，尤其是香港、澳门时装节在内地仅邀请几家媒体，《时尚北京》荣幸在其中，其时尚前沿地位不言自明。2017年11月，参与由北京市商务委员会主办的2017时尚消费月活动。时尚消费是现代商业升级版，《时尚北京》又一次走在前列。

近几年，中国开始有尊严地向世界讲中国方案、中华文化和中国故事。全世界以惊讶的目光重新看待中国，敬佩中国的成就，仰慕中国的文化；中国文化正在成为一种新的潮流。

现在国际评论认为，中国正站在世界舞台中心；从某种意义上来说，世界文化时尚的中心也在向中国转移。党的十九大提出的新时代中国特色的社会主义道路，文化自信作为核心思想被提升到了前所未有的高度。《时尚北京》作为国内本土时尚媒体的代表刊物要肩负起新时代的责任，把中华民族的时尚文化推广传播到全世界。

1903年，邹容为推翻清朝封建专制王朝，发表了《革命军》一书，署名“革命军中马前卒邹容记”，被誉为中国近代的人权宣言。孙中山、鲁迅给予邹容极高的评价。毛主席为邹容题词：“革命军中马前卒”。称赞邹容在革命军当中是走在最前面的。今天，中国进入了新时代，中华文化时尚的大军已经高举世界命运共同体的大旗行进在路上。十年励志，整装出发，《时尚北京》要做宣传新时代新时尚勇往直前的马前卒。

2017年11月《时尚北京》杂志卷首语

北京时尚力量

放在三十年前，北京还是个很土气的地方，不仅是春天里黄沙扑面的尘土，京腔也透着土腥味，更不要说黄土铺地的满街小胡同了。提起上海那叫十里洋场，南京路灯红酒绿，夜上海轻歌曼舞，中国最潮的时尚源头在微风拂面的外滩。说到毗邻的天津，俗称“天津的洋楼，北京的四合院”，言外之意还透着北京是个土地方。虽然北京人自己撑面子说，皇城根红墙绿瓦天子脚下，可在外国人眼里中国皇帝不过是最大的土财主而已，还是脱不了个“土”字。

说起来我也算得上个老北京了，上小学中学无论八一学校还是人大附中都在海淀区，毗邻颐和园脚下，大片的稻田原本专种皇家的贡米。到了夏季蛤蟆鼓叫声吵翻天，真如辛弃疾词中所说：“稻花香里说丰年，听取蛙声一片”。如今中关村“村子”里那稻田早已不复存在。沧桑巨变，不知从哪一天起，北京俨然成为一座国际时尚大都市，让我们这些在所谓时装圈子里混的人都不认识了。不争的事实是，北京已经是中国名副其实的时尚中心，无时无刻发散着耀眼的光。

十一月， 中国国际时装周六十多场时装秀聚首北京，再次喷发时尚的焰火，吸引着中国乃至全世界时尚界焦灼的目光。这或许可以说是属于北京的时尚之月。何以如此说呢？本届中国国际时装周让人们再次领略了蓄势勃发的北京时尚力量。北京顶尖时装品牌爱慕、NE·TIGER、白领三驾时尚马车多年来大手笔包揽了时装周开幕、闭幕大秀，蔚为壮观，堪称经典；在新国贸举办的白领之夜盛大闭幕式上，当时装周组委会逐一宣布获奖人名单时，不经意间惊喜地发现本届时装周的最高奖项金顶奖得主刘薇、中国最佳女装设计师潘怡良、最佳男装设计师王玉涛以及中国十佳设计师楚艳、王燕喃、袁冰、彭晶、付奎等重头奖项悉数被北京品牌和时装设计师收入囊中，可以说北京大获全胜，获奖数为历届时装周之最。毫无疑问，中国国际时装周是时装设计师最高级别的较量，是时尚力量最前沿的交锋，北京时尚军团毫无悬念地赢了，赢得很精彩很大气，无不折服。

北京时尚军团获胜绝非偶然，其中缘由有多方面，我认为最值得称道的是十年前在北京市副市长陆昊倡议推进下，北京市政府与中国纺织工业联合会共建北京时装之都的重要举措，或者称之为北京时尚产业架构的顶层设计。北京时装产业有今日，得益于高高举起的时装之都旗帜。十年来，在建设北京时装之都的政策感召和推动下，北京十大时装品牌评选、北京热销时装品牌推荐、时尚北京之夜等一系列活动蓬勃展开，时装品牌建设和时装设计师聚集培养规范化常态化，营造了浓郁的时尚土壤和空气，敞开了有容乃大的怀抱，吸引了全国许多优秀时装品牌和设计师争相入驻北京，谋求国际化的发展空间。北京798设计艺术示范区开辟与建立，无异于打开了中国时尚的一扇大门，成为全国城市的时尚典范。自此中国代表性的时尚设计师们纷至沓来，如张肇达、吴海燕、武学伟等纷纷在北京落户扎根，形成了国内其他大城市无法比肩的新兴时尚力量。从这层意义上说，北京时尚力量代表着中国的顶尖精锐之师。蓦然回首，当年陆昊副市长到798电子管老厂区考察决定在这里搞时尚艺术区时，多数人懵了，可能吗？时尚无界，思想穿透了时空。

时尚说到底是文化。北京这座古城蕴含着元明清千年中华文化，世界瑰宝，绝无仅有。当八国联军火烧圆明园时，对待中华文化是傲慢鄙夷的。今天，当中国坐拥世界第二大经济体的地位，世界开始仰视天安门城楼，中华文化得到了应有的那份尊重。在新时代，北京拥有千年积淀的得天独厚的文化，有责任，也有力量让中华时尚文化重新享誉世界。

时尚改变生活

最近，《时尚北京》有点沸腾，或者说是喜庆。喜事缘于北京纺织控股有限责任公司投资控股杂志的经营公司，《时尚北京》杂志成为北京纺织产业向时尚产业战略转型的重要媒体代表，《时尚北京》迎来了又一次难得的发展机遇。

北京纺织控股有限责任公司由纺织产业转型时尚产业是积极贯彻北京市政府根据新的首都功能定位提出的打造“四个中心”发展构想的关键决策，是网络时代北京纺织产业的一次重大产业革命。放眼当今世界，时尚产业无一例外是发达国家大都市精心培育发展的产业。说起来，我也算个纺织老兵了。20世纪70年代大学毕业就进入北京纺织行业系统。在北京纺织局办公室做秘书工作期间，先后被派到京棉二厂、北京印染厂生产一线基层蹲点锻炼了两年。纺纱车间轰鸣声震耳欲聋，空气里棉尘扑鼻，纺纱女工每天接线去疵要在织机前往返行走几十里；染色车间蒸汽弥漫散发着化学染料味，尤其到了夏季，车间高温成了大蒸笼，染色工人的工作服被汗水湿透了像雨淋了一般，这样的场景至今还在眼前……然而正是在这样的条件下，纺织产业扛起了北京市前三位利税大户的重任，对北京市经济建设发展发挥着顶梁柱的作用。

时代变迁，北京纺织行业从国家第一个五年计划起步历经六十多年，当世界第二次工业革命的机器时代成为过去时，随着现代化都市定位功能的重大转变，纺织产业必须实现脱胎换骨的蜕变与飞跃。那么如何认识纺织服装产业转型呢？纺纱、织布、印染是纺织服装产业链的前端，是依靠机械革命和劳动力的原始付出为代价的，是低端产业。然而时装是这个产业链的终端，是直接服务于消费者的产品。时装品牌的附加值犹如原子核变的巨大爆发力，是纺织产业无法比拟的，它的价值在于人的文化艺术创造力、设计智慧的创新力、推动社会向更高文明发展的时尚引导力，归结为都市时尚产业。时尚产业的内涵是人的设计创新能力，是文化艺术的超越升华，是走在人们生活前面更高的审美追求。当人们向往追逐时尚成为风气时，最生动地体现了社会经济发达的水平，是人民福祉的更高境界。百姓福祉离不开衣食住行。现代的“衣”字，不仅仅是单纯的服装，它往往标志着一个国家发展的开放和现代化程度，也形象地展现着一个民族深厚的文化底蕴。20世纪80年代，胡耀邦总书记第一次身穿西装接见外宾，轰动了世界。西服是代表西方文化的典型服装，看似简单的西服却郑重地表明中国向世界打开了大门，改革开放使西装进入寻常百姓家，也逐步成为外交礼仪场合的着装。2015年，习近平主席与夫人彭丽媛多次出访列国获得巨大的外交成功，而更让世界惊艳的是彭丽媛身着的中国范儿时装，优雅高贵的气质与设计精致绝妙的时装融为一体，引得国际时装界一片赞叹声。

北京发展时尚产业有哪些优势呢？北京市政府与中国纺织联合会共同制定和实施十年的北京时装之都建设纲要，北京已经成为时装流行发布中心、知名服装设计师聚集中心、时装设计教育中心，形成了男装、女装、童装、运动装、羊绒服饰、羽绒服和新中式民族服装等门类比较齐全的高中端服装品牌群体，逐步完善了时装设计、流行发布、生产加工等比较完整的上下游产业链体系，为北京实现纺织产业向时尚产业的转型奠定了坚实良好的基础。在人们固有的观念中，往往轻视或者看不懂时装品牌的经济创造力和文化影响力。几天前，法国高级时装公会主席宣布，2015年在法国经济不景气的情况下，奢侈品行业作为明星产业创造了50万个就业岗位，销售收入1250亿欧元，贡献了40%的出口商品，再一次证明了国际市场对法国时装品牌的强劲需求。法国的高级时装品牌群体不仅代表着国家的经济实力，也是引以为尊的荣耀，表明法国在国际时尚产业的领跑者地位。就像人们说到香奈儿，自然想到了时尚之都巴黎。法国对何谓时尚产业做出了最好的注解。

时尚似乎是一种虚无缥缈的文化现象，其实不然，流行像无形的飓风不分国界扫遍世界各个角落，时尚就在我们每一个人的身边，犹如互联网一样悄悄地、飞快地改变提升着我们的生活。

2016年3月《时尚北京》杂志卷首语

京津冀文化考

京津冀一体化是老百姓议论最多的热门话题。眼下的北京是个“北漂”城，周边的燕郊、三河、香河、廊坊甚至天津，每天往来穿梭城里的上班族至少百万人以上。大家最关心的莫过于交通，一体化成了破解“双城记”窘境的希望所在。

有专家认为，京津冀一体化新战略构想，其意义不仅仅限于建设首都北京核心经济文化与天津、河北纵横发展的经济圈，更重要的是将催生犹如当年邓小平南方谈话时带来的新一次改革开放的浪潮。登高望远海，从这样的高度理解党中央的决策才豁然开朗。

京津冀一体化涉及方方面面，议论最多的是交通、环保、能源、科技等，似乎文化产业被淡忘或边缘化了。文化产业是当今国际大都市建设的原动力，是文明发展程度的标志，愈来愈成为经济发达国家高度重视的现代前沿产业。拿美国来说，美国每年的电影奥斯卡奖颁出的小金人吸引了全世界的目光，成为领导世界文化的风向标。据统计2007年洛杉矶的好莱坞创收达354亿美元，成为重要的经济支柱。好莱坞不仅是影城，而且成为美国旅游观光的文化圣地。2004年美国电影业就已超过航空航天业，成为仅次于军工业的第二大产业，最富有的400家公司中72家是文化企业，文化产业占美国GDP的20%左右。那么，我们在设计京津冀一体化大格局时文化的地位应做何种思考呢？

“风萧萧兮易水寒，壮士一去兮不复还。”燕赵自古多慷慨悲歌之士，最著名的当数这首战国时荆轲刺秦王的诗句。京津冀文化有历史渊源，众多文化遗产植根于此，是中华文化精髓聚集的宝地。京津冀一体化将带来的文化产业融合繁荣价值难以估量。俗话说，“京油子，卫嘴子，保定府的狗腿子。”从地缘上讲京津冀阡陌纵横互为首尾，天津所谓“津门”指的是北京门户。保定之名，起于春秋战国时期，寓保卫大都、安定天下之意，大都即北京。说到文化，京津冀在戏剧曲艺方面自古以来血脉相通，融为一体，许多剧种都是联合国认定的国家重点保护的非物质文化遗产。比如，国粹京剧，始于200年前徽戏、汉戏进京，流派众多，梅尚程荀四大名旦等，兴盛于京津冀，蜚声于海内外。相声，古作像生，源于华北，名家荟萃京津，盛于当代。侯宝林、马三立各为京津一代宗师。评剧，发源于唐山，早称“唐山落子”，发祥京津，小白玉霜、新凤霞为代表，《花为媒》《刘巧儿》几乎家喻户晓。京韵大鼓，起于河北沧州，由“木板大鼓”演变而来，形成于京津两地，在我国说唱音乐曲中居重要地位，骆玉笙是代表名家。唐山皮影，俗称“驴皮影”，有400余年历史，是中华文化独特的艺术形式。吴桥杂技甲天下，河北吴桥被称作中国杂技之乡，名闻天下。还有许多艺术形式，河北梆子、单弦、梅花大鼓、天津时调、京东大鼓，等等；当然，不能不提的是北京文化扛鼎绝笔，曹雪芹所著的中国四大名著之一《红楼梦》。有悠久文脉的历史传承，有流派辉映的艺术品类，有汇聚当代精英的文化人才，为何不能有一个中国式的好莱坞？为何文化产业不能扮演呼风唤雨的主角？由此看来，京津冀一体化的顶层设计中文化产业是一篇不可或缺的大文章。

过去有一种说法，欲成大事，舆论先行。舆论者，文化也。南面的珠三角粤港澳大湾区，有香港、澳门、广州、深圳，尤以香港文化名冠东南亚，称一时之雄；中部的长三角经济圈，有上海、南京、杭州，以海派文化为首加之新崛起的上海国际协作组织，气势如虹；京津冀一体化的宏大构想让生活在这个经济圈的老百姓浮想联翩……

我想，作为《时尚北京》都市时尚刊物，京津冀一体化为我们打开了难以想象的巨大文化空间，追随着国家的发展战略，纵情抒写燕赵大地的时代新风，古韵新曲将弥漫在《时尚北京》的字里行间。

上海滩时尚流

四月江南，莺飞草长，满城芳菲。自2002年创办的上海时装周首次举办秋冬发布，至此每年春秋两季举行，与国际五大时装周同步。上海是国内最早发起以城市命名举办时装周的大都市，坚持数年，独树一帜，从而确立了上海在城市时装流行发布的领先地位。《时尚北京》杂志源于上海纺织服装界的友好渊源，一直参与上海时装周的报道，颇有声色。我受老朋友著名设计师武学凯之邀，再次现场感受春季上海时装周。武学伟和武学凯兄弟均为中国服装设计最高奖金鼎奖得主，学伟在北京798安营扎寨，学凯选择上海拓展，武氏兄弟，南北呼应，得京沪时尚精髓，很为服装业界称道。晚间，与学凯在下榻饭店旁餐馆小聚，相谈甚欢。上海滩的时尚今昔自是题中之趣。学凯事业落户上海也正是看中其时尚本源的优势。

说到上海滩的时尚流，我记忆最深的莫过于20世纪30年代的上海文化现象。“春季到来绿满窗，大姑娘窗下绣鸳鸯。忽然一阵无情棒，打得鸳鸯各一方……”田汉词贺绿汀曲的《四季歌》，朗朗上口的民族韵调，淳朴深厚的文字功力，经金嗓子周璇的演唱成为经典，也是我学生时代喜欢的曲调。由赵丹、周璇主演的《马路天使》《天涯歌女》等电影，使上海成为中国第一代电影发祥地。灯红酒绿的上海十里洋场中，旗袍作为新女性时装，成为最流行的时髦代表。上海三十年代的电影、歌曲、时装浓缩成那个特定年代的时尚流。在辛亥革命推动下，社会实现了从封建转向民主的伟大转变，上海是新文化运动潮流中心，思想最活跃的圣地，涌现了陈独秀、胡适等新文化主将，造就了鲁迅、巴金、茅盾一代中国文化巨匠。毫无疑问，进步思想交流活跃也是我们中国共产党诞生在上海的重要原因之一。可以说，世界认知中国近代时尚文化自上海始。洞观历史，唯有文化繁荣才能创造社会新时代，文化强国正当时。

20世纪六七十年代，上海的工业设计时尚再次爆发，引领和改变了中国老百姓的生活追求。永久、凤凰牌自行车，上海牌手表，蝴蝶牌缝纫机所谓上海“三大件”，无论男女拥有其中一件都是值得炫耀的奢侈品，绝不逊于今天开奔驰宝马车，戴劳力士雷达表。要知道那时三大件凭票特供，有钱也别想买到手。上海制造本身就是新时尚的代名词，尽管我们离国际现代时尚国家还很遥远。我与上海时尚真正亲密接触是八十年代初，第一次走进南京西路274号的培罗蒙西服店。培罗蒙西服是国内最早引进西服工艺的老字号，也许是身在服装纺织这一行的缘故，心仪已久。当时咬牙拿出积蓄的90元，定制了一套手工制作的浅米色纯毛西服，今天叫作高级定制。世上有缘分。2011年，我参加上海时装周。培罗蒙西服公司金总举行招待晚宴，副总经理张国良竟然是当年为我量做西服的人！物换星移，人事苍茫，培罗蒙依然闪耀在南京路上。后来居上的上海现代男装品牌有报喜鸟、杉杉、海螺、开开等。当然，展现在南京、淮海路上更多的是来自全国以及世界各国千姿百态的名牌们，几乎所有国际奢侈品大牌的驻华总部、公关公司都驻扎在上海，汇聚时尚，寻求商机……这样的氛围也弥漫在上海时装周的秀场中。参加时装周的不乏真正国际品牌身影，秀场座无虚席的看台上一半是金发碧眼的嘉宾，此情此景在北京见不到。“横看成岭侧成峰，远近高低各不同。”当上海时装周融入世界，风格迥异的各国品牌秀之间才有学习借鉴的舞台。十年坚持，上海时装周国际化走在了前面。

“浪奔浪流，万里滔滔江水永不休，淘尽了世间事，混作滔滔一片潮流……”1980年，电视剧《上海滩》中周润发饰演的许文强迷倒国人，发哥一举成名；黄晓明续演电视剧《上海滩》依旧火爆如初。可见中国人对上海文化潮流，或叫海派文化有一种丢不掉抹不去的情结。

一江春水向东流。站在外滩看黄浦江水缓缓涌入大海，夹岸高楼指云天，有巨轮鸣笛往返，奔流不息上海滩，怎能不让人流连……

香江时尚风

香港回归十年庆典晚会上，胡锦涛主席接见演艺人员，一一握手，仅与刘德华亲切交谈良久，“华仔，胡主席对你说了什么？”媒体朋友迫不及待问。“胡主席喜欢我唱的《中国人》，希望我唱好。”刘德华笑答。一曲《中国人》透着血浓于水的同胞情。胡主席殷殷嘉许中，深意还在我们都是中国人。记得当年，张明敏的《我的中国心》、汪明荃的《万水千山总是情》，唱遍大江南北，连我这样不懂韵律乐理的人，听着不太熟悉的粤语，也怦然心动，壮志满怀。恰是香港特殊的地缘历史背景，产生了这些带着浓郁回归思国的歌曲，成为香港内地共鸣的心声。“居庙堂之高则忧其民，处江湖之远则忧其君。”香港虽弹丸之地，与北京相隔几千里，文化力量却不可言小，蕴含着中华民族精髓，历来为国人称道。京港文脉相通，强国富民是百姓共同心愿，何况逢香港回归的盛世呢。

香港时尚时装影响力不逊文化，尤其是回归后风头更劲。意丹奴休闲品牌的创立人王伟星，原本是东北音乐人。在广东眼见香港品牌佐丹奴大行其道，卖得火爆。借喻其音以意丹奴步其后尘，学做品牌，居然成了势。后被杉杉集团郑永刚重金收于旗下，足见其品牌价值得到市场认同。王伟星也成为业界知名品牌策划人。国内服装业发展初期，不少创业者从香港学到了做品牌门道，从服装加工走上了创立品牌的道路，涌现出一大批知名品牌。香港的休闲装自树一帜，真维斯、班尼路、佐丹奴都是内地耳熟能详的品牌。可喜的是七匹狼、美特斯·邦威等内地休闲品牌，师承香港，后来居上，成为青出于蓝而胜于蓝的佳话。

香港国际时尚流行资讯和设计理念是内地服装设计界的无形财富。在深圳遇到香港时装设计师协会主席杨祺彬，“过去到内地常常是出席开业仪式或做时装设计大赛评委，现在企业邀请具体指导品牌设计，每周都要来深圳，辛苦多喽。”杨主席感慨良多，合作成功的喜悦溢于言表。的确，他代表一批香港时装设计师内地创业的经历。深圳与香港在服装设计上的深度合作交流，促成国际品牌移师深圳，使深圳成为国内最大的女装品牌和产业基地。从这个意义上说，深圳女装品牌成大势，得天下，很多方面归功香港。平心而论，对内地服装界影响最大的莫过于香港时装节了。比如北京的CHIC博览会、大连服装节、深圳国际服装服饰交易会等著名专业展会都得益于香港模式的启发。

在香港回归十年中，北京与香港的合作最引人注目。连续成功举办十年的京港洽谈会，促使双方贸易额增长8倍，不少国内数一数二的投资项目落户北京，李嘉诚先生投资建造的东方广场以及北京标志性建筑国贸三期，成为京港合作的历史见证。北京建设时装之都，发展创意时尚产业的战略决策，与香港享誉世界的时尚产业有很大互补性，两大都市深厚的文化底蕴是实现共赢的基础。服装界品牌专家评价说，过去世界级的大品牌，其亚洲总部设在香港，前几年有转入上海的趋势，北京提出建设时装之都后，有些品牌开始移师北京。这是否意味着东方文化新的崛起？香港贸发局刚刚在北京举办的“香港时尚汇展·北京”活动，首次将香港创意产业列入主题，京港新合作可喜的新阶段已经开始。我们期盼着，香江时尚风下一个十年。

时尚消费奢俭面面观

2017年的8月，北京商务委员会首次举办时尚消费月活动。这项活动的宗旨是催生北京实体商业淡季时尚品类销售的热潮，促进商业深度服务的升级，给广大消费者带来看得见摸得到的实惠。《时尚北京》杂志是发起这次活动的倡导和协办媒体。

消费是带动经济发展的引擎和动力源头，消费代表着一个社会经济发展和文明进步程度，也是衡量老百姓生活福祉的尺度。时尚消费，包含着消费理念、消费内容、消费方式等，我们主张健康、科技、时尚、节俭的消费风尚，绝不是庸俗奢靡的追求。

改革开放后，随着我国经济的迅速崛起，一部分人富裕起来了，他们暴发户式不良的消费观和消费行为熏染影响着社会消费的取向。前些年，社会上奢侈之风愈演愈烈，消费市场表现得尤为突出。名牌似乎代表着一个人的地位和品位，穿名牌、戴名牌、用名牌，成为有些人追逐攀比的最时髦的东西。现在的男人，吸中华、喝茅台、开宝马、住别墅，是所谓有钱阶级的标志。这让我想起了物质匮乏的20世纪六七十年代，那时的国人穷怕了，有点钱总要攒起来，舍不得消费。我至今记得，参加工作后的第一份工资就是给妈妈买了一件深咖啡色的外衣，妈妈很久没舍得穿，总是整齐地叠放在那里，留作对儿子的念想。那时自行车、手表、缝纫机所谓三大件就是平民百姓最高的奢望了。七十年代，我曾在中国纺织工业部的政策研究室工作，那是为部长们起草文件的部门。要知道在困难时期，共和国部长们的所谓特殊待遇仅仅是每天供应一个鸡蛋，在今天看来也许很好笑，然而那是活生生的现实。

勤俭是我们中华民族的传统美德。“锄禾日当午，汗滴禾下土。谁知盘中餐，粒粒皆辛苦。”唐代李绅的诗句当作歌谣流传千年，妇孺皆知。共和国开国领袖们是令人钦佩的崇尚节俭的典范。民谣说：“新三年旧三年，缝缝补补又三年。”民间如是，领袖如何？毛主席穿过的衣服、鞋袜，常常是补丁叠补丁。五十年代初，北京雷蒙服装店为毛主席制作了一件睡衣。毛主席很喜欢，一穿就是20多年。工作人员多次请求更换，他不肯，要求破了再补，整个睡衣看上去就像一件和尚穿的“百衲衣”。1971年，睡衣终于没法再补了，毛主席才同意换。警卫人员数了数惊讶地发现：睡衣里里外外打上了73块补丁！周恩来总理风度翩翩，儒雅的大国风范。谁能知道周总理接见外宾的一双皮鞋穿了十几年，光是鞋底就换了两次。周恩来当总理二十六年，只穿了三双皮鞋。老话讲：“笑破不笑补。”一代领袖垂范，一个“补” 字蕴含着一个民族简朴的家风国风。

现在，党中央出重拳反腐倡廉，党风民风焕然改观。在消费领域盛行尘上的非理性奢侈品热逐步退潮。2016年《财富》世界500强排行中，所谓高大上奢侈品行业没有一家上榜；在中国市场销售的LV、GUCCI等11个奢侈品牌的几十家各地专卖店关闭，消费开始回归理性。

当我们推崇时尚消费时，不妨看看共享单车吧。眼下共享单车是大城市最为耀眼的风景线，红黄绿各种颜色的共享单车游弋穿梭在大街小巷，极大方便了普通老百姓的出行。可以说这是在互联网科技与手机微信支付手段融合下诞生的现代消费服务。为何迅速普及？价格便宜和简捷方便是最大特色，这也是大众平民期盼的时尚消费。我想，共享单车更意外的收获则是为城市消费吹来了回归崇尚简朴之风，不是吗？

历史上我们的先贤关于奢俭留下许多经典名言，比如战国思想家墨子说：“俭节则昌，淫佚则亡。”唐代诗人李商隐有“历览前贤国与家，成由勤俭败由奢”的名句。历史证明，在这些耳熟能详已经成为民谣的背后蕴藏着铁一般的规律：国家衰亡由奢淫而生。因此当我们用勤劳的双手创造了一个前所未有的富足的国家时，时刻不要忘记倡导推行节俭的消费民风。

上图：2001年，作者在《服装时报》任副社长兼总编辑时 ，应法国高级时装工会邀请采访巴黎时装周。这是巴黎时装周首次对中国时装媒体打开大门。《服装时报》是国内唯一被邀请的时装专业媒体。巴黎高级时装工会主席哥巴赫先生在接收采访时高兴的说：“欢迎，你是第一个采访我的中国记者。”并欣然一起合影留念。这是中国时装媒体第一次现场采访以巴黎时装周为首的世界五大时装周。自此打开了国际时尚界对中国长期封锁的大门。作者成为采访巴黎时装周的第一人，实现了国际时尚的破冰之旅。左下图：2002年，应邀参加英国时装周期间，专访英国诺森堡大学服装学院院长、著名时装评论家、品牌咨询专家Douglas G.M时合影。

右下图：2002年，应邀参加英国时装周期间，专访英国曼彻斯特城市大学副校长、服装学院院长、世界著名纺织服装专家Maclennan Richard Murray时合影。

上图：在中国国际服装服饰博览会品牌发布上，与中国服装协会常务副会长蒋衡杰（左二），中国十大服装设计名师、广东服装设计师协会终生名誉会长刘洋（左一）合影。

下图：1995年至1998年期间，上海中华杯国际时装设计大赛评委团邀请了国内外评委参与，作者应邀担任评委，中国服装设计师协会主席助理李欣（左三）、上海服装行业协会会长兼秘书长徐秀清（右二）以及法国男装协会主席、法国女装协会主席、联合国教科文组织总干事、英国曼彻斯特大学校长等国际评委一起合影。

上图：1996年，作为《服装时报》总编辑，应邀担任上海中华杯服装设计大赛评委对参赛作品进行现场点评。中国著名服装设计师吴海燕、赵玉峰、祁刚、武学凯、张继成、唐炜、张伶俐、计文波、曾凤飞等都曾以各种方式参与过上海中华杯服装设计大赛。上海中华杯服装设计大赛在国内外时装设计界有广泛的影响，受到服装界及时尚服装媒体的高度评价，被誉为服装设计师的摇篮。

下图：在上海国际服装展会上，应邀担任上海中华杯服装设计大赛评委，与英国服装工会会长合影。

上图：上海服装行业协会会长兼秘书长徐秀清（左一）在北京召集商议开辟上海中华杯设计大赛北京赛区事宜。上海服装行业协会会长兼秘书长徐秀清中国服装设计师行业协会主席助理李欣（居中）、中国纺织报社社长童之奇（右一）。

下图：1996年，在参加上海服装博览会期间，应邀担任上海中华杯服装设计大赛评委时，与参与演出的模特合影。

上图：2020年，在深圳时装周粉蓝时尚品牌发布会上，与深圳服装协会名誉会长沈永芳、深圳服装协会会长潘明、深圳粉蓝时尚集团董事长李飞跃一起参加现场走秀。

下图：2020年，在深圳时装周粉蓝时尚品牌发布会上，与深圳服装协会名誉会长沈永芳（左二）、深圳服装协会会长潘明（右二）、深圳粉蓝时尚集团董事长李飞跃（右一）一起合影。

04

时装周记

时装周是点燃时尚的火把，若将世界各国的火把汇聚起来，照亮星空，不就是时尚潮流吗？

2001年，我是时尚媒体第一个应邀采访巴黎时装周，专访巴黎高级时装公会主席哥巴赫先生的记者，随后又采访了米兰、伦敦、纽约时装周，不经意间敲开了世界五大时装周那扇紧闭的大门；2016年，我参与筹划创办了北京时装周，以首都北京城市命名的时装周跻身世界五大时装周，并驾齐驱，引领时尚。

前世今缘，我与时装周有一个前世的时尚约定。

徜徉中外时装周

2008中国国际时装周以白领之夜落幕。白领再次凭北京大牌风范和奥运会张艺谋国画泼墨手法展示了设计师精妙娴熟，融汇国画艺术的才华。与爱慕开幕式的惊艳绝伦大秀辉映，北京品牌包揽了时装周的首尾精彩戏，令人叹服双雄的实力。中国国际时装周堪称北京时装之都王冠上的明珠。《时尚北京》杂志特别以“名师名模名牌，花开新生代”为题推出时装周主题报道。

时装周期间，我在北京饭店秀场偶然与中国服装设计师协会王庆主席聊起来，抚今追昔，感慨良多。如今中国国际时装周已成为引领中国时尚潮流、树立品牌形象最权威最具影响力的国际性盛事。名师辈出、新牌争秀、大赛云集、中外百家媒体蜂拥追逐，唯恐不及，煞是热闹。王庆主席回忆说：“20世纪90年代，时装周初创时，只有《中国服饰报》《服装时报》等少数媒体，不遗余力跟踪报道，发挥了主要宣传作用。你那时是《服装时报》总编，多年合作，功不可没呀。”我自是诚惶诚恐。在我看来，现在时装设计师备受服装行业尊崇和礼遇，得风气之先，功在时装周，威在时尚的力量。那年张肇达云南采风归来，浓郁的中国风情时装秀让业界叫绝，《服装时报》在头版头条位置，以《张肇达你够伟大》的标题刊出。伟大一词过去只用于政治家，我们刻意用于设计师，以示重新评价设计师的地位。张肇达首获金顶奖，设计师自始扬眉吐气。有人评论说，服装院校学子仰慕张肇达，简直放不下一张平静的课桌。以至服装评论家们出来降温：且慢称大师。

时装秀，源于意大利。以米兰、巴黎为最，两大时装之都每年举办春秋两季的时装周，成为世界时尚流行的发布中心。你想成为世界级的品牌吗？朝圣米兰、巴黎吧！这俨然成为国际时尚游戏规则。而这扇时尚的大门一直对中国是关闭的。20世纪90年代，我在《服装时报》时，为开辟国际版，冲破重重障碍，在业界专业媒体中率先来到米兰、巴黎。我们能够在第一线现场采访巴黎时装周，与法国高级时装公会主席哥巴赫先生的开明及对中国的友好之情是密不可分的。多年后，我们成了朋友。我和《服装时报》的摄影记者徐乐中采访拍摄巴黎时装周时，记者中还没有中国人，东亚也只有日本、韩国。当全世界几百家电视、报刊记者挤拼在不大的摄影席时，那竞争是残酷的，何况人生地疏的我们。巴黎时装周发布主场地在卢浮宫，来自世界各国的品牌发布有八十场之多，许多顶级服装大牌都是自选地方搭台作秀，极尽奢华之能事。为了占得一席好一些的拍摄位，我们每天早出晚归，辛苦自不必说。中国经济崛起，赢得不少欧洲媒体人的尊重。一位意大利声誉很高的摄影师，身材魁梧，腿有残疾，是这个摄影圈子的头儿。他看到我们如此敬业，常常友善地给我们留一席摄影地，并送他的获奖作品集，传授摄影技艺，我们受益匪浅，也使我们逐步熟悉世界摄影圈。有人说，世界流行是一种“阴谋”，或说是大品牌的人为幕后推动。在巴黎时装周真切感受到媒体无冕之王并非虚言。巴黎大品牌正是借着媒体之手将流行一夜传播全世界。

巴黎汇集欧洲文化的精华，徜徉在巴黎塞纳河畔，举手投足间无不洒满艺术气息。学生时代喜读文学巨匠雨果的作品，当走近古老恢宏的巴黎圣母院，想到雨果笔下的圣母院敲钟人奥西莫多，虽生得丑陋，却为追求人生美好，不惜付出生命。巴黎时装有辉煌的今天，与这种文化底蕴，脉息相承。我想北京的中国国际时装周，随着中国经济文化大国的崛起，北京国际化大都市地位升跃，终会与米兰、巴黎一样，成为世界品牌流行发布中心都市之一。

眼下国际性的金融、经济危机寒流，袭击着中国的服装界。在扩大内需的背景下，品牌有形与无形的巨大价值日益为人们认可和重视。中国国际时装周对于品牌和设计师非同寻常的价值，是不言而喻的。假使中国没有自己的时装周，设计师何谈令人仰慕的金顶桂冠，十佳名分和业界地位；品牌何谈引领潮流，一秀名闻天下；北京时装之都何谈与世界五大时装之都并驾齐驱，扬我中华文化。王庆主席创办时装周之初，也许未曾料想中国品牌时尚时代来得如此之快，声势规模如此之大。事实证明，他做了一件过去没有人做过的时尚大事，使中国国际时装周走在中国时尚的最前沿。

我们有理由相信，以中国国际时装周为代表的中国新时尚潮流将发挥创意产业优势，有力地抵御经济衰退的寒流。应对时艰，莫忘时尚力量。

记者眼中的国际时装周

最近几年，中国的时装品牌不断在世界的时尚之都巴黎、米兰、伦敦、纽约的时装周上高调做大型时装发布秀，中国的名模也在那里高高地扬起了头，中国面孔惟妙惟肖地展示着东方美，中国文化元素受到前所未有的追捧。中国迅速崛起强大了，成为世界第二大经济体，世界把目光投向中国，中国这块巨大的市场蛋糕吸引着无数投资者、著名时尚品牌纷沓至来蜂拥而入。不是世界在变，而是中国在变。

2013年的纽约时装周上，中国著名影星张歆艺等人受时装周组委会之邀作为嘉宾盛装出席开幕式，观看时装秀，成为本届纽约时装周的一大亮点。《时尚北京》以“我在时装周”为专题采访了多位出席的明星。这几年各大国际电影节邀请中国影星走红地毯被媒体炒得很热闹，人们引颈争睹的一面是影星顾盼迷离的风姿，另一面则是中国服装设计师为影星们量身设计定制的华美礼服。国际时装周邀请中国明星是颇有深意的商业做法，国际大品牌看重的是中国消费市场，明星身后无数粉丝蕴含着难以估量的商业价值。谁都知道，中国人追捧明星近乎疯狂，尤其是青少年。就拿《时尚北京》拍摄吴奇隆的封面来说，信息在网络和微信上发布后，吴奇隆的粉丝专门坐飞机从全国各地赶到北京拍摄现场，千呼万唤始出来，只为一睹吴奇隆帅哥的英姿。只要是明星喜欢穿的名牌衣服，粉丝们不惜重金争相效仿，趋之若鹜。也许这正是国际名牌打开中国市场的敲门金砖吧。

10月25日在北京开幕的中国国际时装周NE·TIGER首场秀，张志峰特意邀请了影星张瑞希、莫小棋，电视台主持人栗坤等人与模特同台演绎东北虎新一季华服，博得满堂喝彩。明星从看客到参与时装秀表演让品牌增色不少，重要的是有了真真切切的明星穿着效应。水无常形，兵无定势。从张志峰不寻常的巧妙之举可以看出中国企业家强烈的突围欲望与睿智。九十年代初，我在《服装时报》当总编辑，我们是中国服装专业媒体中第一个走出去报道巴黎国际时装周的，可以说是服装媒体的破冰之旅。我在巴黎卢浮宫时装发布秀的现场，采访了巴黎高级时装公会主席迪迪埃·哥巴赫先生。随后每年往返采访，双方建立了良好的合作关系。在哥巴赫主席的热情引荐下我们又与米兰、伦敦的国际时装周组委会开展了密切的合作。最初国际上时尚媒体朋友总误以为我们是日本或韩国记者，因为那时中国的记者还被排斥在世界时尚界的大门之外。那些年，《服装时报》的国际版第一时间发布的来自巴黎、米兰、伦敦时装周的报道，成为服装业界追踪的热门看点。我们还专门汇集印制成《国际时装周画册》发送服装企业，大受欢迎，《服装时报》成为传播新一季国际时尚流行的源头。时光荏苒，地覆天翻，不过二十年，中国站在了世界时尚的前沿，一跃成为世界时尚界不得不关注的焦点。个中原因在于，中国人高端奢侈品消费占全世界的四分之一，没有中国的参与，你那个所谓的时尚就会失掉不能忽视的重要消费市场。时尚不是空谈，它依附于国家的经济发展程度和人民生活水准，当中国经济足够强大时，中华文化才被世界另眼相看，才受到那份应有的尊崇，才有资格引领时尚。

二战以后，欧洲的经济繁荣催生了一大批世界级的时装品牌，巴黎、米兰、伦敦随之成为世界时尚的发源地和流行发布中心。纽约、东京伴随经济崛起与巴黎、米兰、伦敦并称为世界五大时装周。纽约时装周不仅有中国的众明星助阵，许多世界级的品牌也加盟时装秀，大有后来居上之势。东风渐进，作为年末压轴大戏，2013年10月25日，中国国际时装周开始在北京饭店金色大厅和798创意产业园的时尚设计广场交替上演品牌时装秀，煞是精彩。梅赛德斯-奔驰的冠名也足以证明了中国时尚的力量。毋庸讳言，眼下中国时装周还鲜有世界大牌的身影，但已不能无视她日渐凸显的时尚地位，更无法遮挡中国时尚的光芒，全世界时尚界人士无一例外地注视着北京。

我想，无须很长时间，北京必将成为世界时尚中心。

畅想北京时装周

北京假如有一个自己的时装周该多好，每逢在中国国际时装周秀场上，与北京品牌老板或服装设计师谈起来，都流露出一种缺憾，也心存由衷的期盼。前不久，《时尚北京》杂志社记者应邀采访上海国际时装周和大连时装周，回来后，编辑部同仁不约而同地再次热议起北京时装周的话题，北京需要一个以城市命名的时装周吗？

巴黎、米兰、伦敦、纽约、东京国际时装周并称为世界五大时装周，按照国际惯例做法时装周都是以城市命名，由此举办城市也被公认为最具时尚魅力的城市。这五大都市每年分春夏、秋冬两季进行品牌时装流行发布，以此成为引领世界时尚潮流的策源地。近几年，金砖四国中的俄罗斯、印度、巴西也开始举办自己城市的时装周。举办时装周不仅代表一个城市现代时尚文化产业发展的程度，更是一个民族立于世界时尚界的风向标。作为时尚服装媒体记者，我曾有幸采访过几大国际时装周。巴黎时装周是国际时装大品牌集中度最高，发布场次最多，有百场之巨，居五大国际时装周之首。品牌发布秀主场设在巴黎标志性建筑卢浮宫，发布秀分场地有塞纳河畔著名的大小皇宫，使整个时装周融入了巴黎独特建筑文化的氛围中，时装秀与城市浑然一体令人心醉神迷，不知所往。全世界几百家电视台、网站、时尚媒体云集于此，瞬间将最新的流行传遍世界各个角落，巴黎这座名城建筑美景也让人饱览无余，其对城市宣传的影响力辐射力不在大型体育赛事之下。时装周发布下一季时装流行，也传播着一个城市的时尚，也许这正是为何以城市命名时装周的缘故吧。

在北京办刊，为时尚呐喊。近几年北京打造时装之都声名鹊起成绩斐然。窃以为北京时装周是时装之都的时尚旗帜，到了高高举起的时候了。现在北京市政府将建设世界城市的宏伟目标摆上了日程，显然世界城市不仅在于规模，更在乎城市的文化创意的活力，科技时尚的创造力，现代都市的引导力。毫无疑问文化时尚是灵魂。中国经济的崛起带动世界掀起了中国文化元素的热潮，北京文化古都的特殊地位使其成为这股热潮的前沿。北京时装周将是城市文化时尚的风向标，在建设北京世界城市中具有不可替代的重要位置。时装产业是创意设计的先锋，是都市时尚产业领军者，没有北京时装周的城市不能称其为时尚之都，何谈世界城市，此谓天时。

几年前，意大利著名歌唱家帕瓦罗蒂等在故宫午门前搭台举办了让全世界惊呼叫绝的大型演唱会，红墙绿瓦，雕梁金壁，美不胜收。如果把北京时装周时装秀主发布场放在这里，比卢浮宫更别有一番古文化韵致和皇家大气的风范。其实展现古都风貌的何止午门，白领品牌老总苗鸿冰破天荒地选择北海五龙亭发布时尚北京之夜白领时装秀，时尚界为之击掌欢呼，原来可以这样！试想如果在颐和园昆明湖畔长廊中，模特们长袖蹁跹是何等画境。北京选作时装周主秀场的古建筑群不在少数，醉翁之意不在酒，在乎古老城市古建筑之间，借国际时装周扬北京古都文化何乐不为？此谓地利。

北京时装之都建设造就了门类比较齐全的服装品牌体系，涌现了一批享誉国内外的著名品牌。北京成为国内一线服装品牌和国际奢侈大品牌首选城市。所谓得北京者得天下，就像明星艺人要成名到北京一样。国际大牌驻华总部、公关公司纷纷扎堆北京。有统计表明，当中国超过日本成为世界第二大经济体时，在中国的世界奢侈品消费也异乎寻常地跃居世界第二，北京担当着世界奢侈品牌消费升级的主要角色，高端消费市场在这。换句话说，北京举办国际时装周不缺品牌资源，振臂一呼，应者云集。此谓人和。

北京国际时装周还有多远？北京的时尚界在呼唤，也在行动。北京服装纺织行业协会曾经做过尝试，举办了品牌推广周，受到行业和品牌的欢迎，取得了有益的经验。当然，与世界五大时装周比我们仅仅是探索性的起步。《礼记·中庸》有言：凡事预则立，不预则废。我想，北京要想建设世界城市应当也必须拥有时尚话语权，当这一观点成为共识时，我们距北京国际时装周只有一步之遥。

没有美丽的畅想，没有超越的飞翔，也就没有了时尚。北京国际时装周属于北京，属于中国，更属于世界。她就在我们身旁。

不为别的，只为北京时装周而来。像夏季里点燃的一把火，北京时装周组委会火辣辣地热。都市时尚是什么？它是看不见摸不到的神秘力量，是左右现代都市发展的灵魂，它是最活跃、最刺激、最爆发的原动力，像一只无形的手推着城市不舍昼夜地热腾奔走。没有时尚，城市没有了躁动的人气，没有了迷人的色彩，没有了血脉偾张的追逐，就像地球没有了引力。过去总是爱拿《红楼梦》里王熙凤讲的“不是西风压倒东风，就是东风压倒西风”比喻世界政治形势，现在世界各个城市都在刮时尚风，比文化、比实力、比创造，看谁的风头硬、影响大。中国文化元素渐行渐近在抬头，风从东方来。时装周成为一个城市鲜明的时尚标志。北京时装周想要刮的就是中国品牌文化风。

一年前，新一届北京服装纺织行业协会驻会副会长王文生上任伊始就多次到《时尚北京》杂志编辑部调研。期间，议论起北京服装纺织行业协会当务之急要办的大事，我们建议首推北京时装周。理由有两条，一是我国服装产业升级进入品牌时代，打造中国时装品牌需要北京时装周平台；二是作为世界第二大经济体的首都，既然巴黎、米兰、伦敦、纽约都有城市命名的时装周，现在到了举办北京时装周的时候。有道是风从东方来，东方时尚之风就从这座古老而又现代的城市开始吧。

2016年8月《时尚北京》杂志卷首语

好个北京时装周

北京的秋季是最美丽的季节，香山那满山遍野醉人的红叶，潭柘寺那两棵金灿灿黄悠悠的千年古银杏树，中山公园里几千株各色秋菊争相怒放，暗香扑鼻……今秋又增添了美不胜收的新景观新去处：北京时装周。

北京时装周在秋意阑珊的莱锦创意产业园拉开了神秘的帷幕，北京不能没有自己的时装周。国际上有巴黎、米兰、伦敦、纽约时装周，北京不能缺席。首届北京时装周不能没有北京知名时装品牌群体担纲唱主角。作为时装周的三个主办单位：北京时尚控股有限责任公司、北京服装纺织行业协会、《时尚北京》杂志，义不容辞建起了军中大帐，升帅旗，举帅印，点兵派将：北京的国企老字号雪莲羊绒品牌拨马来到帐前，摘走了北京时装周闭幕式大秀头个令牌；许多人也许不知道，20世纪90年代雪莲羊绒品牌是最早做发布秀的，设计师杜和也曾名震一时，是北京早期的服装设计师代表人物之一。北京时装周开幕式秀的大旗谁来扛？蓝地女装品牌的老总肖文玖令四座皆惊地站出来大喝一声：“我愿意和首届北京时装周荣辱与共承担开幕式首秀。”兵家有言：养兵千日，用兵一时。肖文玖何许人也？他原本也是北京纺织局下属企业的科技干部，八十年代下海创办蓝地女装品牌，皇城根儿下，红墙绿瓦旁，沉浮奋斗近三十载。我和肖总相识多年，他在企业家中是儒将，常一起探讨品牌文化的那些事。当我向他谈到北京要办自己的时装周时，肖总说这是众望所归，振奋不已，当即拍板，担纲开幕式首场大秀。于是乎曾经叱咤中国国际时装周多年的不少北京时装大品牌，一个个摩拳擦掌站出来亮相北京时装周。他们表示北京的这片土地滋养了他们这些时装品牌，走马担纲，恰逢其时。正所谓“江山如画，一时多少豪杰”。北京本来就是藏龙卧虎之地，北京时装周将让世界见识第二大经济体首都的时尚力量。

北京时装周的旗帜一亮出来，立即得到北京市政府相关部委的全力支持，表示祝贺；中国纺织工业联合会、中国服装协会、中国设计师协会也纷纷表示热烈支持，极大地振奋了北京时装周组委会的士气，一切工作井然有序顺利展开，大大超出了预期设想。且行且珍惜，实践正在证明举办北京时装周的决策是正确的、及时的，也是必要的。

万事开头难，怎一个难字了得。对北京时装周难免有些杂音，比如有人不屑地说：“这些都是玩剩下的。”细想，在国内举办时装周之前，巴黎、米兰等城市的时装周已办了多年。中学为体，洋为中用。我们从学习发达国家好的经验或者说是玩剩下的开始的时尚之旅有何丢脸？又比如说：“炒的都是冷饭，没有新意。”时装周走时装秀，这是国内外通行的品牌商业运作的成功做法，何乐不为？北京时装周近二十场时装秀集中了北京最优秀的时装品牌，集体亮相，这是历史上的第一次。我看这是为中国服装界送上的丰盛绝顶的时尚大餐。至于新意的说法，北京时装周的大幕刚刚拉开，好戏还在后面。还有人怀疑，今年开了好头，明年还办吗？老话说得好，开弓没有回头箭。北京时装周占尽天时、地利、人和，三美俱，事竟成。如今，中国人民欣逢前所未有的追梦好时代，当我们多年的时尚梦想即将成为现实的时候，没有理由不让它走得更久、更远、更精彩。

2016年，北京好个秋，好个北京时装周。

2016年9月《时尚北京》杂志卷首语

打开北京时尚那扇门

2016北京时装周高调落幕，爆出了分外惊喜，留下了热切期盼。9月23日，北京时装周开幕，蓝地女装的首秀让多数业界人士不相信自己的眼睛：北京女装竟然如此大牌！9月29日，北京时装周闭幕式，雪莲羊绒时装秀一扫传统印象，亮出大气高雅的新风格，台下一片惊异：还是那朵冰山上的雪莲吗？北京时装周超高的规格、精美的T台、优雅的环境、上乘的品位、强大的媒体、火爆的人气，还有许多许多，一句话，出人意料地成功。

9月28日，北京市隋振江副市长在百忙之中亲临北京时装周秀场，听取汇报，观看指导；市经信委主任张伯旭参加北京时装周闭幕式发表鼓舞人心的讲话。这样高的规格，超乎北京时装周启动时的预想。

今年春节后，上任不久的北京服装协会驻会副会长王文生多次来到《时尚北京》杂志，深入调研。由于《时尚北京》杂志是伴随着十年时装之都建设成长起来的，一路走来，对北京服装协会未来发展满怀畅想。我作为《时尚北京》杂志的执行副社长和班子成员，向王文生副会长汇报工作时提出了举办北京时装周的大胆设想。他十分赞同，多次与编辑部一起热烈讨论这个想法。此时，关于举办北京时装周有不同声音，各种议论莫衷一是。在北京东单三条33号那座见证了北京纺织行业发展历史的办公楼里，北京时尚控股公司董事长兼北京服装纺织行业协会会长吴立百忙中几次听取《时尚北京》杂志关于举办北京时装周的设想汇报，并召集专门的会议论证北京时装周，他认为北京服装产业向时尚产业转型升级，北京时装周将发挥带头引领作用，要抓住机遇，乘势而上，最后一锤定音。

6月1日，北京时装周组委会正式成立了。贠天祥、王文生担任北京时装周的正、副总指挥。北京时尚控股公司与《时尚北京》杂志优秀人才齐聚东三环的团结湖大厦北京时装周组委会，这里已然成为北京时尚新的策源地。一声号令，出发！团结湖大厦一时成了时尚大厦。于是模特公司教头、舞美搭建公司老板、时装品牌设计总监、知名时装秀大导演以及让人仰视的男女名模们川流不息地纷纷来到北京时装周组委会洽谈，热烈的探讨争论之声不绝于耳……

莱锦创意产业园北京时装周秀场的招商、规划、勘测、搭建等工作不舍昼夜，紧张有序地推进……新丝路、东方宾利、龙腾精英是国内时装界三足鼎立的著名模特经纪公司，与《时尚北京》杂志是多年的合作伙伴。听说举办北京时装周的消息后，第一时间举双手支持。他们作为北京时装周协办单位，优质的模特资源保证了北京时装周18场时装秀倩影频频，场场出彩。张健、王宏民、王维平被国内时装业界誉为“三剑客”的时装秀大导演，应邀来到团结湖大厦恳谈，助力北京时装周。那天，我约张健导演来到北京时装周组委会，交谈中，当我感慨自己曾在北京纺织局工作效力经历时，张健心有同感地说：“多年前我也曾就职北京纺织局产品开发中心，今天为老东家做事是我应尽的职责，也是荣誉。”由他们主导的开闭幕式蓝地、雪莲大秀成为2016北京时装周的经典开山作品。在北五环外的蓝地庄园，我专程拜访蓝地品牌老总肖文玖，开门见山：“北京要举办自己的时装周。”我介绍说。肖总爽朗地大笑，双手击掌说道：“早就盼着这一天啦，我们是地道的北京品牌，企业家也要有政治责任感，北京时装周需要我站出来，没话说，蓝地女装担当开幕秀！”字字掷地有声。至此，北京时装周开幕秀花落蓝地女装。

9月24日晚，庄子品牌男女时装秀的大牌风范震撼全场。王文生副会长与庄子老总庄再强握手祝贺，庄总谦虚地说：“这是我20年来第一次做时装秀。”王文生笑答：“感谢你把第一次给了北京时装周。”当晚，我压下万千思绪，在北京时装周微信群发了一句话：“让对北京时装周说三道四的人安静，让为北京时装周日夜奋战的人欢呼。”

9月29日晚，北京时装周闭幕式圆满结束了，负责北京时装周微信、《时尚北京》杂志微信、北京服装协会微信的编辑们仍然像每天一样加夜班，把胜利的喜讯传给世界……

2016北京时装周犹如一把金钥匙打开了古都北京时尚的大门。世界第二大经济体的首都北京离巴黎、纽约、伦敦、米兰等时尚之都还遥远吗？北京就是不一样的北京。

深圳，比肩国际五大时装周

2016年第二届深圳时装周3月16日拉开大幕，深圳市委书记、市长，中国纺织联合会会长等重量级嘉宾悉数到场祝贺，规格之高，实属罕见，足以证明了深圳在中国都市时尚圈的至高地位；60多场国内外品牌、设计师时装大秀梯次花开，缤纷登场；250多位国内外名模群芳毕至，争奇斗艳；中央电视台等上百家时尚网络媒体蜂拥而至，长枪短炮各显神通，记者圈传出的微信，夺人眼球的头条无一例外的是深圳时装秀；秀场内，容纳千人的看台座无虚席，场场爆满；秀场外，一票难求，霏霏细雨中，挤满了撑着雨伞的热情人群，踮脚引颈观看与现场同步播出时装秀的大屏幕，那热烈专注的情景反映了人们对时尚文化的渴望与追求。深圳因为有了时装周而高高定格为时尚之都，时装周因为有了深圳这片创业家的沃土而散发无穷的时尚魅力，时装周已然成为深圳人民时尚的节日。

举办城市命名的时装周是我国服装产业从初级加工向品牌文化转型升级的必然趋势，是与国际时装时尚界接轨的经典流行发布活动，是现代都市时尚文化产业中最高端、最活跃、最亮丽的标志。目前，国内走在服装产业前沿的城市纷纷举办自己的时装周，比如上海、宁波、大连、青岛、哈尔滨、成都、虎门等城市的时装周，花开不落，此起彼伏形成了一股强大的时尚潮流，催生着中国城市时装周百花齐放的春天。深圳时装周无疑是万花丛中最靓丽最娇艳的。

说到深圳时装周就不能不谈发起者创始人深圳服装协会会长沈永芳。说来，我和沈会长是二十几年的老朋友了，在她创办首届深圳国际品牌服装交易会时，我作为《服装时报》的总编辑就有幸与她合作，共同举办了《南北女装对话》论坛、衡韵杯服装设计大赛等活动。现在《时尚北京》杂志又成为时装周的主要合作媒体之一。为了创办深圳时装周，沈会长运筹帷幄，精心策划，准备了多年。深圳国际品牌服装服饰交易会成功举办十五届，已成为国内第二大服装交易会，由此带动了深圳两千多家女装品牌的崛起，成为深圳的支柱时尚产业，女装品牌群体造就了中国高端女性时装品牌的代表和主流，共同托起深圳时装周芬芳四溢的大气派。深圳时装周开闭幕式上玛丝菲尔、马天奴时装秀艺惊四座，雄视群芳，至高品位经中央电视台新闻频道传遍世界。跨界国际的构架是时装周的定位。沈永芳曾亲自率团参加巴黎、纽约、伦敦等四大国际时装周，考察调研，拓展国际渠道，建立友好关系，奠定了国际化的基础。因此，深圳时装周在运作管理程序、形象包装设计、秀场T台灯光、参加品牌定位等核心内容上聚焦国际化视野，处处散发着浓烈的国际范儿，吸引了英国、美国、法国的品牌和设计师纷纷加盟。英国伦敦时装周做了30年的总导演JOHNWALFORD先生在接受《时尚北京》杂志记者采访时惊喜道："伦敦时装周做了几十年，深圳刚刚第二届就很有国际品位，布局装潢很精美，时装发布秀更年轻更有活力，看到了一个开放的、时尚的城市。"花香自有飞蝶来。曾经获得中国服装设计金顶奖的著名设计师祁刚、潘怡良也慕名前来做专场发布。祁刚动情地说，"深圳是我设计人生的第二次高峰。"他的话道出了深圳服装人登高望远的心胸。一位资深时尚媒体人禁不住感叹：深圳真是个创造奇迹的地方，深圳时装周堪与世界四大时装周比肩。

当沈永芳着一袭高雅的红裙站在台上铿锵致辞时，仿佛看不到岁月的痕迹。沈会长说：“深圳时装周的光鲜靓丽是大家在台前看到的，我们的团队在台后的千般辛苦付出，不在其中是无法想象和体会的。”我与深圳时装周负责运作实施的老朋友谈到萌生创办时装周当初，他做了个形象的比喻：先打枪，后瞄准。是的，世上一切伟大成功来自勇敢地迈出第一步。沈永芳正是拥有这般勇气和睿智的人。

深圳时装周迈出了让时尚界惊艳的一步，相信深圳的时尚大道必将更高、更远、更精彩。

2016年4月《时尚北京》杂志卷首语

深圳时装周启示录

3月19日，深圳时装周2018秋冬系列在深圳市当代艺术与城市规划馆圆满谢幕。来自全球十多个国家和地区的200多个品牌和设计师带来80场艺术时尚大秀。深圳时装周以“艺术与时尚零距离”为主题，现代科技与时尚融合，秀场没有传统的聚光灯，首次采用高科技无影灯下所有人零距离观赏时装秀，展示了一场最过瘾的时装视觉盛宴。令人惊讶的是深圳时装周仅仅举办了四届，已然成为国内国际化程度最高、参与品牌最多、规模最大的时装流行发布盛会之一。为探寻其奥秘，记者有幸跟随深圳服装行业协会会长、深圳时装周的创办人沈永芳女士在第一线现场采访，目睹了时装周的别样盛况，收获了不少有益的启示。

启示一：重新认识和评价时装产业的地位。深圳在建设时尚之都城市发展战略中，摈弃了时装是传统夕阳产业的陈腐观念，把时装产业定位为时尚文化的载体，在时尚产业建设中担当引领角色。在深圳市政府的倡导支持下，由政府主办，服装行业协会承办的深圳国际服装交易会和深圳时装周，对推进时装行业飞速发展发挥了主导作用。深圳时装业70%以上的品牌企业将产能迁移出去，在深圳设立以设计研发、营运管理等为主的总部，建立了以深圳为中心，网络覆盖全国的生产经营格局。全面打造时装创意链、价值链，形成了大企业做强做优，中小企业做专、做精、做特的产业生态。深圳时装产业实现了由“深圳制造”到“深圳创造”、由“深圳产品”到“深圳品牌”、由“全国知名”到“国际知名”的跨越式发展，成为深圳时尚产业发展的支柱产业之一。

启示二：时装品牌是时尚产业的核心力量。我们常说，英雄不问出处。深圳是典型的移民城市，是草根创业者的天堂，更是藏龙卧虎之地。创业之初的深圳女装品牌老板经历了何等的艰辛与困苦，只有他们自己心里晓得。十几年前，我在深圳曾亲眼见到他们的窘境：深圳女装带头品牌歌力思开创人夏国新在街边小店摆摊卖衣服，大名鼎鼎的设计师、品牌艺之卉创办人赵卉洲推车卖水果，经典故事老总陈伯君在三轮车上叫卖衣服……现在有句热词叫不忘初心，对于怀揣梦想到深圳白手起家的创业者来说，那是刻骨铭心的难忘记忆。时光荏苒，如今深圳拥有时装企业2000多家，90%以上是自主品牌，从业人员30多万人。2017年实现销售总额2400多亿元，出口近百亿美元，创造税收200多亿元。涌现出玛丝菲尔、影儿、歌力思、安莉芳、艺之卉等一大批著名女装品牌，歌力思、珂莱蒂尔、安奈尔等近十家企业成功上市。深圳时装在全国大中城市一线商场占有率超过60%，时装产业经济总量名列中国大中城市前茅，占据中国女装领军地位，时装品牌群体已然是深圳时尚之都的靓丽名片。

启示三：设计和设计师是时尚的先锋。深圳时装设计发展迅猛，领先全国。深圳文化创意产业以年均25%的速度快速发展，时装设计、研发在全国处于领先地位，75%以上的深圳服装品牌将销售额的5%至15%作为设计、创新、研发经费，极大提升了时装创新能力。深圳拥有近2万名时装设计师，培养出了一大批国内顶尖的时装设计师、设计新锐、中高级工艺师和在国际上享有知名度的设计师队伍，涌现出梁子、罗峥、赵卉洲等荣获中国时装设计最高奖金顶奖设计师，设计师的创意智慧成为带动深圳时装品牌发展的源泉。

启示四：建立开放的国际化时尚平台。深圳抓住国际化核心主题，组织品牌和设计师“走出去”，在国际四大时装周推广“时尚深圳”。连续多年组团参加伦敦、纽约、米兰等国际时装周，总共有200多家品牌和设计师时装秀亮相国际舞台，整体提升了深圳时装品牌在国际主流时尚领域的地位。2018深圳时装周特别邀请法国女性成衣联合会主席、意大利全国时尚协会主席等率团参加时装发布，参与发布秀的国外品牌和设计师的占比从过去的20%提升到了40%，其中包括美国前总统夫人米歇尔·奥巴马所钟爱的美国著名设计师Bibhu Mohapatra、世界纺织科技巨头美国杜邦公司等。时装产业的国际交流提升了深圳时尚之都的国际地位。

春风得意马蹄疾，一日看尽长安花。深圳时装周昭示着中国时装产业的美好未来。深圳打造时尚之都的步伐犹如隆隆的春雷，催动着祖国的时尚大地。《时尚北京》杂志在显著位置推荐刊载了《时尚之都：北京未来的一张新名片》的文章。北京时装业界热切呼唤时尚之都，正在有声有色地行动中。《时尚北京》杂志当春乃发“声”。

2018年4月《时尚北京》杂志卷首语

上图：2016年，北京时装周期间，中国纺织工业联合会副会长、中国服装行业协会会长陈大鹏（右六）与参加北京时装周的北京著名服装品牌企业家（从左至右依次为王晓琳、刘亚桐、王健、庄再强、薛宝金、罗建凡、肖文玖、邹华灵）、北京服装纺织行业协会专职副会长王文生（右三）、北京服装纺织行业协会秘书长宁俊（右一）合影留念。

下图：2016北京时装周担当开幕秀蓝地品牌董事长肖文玖（居中）、白领品牌董事长苗鸿冰（右二）、北京服装纺织行业协会秘书长宁俊（右一）、靓诺派品牌董事长苑永萍（左一）合影。

左上图：在2016北京时装周上与北京时尚控股集团董事长、北京时装周组委会主任吴立（居中）、北京服装纺织行业协会秘书长宁俊（右二）合影。

右上图：在2016北京时装周上与北京时尚控股集团总经理李学彬（居中）、北京时装周组委会副主任贠天祥（左一）合影。

下图：2016北京时装周上与北京时装周组委会副主任、北京服装纺织行业协会专职副会长王文生（右一）、北京服装纺织行业协会秘书长宁俊（右二）、北京木真了时装公司董事长王晓琳（左二）合影。

左图：2016年，作者采访深圳时装周。

右上图：2020年10月，深圳时装周开幕式时，与深圳服装行业协会名誉会长沈永芳（中间）、《时尚芭莎》杂志社社长张念军（右一）合影。

右中图：2020年，在深圳时装周开幕时与深圳服装行业协会会长潘明合影。

右下图：2012年12月，在哈尔滨时装周期间与黑龙江服装行业协会会长王丽梅合影。

左上图：2019年，深圳时装周颁奖典礼上，与中国时装设计师协会副会长苏葆燕（右一）、深圳市工业和信息化局领导郑璇（右二）、深圳服装协会名誉会长沈永芳（左二）一起合影。

右上图：2018年，深圳国际时装节，作者应邀参加。

左下图：2014年，宁波国际时装周，与宁波服装行业协会副会长兼秘书长张晓峰（左二）及组委会工作人员一起合影。

右下图：2014年10月，在宁波时装周开幕式时尚标志物旁。

上图：2001年，应巴黎时装工会邀请采访巴黎时装周。在卢浮宫主场时装发布秀摄影记者席现场。

下图：2001年，参加巴黎时装周期间，与组委会的工作人员一起。

左上图：2001年，在巴黎时装周上采访参加时装秀表演的时装模特。

左下图：2001年，应邀采访巴黎时装周期间，现场采访参加表演的时装模特。

右图：2001年，应邀采访巴黎时装周期间，现场采访参加发布秀的时装模特。

pierre cardi

05

老总写真

企业家是顶起时装行业那片天的侠骨脊梁。自20世纪90年代起，不过30年，他们成就了中国时装的大格局，大气象。

我做时尚媒体几十年，结识了时装界许多顶尖品牌老总，许多成了朋友。大凡成功的老总，在驰骋风光背后都有奋斗的故事，恰如品牌风格迥异，生旦净末各不同。“你想折磨谁，就让他干服装吧。”是服装界流传的笑语，道出了个中的甘苦悲喜。讲述他们真实动人的故事吧，每位企业家都是一部好书，一出大戏。

我与三位老会长

2010年5月11日，北京服装纺织行业协会举行第八届会员大会。地点依然在长安街对外友协那个古老幽静的院落里。时任北京市副市长苟仲文等领导出席了大会。北京市经信委长期分管服装纺织工业的常青局长出任新会长，与德高望重的常务副会长张培华圆满交替，新一届协会领导班子亮相，气氛热烈隆重。

协会换届来了几百人，新老朋友欢聚一堂好不热闹。缘何有如此大的感召力凝聚力？近些年来，在北京市政府与中国纺织工业协会提出共同建设时装之都的纲要后，北京服装纺织行业协会为推进《促进北京时装产业发展，建设 “时装之都”规划纲要》落实，充分发挥行业组织的职能，科学调动行业和企业的资源力量，积极策划推进各项活动，大力培育品牌群体和设计队伍，成为市政府与服装纺织行业、广大企业密切联系的纽带，成为协助市政府建设时装之都不可替代的重要行业组织。北京市政府对协会发挥行业组织功能，推进产业进步，给予了充分肯定和称赞，同贺同喜；协会会员企业分享协会全方位的专业服务，品牌提升日新月异，企业实力显著壮大，把行业协会当成了自己的家，纷纷赶来参会道喜；在市场经济的大潮之中，独木不成林，北京服装纺织行业协会的成功经验再次有力证明了协会的力量。常务副会长张培华原来是北京纺织工业局的局长，平日里大家都亲切地称她“张局”。多年来张局运筹谋划，通过她的辛勤操持促生了北京服装协会大好局面，当各路英豪汇聚在时装之都的旗帜下，迎接新一届协会领导时，我们情不自禁地说一声：张局，您辛苦了！

北京服装纺织行业协会创建于1984年，是北京市最早成立的行业协会，归属于市政府管理。协会创办人李昭大姐是协会第一任会长，李昭大姐是延安时期参加革命的老干部，是北京纺织服装业开创者之一，也是中国纺织业的元老，如今年届九旬依然关心着协会的建设和发展。李昭大姐从不以胡耀邦总书记夫人自居，位高而谦和，权重而自律。北京服装纺织行业协会有今天的成就，与李昭会长长期关心指导是分不开的。1976年至1982年期间，李昭会长在北京市纺织工业局任书记、局长时，我曾有幸在她身边做秘书工作，耳提面命，谆谆教诲，令我终生难忘。俯仰之间，几十年过去了，当年李昭局长每每走进办公室时，那和蔼可亲的笑貌依然在眼前。1994年，李昭会长提出协会要有自己的宣传阵地，创办《服装时报》，破例亲自兼任社长。她找到曾在共青团中央工作过的经济日报社总编辑杨尚德，提出与经济日报社合作办报。那时我在经济日报社工作，三个主办方斟酌再三决定推荐我出任《服装时报》总编辑。李昭会长语重心长地对我说：“小仲啊，《服装时报》八年没办起来，现在选你来，办不好《服装时报》我死不瞑目啊。”言词之重，是我在她身边工作多年没有过的。我临危受命，拼尽全部心力参与创办《服装时报》9年，在国内服装专业报中与《中国纺织报》《中国服饰报》并称专业媒体“三雄”，风行业界，名噪海内外。李昭社长每每谈起《服装时报》来总是对我赞许有加，我总算不辱重托罢。也许是我与北京服装纺织行业协会结下今生缘，创办《服装时报》时直接领导我的是北京服协副会长徐青伟，现在创办《时尚北京》杂志听命于常务副会长张培华麾下，两位领导恰巧都是我在纺织工业局工作时就熟悉的老局长，意会心谋，遵命是从，不论大小事情我都倍加勤勉，不敢有半点疏忽。我深知个人名节事小，领导信任托付事大。当然克忠克勤也是我从小父母家教与阅历使然。无巧不成书。现在新一届协会领导选出了常青局长当选新会长，原来就是《时尚北京》杂志的社长，又是熟悉服装纺织的资深老纺织老局长，坐镇指挥，驾轻就熟，协会和杂志将迈入崭新的发展时期。

我想，那英的成名曲叫《山不转水转》，我鬼使神差转了几十年，先后曾在《服装时报》《中国纺织报》工作，到头来还是叶落归根重回北京服装纺织业，让我宽慰和兴奋的是依旧做自己钟情的媒体，依旧在熟悉的服装纺织行业，在熟悉的领导的指挥下，做熟悉的时尚杂志。了却凡尘，悟出本缘。在这里我心静如水，脑子里只有《时尚北京》。假以时日，还要续说我的服装纺织缘分故事呢。杜甫的名诗《登高》中有“风急天高猿啸哀，渚清沙白鸟飞回。无边落木萧萧下，不尽长江滚滚来。”北京服装纺织行业协会自创办至今，一届比一届蒸蒸日上，恰似那奔流不息的长江呵。

张荣明与昆曲新雅集

2010年9月28日，我受老朋友北京爱慕集团董事长张荣明之邀飞抵苏州，在重新修葺的苏州昆曲传习所暨“游园惊梦”昆曲会所与文化媒体人一起观赏昆曲《游园惊梦》园林实景版演出，昆曲界称之为雅集。傍晚，汽车穿过城中林立簇新的楼盘，来到有浓郁苏州园林韵味的昆曲传习所。在院内一方宽阔的天井中，张荣明身着白色西装致辞，简述资助昆曲的初衷，露出依然那样低调、那样谦逊的笑容。他身后是创办昆曲传习所的先贤像及昆曲沧桑始末的石刻撰文。历史无独有偶。1921年，出资拯救濒临灭绝的昆曲的是上海纺织实业家穆藕初先生。90年代后，重振昆曲融入现代时尚的竟又是服装纺织界内衣品牌翘楚，爱慕品牌掌门人张荣明。

夜幕低垂，落座亭台抱轩，伴随缠绵轻扬的笛、箫、笙、筝、三弦、琵琶古乐，杜丽娘美艳登台吟唱，一行人立刻遁入“游园惊梦”那醉人的“人生如游园，难得一惊梦”情与景中：

梦回莺啭，
乱煞年光遍，
人立小庭深院。
炷尽沉烟，
抛残绣线，
恁今春关情似去年。
晓来望断梅关，
宿妆残。
你侧着宜春髻子，恰凭栏。
剪不断，理还乱，闷无端。
……

边听边阅曲牌，“剪不断，理还乱，是离愁，别是一般滋味在心头。”那不是南唐后主李煜《相见欢·无言独上西楼》中的名句吗？唐诗宋词信手拈来巧妙地蕴含曲间，令人拍案。似曾相识的曲韵忽地让我坠入儿时喜欢听的越剧唱片《梁祝》：“久别重逢梁山伯，倒叫我又是欢喜又是伤悲，喜的是今日与他重相会，悲的是美满姻缘已拆开……”今夜头遭听昆曲，方知越剧也曾得昆曲的滋润。

何谓昆曲？发源于江苏昆山的昆曲距今有600多年的历史，被尊为“百戏之祖，百戏之师”，是中国诗、乐、歌、舞、戏综合艺术的极致。从明嘉靖年间到清乾隆年间，前后有270多年鼎盛时期，创造了中国古典戏曲高峰。国粹京剧等多种戏剧都从昆曲中汲取了大量营养。2001年，联合国教科文组织宣布昆曲为第一批“人类口述和非物质遗产代表作”。

在当今时代，一个自主品牌文化与民族文化是相依并立、荣辱共存的。中华民族博大精深的文化是中国品牌的活水源头，而只有中国作为经济大国推动引领世界时，其文化才真正绽放魅力，为世人追逐信奉。文化是一个民族复兴强盛的魂。戏剧集中国文化之精粹，昆曲亦然。张荣明携手昆曲的非凡之举，不是一般意义的慈善，而是抢救振兴珍贵的戏曲国宝，印证着一位有社会责任感的企业家的慧眼雄心。

非物质遗产讲究“活态传承”，依靠人一代代口授身传。张荣明认为昆曲要焕发青春，首要的是将现代文化融入古老的戏曲中，为现代人接受和喜爱，成为一种高雅审美方式和高端生活方式。在新版《游园惊梦》中，他特意请来时尚界著名导演张舰，借鉴时装秀的元素，对灯光、舞台、乐队等改进，用现代表现手法和习惯的欣赏方式演绎昆曲，古老昆曲与现代人产生了意想不到的共鸣。他深有感触地说，昆曲只有在再创造中传承，才能获得真正的新生。

自古戏剧需要百姓鉴赏品评和喜闻乐见。戏剧有大俗大雅之分。我们这一代人对京剧样板戏耳熟能详，一段《沙家浜·智斗》折子戏，传唱大江南北，经久不衰，表明了戏剧文化的时空穿透力。张荣明认为，昆曲是戏曲中的“兰花”上品，曲高和寡，在众多戏曲里，昆曲属奢侈品，是为大雅。就像学者于丹所言，昆曲的“至情至性”是细腻婉转而能够纤毫毕现的一种情趣，是那样一种静听苹果开花，细数桂花声落的细致心境。中国经济发展到今天，消费需求细分化，昆曲面对的是有儒雅文化修养的高端消费人群，犹如爱慕品牌的追随者。

我与张荣明相识在20世纪90年代爱慕草创之初。一次出席会议，我们恰巧分在一套房间。那一夜我们壮怀激烈，海阔天空，畅叙未来，相见恨晚。张荣明是钢铁学院毕业的研究生，创办内衣企业令我颇为不解。他告诉我，在国外修正人体体型的内衣是用特种钢设计制作的。我点点头，脑子里依然是断线的风筝。十几年春秋须臾，各奔东西。张荣明创造了中国内衣第一品牌爱慕。我创办了《服装时报》。抚今追昔，我才读懂“钢铁是怎样炼成的”。今夜应邀共赏昆曲，备觉智者胜者张荣明也。我不过虚称资深媒体人而已。

张荣明是苏州人，去年推举为北京苏州企业商会首任会长。此次张荣明发起创立爱慕·苏州昆曲院昆曲传承促进（奖励）基金，并成立“游园惊梦”昆曲会所，600年昆曲艺术香火续得繁衍的一柱沉香，一度沉沦冷落的苏州昆曲传习所金石有归，重放异彩，这是中国经典戏剧文化的百年幸事。

唐朝诗人张继有“月落乌啼霜满天，江枫渔火对愁眠。姑苏城外寒山寺，夜半钟声到客船”的千古绝句。今天，苏州城外的昆曲传习所得贵人相助，古曲新唱，相信与美妙的客船钟声一样悠长久远。对携手昆曲的大手笔，张荣明有精辟的见解：“欣赏昆曲艺术大雅大美，实践昆曲艺术当代传承，感受苏州园林美学意境，体验政务商务文化消费新时尚。”是啊，一段眷恋难舍的故乡情，一片率真赤诚的报国志。昆曲融现代时尚而复兴，张荣明功在其中。爱慕亦如国之百戏，得昆曲文化精髓神传，平添大雅大美之风，张荣明乐在其中。我想，张荣明与现代时尚版昆曲刚刚拉开序幕……

徐秀清的中华杯情结

徐秀清是中国服装圈里的风云人物，大家亲切地称她“徐大姐”。在服装界有三位“大姐大”，或曰执掌南北三大城市的服装行业协会女秘书长。北京的张培华秘书长，为成功推进北京时装之都建设策划奔走而闻名；深圳的沈永芳秘书长，因创办国内最大的国际女装交易会，推进深圳女装产业发展而著称；上海的徐秀清秘书长，因创办上海服装展和中华杯国际服装设计大赛蜚声海内外。中华杯一路风风雨雨走过14年，如今成为国内服装界最具影响力的综合类国际服装设计大赛，堪称上海服装行业协会标志性的品牌赛事。三位女秘书长得到业界的敬重和称颂，不在于秘书长的职位，而是她们在中国服装行业各自独创一方天地，为服装业增光添彩，做出了特殊的贡献，功德自在人心。

今年，在徐秀清秘书长建议下，中华杯首次在北京、南昌、咸阳按男、女、童及内衣沙滩装等门类设分赛区，将大赛移师到其他城市，让更多关心服装的设计师和学子亲临现场一睹国际大赛的精湛作品，深受欢迎。尤其是大赛组委会将《中国纺织报》《中国服饰报》《服装时报》及《时尚北京》杂志，即三报一刊作为指定协办媒体，各报刊领导不辞辛苦，跟踪参与分赛区评判与报道；北京赛区更是在徐大姐多次往返京沪，诚心感召，《中国服饰报》社遂以“服饰在线”冠名，使中华杯首次落户北京，形成上海与北京的时尚互动新格局。至此，中华杯开始走出区域性的赛事，成为真正意义上代表中国的设计大赛。最终实现了徐大姐梦寐以求的境界和理想。正如她在咸阳赛区结束时，走上舞台面对几千名学子和选手大声疾呼：“中华杯我们日日夜夜、辛辛苦苦做了十几年为什么？就为了这一天，中华杯是你们的，也是中国的骄傲！”她落泪了，哽咽着讲不出话来，全场报以长时间震耳掌声。

作为媒体人，我也曾操做过几个设计大赛，深知其中甘苦，每次大赛结束，几乎要脱一层皮，不信吗？徐秀清，中华杯坚持做了十四届！何等坚毅，何等气概，何等的徐大姐！

不知多少中国设计名师从中华杯走出来，不知多少知名品牌的设计总监参加过中华杯；因为有了中华杯，上海重新找回了时装设计中心的位势；因为有了中华杯，上海拥有了时尚设计前沿的资格。重要的是设计大赛是一种无形的资产和力量，她为中国服装行业发掘和培养了大批宝贵人才，为崇尚设计开出一代新风。中华杯，让人们看到了服装行业协会不可替代的社会责任和高尚公德，重新发现

沈永芳与深圳时装周

2015年3月19日，深圳时装周在华侨城欢乐海岸盛大开幕。正值春意芳菲，醉人的绿地、摇曳的椰林、闪烁的碧湖环绕着一座新搭建的气势非凡的白色建筑，那是深圳时装周的主秀场，湖边草地耸立着超大电视屏幕即时同步播送时装秀，气派十足。当我来到时装周现场，还没看秀就已经被组委会独到的眼光和时尚大手笔折服了。我曾采访过巴黎、米兰、伦敦的时装周，深圳时装周选择在水天一色的椰林中走秀真是绝妙无比，同行的时尚记者们如临仙境，赞不绝口。他们发出的微信照片瞬间被狂转，国内时尚界为之沸腾，一时成为关注和议论的焦点。

深圳时装周策划发起人是深圳服装协会沈永芳会长。深圳时装周有哪些看点呢？深圳市政府主办时装周，目标是打造与国际五大时装周并驾齐驱的时尚流行发布中心。政府不仅从政策、资金上大力扶持，市长许勤出席开幕式并致辞，突显时装周的最高规格礼遇和强大的气场位势。深圳时装周一出手就是国际范儿，与IMG美国国际管理集团合作进行整体设计规划，发布场地环境选择、布局搭建、硬件设施等都堪称国际一流，可以与国际时装周媲美；尤其是美、英、法、意、日、韩以及中国香港、中国台湾地区的知名品牌争相云集这片白色建筑群做品牌发布秀，在目前国内的时装周中实属罕见。沈永芳会长曾多次率团参加这些城市的时装周，此次是应沈永芳会长邀请作为朋友前来，足见她广泛的国际人脉关系，这也是时装周国际化的必要条件。在沈永芳会长的倾力组织感召下，深圳女装品牌积极支持参与时装周的热情十分高涨，扛鼎发布秀的主体场次，玛丝菲尔和马天奴包揽了开闭幕式的演出大秀，深圳服装协会多年来积累的两千多家女装品牌企业资源，是举办深圳时装周无可比拟的雄厚品牌资源基础。

2015年，恰逢名满国内外时装界的深圳国际服装交易会创办十五周年。15年前，我作为《服装时报》总编辑到深圳采访刚刚出任深圳服装协会秘书长的沈永芳。那时，深圳服装业处在起步阶段，困难重重，千头万绪，从何抓起？我们在采访交谈中沈永芳会长提出了创办深圳服装交易会的设想。如今在国内服装业界，北有中国CHIC服博会，南有深圳服博会的美名成为不争的共识。深圳女装成为中国女装领军产业，走遍大江南北大中城市的大商场，深圳女装成为响当当的卖场主流品牌群体。深圳时装产业占全市年总产值的10%以上，这在国内大城市中是绝无仅有的。深圳服装交易会带动了深圳服装产业从无到有的快速升级，催生了独领风骚的深圳高端女装品牌群体。沈永芳会长功不可没。

任何一个成功的事业总有一位胆识过人的核心领导人物。国内各省市区的服装行业协会不在少数，真正能够十几年坚守不弃，做大做强时装产业和展会的协会带头人屈指可数。沈永芳会长不仅是深圳服装交易会居中策划的精神灵魂，也是运筹帷幄亲力亲为的现场总指挥。沈永芳会长作为深圳服装交易会的创始人赢得国内外服装界广泛的尊重与钦佩。她的人生事业达到了一个令人羡慕的高峰。几年前，当沈永芳会长完成了深圳服装交易会上下游全产业链的完整体系后，就富于远见地开始着手深圳时装周的策划准备工作，并在深圳服装交易会中尝试增添了品牌发布秀的项目。她认为，随着服装产业品牌化时代的到来，打造深圳时尚流行发布中心、时装设计研发中心、品牌文化研究开发中心势在必行，时不我待，要尽快创办深圳时装周，这既是建设深圳时尚之都的需要，也是她实现人生第二次时尚创业的梦想。

目前，国内已有北京、哈尔滨、大连、上海、宁波、虎门、厦门、江南、青岛等时装周，深圳时装周的大手笔加盟，一定会让中国都市时尚之火更加耀眼。采访时，沈永芳会长告诉我，许多朋友和家人们都劝她不要再这样日夜操劳，该歇息一下享受属于自己的生活了。她看了一眼正在播秀的大屏幕，笑着说："仲总，你说我能停下来吗？"看着沈永芳会长意犹未尽的神情，我一下想到梅艳芳唱红的那首《女人花》中的歌词："女人如花花似梦，我有花一朵，长在我心中。"是啊，沈永芳会长的梦想在心中，她与深圳时装周的时尚故事刚刚开始。

2015年4月《时尚北京》杂志卷首语

师道

夏华和她的依文品牌之道

做纺织服装专业媒体，少不了与许多服装老板打交道，有人称为人脉关系。所谓人脉者，即从老板那里了解服装产业发展的脉络走向，人脉实为人师也。北京男装依文品牌如日中天，在北京亿元大商场销售排名中总不落三甲，同行为之咋舌，羡慕不已。掌门老板夏华，这几年声名鹊起，以新派知识女性形象成了一方时尚人物。她在品牌文化上的成功探索，给我很多启发，应算老师之一罢。

品牌如其人。初识夏总，对她文化底蕴的修养、思维的聪慧敏捷、性格中巾帼不让须眉的豪气印象殊深。那时服装业界很少有人知道依文男装。略去夏总如今许多耀眼的头衔和荣誉，本色是中国政法大学的高才生，来自大连，与服装相隔甚远。而依文男装的迅速崛起，不得不让人重新审视品牌文化。

北京服装界，不少赫赫有名的品牌老板起于"寒微"，或在批发市场练一个摊位，人称"倒爷"；或在商场里租几根挂衣横杆卖货；或服装专业院校毕业后开一间服装小店……风里雨里，惨淡经营，个中滋味，自家知道。从20世纪80年代创业，弹指二十几载，搏杀出一批成功者：爱慕、白领、依文、蓝地、顺美、庄子等著名品牌，形成了现在北京不同凡响的时装品牌体系。正所谓英雄不问出处啊！在这些品牌中，依文男装创立较晚，胜出则速。有朋友开玩笑说：这叫厚积薄发，大器晚成。夏华毕业于中国政法大学，原本在国有企业，下海承包，不经意间进入了服装这一行。凝聚提升品牌文化内涵是夏总常常记在心中挂在嘴边的话题，也为此付出了与众不同的种种努力。衣之有情，衣之有文。依托中国深厚的文化之源，探寻百姓时尚情感之渊。这里冒昧地作为依文品牌的文化注解。

男装要表达男人的气概。中国历来以孝为尊。古时，李密名篇《陈情表》中："臣无祖母，无以至今日，祖母无臣，无以终余年。是臣尽节于陛下之日长，报养刘之日短也。"凄婉泣述，决意侍祖母，辞官不就，成千古佳话。夏总围绕中国文化从古至今的"孝道"，2002年在昆仑饭店以"俺爹俺娘"朴素的纪实图册为主题首发，举办了一场别开生面的大型文化演讲会。政府要员、名人贤达、老板商贾聚于一堂，同说父母情，德孝观。席间，中央电视台著名主持人赵忠祥老师感慨道：“如若连父母都不孝敬的人，万勿与他交朋友。”艺术人生主持人朱军谈及父母节衣缩食供他上学，而当二老患病弥留之际，却未能赴兰州床前尽孝时，声泪俱下，不能自已。一位电子行业的大老板更是激动地说：“很多人不是信佛吗？最该拜的佛，就是自己的父母。不孝为大，不孝子孙，何谈顶天立地男子汉。”夏总用一个“孝”字将在场男人们的情感调动了起来。依文男装文化精髓自然地融入其中，依文在男人心灵深处不胫而走，这也许就叫品牌的文化震撼吧。

服装业界不乏大牌男装，北京也曾有不少轰轰烈烈的时装品牌，瞬间轰然倒下，杳无音讯的不在少数。残酷的市场竞争使一些老板不得不另谋出路，个中原因很大程度在于把握品牌文化力不从心。皮之不存，毛将焉附。所谓皮者实为品牌的风骨，或者说是品牌的根。根基不牢，如何不倒？不久前，天津百年老字号狗不理包子拍卖，居然拍得千万元以上，足见中国老字号风骨犹存，魅力和价值在那里。时装特有的文化属性，决定了品牌掌门人必须在文化层面上深入研究，斗智斗勇，展示才华。猛然想起皮尔·卡丹刚刚进入中国时，先在北京开了一家高档马克西姆餐厅，推的是西餐文化。今天看来，老卡丹不愧是品牌运作的高手。夏总的做法有异曲同工之妙，只是每个国家的文化背景不同罢了。

最近，夏总在北京建外SOHO新推出男士高级成衣服务中心，专为高级白领提供着装个性化服务。新思维、新尝试推动着依文品牌向市场深度延伸，我期待着她获得新的成功。

“蓝地”三戒

2010年，北京蓝地时装品牌创建20年，《时尚北京》杂志以一个服装品牌20年的故事采访了董事长肖文玖。蓝地品牌创办人肖文玖在北京服装界打拼了二十几年，称得上是元老级知名企业家。回首改革开放之初，北京多少人轰轰烈烈下海干服装，有的赔本垮了，有的赚钱改行了，有的销声匿迹了，有的却在风风雨雨中站起来，成为北京人的骄傲……大浪淘沙，岁月蹉跎，如今能树起一个响当当时装品牌的人屈指可数，肖文玖算一个。蓝地品牌是北京服装品牌由小到大发展的代表品牌之一，蓝地品牌走过的道路是北京服装品牌精彩的历史缩影。

北京服装品牌群体在全国服装界拥有令人尊敬的地位，以男装、女装、内衣、运动休闲装、童装、羊绒、羽绒、中式装等门类齐全著称，顶尖大品牌云集，彰显北京国际时尚大都市的风范。北京建设时装之都以来，思江海下百川，慕名到北京投资发展的国内外品牌成潮涌之势，此时此刻有谁还能记得起二十年前草创之时的情景？肖文玖回忆说，他们这些早期做服装的，多数是从商场一根竿卖服装起家的，那时开玩笑叫“揭竿而起，遍地草头王”，卖什么衣服都一抢而空，很多人一夜成了暴发户。第一批杀入服装业的，淘到了第一桶金，完成了品牌的原始资本积累。这是北京服装业淘金启蒙时代。从个体户单打独斗到企业家率领团队，不少人缺少必要的经营管理素质和领导能力，在激烈竞争中相继倒下了。然而一批具有现代管理理念的私企老板脱颖而出，成为北京服装产业的生力军，与有实力的国有大企业并进，涌现出许多名声赫赫的领军人物。北京服装业进入第二个发展时期：企业家时代。肖文玖深情眷恋蓝地品牌，他是在寻找自己。如他所说，把蓝地品牌当作孩子来培养，付出再多，无怨无悔，唯有品牌是永恒的。品牌，服装业的至高境界。北京时装之都建设宏伟目标的提出，标志着北京服装业已经升华到第三个发展时期：品牌时代。在品牌这座烟雾缭绕的高峰面前，不少企业家望而生畏止住了脚步。20年，对创造一个伟大的百年品牌而言仅仅是起步。

中国老字号几乎都是传世之作，历经几代人艰辛耕耘。品牌时代为伟大企业家创造伟大品牌提供机遇。北京服装业发展经验告诉我们：一个企业家仅仅有钱，没有文化知识积淀，走不远，此其一；对企业家而言，企业管理是一门科学，尚有迹可寻，于是有了众多企业，而多数品牌企业寿命是短促的，关键在企业家本人的志向坚守，此其二；品牌是文化，寓有形于无形之间，握于智者，存于人心，年代愈久，名声愈高，生命愈强。古语说兵无常形，品牌亦如是。企业家成为品牌企业家还有一段路，只有少数人能跨越，此其三。这也是北京许多像肖文玖们的成功企业家困惑和追求所在。可喜的是，北京已经涌现出一批令国人仰慕的时装大品牌。

凡举大业者，成于思，毁于随。肖文玖是善于思考的儒商，他清醒地认识到，老板在企业一言九鼎，成败在于斯。在蓝地品牌发展的三个阶段中，常思知足以自戒，所谓“三戒其身”，才有今日蓝地品牌，才能在北京品牌林中拥有尊贵一席。我和肖文玖相识已久，还是20世纪90年代我在《服装时报》做总编辑时合作，相交日久成了朋友。身为北京知名服装企业家的肖文玖难能可贵的是，有一颗为行业发展贡献的火热的心，有一份社会责任感，何出此言？2005年北京服装纺织行业协会首次创意金龙奖表彰为行业做出贡献的人，肖文玖闻讯慷慨赞助，表彰大会在人民大会堂隆重举办。看到时装之都建设亟须人才，急行业所需，肖文玖投资几千万元在金盏乡创办了服装专业学校，这在北京服装企业家中也绝无仅有，传为佳话。公益事业不仅透出企业家的豁达胸襟，也是品牌文化不可或缺的内在情愫。蓝地品牌20年，肖总年届知天命，倾大半生心血于蓝地品牌，位居北京十大品牌之列，依然不坠青云之志，令我感佩。

初春时节，偶翻唐朝王涯《游春曲》，“万树江边杏，新开一夜风。满园深浅色，照在绿波中。”你想，一夜春风，吹得北京服装品牌万紫千红，染透京城满园春色，那真是很惬意的梦……远处朦胧中，肖文玖站在春风里。

芳华初心二十年

记木真了品牌创建人王晓琳

2016北京时装周，木真了品牌发布秀惊艳了国内外时装界。木真了品牌带来的民族时尚风，属于北京，属于中国，也属于20年前的品牌创建人王晓琳。

20世纪90年代初，那是改革开放的浪潮涌起喷发的年代，那是无数怀揣梦想的年轻人创梦的时代，那是第一批创业者激情沸腾的年代，古老的北京无疑是这个大潮的发祥地和漩涡中心。北京迎来了时装品牌发展的高潮，爱慕、白领、维克多、依文、蓝地等一批代表北京的男女装品牌拔地而起；香奈尔、皮尔·卡丹等国际著名时装品牌也纷纷抢滩北京。

“路漫漫其修远兮，吾将上下而求索。”王晓琳从小钟爱绘画、音乐、艺术，尤其痴迷传统文化。正值青春花季的年华，世界向她敞开着，美好的未来向她召唤着，她萌发了自己创办一个时装品牌的大胆梦想。

北京千年古都，集中华传统文化与皇家文化于一城，虎踞龙盘，文脉源远，是创业者的呈祥之地。王晓琳热爱北京，芳华初心，决定选择北京开启人生的创业旅程。王晓琳没有被崇拜所谓西方时装文化的潮流干扰，也没有理会那些一夜暴富的诱惑，而是独辟蹊径选择以传承发扬中华服饰文化为己任的创建品牌道路。1996年8月16日，北京木真了时装有限公司在改革开放的浪潮中悄然诞生，犹如皇城下的一株玉兰破土而出。

何为“木真了”？王晓琳当初为品牌定名时赋予了这样的文化寓意：“木即本色纯粹，意味着本质及无限的可塑与创造性，体现在品牌的创意中；真即率真透明，昭示对生命的信仰与执着，体现在做人准则和产品品质中；了即对生命未了的轮回、大自然的生生不息油然而存的敬畏，体现在对精神的不懈求索。”王晓琳始终坚守自己的时尚主张“不为任何时尚形式而时尚，不为任何传统形式而传统，而为生命自由快乐的本性或时尚着、或传统着”。

春华秋实，20年过去，木真了品牌以民族美、个性美、人文美、服饰艺术美为追求理念，以传承中式传统文化，弘扬民族服饰文化，树立国服之旗为发展方向。彰显千年文化底蕴，凸现个性创意，实现了古典与现代、高雅与时尚的完美融合。木真了由当初成立时仅仅十几人的小型企业，如今拥有了一流的设计、一流的技术、一流的进口设备，八条服装生产流水线，年产十余万件服装的大型企业，成为传统中式服装行业中的创意独到、风格古朴、融合时尚、独到民族传统时装风格的领军企业，发展成为国内外享有盛誉富有浓郁中国民族特色时装品牌的杰出代表。花好还因绿叶扶。木真了品牌的发展得到国家和北京市政府有关领导的积极关怀与呵护。2007年，时任北京市副市长陆昊为木真了研发基地奠基。研发基地位于北京市宋庄艺术集聚区，占地面积三十五万平方米，包括木真了中式服装传统文化与时尚发展博览馆、北京巧娘艺术作品培训中心。2016年3月，木真了品牌首个非遗工作站在湖南湘西土家族苗族自治州正式落成，文化部（时称）副部长项兆伦、湖南省文化厅党组书记、厅长李晖等领导出席工作站落成仪式，给予高度评价。木真了品牌本着传承非遗、传承手工艺的品牌理念，推出了非遗品牌“一善荷音”，通过新的视角表达传统，构建中国新中式流行趋势。木真了品牌的非遗系列产品得到了联合国教科文组织的认定推荐，这在国内时装界是十分罕见的。9月25日，木真了品牌携系列非遗产品参加温哥华时装周，获得巨大成功，木真了品牌阔步走向世界。

花开花落，20年过去，有的当年红极一时的时装品牌黯然凋谢，有的时装品牌改行进入别的领域销声匿迹。王晓琳初心不改，无论遭遇多少困难，泰然把握风云变幻，人们看到的总是那张俊俏的笑脸。在创业的征途中，王晓琳被鲜花簇拥，她荣获了全国三八红旗手、建国60周年杰出人物、中国设计业十大杰出青年、中国十佳设计师等许多荣誉称号，在洒满光环的荣誉面前，她总是淡定从容如初，创新之心不泯，一心将中华服饰文化蜕变为烂漫的时代新时尚、新流行，执着打造着木真了品牌。

潮起潮落，20年过去，低潮时不少时装企业的生产基地撤了，职工队伍散了，王晓琳初心未变，坚守在民族时装产业，迎风破浪而上新建了产业研发基地、培训中心和时装博物馆，成为国内最大的民族服饰产业园区。在王晓琳心中，任凭风浪起，木真了品牌是员工安身立命温暖的家。王晓琳呵护员工心细如发，当年创业核心团队的绝大多数员工不离不弃一直痴心追随她，有这样的团队站在王晓琳的身后，才有木真了品牌的今天。

冬去春来，20年过去，王晓琳守望初心，选择了以时装品牌文化传承发扬民族文化，创造属于中国新时尚文化的艰辛而快乐的道路。放眼国内，具有民族服饰文化特色的时装品牌屈指可数，被联合国教科文组织认定为中国非物质文化遗产代表的时装品牌更是绝无仅有。在消费市场拥有广泛知名度和影响力的民族风格品牌寥若晨星，从某种意义上说，木真了品牌是改革开放民族时装品牌发展的历史见证和时尚经典。回首20年辉煌路，木真了品牌向世人证明的不正是我们引以自豪的民族自信、文化自信、信仰自信吗？

20年，弹指一挥间。每个女孩都有自己憧憬的美丽人生，都有自己梦寐以求的多彩生命画卷。不必感叹今天的年轻人幸运地遇到了施展才华的春天，我们的那个时代一样灿烂。何须浅碧深红色，自是花中第一流。王晓琳爱美，总是要做最好的自己，总是慷慨地分享美丽。人生处处是起点，王晓琳还在追寻美丽时尚的路上。

北京老胡同走出的女孩

为《慧华二十年》纪念画册作序

一个人只要胸怀感恩之心，她就能宽容大度的励志创业，厚载荣誉，笑满亲情，享受生活，享受未来。二十年走来，我需要感恩的人数不清，借《慧华二十年》纪念画册发刊的大喜日子，这厢有礼了，一并深深地拜谢啦。

1993年10月31日，是我30岁的生日。三十而立。这一天我第一次拿到了营业执照：慧华时装公司。从此开始了我的时装人生。

女孩儿天生爱美。小时候帮老妈洗涮那些花花绿绿的衣裳，就羡慕得什么似的，自己要有一件该多好啊。现在有了慧华时装公司，圆了儿时梦。

当我穿着大红喇叭裤，戴着蛤蟆镜，骑着小铃木摩托在演乐胡同来回兜风耍飘，老爸又爱又恨地说："胡同小丫头绰号就是给你这样的人起的。"如今，老爸不在了，假如他老人家能参加慧华二十年庆典，看到"胡同小丫头"女儿的大家风采，不知乐成怎样呢。

服装圈里的人常感叹：干哪行都别干服装，春夏秋冬累死人。我迷恋时装，日月匆匆20年，北京城不知有多少时装品牌花开花落，不知有多少服装人岁月蹉跎。我一个地道北京女孩凭着一股子强劲韧劲，在领导、朋友们的帮衬下闯出了一方时尚小天地，成就了一个属于北京的时装品牌。只有做过服装品牌的人才懂得我一路上承受何等白眼冷嘲，遭受何等磨难挫折，悄悄地把眼泪擦干，世人看到的总是那俊俏的笑脸，一个女孩子容易嘛。快乐的性格让我快乐地面对这一切，不是吗？

让我深为感动的是20位公司员工讲述二十年的慧华故事。往事如歌，不少员工从初创一直伴随公司走到今天，我感激他们的不离不弃。情同手足，许多员工把公司当作自己的家，无私地奉献青春年华聪明才智，我感念他们的深情厚谊。有这样的团队站在我的身后，慧华才有力量。

30年创业人生路，我给予社会的贡献很小很小，政府和人民却给了我许多社会职务和无上的荣誉。2013年，我被选为北京市劳动模范，对于普通劳动者来说，这是我今生今世最高的荣誉。我想，这份崇高的荣誉应该属于我的父母，属于与我一起奋斗的公司员工，还属于我的老公。

孔子说，五十知天命。我从来不信命，慧华二十年就是打拼过来的。慧华时装是我生命的一部分，犹如我眷念疼爱的那一双儿女。身为北京企业家我深感自豪，作为母亲我无比幸福。

20年，弹指一挥间。儿时的梦想就在眼前。不必感叹今天的年轻人多么幸运、多么有飞翔的空间，我们的那个时代一样灿烂。时装品牌是中华文化的传递与繁衍，我坚信慧华时装品牌一定能够传承弘扬北京文化的血脉，成为北京时尚的代表，北京人的骄傲。有一天还要走向世界呢。

今天，我又一次站到了人生的起点。后面的路更精彩。

作者为慧华纪念册题写的序文

经典故事的故事

我和陈伯君是朋友，十几年的老朋友。他是经典故事品牌的创办者、掌门人。我是《服装时报》的创办人之一、总编辑。媒体与企业家有一种天然的友情。多年来，陈总在深圳，我在北京，每年来往不多，交情却日渐笃厚，交疏而言深。聚在一起，话题多是品牌与行业发展，当然更多的是我从陈总那里知道一线老板们的实战思路和品牌韬略。

1996年夏，在深圳老高交会展览馆，陈伯君和夫人郑俭忠率经典故事品牌参展。我初到深圳，人地生疏。那时展会远不像今天这样专业，展场中掺杂有卖海鲜的、凉具的，煞是热闹。经典故事的展位不大，却最惹眼，挤得水泄不通，除了经销代理商之外，多是现场抢购经典故事新款服装的人。陈伯君夫妇呼三招四，首尾难顾，忙得不可开交。那收钱的场面也许让陈总找到淘第一桶金的感觉，经典故事由此发端声名鹊起。我恰是现场采访结识了陈伯君。往事如烟，陈总接受采访时，一副寸头笑呵呵的模样常浮在眼前。

1997年春，经典故事挟深圳女装龙头品牌之势，举师北上，参加北京CHIC中国国际服装服饰博览会。深圳品牌首次在亚运村五洲大酒店做了第一场品牌发布秀。这是破天荒的服装品牌壮举。秀场观者如潮，当时供电出了点问题，一度出现黑暗中马踏乱军的场面，令陈伯君至今心惊。他领教了什么叫皇城天子脚下万事难。也正是这一夜，经典故事在国内服装业界独享其名。燕赵古风，敢为不可为。陈伯君所代表的是服装界第一批品牌创立人的胆略和豪气。

风正一帆悬。经典故事在广东、深圳风生水起，销量节节攀升。不久陈总在广州的旗舰店开业，我应邀出席，眼见一群又一群经典故事的崇拜女生，如一簇簇鲜花飘然而至。陈伯君略显疲倦的脸上，透出他独有的朴素率真汉子的笑容。在成功的峰顶，人的本性是很纯净的。“我们把简·爱这位乡村女教师，大胆追求人生幸福的欧洲经典故事作为品牌的内涵，结合本土文化精髓，创造新女性自主独立享受生活的人生理念，得到了广泛心理认同。”陈总若有所思地说。他多年来一直要求每一个店员都要向顾客讲述简·爱的经典故事。当然，许多知识女性都读过这本名著，或看过影片。“品牌在人的心里”，陈总始终这样认为，这样坚持做。

陈伯君是河北人，毕业于东北大学计算机工程专业，与服装时尚相去甚远。深圳是移民城市，许多服装品牌老板都是怀着自己的乡土文化来深圳创立品牌，造就了风格迥异的女装品牌群体。正所谓英雄不问出处。陈伯君出道早，是大哥级的。深圳服装品牌老板间相互敬重，彼消此长，形成了一种独有的文化复兴氛围。如今当红的歌力思品牌老总夏国新，从天津纺院研究生毕业后只身闯深圳时，我曾与他俩一起饮茶阔论，伯君、国新切磋甚密，不问高低。我想正因如此，才有日后各领风骚的领军品牌局面。

陈伯君为人厚道，从不忘帮助过他的人，也从不评议别家品牌的是非。深圳服装协会沈永芳秘书长是个传奇性的人物。在深圳做服装品牌哪一家也离不开沈秘书长的热心提携，经典故事更是如此。陈伯君常说，经典故事是与深圳服装协会一起走过来的。深圳从一个服装界无足轻重的城市，成为今天拥有国内女装品牌最强的群体、最大的女装展会，沈永芳秘书长付出一腔热血，当居头功。经典故事有今天何尝不是如此。这确是陈总的心里话。他身兼东北大学校友会会长，在校友会上也常讲起沈永芳秘书长的恩情。我想这是企业家的基本操守。陈伯君有感于斯，也代表着深圳服装品牌老板们的心声。不必讳言，沈永芳确是当今服装界少有的杰出女性。

秦皇岛有一座著名的无名氏碑，上刻有古联，连续六个朝字，加落字；六个长字，加消字；无人解其意。大文豪历史学家郭沫若先生解读为“朝朝潮朝潮朝落，常常长常长常消”。为世人称妙。潮起潮落乃自然界规律。陈伯君常以家乡这个典故比喻做品牌。人生起落沉浮间。陈总认为只能享受成功的人，不是真正的男人。经典故事曾一度从高峰坠落谷底。业界议论颇多。此后多次见到陈总，依然谈笑有鸿儒，往来是朋友。设酒款待，叙朋友之友谊，一如往日。逆境之中才方显企业家的定力和气度。的确，陈伯君在辉煌之时，绝无张扬霸气；低迷之处，神情自若，看不出丝毫沮丧神色。不以物喜，不以己悲，这是做品牌的人需要修炼的一种境界。陈伯君属此中人也。

陈伯君近几年去加拿大开拓事业，经典故事沉寂了。与陈伯君一年多未见，深交会一结束，自然要见见老朋友。想不到陈总给我出了一道新闻题。他告诉我，现在他与加拿大的服装学院共同创建了服装研发设计中心，采集吸收北美的设计元素和风格，经典故事将以全新的面貌推出。

老友相托，自然是推不掉的。于是《时尚北京》杂志做了关于经典故事的品牌封面故事的流行发布策划。君子之交淡如水，说了你也不信，我和陈伯君朋友十几年，他当老板，我做记者，这是第一次职业合作。相信，经典故事依然是知识女性的经典至爱。

举起文化那只手

2013年7月的深圳酷热难耐，夜幕降临时，深圳大剧院灯火闪耀，门口和大厅集聚着熙攘的人群，低声而热烈地交谈着。粉蓝衣橱公司董事长李飞跃创作的时装音乐剧《黑暗中的舞者》将在这里进行首场演出。这是深圳服装交易会独创的开幕晚会，更是中国服装界企业家第一次自投、自创、自导的时装音乐剧，讲述了服装人奋斗的故事。

李飞跃是《时尚北京》的老朋友，也许是他曾经在湖南做过电视台主持人，当过记者的缘故，也深为我敬重。在常人看来，舍弃安逸的记者生活远赴深圳创业做服装品牌，难以理喻；创立粉蓝衣橱品牌不过7年，毅然拿出苦心积蓄的600万元自编自导一场时装音乐剧，不知所思；通贯全剧没有一句“粉蓝衣橱”台词，更不出现“粉蓝衣橱”LOGO标识，不可思议。李飞跃即是剧中主角的舞者，诉说着改革开放这一代服装人迷茫中苦苦求索的经历。不含一尘个人功利，不求一丝品牌回报，在当下物欲横流，拜金至上的风气下，实在让许多人看不懂，当然也让了解李飞跃的服装人心悦诚服，由衷敬佩。李飞跃说，他曾当过音乐教师，谙熟韵律，这一次自编自导用时装音乐剧的高雅艺术形式歌颂服装人创业精神，跨界难度非常大，算是还了多年心愿，当然也是“粉蓝衣橱”对艺术的执著追求。李飞跃本想在上海、北京巡演，无奈没有资金只好遗憾地典藏了。我想，这原本是政府、行业主管部门理应大力推进的事，现在被有责任感的企业家扛了起来，难能可贵啊。李飞跃倾囊演绎时装音乐剧，把品牌文化的那只手高高地举了起来，他绝不会就此垂下，他还会回来的。李飞跃认定这是他这一代服装人不容推卸的使命。一个新的品牌文化时代悄然来临。

在此之前，中国服装界那些有眼光有文化底蕴的企业家们就开始思索和发掘品牌文化的深层次本源。爱慕董事长张荣明为拯救600年国粹昆曲免于濒灭，一掷千金在苏州建立了昆曲传习所，搜集整理昆曲艺术，培育新人。开启了古老的昆曲艺术与现代时装合璧的研究。张荣明在总部创建了绘画艺术馆，不断有国内著名画家巡展，成为画家艺术家聚集交流的热地。文化艺术之手托起爱慕成为中国的领军品牌。艺之卉董事长周胜多年奔波于天南地北搜集珍贵服装历史文物，举一己之力在深圳和北京举办服装文化史展览，轰动业界。随后又在深圳投巨资设计建造了中国服装历史博物馆。他意在浩瀚的服装历史变迁中探寻发扬有价值的中国文化元素。例外董事长毛继鸿在广州繁华的太古汇，也是LV、爱马仕大牌店聚集的商街，创办了方所书店，占地2000平方米，汇集文化艺术书籍近10万册，奢侈的让同行们咋舌。毛继鸿却很淡然，认为那不过是品牌的文化自由延伸。而最近，当中国第一夫人彭丽媛出国访问，身着例外品牌首席设计师马可专门定制的女装轰动国际时尚界时，中国女装品牌的文化价值才第一次被认同。

中国服装品牌掌门人大手笔的文化投入，让我们不禁想到了香奈儿。80年前香奈儿在巴黎初创时，曾经有句名言："流行稍纵即逝，风格永存。"所谓风格即文化。香奈儿广泛结交她那个时代法国最顶尖的画家、作家、音乐家、艺术家，成为了她的座上宾和亲密的朋友。香奈儿善于巧妙地汲取一流文化精髓，交融渗透、浑然一体铸成品牌的灵魂。香奈儿非同一般的高雅品位与她本人深厚的文化素养是分不开的。今天，中国时装品牌企业家洞察到这条捷径，开始寻找中华文化与品牌之间融合的那条通路。爱慕的张荣明、艺之卉的周胜、例外的毛继鸿、粉蓝衣橱的李飞跃都是中国服装界品牌文化的先行者，他们看得很明白，只有打开了这条通路，中国的时装品牌才有可能成为拥有自我风格的世界级品牌。

在深圳的那个夜晚，当李飞跃的时装音乐剧谢幕时，全场的人情不自禁地站起来，台上台下一边鼓掌一边唱起《真心英雄》，有的年轻人热泪盈眶，不断向李飞跃挥手致意……"没有人能随随便便成功"，李飞跃成功了，那个夜晚属于他。

2020年，深圳时装周粉蓝时尚品牌时装秀上。粉蓝时尚品牌董事长李飞跃（右一）、深圳服装行业协会会长潘明（右二）、深圳服装行业协会名誉会长沈永芳（右三）。

上图：2018年，参观北京著名女装品牌赛斯特时，与北京服装纺织行业协会常务副会长兼秘书长张培华合影。

下图：2013年5月26日，北京爱慕集团举行爱慕品牌创立20周年庆典活动。与中国服装协会副会长、北京服装协会常务副会长、北京爱慕集团董事长张荣明合影。

上图：2014年，在宁波时装周上与雅戈尔集团副总裁李如刚（居中）、中国服装研究中心主任陈国强（右一）在一起。

下图：2018年，参观北京著名女装品牌赛斯特时，与北京服装协会副会长、北京新世纪东方集团董事长、赛斯特女装品牌创始人薄成书合影。

左图：北京服装协会会副会长、北京依文企业集团董事长夏华（居中）、著名时装设计师崔游在中国国际时装周北京饭店依文品牌发布秀。

右上图：与北京服装纺织行业协会副会长、北京蓝地集团董事长肖文玖合影。

右下图：2016年在北京时装周期间，与北京木真了时装有限公司董事长王晓琳合影。

左上图：2019年，在深圳时装周上，与深圳时装周发起创办人之一沈永芳合影。

右上图：90年代，与中国服装总公司副总经理盛才庆合影。

下图：2016年，在北京时装周上与时装发布的弗洛拉品牌董事长邹华灵（左二）、北京服装行业协会驻会副会长王文生（右二）合影。

左上图：在参加深圳服装交易会期间，与深圳著名女装品牌艺之卉时尚集团董事长周胜合影。

右上图：2020年，在深圳时装周期间与深圳著名女装品牌粉蓝时尚品牌董事长李飞跃合影。

下图：2005年，参加深圳服装交易会期间，与深圳著名女装品牌经典故事女装品牌董事长陈伯君合影。

上图：2005年，参加深圳服装交易会期间，在深圳马天奴时尚集团总部与董事长吴穗平（右二）、中国纺织报社副总编辑王冰（左一）合影。

下图：2018年5月28日，作者应好友张荣明董事长邀请，在苏州昆曲传习所观赏昆曲《游园惊梦》园林实景演出后一起合影。中国服装行业协会副会长、北京爱慕内衣有限公司董事长张荣明（前排左二）。

06

品牌心路

创品牌是每个有抱负的企业家念念不忘的心事。每一个品牌，都印记着企业家创业的心路历程，百年品牌，更是几代人坚守初心的传承。

品牌无涯，寻遍人生路；品牌无形，融入人心中；品牌有声，铭记开创者的姓名。

第一夫人与女装品牌

2013年3月22日习近平主席与夫人彭丽媛手挽手踏出访问莫斯科飞机的那一刻起，“中国第一夫人”从未有过的时尚风暴席卷了世界。从彭丽媛一袭典雅精致的大衣套装开始，到出访中不同场合“中国范儿”的高级定制的时装，庄重大气地展现了中国女装品牌的非凡品位，强烈昭示了弘扬中国本土品牌文化的主张。过去世界媒体津津乐道的是美国总统奥巴马的夫人米歇尔的“时尚女王”着装形象，“做像米歇尔那样穿衣的女人。”现在，中国第一夫人彭丽媛身着中国女装第一次让世界惊叹不同寻常的文化气质、时尚风范，中国女装品牌也第一次耀眼地站在世界时装界的面前。

第一夫人彭丽媛的着装是由“例外”品牌的设计总监马可设计的。原本是个性化小众的“例外”品牌眨眼间红透大江南北。淘宝指数显示，“例外”7天里的搜索指数环比增长5332.0%，与去年同期相比增长5022.2%，令人咂舌。其实在服装业界看来“例外”的一夜成名并非偶然。由于我在时尚服装专业媒体当了多年领导的经历，与“例外”的掌门人毛继鸿早就相识，比较熟悉。20世纪90年代毛继鸿从北京服装学院服装设计系毕业南下创业，我曾专程到广州采访毛继鸿。那时，正巧赶上在一条曲折嘈杂弄堂里，他创办的状态服装设计公司在装修，上下两层简易小楼，看得出还在艰难的草创期。2011年毛继鸿在广州的方所书店开业，我特意让记者带去《时尚北京》杂志致贺。而认识设计师马可是在当年兄弟杯中国国际青年设计师大赛上，她以“秦俑”作品摘得金奖。

“中国第一夫人”着装引起世界如此热烈反响前所未有，说明中国女装品牌、中国设计力量的个性魅力开始崭露头角，拥有自己的一席时尚之地。以“例外”为代表的新生代时装品牌和设计师打开了中国时尚的另一扇窗，我们应该重新审视自己，发现自己。我想，这标志着马可这样新一代的设计师和他们主导的本土品牌迎来了扬眉吐气的春天。

中国几千年封建社会，在国人的潜意识里积淀了某些消极的自卑心理，奴性文化，就像老百姓常说的：近的不香远的香，远来的和尚好念经等，为什么国外的奢侈品品牌在国内大行其道，不能不说有其深层次的思想渊源。党的十八大鲜明提出全党要坚定道路自信、理论自信、制度自信。这深刻击中了某些迷茫混乱的思想要害。尤其在文化时尚领域，在服装业界当务之急是坚定文化自信、品牌自信。在时装圈子，时装秀言必称巴黎、米兰、纽约、伦敦四大时装周，时装品牌言必称阿玛尼、香奈儿等世界大品牌，毫无疑问学习借鉴国外品牌的成功之道，是我们必不可少的一课，但绝不等于盲目崇拜，妄自菲薄。中国经济总量仅用了三十几年就跻身世界第二位，跨越了许多发达国家百年走过的道路。中国女装品牌也一定能够做到。我们总是习惯拿一些国外百年服装品牌的案例说事，其实在我们身边一些与生活息息相关的中华老字号，绵延几百年必有秘诀，只是人们司空见惯，熟视无睹罢了。我们应该拿出精力研究本土百年品牌的历史，从中汲取适合中国生存发展之道的文化精华。比如誉满中外的同仁堂，始建于清康熙八年即1669年，已有300余年历史，“修合无人见，存心有天知”的天人合一的品牌理念，“炮制虽繁，必不敢省人工；品味虽贵，必不敢减物力”的质量规矩。家喻户晓的六必居，始于明朝嘉靖九年即1530年，已有470余年历史，制作工艺严格，谓之“六必”即：“黍稻比齐，曲蘖必实，湛之必洁，陶瓷必良，火候必得，水泉必香。”这些百年品牌至今熠熠生辉，绝不逊于外国品牌。前有古人垂范，我们欣逢盛世有何做不成的事？

唐朝诗人刘禹锡有：“旧时王谢堂前燕，飞入寻常百姓家。”泱泱大国第一夫人带头穿中国自己的服装品牌，老百姓击掌雀跃后，新的风气如徐徐春风沁入人心。正是：女装品牌芳菲日，服装大国扬眉时。

二十年，给我一个品牌

数年前，我应邀参加了爱慕品牌创立二十周年庆典活动。中国纺织工业联合会会长王天凯、老会长杜钰洲等纺织服装行业最高领导悉数参加庆典，孙瑞哲副会长致辞为爱慕品牌总结了十二个字：以小博大、内外兼修、跨界自如。一个品牌获得如此高的礼遇实为罕见。爱慕二十年，代表了改革开放中国服装产业的伟大复兴，浓缩了中国时装品牌风云崛起的壮阔时代，讲述了中国新时代一个内衣领军品牌非同凡响的创业故事。

北京时装品牌群体以著名大、品牌多、产品门类齐全在中国服装界占据独特的位势。《时尚北京》杂志的理事单位囊括了北京的著名时装品牌，他们之中一部分是原来的国营老企业，如京棉、大华、铜牛、红都、雪莲等，一部分是民营新品牌，如爱慕、白领、依文、朗姿、威克多、五木、蓝地、格格等。20年，他们在历史的变迁中演绎了各自的品牌成长之路，成就了北京时装品牌耀眼的辉煌。

20年，北京随着老纺织加工工业的逐步退出，迎来了轻资产重文化的品牌时代。当你走进绿荫白墙幽静的莱锦园文创基地，想象不出这里曾经是棉纺车间，上千台织机震耳欲聋的轰鸣曾经是20世纪50年代新纺织工业基地骄傲的呐喊。创建北京纺织城的李昭大姐等老一辈纺织人，看到如今的莱锦园想必也会由衷地欣慰。北京纺织国企顽强的革命基因，不仅没有在市场经济的大潮中倒下，竟然站立起一批颇具人气的品牌，铜牛品牌依然像神牛般雄视昆明湖畔，雪莲品牌在商海人潮中还是那样娇艳，红都品牌照样为国家几代领导人定制高级服装……

谁都知道，北京不少声名显赫的时装品牌，草创起家时不过在西单、王府井商场里仅有几根卖衣服杆的家当。超前的智慧和勇气，加上“街上流行红裙子”的短缺经济时代，他们幸运地淘到了第一桶金。凭借这桶金，做了许多服装界破天荒的大事：设计师薄涛，在国内放胆头一个在香港时装节做薄涛专场时装秀，技惊四座；白领苗鸿冰，奇思妙想把“时尚北京之夜”放在北海五芳亭演绎白领新季时装发布秀，新闻界咋舌：“好一个白领了得！”依文夏华，邀请马蔚华、柳传志等国内重量级人物，远渡重洋到伦敦，在奥运会开幕前一天，别出心裁地做了一场依文时装名人秀。这是中国时装品牌的传奇首创，当然，也不可能有第二次了。更让中国服装业界不可思议的是，每年中国国际时装周上，万众瞩目的头彩开幕式秀与技压群芳的压轴闭幕式秀几乎都被北京的爱慕、白领包揽，那可不是肯花大钱就能干得了的大事，代表不了中国顶尖时装品牌趁早别想。从这个层面看，北京爱慕、白领的极致品位，就是中国当今时装品牌的典范。

20年，治国强天下与创造一个名满天下的时装品牌并无二致。品牌强，则国家强。对大多数人而言，给你20年未必成就一个品牌。张荣明、苗鸿冰、夏华、蔡昌贤、肖文玖、罗建凡、庄再强等人，20年前不过二十几岁，血气方刚，雄心万丈，他们用人生的黄金年华创造了北京时装可圈可点的昌盛时代。

20年马拉松跑，与他们一起出发的多数人中途回归茫茫人海，第一方队不过数十人而已。爱慕张荣明出巨资拯救有600年历史的戏祖昆曲，在苏州创办了昆曲传习所。爱慕与昆曲的超级文化基因交融发散，是张荣明的品牌文化专利。回首细品，马拉松胜出的这些品牌创造者们都想明白了一件事：品牌说到底是文化。没有文化的品牌做不大，当然，更走不远。

我想，再过20年，今天北京品牌的佼佼者之中最有可能产生世界级的时装品牌。因为有了20年的丰厚积淀，中国强国梦的巨大市场给了这样难得的机会。人事有代谢，往来成古今。品牌兴衰犹如人，爱慕足迹处处寻。到那时，假如我还有幸参加爱慕40年庆典，不知再有何种感慨？

我所认识的王军

由王军先生告别世界名牌论坛所想到的

听说王军告别了CHIC的世界名牌论坛（简称论坛），我很吃惊，也不敢相信。在我的印象中论坛与王军是难以分割的。正值事业顶峰的他怎么舍得离开呢？客观地说，作为论坛的主持人，王军用了6年的心血参与创办了论坛，论坛的声名鹊起，也使业内人认识了王军。个中甘苦只有王军心知。不夸张地说，论坛已是王军生命的一部分，也是他事业上辉煌的一笔。他走了，对CHIC的论坛来说也很可惜。

我认识王军还是他刚刚开始创办论坛时。记得那天，他邀请报道服装的记者朋友在建国饭店吃饭，说要办一个名牌论坛，请大家出出点子。我第一次见到王军，他个头不高，眼大有神，面色红润，看得出是那种精明强干的人。为了融洽气氛，他特意安排吃日本料理，众人盘坐一处，七嘴八舌，无拘无束，甚是热闹。他始终谦恭地听着，偶尔也提一些问题。第一面印象，他是个办事干练的人。

后来《服装时报》与论坛之间一直友好的合作，但我与他接触不多。几次商议报道也是匆匆又匆匆，未曾深谈。但有一件事让我对王军油生敬意。当年CHIC前夕，我的拍档孙毅忽然郑重地对我说："大仲，有件事要提醒你，王军昨天来电话，让你今年无论如何要参加论坛的活动。"接着又颇为感触地补充，"这几年，每届博览会，你因为太忙没能参加论坛，但王军每次都在主席台上特意给你留出一个位子，总不去怕不合适……" 我听了心里一震，我深知王军这样做不仅对我本人，更重要的是代表论坛对《服装时报》在业内地位一个肯定的评价，同时显示出他作为论坛主持人的胸襟风范和个人品格。王军"虚位以待"，我相比之下太失礼了，"你告诉王军，我今年一定奉命前往。"论坛活动我如约而至，不负王军一片盛情。只是答辩会那天晚上，我临时有事迟到了。说来也巧，我和CHIC的创办者之一，也是论坛发起人谭安先生恰好坐在了一起。答辩会会场座无虚席，气氛热烈。"白领"老总苗鸿冰、"意丹奴"老总王伟星等著名企业家与台下的人往来问答，言辞激情，引得满场高潮迭起……王军作为主持人站在台上显得格外容光焕发，声音圆润有力，犹如一部精彩影片的道白，总能恰到好处地把答辩引导得有声有色。让谭安先生和我感到意外的是，王军居然在几百人之中看到了我们，并得体地插空在台上向参会者宣布，对谭安和我的到来表示欢迎。他的心境如此细腻，考虑如此周密，不得不让人钦佩。

俗话说，事在人为。从另一层意义上理解，大凡成功的事业，在幕后总有一个或几个倾力拼搏的人。人在则事兴，人去则事衰。正如古语所言：千军易得，一将难求。现在，王军虽说离开了论坛，我想无论他到何处去发展，几年来，他对服装事业的追求和探索，他苦心参与创办的论坛服装业界的人士不会忘记的。

今天，《服装时报》发表专访王军先生的文章，我借此机会写了上面的话，以表敬意。

服装界的思想圣坛

初春的北京满眼新绿，不觉春风换柳条。北京，对中国服装行业来说汇聚了三大盛事：2010中国国际服装服饰博览会、2010中国服装论坛、中国国际时装周。弥久成俗，每年阳春三月成了我国服装界的盛大节日，全国乃至世界时装时尚都市的业界领导、企业家、设计师、商家、买手、模特、记者……云集北京，大小活动交错举办，新老朋友相谈甚欢，桃红柳绿的满城春色哪里还顾得上看。这几年在林林总总的活动中，最惹人瞩目的莫过于中国服装论坛了。

2010如意·中国服装论坛移师中国大饭店举办。几天前湖北省服装商会秘书长张书霖来《时尚北京》杂志社交流，席间特别拜托买两张中国服装论坛的票。他告诉我，今年论坛500张门票全部售光，湖北很多老板争着来，一票难求，帕瓦罗蒂四大男高音午门演唱会的门票不过如此。虽说是戏言，我心中却感慨万端，思想的高昂价值终于被服装业界认同，被热捧。我们不能不由衷地感谢中国服装论坛，感谢中国服装协会和王军率领的为论坛奋进15年的团队。

我和王军是老朋友，相识在20世纪90年代中国服装论坛初创时期。他的敏锐思维和敬业精神在业界是闻名的。早期服装业物欲横流时，很多人在忙着赚钱淘金，有人形容就连服装院校里也放不下一张安静的课桌。思想不过是粪土，没人瞧得起。然而在这种“金钱燃烧的岁月”里，王军却坚守着论坛，燃烧生命。做品牌难，做文化品牌更难。在王军的心里，论坛是品牌，是事业，是服装业先行者们的一盏明灯，更是他人生中难以割舍的缘分。

没有创新思想，一个企业，一个行业只能在黑暗中摸索，常常陷入摸着石头也过不了河的窘境。中国服装论坛不仅记录描述了中国服装业的思想路程，更重要的是在每一个发展的关键时点和拐点，发挥了不可替代的思想引路作用。要做到这一点谈何容易。每年，王军率领论坛团队对国际国内服装业做大量深入采访调研，集中业界顶尖企业家的智慧，汇集最关注的话题和难题，才有把握或者说有资格走在企业家队伍的前面。企业家在自己由小到大的发展中，尤其是在创造品牌过程中逐步看到了思想的巨大价值。由此论坛才出现一票难求的盛况。思想的阳光照亮了他们的前路。“居高声自远，非是藉秋风。”论坛成为中国服装行业前行的旗帜。

珍惜企业家中的思想家，把他们聚集在论坛的旗帜下，是王军创办论坛的主导思想之一。成功企业家给服装行业带来的宝贵实践经验和原创思想是论坛的无价之宝。论坛是将中国服装业最具思想力的成功企业家集大成者，是思想的大本营。没有创业的胆略和思想，不可能产生当今一批成功的服装企业家；同样，没有一批有思想力的企业家，也不会有中国服装业今日的成就，更不可能祈望未来的辉煌。在论坛的昭示下，思想的力量从来没有像今天这样散发着无穷的魅力。

君子之交淡如水。王军是山东人。有一年他回老家给我捎来一小捆雪白的章丘大葱。葱的顽强耐力像山东人的性格。在服装界论坛不少，坚持下来的寥寥。我在《服装时报》时就在深圳发起举办南北服装对话论坛，名噪一时，几届之后偃旗息鼓了。中国服装论坛年届15岁，功在行业。论坛的巨大成功表明中国服装产业达到了一个前所未有的思想高度。古语云，凡事预则立，不预则废。中国服装协会领导悉心呵护培育是论坛成功之本。成事在人，王军视论坛为生命，15年心志不移，那是一种坚持、一种操守、一种信仰。唐朝诗人刘禹锡有：“千淘万漉虽辛苦，吹尽狂沙始到金。”思想贵于金，论坛的珍贵价值在于斯。王军苦心求索的也许就是这样的大境界。

孔子被尊为中国第一圣人，所谓圣者即其思想可以穿透古今。当中国作为迅速崛起的经济大国让世界仰慕时，中国企业家的智慧和思想更应倍加珍惜。我想，从这个意义上说，中国服装论坛应成为服装界思想的圣坛。

王军 激情论坛时刻

写在中国服装论坛二十年

2015年中国服装论坛创办20年，很值得纪念。我们许多服装和时尚媒体人是与论坛为伴一起走过来的，见证了它的青萍起步，分享了它的智慧精髓。

20年携手同行。《服装时报》与论坛几乎是同时诞生的，同样是为中国服装产业服务的文化载体，同样创办于激情燃烧的改革岁月，同样肩负着创业的使命与信仰，我和王军因此成为了一条战线上的好朋友。

8年前，《时尚北京》杂志与中国服装论坛建立战略联盟，《时尚北京》发挥杂志独有的优势，每年以专题的形式对论坛演讲人物作图文并茂的深入详尽报道，别开生面，酣畅淋漓。我与王军探讨报道的电话、微信不断，老友自在神交，不亦乐乎。论坛与杂志，相趣成辉。

20年铿锵有声。CHIC的大舞台造就了中国服装论坛。1993年，江泽民主席破例接见前来参加中国国际服装服饰博览会的国际著名时装设计大师瓦伦蒂诺、费雷、皮尔·卡丹等人，CHIC一举名扬海内外，开启了中国时装产业的新时代。中国服装论坛犹如甘霖雨露应运而生。王军是发起创办者之一。记得是在论坛上初识王军。王军是典型的山东汉子，热情豪爽，睿智执着，个子不高，红红的脸膛，一头乌发，声音浑厚有磁性，据说当过兵，在电台做过节目主持人，谈笑鸿儒，意气风发。而今，王军年届四十不惑，他与论坛一样散发着大气成熟的气概。每逢春暖芳菲时，中国国际服装服饰博览会成为五彩缤纷的大舞台，由此衍生出各色各样的活动，企业家、设计师、媒体各显神通，纷纷发声，鼎沸喧闹，堪称中国服装界的盛大节日。而中国服装论坛无疑是其中最高级别的文化殿堂，作为论坛主持人的王军总会给大家带来意想不到的新论题、新惊喜，自然也成为媒体热烈关注的焦点。毋庸置疑，论坛集中国服装界思想之大成，是集体智慧的精华。论坛上聚集着业界各路有思想追求的人物，一起在这里聆听前瞻性的判断论述，探索讨论解决新问题的构想。

今天，中国服装论坛是服装界当之无愧的博鳌论坛。它有两个显著的特征，一是跨界论坛。服装原本就蕴含着强烈的社会文化属性，论坛远远超出单纯服装的范畴，外延涵盖了经济、文化、艺术、时尚等广泛的领域，先后有1200多位国际级管理、营销、设计、文化、艺术、时尚领域的大师、专家参与其中，发表演讲和论文；二是跨国论坛。时尚无国界。论坛吸引了法国、意大利、英国等欧洲时尚前沿国家，日本、韩国等亚洲时尚发达国家，代表新时尚的美国等一万名企业家、设计师、跨国公司领导参与交流，成为有广泛国际影响力、服装思想文化的一面旗帜。中国服装产业从无到有，潮起潮落，品牌满天下；中国服装设计师蹒跚学步，秀出东方，吐露蓬勃的力量；今天，中国国际服装服饰博览会、中国国际时装周、中国服装论坛三足鼎立，已然成为中国服装界标志性品牌活动。

20年重任在肩。在我看来办中国服装论坛，有两难。往往是曲高和寡，曲终人散，拥有忠实的知音听众难，此为一难。服装界的企业家多数是在改革开放初期下海创业，淘得第一桶金。早期埋头抓市场销售和营业利润，对高高在上坐而论道的空谈不感兴趣，而他们恰恰是论坛真正的目标人群。选择发掘既有前瞻性又切中时弊有价值的选题难，此为二难。服装业发展瞬息万变，地覆天翻，如何在实践中发现和确立业界认同的论坛主题，是论坛生存和兴旺的关键。为了每年论坛开幕揭开选题的那一刻，王军以飞行采访的方式走遍大江南北，登门拜访了无数知名企业家、设计师以及各领域的专家学者。王军建立的论坛主席团邀请的都是勤于思考的学者型知名企业家，比如来自北京爱慕的张荣明、白领的苗鸿冰，他们是论坛不可多得的宝贵智库。只要你翻看一下论坛历年的选题，思潮翻涌，锋芒依旧，那就是一部中国服装业曲折发展的历史通鉴。山不转水转，选题每年都在变。王军拿自己的青春热血坚守20年，谈何容易。君不见，业界各种名目的论坛随着时间的逝去销声匿迹，唯有中国服装论坛在北京傲然屹立。

马列先贤说过，没有革命的理论就没有革命的运动。思想有多远，品牌行多远。假使中国服装产业没有创办享誉国内外的中国服装论坛，那么我们服装产业的发展无疑就缺失思想和文化的力量，如同巍峨群峰中少了珠穆朗玛，而只有站在顶峰才能把握方向眺望更远。不是吗？

大牌无界

CHIC2008——北京顺义新国际展馆的试水展辉煌结束了。宏大气派的现代化大展馆给中国各路领军服装品牌的老板们，提供了前所未有的品牌展示空间。一掷千金，绝不夸张。你只要浏览男装女装馆内极尽豪华设计装潢的大展位，就只有感叹的份儿。“哪个牌子不扔几百万玩不了！”开展前一天夜里，在嘈杂的展馆工地上，一位熟悉的老板向我透露。“看来做品牌才能赚钱啊，这证明中国品牌服装发展到了一个崭新阶段。”我应和着，思索着。我曾采访过世界不少大展，纽约、拉斯维加斯、科隆、杜塞尔多夫、巴黎、中国香港……今天CHIC2008堪称一流国际展会，比肩甚至超越了国际服装大展。

CHIC2008给人印象最深的莫过于国内知名大品牌云集出手，集中展示品牌形象和实力。往届杉杉包揽单馆一枝独秀，今年雅戈尔、七匹狼、波司登等国内各门类服装领衔大牌整体亮相，气势恢宏，前所未有。显然，他们不是来征集加盟商、代理商的，而是在向世界宣告，中国服装产业的品牌时代已然到来。在服装各门类中一批在市场中打拼了十几年的成熟品牌，逐步稳定地占据着消费市场的主要份额，成为代表性的品牌群体，拉开了与中小品牌的距离；就像马拉松赛跑一样，形成一个领跑的新方阵。新的中国品牌群体已经走出区域品牌的疆界，在全国乃至世界建立起强有力的营销网络体系，触角从大都市、中等城市伸向县乡镇，拥有几百家甚至上千家专营店、专卖店。他们重新瓜分消费市场的话语权、定价权，成为市场的主导力量。换句话说，中国服装品牌新格局正在形成。

这种新变化、新趋势在服装专业媒体上最先得到印证。数年前，我与参加中华杯大赛的《中国纺织报》《中国服饰报》《服装时报》的社长们讨论时，对这种品牌数量集中的现象有共识，如何加强对这些“品牌新贵”的研究与服务也成为专业媒体的新课题。显而易见，当中国这批强势服装品牌完成初期销售网络扩张阶段后，注意力发生转移，营销形态和品牌形象将提升到新层面，他们的诉求也将发生极大的转变。我想这不仅是专业媒体关注研究的课题，也应是CHIC主办方高度关注的。见事不容迟，谁掌控新趋势，谁才能在市场竞争中占得先机。

北京成为新一代中国服装大品牌不惜代价抢占的制高点。本刊本期主题特别以五大品牌争夺北京话语权为主线，对七匹狼、雅戈尔、波司登、爱登堡、欧迪芬代表性品牌，首选北京大手笔、大气魄演绎品牌形象，以市场流行发布、展位设计、旗舰店多角度予以专题报道。我们在采访中强烈地感受到，随着奥运会临近和北京时装之都声名高启，“在北京皇城脚下尚无一席之地，何谈大牌？”这几乎是不成文的大牌法则。雅戈尔在东单银座斥资千万元装修雄视长安街的旗舰店，潮州著名的婚纱王牌名瑞迅速在北京连开两座旗舰店，更不要说令人咋舌的北京的爱慕、白领的蓝色港湾奢华旗舰店了……北京的房价店租不是寸土寸金居高不下吗？大牌旗舰店照样连连开张，蜂拥而至。“旗舰店是大品牌实力和形象的第一象征。”雅戈尔经理陈志高道出了其中天机，旗舰店、专卖店逐渐成为雅戈尔销售的主要渠道。这种大品牌营销业态让我们看到了品牌发展的新途径。作为时尚北京杂志，我们最感兴趣研究的是北京作为现代国际大都市的商业舞台如何构建旗舰店生存发展的空间，当中国服装大品牌把目光和落脚点集中转向北京的时候，面对宝贵的品牌财富，时装之都如何纳客迎宾呢？

CHIC2008服装品牌大放异彩，《时尚北京》杂志也借北京福地，成为媒体展区的一大亮点。每天到本刊展位购买杂志的业界人士络绎不绝，有时围得水泄不通，几万本刊物抢售一空。本刊同仁再次感受到全国对北京时装之都建设的热切关心和迫切了解的心情，借此对全国服装时尚界的朋友们表示诚挚的谢意。我想，当您阅读到本期《时尚北京》杂志的时候，一定能感受到北京——祖国心脏那强烈跳动的时尚脉搏。

品牌画刊为哪般

《时尚北京》杂志在爱慕大厦举办了一次关于企业品牌画刊的研讨会。会前，我们在《时尚北京》杂志理事单位的企业中做了广泛的调研，发现北京的知名品牌和企业集团大多有自己不同形式的内部画刊，它已经成为成熟品牌的新文化现象，代表中国品牌发展进入一个新的文化阶段。

20世纪90年代，我作为服装专业媒体记者曾数度采访巴黎、米兰、伦敦等国际时装周。巴黎时装周的香奈儿、阿玛尼、纪梵希、伊夫圣洛朗等大牌一般不在卢浮宫的主会场作秀，而是选择巴黎有代表性的建筑自行搭台做品牌专场发布，彰显实力与个性。这种时装秀只针对来自世界各地的时尚媒体。秀场自然少不了一份装潢精致的品牌画刊。画刊散发和飘逸着品牌诱人的香韵。它向人们印证了一个品牌的文化功力，述说它那久远的历史。

那时，中国的服装品牌还在艰难踟蹰的学步期，疯狂地卖产品。有一天，我接到白领老总苗鸿冰寄来的一本大开本高档精装画册。欧洲的外景风光、国际一线名模、一流的专业摄影师，北京欧洲往返奔波……一边翻看，一边感叹，那一幅幅充满幻想与诱惑的图片，那洋溢在卷幅中的设计与智慧不禁让我为北京的白领，不，中国的白领击节相庆！钱不是问题，北京第一批服装创业家开始找到品牌屹立不倒的那个魂。时至今日，苗鸿冰的春秋两季品牌画册依然是那些高端客户垂涎的赠品。

品牌画刊的形态与品牌的定位、诉求相匹配。目前，北京服装品牌的画刊大约有三类形态：第一类是解读品牌文化内涵，服务企业内部信息交流，提升企业凝聚力。北京铜牛集团、北京大华集团等国有大型企业集团多年来一直编印企业报纸，作为职工交流的文化平台，成为喜闻乐见的形式。第二类是树立品牌形象，推动引导流行，面向中高端客户、经销商加盟商，扩大品牌文化品位和美誉度。一般分春秋两季将品牌推出的系列新款，邀请名模拍摄设计制作成高端画册定向派发，或在每季订货会时装秀上赠送，或摆放在品牌旗舰店展示，或寄赠给品牌的VIP客户，或随高端时尚杂志送达白领阶层手中，充分彰显一个品牌有别于其他品牌的文化张力。在品牌同质化竞争日趋激烈的今天，这是大多数有实力的品牌采取的有效方式。第三类是创办企业杂志，宣传品牌文化，推广与品牌品位一致的生活方式，讲述品牌故事。本次品牌画刊研讨会选在爱慕集团召开，意在使更多的企业内刊主管亲临现场感受爱慕品牌文化。爱慕成立了品牌文化公司，每月编辑出版爱慕杂志，在爱慕大厦创办了爱慕美术馆，邀请国内知名的画家、书法家、雕塑家举办个人展，在苏州创办了昆曲传习所，倾力挽救振兴有600年历史的戏祖昆曲，将品牌文化演绎到极致。我想，无论何种画刊形态，品牌画刊的兴起说明企业家对文化在品牌生存发展中不可或缺的价值有了新认识。纵观世界著名品牌发展历史，可以发现品牌文化有多深厚，决定着品牌能够走多远。对于那些有志于打造百年品牌的老板们来说，文化即是品牌的生命。舍此一切皆空。中国人不缺智慧与耐力，假如我们的企业像爱慕那样把品牌文化的旗帜高高举起，品牌大国迈向品牌强国指日可待。

记得《时尚北京》杂志初创时，不少企业的广告设计还比较稚拙，以致于有的大品牌顾及影响其广告形象不愿投放，有的则提出排版时他的广告旁边不能摆放其他低端品牌广告，也就是说不愿与之为伍，生怕有损自己的品位。近几年，随着杂志理事单位品牌画刊的制作推出，大幅提升了广告设计的投入和品位，拉近了与国际大品牌广告设计的距离，加之杂志都市高端定位美誉度的广泛传播，汽车、化妆品、手表、珠宝等国内外大品牌的广告开始频频出现在杂志上。随着《时尚北京》杂志进入国内一流时尚大刊的前列，理事单位品牌形象设计水平随之大幅提升，也赢得了那份应有的尊重。

设计制作精美的画刊仅仅是推广品牌形象的起步，《时尚北京》杂志将与他们一路同行，一起成长。

思想改变了一切

1978年，改革开放的元年。那一年我在北京纺织工业局办公室工作。30年，春秋易逝，匆匆而过。想不到，我在人生旅途上画了一个圈，2008年又重返老东家，来到北京服装纺织行业协会主办的《时尚北京》杂志社工作。修行无人见，机缘有暗合。真是三生有幸。细细一品，还真有点佛门中说的生命轮回的味道。

列宁曾有一句名言："没有革命的理论，就没有革命的运动。"历史实践证明，科学思想的力量创造和改变着一切。2008年，纪念改革开放30年，中国翻天覆地的变化，开启了一个新的时代。亲历30年，眼见沧桑巨变，归于思想解放四个字。回顾中国近百年来的历史，有两次科学思想引发社会变革和进步。1917年，列宁建立了世界上第一个苏维埃政权。"十月革命一声炮响，给我们送来了马克思列宁主义。"中国先进的知识分子接受了马克思主义的科学思想，造就了中国从半殖民地半封建社会进入社会主义的历史性社会变革，至1949年新中国成立，历经32年。马克思主义科学思想与中国革命实践结合产生了毛泽东思想，改变了中国。

1978年，邓小平提出改革开放的科学思想，是中国第二次思想解放。"发展是硬道理，一百年不能变。"遵循着百年不变的改革开放、发展经济的新思想，将世界发达国家经济发展的成功经验和思想兼收并蓄，形成了有中国特色的建设社会主义的科学思想体系和发展道路。思想解放再一次为中国带来了巨大的经济变革；中国作为发展中的世界经济大国屹立东方！历史往往惊人相似，至此也整整用了30年。

思想改变了人们的价值观。万般皆下品，唯有读书高。千百年来，读书做官，衣锦还乡，光宗耀祖，成为人们追求的至高理想，成功者的象征。改革开放把人们从这种思想禁锢的牢笼里解放出来。那些有胆略的先知先觉者们，开始寻求创办新的事业，实现自己新的梦想和抱负。就从北京著名服装品牌的创建者和掌门人说起吧，爱慕品牌董事长张荣明，他是学钢铁专业的研究生，原本可以成为高级工程师或工程院士；白领品牌董事长苗鸿冰，他曾是国家石油部机关的团支部书记，理所当然的是司局长、部长的后备人选；依文品牌董事长夏华，她是政法大学的高才生，留校做讲师，教授头衔，虚位以待……在改革开放思想大潮的感召下，他们不约而同地选择了自创品牌的企业家之路，创建了当今北京服装品牌群体的代表性著名品牌，成为人们仰慕的企业家。我们可以从个体户、民营老板到企业家的称谓不同版本中看出思想观念的变化轨迹。世界经济界曾评价说，日本20世纪六七十年代的经济奇迹是由一代企业家创造的，此间诞生了丰田、松下、索尼等一批世界著名品牌。中国改革开放30年，经济腾飞的巨大成就何尝不是如此呢？尊企业家为国家经济发展的大功臣，当之无愧。当现代经济思想融入百姓经济生活中时，人们才逐步明白一个重要的道理：企业家是国家宝贵的财富，品牌是国家强盛的标志。唯有此时，企业家才真正得到全社会的敬重。我们也有理由为那些成功的企业家们击节庆幸，庆幸他们赶上了改革开放、思想解放的好时代，不是吗？

中国已经进入品牌时代。品牌文化的兴盛注定催生人们生活方式、生活状态、生活质量、生活品位的深刻变化。中国作为经济大国，理应成为品牌大国，她拥有几千年源远深厚的民族文化，这是品牌文化的思想根基。2009年，也许是中国又一个30年的起始，随着中国的崛起，中华民族悠久的思想文化将影响和改变世界。

我想，假以天年，再一个30年，我能看到这一天。

把品牌举过头顶

前不久，国家发改委召集北京知名服装品牌企业依文、蓝地、派克兰帝等老总，座谈关于自主品牌企业生存发展遇到的问题。由于美国在2008年发生罕见的金融危机，全球经济动荡不安，纺织服装出口首当其冲，蒙受巨大损失，尤其以贴牌加工为烈。没有品牌苦不堪言。品牌再度成为业界关注的焦点。《时尚北京》杂志特辟自主品牌专栏就此开展讨论。

品牌时代悄然来临，品牌为何物？至少目前多数人缺少深刻的认知，说不清，道不明。

可口可乐斥资170亿港元收购汇源果汁，是一场前所未有的外资收购中国品牌风暴。中国品牌的价值无可争议地摆在中国人面前，但却是可口可乐的慧眼发现了汇源。由此引发了收购与反收购的激烈争论。不论本次收购结果如何，都证明了中国企业家运作品牌的力量。汇源无疑是大赢家，不花一分一文广告费，与可口可乐齐名天下，此乐何极？

在服装界，企业家在多年的市场打拼中悟出品牌与财富如影随形，开始把品牌举到头顶，唯品牌是尊。刚刚在深圳上市的美邦股份，在低迷到极点的股市中居然高开30%多，令人目瞪口呆。美特斯·邦威品牌的创立人周成建作为控股大股东，身家扶摇直上达116亿元，名列胡润富豪榜的前茅，成为中国服装界耀眼的明星。美特斯·邦威品牌跃升为中国休闲服饰领军品牌之一。说来，我是90年代在温州认识了美特斯·邦威老板周成建的。那时他是初出茅庐的帅哥，公司在温州一个干净而不大的院庭中。周成建为人谦和，才思敏捷，常有独到见解。温州服装品牌多如繁星，周成建在这些年轻老板中颇具声望。与周成建同时起家的品牌，各有锋芒，名噪一时，被称作“温州现象”。当温州服装人创业大潮涌起时，一时卷起千堆雪，彼此难分伯仲。然而出水才看两腿泥。十几年过去，时过境迁，不少企业成了明日黄花。今天，温州代表性的品牌非报喜鸟和美特斯·邦威莫属。两个品牌代表着风格不同的两种品牌路线。抚今追昔，客观评价，是温州人在20世纪90年代率先杀出一条服装品牌的血路。

回首看，周成建品牌运营商的路子走对了，是大智慧。与一些国际大品牌竟有异曲同工之妙。美特斯·邦威是中国驰名商标，2000多家直营店、加盟店，庞大有序的营销网络，不设工厂，专事品牌运作推广。相比之下，周成建的不少温州同乡巨资兴建现代化工厂，引进国际先进设备，高薪聘国外名师，轰轰烈烈……而眼下只能为其他品牌做加工而已，他们看到如今周成建光芒四射的品牌魅力不能不暗暗扼腕。诚然，事情不能一概而论，创建报喜鸟的吴志泽，生产加工基地在温州不是也很气派吗？所不同的是他的报喜鸟品牌早早飞到了上海落户，摇身成了国际大都市上海的知名品牌。有一点可以断定，温州人是中国最早走入市场经济的，也最先悟出了品牌的真谛。

2008年是改革开放三十周年，品牌是市场经济代表性的产物。品牌从来没有像今天这样被全社会重视。品牌不属于私人，品牌代表着国家的最高利益，品牌也是国家实力的象征。大品牌没有国界，中国建设经济大国，必须创造一批世界知名的大品牌。

我想，北京建设时装之都也寄希望于服装品牌。

智勇新说

2009年6月，北京市经信委、服装协会联合召开了应对国际金融危机，贯彻落实产业振兴规划交流会，与会的北京领军品牌苗鸿冰、夏华等五位企业家做了精彩的演讲。《时尚北京》杂志均收录在2009年六月刊的杂志中。依文总裁夏华的发言中说，小浪看勇，大浪看智。让我感悟颇深。国家面对危局展示给国人的是信心和智慧，作为国家脊梁的企业家何尝不是？俗话说，人生不如意事十之八九。生活在纷繁变幻的世界，每个创业者都会遇到困局和逆境，都有人生的高潮低潮。小浪可凭一时之勇闯过，大浪则要考验人的修炼和谋略。

危机逼生品牌和人才。20世纪60年代铁人王进喜有句名言：人无压力轻飘飘。大庆的石油是压力逼出来的。他代表了遭遇自然灾害处于困境中的民族奋发的精神。毛泽东主席曾引用史学家司马迁受宫刑大辱后写给友人任安的信，即历史上有名的《报任安书》：“盖文王拘而演《周易》；仲尼厄而作《春秋》；屈原放逐，乃赋《离骚》；左丘失明，厥有《国语》；孙子膑脚，《兵法》修列；不韦迁蜀，世传《吕览》；韩非囚秦，《说难》《孤愤》；《诗》三百篇，大抵圣贤发愤之所为作也。”列举中国历史上有大成就者，很多都是在逆境中隐忍发愤而成。毛主席还讲述了自己在革命生涯中也遭遇过几次不公正的对待。毛主席的这篇讲话对我人生影响很大，几十年过去了，字字句句依然震撼我的心。阅历愈久，领悟愈深。所谓生于忧患，死于安乐。从这个意义上来说，经济危机对有潜质的品牌和企业家是一次难得的大机会。事实上国外不少大品牌都是在经济萧条中搏杀诞生的。

会上，北京领军品牌透露已着手谋划布局下一个十年的发展，我想这才是成熟企业家处危不乱的所思所举。

危机练就企业家的心智和修养。经济危机不仅使出口企业遭受重创，内销品牌也陷于困境。老百姓捂紧了钱袋子。不少企业家为产品销不出去而苦恼。作为媒体人，我在与许多企业家打交道中感受到无形的压力。显而易见，经济危机已经渗透到服装企业的各个角落。恰恰是阴云密布之时，3月，中国服装论坛轮值主席、白领公司董事长苗鸿冰在论坛上发表了年度观点，第一句话：我和大家一起分享的词叫幸福。他推出了幸福感营销的新思维。无疑，危机中他是幸福的，淡定从容，谋而后动：大手笔进驻蓝色港湾、华贸高档社区开设概念店……此时此刻，泾渭分明，有人出手，更多的人收手。人与人的区别显现无疑，眼光就是财富。我想，有一天危机浪潮消退时，人们会发现收获者是那些择机撒网的人。范仲淹《岳阳楼记》中有句名言："不以物喜，不以己悲。"那确是一种人生至高境界，常人难以企及。真心说，现代企业家为利所驱，为民而奔，功名缠身，活得很累，若以此自勉，洒脱释怀，相信也是不错的良方。服装界成功的企业家很多，潮起潮落20年，形成一批知名的中坚品牌。品牌即是人。掌门人各异，但修养胸襟历练是相通的，没有这样的品格站不到今天。交流会上，五位领军品牌企业家当是范本。

信心比金子更重要。《时尚北京》杂志刊出的北京领军品牌企业家的演讲，就是北京服装品牌的信心宣言。沧海横流方显英雄本色。在百年一遇的世界经济危机的大浪潮中，每一位企业家凭智勇把握属于自己的历史机遇吧。

寂寞创业者

文豪鲁迅先生说过：世上本没有路，走的人多了便成了路。创业者就是那些勇敢无畏的探路者。没有人知道路在哪里，更不知道路的尽头。征途中要歇息、思考，于是有了寂寞时。多数探路者倒在途中，没人知道他们的名字。就像哥伦布发现新大陆，在他之前有无数不知名的哥伦布命丧探路的途中。创业者也如是，功成名就的毕竟是少数。就拿我国服装行业来说，从20世纪80年代初，一茬一茬的"草根"破土而出，开始他们的创业之路。30多年过去了，千千万万个服装人，起起落落，生生死死，如今全国能够存活下来，长成参天大树的知名大品牌不过数十个而已。这些中国的一线品牌形成了一个相对比较稳定的群体。近几年，出现了一个有意思的现象，曾经活跃在一线的品牌老板们悄然离开了公众的视线，比如雅戈尔集团的李如成、杉杉集团的郑永刚、七匹狼男装的周少雄、报喜鸟品牌的吴志泽、美特斯·邦威品牌的周成建……他们不再抛头露面，退居幕后，甘于寂寞。毋庸置疑，他们是中国服装业早期创业者的杰出代表人物。当事业做到足够大时，面临新一轮国际化的残酷竞争，如履薄冰，如临深渊，成败就在你的左右，企业家任何轻率的出手都有可能酿成灭顶之灾。此时，也许沉默为金。

创业者是善于思索的智者。创业的前行中，在很多时候，尤其遭遇难解的重大抉择时，他需要暂时远离浮躁的尘世，远离团队，独自思考。犹如身处遮天蔽日的森林中四顾茫然，不知路在何处。此时，他是孤独的。大诗人李白有名句："古来圣贤皆寂寞，惟有饮者留其名。"陆游《咏梅》词："驿外断桥边，寂寞开无主。已是黄昏独自愁，更着风和雨。无意苦争春，一任群芳妒。零落成泥碾作尘，只有香如故。"古往今来，叱咤风云的帝王有寂寞时，才气纵横的大诗人有寂寞时，开拓品牌的创业者也有寂寞时，寂寞中像虔诚的佛家一样，摈弃红尘，心智归一，开启自己思想的空间。那些满足于喧嚣浮华的企业家，永远做不了百年品牌。中国设计界名声颇高的吉芬品牌创始人谢锋，冷眼服装界那些急功近利的作为，感叹：我很孤独，很迷茫。谢锋在忧虑那些浮躁的中国品牌能走多远？宁静以致远。懂得寂寞，学会思索是创业者必备的修养。

创业者常常是少数。他们善于逆向思维，独辟蹊径。他们的想法往往与多数人相左，处在一种窘迫的地位。他们必须站出来力排众议，坚守自己的主张，有时甚至让常人感到顽固的程度。他们似乎背离了大多数，落入了另类孤独与寂寞。有一句名言："真理常常掌握在少数人手里。"世上的事情耐人寻味，成功往往就在少数创业者坚持中。这正是创业者有别于他人的眼光和胆略。

创业者是打不倒的靶子。俗话说得好，出头的椽子先烂。创业者很简单很纯净，每天想的只有向前，向前，再向前。顾及不到左右，更忽略了身后的空白。有人却在一路上悄悄捡拾他的过失以及任何一位创业者难免的失误。如果你是独立的创业者或者是民营企业家，一言九鼎，失败了再来过，摔倒了站起来就是了。如果你在国有企业，也许就没那么幸运了。创业者是众人的靶子，翻身落马时，墙倒众人推，破鼓万人捶，很难有机会再站起来。福祸相依，不少人远离了你，搭档、同事、朋友，甚至亲人，你无语，又归寂寞。曾经饱受多年牢狱之苦的南非黑人领袖曼德拉说过："把怨恨留给过去，不然我还是生活在监狱中。"在难耐的寂寞里，真正的创业者思考未来。

杜甫《梦李白·其二》诗："千秋万岁名，寂寞身后事。"创业者给社会创造的不仅仅是物质财富和品牌，更有价值的是能够流传久远的思想力量，是千回百转发人深思的创业路。

是的，无论世间怎样沧桑变化，创业者似梅花香如故。

品牌的生命基因

2012年，我到深圳出差，遇到在中国内衣文化周组委会当副总的老朋友赵子义，见到他面色红润，精气十足，甚为诧异。问起原因，笑答："我信佛改吃素了。现代人不是追求健康长寿吗，素食主义是最好的选择。""愿闻其详。"我恭敬地说。他搬出一番理论："素食的好处可以从生命基因来分析，我们吃的食物，肉类最易腐烂，其次是蔬菜，其三是水果，而粮食谷物保存的时间最久，原因是生命基因不同。甘肃敦煌遗址出土汉代的大麦、小麦等多种农作物种子，是一千多年前中国古人的食物。这些农作物种子至今保存完好，经培育能再次生长发育。 可见谷物基因的强大生命力。以此推理，长期坚持吃基因强的食物自然长寿啦。"看他神色飞扬的样子，显然笃信这种基因理论。最近我看一则报道，俄罗斯科学家利用微繁殖技术令一颗封冻了3万年的种子复活，还开出了白色花朵，创造了复活最古老植物种子的纪录。还真佐证赵总的基因食物长寿理论。当然，据现代科学对众多百岁老人研究证明，人的遗传基因对生命的影响占40%左右，至于食用生命基因好的食物对健康的作用有多大就各执其词了。人追求百年长寿要研究基因科学，由此我想到时下服装业界热议的创百年品牌的话题，品牌的生命基因为何物？

阳春三月，2012年中国国际时装周拉开大幕。爱慕时装秀是时尚界各路达人引颈争睹的豪宴。爱慕，倾城倾国何至于此？我想也许是爱慕的"文化雅集"。雅集为昆曲中辞，意在群芳萃集。爱慕掷巨资在苏州设立昆曲传习所，以一己之力振兴有600年古韵历史的昆曲，实为非凡之举。到爱慕总部参观有一层是专设的艺术展厅，不断有国内知名的艺术家、画家在这里举办个人展，爱慕文化沙龙吸引了许多知名艺术家，成为聚集文化艺术的热土。凡此使爱慕品牌血脉中融入了浓浓的文化基因。"好风凭借力，送我上青云。"爱慕董事长张荣明不仅是重振昆曲文化的推手，而且以自身深厚的文化底蕴把爱慕做到了中国服装品牌的巅峰。

法国香奈儿曾别具匠心地选在中国美术馆做品牌历史展，定名为：《法国设计先锋与艺术大师们的对话》，向中国时尚界昭示香奈儿品牌的文化属性。展览着意展示了香奈儿女士与巴黎那个时代一大批顶尖艺术大师：毕加索、尚·考克多、萨尔瓦多·达利、皮埃尔·勒韦迪、伊戈尔·斯特拉文斯基等相谈相交，共同捕捉时代文化精髓，成为至交密友。香奈儿集绘画、诗歌、戏剧、小说、音乐多门类艺术之大成，融会贯通，站在她那个时代的文化最前沿，创造了"香奈儿时代"。没有活跃的艺术家群体滋养，不可能造就拥有高贵品质的香奈儿品牌。法国厚重的历史艺术孕育承载了一个时代的品牌传奇，至今熠熠生辉。"尔曹身与名俱灭，不废江河万古流。"历史上无数显赫一世的帝王将相、才子佳人都化为腐朽尘埃，唯有文化穿越时空，一代一代传承下来，文化与世永存。时尚界的历史证明，一个品牌经久不衰繁盛百年的秘诀即是文化基因。没有文化的品牌走不远。

改革开放三十余年，我们的注意力一直集中在发展经济上。当迅速成长为一个经济大国时，猛然回首，发现了一种严重的缺失：一个国家没有强大的文化力量，无法成为真正意义上的大国，更谈不上强国。因此，现在把发展文化产业列入国民经济发展的支柱产业之一，是明智的选择。反观中国服装界，素有男装品牌基地的温州曾经领军男装业，涌现了一大批像夏梦等赫赫有名的品牌，日月沉浮，销声匿迹。我所见到的那些家业庞大、名冠南北的服装大牌，顷刻间轰然倒塌的也不在少数。细究个中缘由，品牌创立者缺少文化修身，不善品牌文化谋划运作是重要原因之一。

做百年品牌谈之易，行之难，倘若植根于中华千年文化的沃土中，不懈追寻，相信会活得精彩，活得久远。

1998年参加深圳服装行业品牌发展研讨会，与深圳市政府有关领导、企业家合影。服装时报社广东记者站站长龚晨（左一）、深圳著名时装品牌经典故事集团董事长陈伯君（右三）。

07

设计霓裳

爱美之心，人之本性。设计的本质就是创造，前人未有，与众不同。设计改变了生活。时装设计师是美的使者，凭借天分的昭示，灵感的乍现，勤奋的磨砺，创造了出神入化的美，让世人乐享美轮美奂，让生活永远春花烂漫。
百年兴衰，设计师遇到了尊崇技艺，包容个性，展示才华的好时代。

致敬，中国第一代设计师

写在中国国际时装周创立二十年之际

中国国际时装周20岁了，可喜可贺。中国古代20岁束发而冠，以示成年。中国国际时装周也进入发展的成熟期。时光倥偬，往事峥嵘。我从参与第一届中国国际时装周的报道起，转任几个时尚媒体总编辑，一路相伴而行，亲眼看到中国时装设计师步履蹒跚的前行，而今名师林立，星空灿烂，走出了中国第一代时装设计师，成为中国设计界耀眼夺目的一支浩荡大军。

改革开放初期，“尊重知识，尊重人才”的口号开风气之先，时装设计师在思想解放的阳光下破土而出。1997年，中国国际时装周开启了时尚的大幕，展翅高飞的开放天空、原创设计的自由乐土，那些怀揣远大抱负的青年设计师终于有了梦寐以求的舞台。20年，中国国际时装周见证和推动了改革开放后我国时装设计师队伍的萌芽、兴起、壮大的历史全过程，代表了中国现代时装原创设计所涵盖的创意、艺术、色彩、面料、制作等最高水平，中国国际时装周成为中国时尚的发祥地。

20年前，第一届中国国际时装周张肇达获得了首枚金顶奖。他从云南采风回来，运用鲜明民族特色的设计，让中国时尚界尖叫：民族风醉倒了刚刚萌动的设计粉丝。我在《服装时报》的头版头条用《张肇达你够伟大》的大标题表达时尚圈的惊喜。谁都懂得“伟大”这个一般用于政治领袖形容词的分量。刘洋获得金顶奖荣归广东时，这位帅哥设计师被鲜花美女围得水泄不通，名噪一时。后来他作为广东服装设计师协会主席，向我透露了获金顶奖秀背后艰难的往事：“我把父母所有家底和朋友们筹措的几万元孤注一掷，赶制了十几个昼夜……”说到万般困境中的那一搏，他眼中满含着泪水。王玉涛获得了第20届中国国际时装周的金顶奖。多年前，王玉涛在柏仙多格做首席设计师，我去中山市小榄镇拜访他，我们在一家特色粥店把酒言欢，侃侃而谈，畅聊到深夜。在知名品牌做首席设计师是要有真本事的，也许正是多年一线品牌企业的锤炼造就了今天的王玉涛。细想，中国成功的时装设计师不都是举步维艰地走到前台的吗？

90年代早期出道的设计师张肇达、吴海燕、谢峰等一批时装设计的先行者，或者说是设计师铺路石，多为才艺俱佳的设计大家，如今依然灵感迸发，新作迭出地活跃在时装设计界。时装设计师王新元最近在爱慕美术馆举办的名为《衣以载道》的书法篆刻展，高朋满座，多为时装设计界的老朋友。10年前王新元跨出衣门，俨然已在书画界自成一家；他赠给友人的书画册中“纸上幽香随梦远，弦间雅韵寄情长”的诗句流露出内心对时装设计剪不断的眷念之情。

20年，我们惊讶地发现：那些已经获得金顶奖的成名设计师依然一届接着一届，在这个舞台发布自己的新作，昭示喷涌不竭的才智，他们要做时装设计主宰，不想当看客甚至落伍者；在北京饭店金色发布大厅，谁也不敢轻视霸气十足的民族品牌代表东北虎，张志峰年复一年用浓郁中华特色的高级设计开幕大秀征服着时尚界；唯有他刻意用自己的设计语言别出心裁地讲中国时尚故事。更多的是那些名不见经传的新锐设计师像潮水般一浪高过一浪地登上这个舞台。他们把这里当作设计人生的起点，机会也许就在高傲模特们的脚下，他们的野心无疑是要唱时尚主角，占有这个让他魂牵梦绕的舞台，这正是时装周的魅力所在。没有中国国际时装周，那些怀揣著名时装设计师梦想的年轻一代，只能在迷茫中摸索行进，看不到希冀的曙光；没有中国国际时装周，设计师的智慧才华很难显露头角，闪耀光彩，更得不到消费者和社会的广泛认同，他们的名字将淹没在时装设计发展的历史长河中；没有中国国际时装周，就不会有充满活力群星灿烂的设计师队伍，更不会创造百花齐放的时装设计繁荣局面；没有中国国际时装周，中国的时装设计先锋力量和中华悠久文化很难得到世界认同与追随；在中国国际时装周的影响和带动下，祖国大江南北涌现了许多以城市命名的时装周，撑起了中国时尚产业的天地，北京、上海、深圳、宁波、大连、哈尔滨、虎门、石狮、厦门、成都等城市都相继举办了定位不同、各具特色的时装周，汇聚成中国的时尚时装大潮。

20年，没有任何一个舞台比中国国际时装周更耀眼，第一代中国时装设计师是从这里走出来的，有如养育英才的摇篮；每一年引领中国的时尚潮流是从这里喷发而出的，有如长江黄河的源头；设计改变了时装界，改变了时尚产业。

20年，让我们向中国国际时装周致敬，向创造了中国时尚的第一代时装设计师致敬。

2017年12月《时尚北京》杂志卷首语

时装周和她的设计师们

在服装圈里当了这么多年的记者，自然少不了与很多服装设计师打交道，一来二去不少人成了朋友。在中国时装周十五周年之际，梅赛德斯-奔驰冠名证明了中国服装设计师的快速爆发力，而更让我兴奋的是爱慕、白领两个北京大品牌，包揽了开闭幕式的大戏，不仅让北京品牌光鲜露脸，更展示了北京的文化力、设计力。中国开始走出一批担纲品牌的设计师群体。

1993年中国服装设计师协会刚成立，新主席王庆即做出富于远见的决定：举办中国国际时装周。那时，设计师还没有进入新兴的服装界人的视线，也没有人瞧得起，更谈不上有力量有组织的群体。质疑胜过赞同，观望多于参与。1997年，在首届中国国际时装周上，从改革开放第一线广东来的服装设计师张肇达打破了时尚的沉寂，他运用云南采风的民族服饰别开生面地设计了一台美轮美奂的大秀，一举夺得金顶奖。我那时在《服装时报》做总编辑，观看了张肇达的时装秀，感奋不已，立即在头版头条以《张肇达你够伟大》的醒目标题做了报道。不言而喻，伟大这个词过去是政治领袖人物的专属。我们用伟大来形容的潜台词是，新时代赋予设计师伟大的使命。时装秀散场后，我和《服装时报》同仁邀请王庆主席在王府井边上共进了相识多年的唯一一次便餐，既贺成功又商合作，谈笑甚欢，尽兴而归。2011年，张肇达宝刀不老依然参加时装周，不是情结而是坚持。他的马克张品牌在北京高端商场赫然有位，随后许多设计师品牌在北京落地生根，渐露秀色。可以说没有中国国际时装周的大舞台，中国许多有才华的设计师至今还沉埋在荒野，盼不到破土出头之日。

设计师品牌群体的形成和崛起令人看到中国设计力量生生不息的魅力。《服装时报》曾专门撰写了一篇文章《服装设计师的细分与戏说》，将设计师队伍细分成不同的流派：有的专门为不同的品牌设计时装秀；有的依附于品牌做首席设计师；有的建立设计工作室为品牌做设计服务；有的自立门户创立设计师品牌；但不论何种形式，他们对服装设计视若生命的那份执着和珍爱，任凭岁月消磨始终不会改变。2011年的金顶奖得主王玉涛，是“70后”。那年他在中山市柏仙多格品牌任首席设计师，我们深夜两点一起喝粥吃夜宵，畅谈达旦，踌躇满志。多年设计修炼，不坠青云之志，终于水到渠成。设计师曾凤飞捧得最佳男装奖实至名归。他几乎每年都参加时装周，初始为圣达威助阵作秀，后两年则以自己的名字出手，屹立不卓，自成一家。他的新中式男装国内无人堪比，在北京新光天地拥有一席，与比邻的国际男装大品牌相映生辉。对于一个从福建小渔村走出来、年届知天命的设计师来说，“爱拼才会赢”那句家乡歌词是曾凤飞的真实写照。

说来也奇怪，广东、福建水土滋养服装品牌。服装业界曾有一个说法叫作：南有例外，北有白领。几天前，毛继鸿在广州大事操办例外品牌十五周年庆，不夸张地说，例外是中国设计师品牌的领袖之一。20世纪90年代他从北京服装学院毕业南下广东，与马可共创例外品牌。十年前，我到广州拜访毛继鸿，深街曲巷里租了几间门面房，虽不阔绰也小有规模。如今蔚然大观成一方品牌诸侯，与毛马二人厚重的文化底蕴，咬住个性化风格不放手的韧劲是分不开的。多年后，马可作为中国独立时装设计师接受法国高级时装工会之邀，在巴黎时装周上做了“无用的土地”大秀，轰动世界时尚界，此是后话。吉芬品牌创始人谢峰当年从日本留学归国后也落脚深圳。我在深圳服交会一个小型聚会上结识了谢峰，谈到未来他说尚在选择和迷茫中。士别三日，谢峰北上进京创造了吉芬女装品牌，异军突起，在北京、巴黎大手笔作秀，井喷式地冲到设计师品牌前列，令同辈望尘莫及。服装业界称，谢峰是国内设计师品牌第一人。谢峰的脱俗大雅证明：设计师是中国服装品牌的希望所在。

2011年，艺之卉的秀飘逸超凡，似有神韵。我困惑地探问掌门人周胜，他说这两年花精力建服装博物馆，办近代服装史展大有感悟，托起了艺之卉的秀。周胜是武汉大学学新闻的研究生，说起来算同行，是老朋友了。他做了一个形象的比喻：我们这些品牌就像参加马拉松长跑，起初第一方队还左顾右盼，慢慢地旁边看不到人了，再跑下去回头看看几乎没人了……周胜认为，跑到终点的一定是有文化力的品牌。无独有偶。最近香奈儿别出心裁选在北京美术馆做品牌回顾展，定名为：法国设计先锋与艺术大师的对话。展示了香奈儿与毕加索、尚·考克多等世界著名画家、剧作家、音乐家亲密交流合作的珍贵作品和实物。香奈儿的文化情愫再次点燃了设计师，震撼了时装界。是的，品牌拥抱文化才可能走得更高、更远。

中国国际时装周是设计师们的精神家园，这里承载着他们的喜怒哀乐，他们的荣耀与梦想。从这里出发，释放生命的阳光。

金顶奖的诱惑

2014年春天的中国国际时装周如期在北京炫目上演。参演时装秀的设计师和品牌远不如秋冬来的火爆。然而让我们惊异和敬畏的是：张肇达等八位摘得过金顶奖的大设计师们不动声色地依次拿出了自己的新作。当然，绝不单单是为时装周捧场添彩，而是在始终不渝地坚守原创和发现未来的自我。《时尚北京》杂志仰慕这些在中国时尚时装界前面锲而不舍探路前行的大设计师们，特别做专题采访，收录了获得金顶奖后岁月的心志与感悟，奉献给关心他们的设计师和企业家。

金顶奖是中国时装设计界的奥斯卡。“会当凌绝顶，一览众山小。”有人不解，历届金顶奖的得主们已然功成名就，理当退隐江湖，还年年在时装周埋头耕耘图什么？艺无止境。“五岭逶迤腾细浪，乌蒙磅礴走泥丸。”金顶奖仅仅是他们人生攀顶的第一座高峰，也许与后面的辉煌相比，不过是征途上的脚下泥丸。1997年第一个获得金顶奖的张肇达闭上含泪的眼说：“我发了一个大愿，要做十年以东方文化、东方情感为主题的创作。”他没有食言。时隔近20年，2014年中国国际时装周上张肇达出人意料地宣布与韩国影星朴海镇跨界合作，共同创建运动装品牌。岁月没有挡住张肇达疾行的脚步，他的艺术之眼横扫海外。计文波是金顶奖中的勇者，善男装。他认为，金顶奖是对设计师之前设计工作的认可和对其未来的期望。2004年《时尚北京》杂志曾在封面刊出他与金顶作品的大幅照片。之后，他是第一个敢于拿着自己的新作单骑叫阵意大利米兰时装周的中国设计师，计文波让素有顶级男装帝国的大佬们惊愕失色，中国居然也有如此出色的男装设计师。时尚圈的率真怪才祁刚说：“金顶奖只是我设计人生中的一个里程碑，拿奖后的这几年，我一直坚持用设计说话，我会一如既往地坚持用设计证明我的成就。”是的，金顶奖仅仅是有远大抱负设计师人生的第一座高峰。

金顶奖是国内时装界炙手可热的最高大奖，含金量“你懂的”，身为时装设计师谁心中没有一个金顶梦？我从王庆主席发起举办第一届中国国际时装周就参与报道，眼见花开花落，喜喜悲悲，无奈金顶奖每年只有一个。有的设计师是在知名品牌的光环下成名的，也依附品牌的名气而侥幸摘取了金顶奖的桂冠。盛名之下其实难负。不久即淡出设计一线，销声匿迹。有的设计师则是凭借个人的才气和知名度与品牌合作，推出特色时装秀，既提升了品牌的名望，又历练了个人的技能，相得益彰。金顶奖得主中这样以才华登顶的设计师不在少数。而这些设计师往往胸怀大志不甘寄人篱下，念念不忘的是创立属于自己的品牌。计文波就伏案感慨道：“每走一步都是为了有一天能拥有属于自己的品牌，这是每个设计师的最终也是最难实现的理想，我一直没有停下脚步。”

参加中国国际时装周的设计师不乏淡泊名利热衷时装艺术创作者，来到这个艺术大舞台只是为了交流切磋，参与其中，展示自我的才艺价值。乐此不疲地往返于北京饭店主会场与798第一大车间，享受那份看秀的时尚快乐。金顶奖对他们没有诱惑，不过是飘然身外之名。常言说，多年的媳妇熬成婆。也有金顶的执著追逐者，年年参加时装周，年年推出新作品，由青涩到老成，也许距金顶只差几步……岁月蹉跎，依然守望。细心的人发现，金顶奖得主中多年竞逐中国国际时装周的不在少数。凭心而论，金顶奖不是熬出来的，那是中国时装设计艺术金字塔，众望所归。无论是淡泊者，还是追逐者，中国有了这样一大批虔诚的时装设计师，才点燃了中国国际时装周那把火，成就了金顶奖艺术的至高无上。

香奈儿等许多国际驰名的大品牌都是以设计师的名字命名的，足见设计师是品牌的灵魂。金顶奖是诱惑，而对于金顶奖得主们来说更大的诱惑是创造一个世界知名的时装品牌。中国还没有看到以设计师命名的时装大品牌，我想，将来中国的时装界一定会出现这样的大设计师。

期待着，中国的世界级时装品牌从金顶奖得主的设计师中走出来。

发现内衣的美

五月初，深圳的春光正好，鲜花繁茂，走在大街上飘弥着花香鲜草的味道。深圳国际品牌内衣展也称为内衣文化周正在火热进行中，除了参展商的热捧，内衣的别样风景现场真人秀吸引着深圳那些追逐时尚的女孩们。

我从筹划第一届国际内衣展就参与其中，当年在北京饭店内衣展的启动新闻发布会我还有幸客串过主持人呢。今年当我采访内衣展时深深感受到发展的速度十分惊人，让我们看几个数字：展位面积超过7万平方米，参展企业800余家，交易额达到60亿元，已然成为全球规模最大、产业链最完整、参展品类最齐全、立体系列活动最丰富的内衣展。一个服装行业中细分的内衣产业展会居然做到如此极致，不能不说真是中国的产业奇迹。更加令人不可思议的是，这样的成就是在经济危机影响的国内服装行业不景气、专业展会业萧条衰退的背景下取得的。曾几何时，服装界的展会火爆异常，每年各类服装展会有130多个，记者们疲于采访报道几乎成了展会专业户。随着服装产业升级转型品牌化时代的到来，单一服装专业展会退出了舞台，国内仅有屈指可数的几个人气旺盛的大展会，内衣展是佼佼者之一。

那么，我们能从中得到哪些启示呢？

内衣在服装领域中是个很独立很特殊的细分门类，有悠久的发展历史和文化渊源，是舶来品。“束身胸衣”源于中世纪欧洲，从宫廷贵族阶层文化逐步演变而来。据说，世界上第一只胸罩是1914年美国社交名媛玛丽·菲尔普斯女士发明的。她为争当巴黎盛大舞会的皇后，心血来潮用两条手帕加丝带扎成了能支撑乳房的简单胸罩大获成功，并为设计的胸罩申请了专利。1920年法国人发明了胸罩，将胸罩和内衣裤分开，被“紧身胸衣”枷锁束缚了300年之久的欧洲妇女终于解脱出来。内衣在欧美历来拥有深厚的市场，有个例子，在二战期间战备物资消耗量很大，特别是钢材极度缺乏，美国政府当时就号召女性抛弃藏有大量钢丝的束腰，以支援战场，据说3年间节省了2.8万吨钢材，可以造两艘军舰。正逢华纳兄弟公司刚拿到胸罩专利，趁机推出全布胸罩，大发了一笔战争财。

内衣产业是塑造人体美的服装门类，其独特的功能性、美体性和文化性拥有不可替代的价值属性。内衣与经济、文化的发达程度密不可分，中国经济崛起加速了中西方时尚文化产业的融合交流，带来了内衣产业的超级繁荣，现代女性对人体美的大胆追求催生着中国内衣文化的喷发，这是内衣展成功的毋庸置疑的内在原因。

犹如服装产业一样，展会的强大支柱是企业家。内衣展上最热门的人物莫过于安莉芳集团的老总郑碧浩女士了，她也是深圳内衣行业协会会长。安莉芳集团鼎力支持举办了开幕式大秀、内衣设计大赛等重点项目，彰显了一个著名内衣品牌的社会担当。在中国内衣界张荣明和郑敏泰是卓越代表人物，堪称时代领军企业家。郑敏泰毕业于中国农业大学，1975年在香港创办了安莉芳品牌，最早驰骋国内市场，是先行者。张荣明毕业于北京钢铁学院，硕士研究生，1993年在北京创立了爱慕品牌，是当今内衣行业名副其实的翘楚。我在90年代就有幸结识并采访过张荣明和郑敏泰，做品牌大手笔，挥斥方遒，做人谦和低调，宽容大度，当我走近他们才能更深切地感受到成功的大企业家本色。令我不可思议的是两位大家都不是学艺术出身，却发现和造就了中国内衣最高境界的美。我们欣喜地看到，内衣展上正在涌现和爆发一批后生可畏的新品牌，而深圳正在成为中国内衣品牌最大的产业基地，如同大牌云集芳香逼人的女装产业一样，不是吗？

内衣展也称文化周，核心在文化。为何国内原本一派繁荣的服装展会经济风光不再，黯然失色了呢？品牌文化时代的到来，无情地封杀了单一专业展会的前路。而深圳内衣展围绕内衣完整立体的上下游产业链，比如：绿色垂直棉、高科技新型面料、专业设备、加盟商、网络商、各地产业集群等，举办了异彩纷呈的内衣、家居设计大赛、内衣超模大赛、各种国际专业论坛、互联网大会、品牌时装秀发布等，文化的巨大穿透力、吸附力，使所有前来的人享受着价值的获得感。当人们真正感到不虚此行，满载而归时，那才是内衣展的蓬勃生命力所在。

一个不起眼的小内衣居然发展成让人看不懂的时尚大产业。美是无限的。

2016年6月《时尚北京》杂志卷首语

古寨非遗又芬芳

近几年，非遗热得烫手，成为时装界追逐的一种新时尚。6月9日是我国的非物质文化遗产日，由北京市举办的最大规模的非遗主题活动“流动的文化——大运河文化带非遗大展”在农展馆开幕。无独有偶，由文化和旅游部支持的“锦绣中华——中国非物质文化遗产服饰秀”活动也在古香古色的恭王府拉开大幕。在全国，上海世界非遗展、山东非遗博览会、成都非遗节等也纷纷亮相，非遗热可见一斑。何为非遗？联合国教科文组织的定义为“被各群体、团体，有时为个人所视为其文化遗产的各种实践、表演、表现形式、知识体系和技能及其有关的工具、实物、工艺品和文化场所”。非遗是一个拥有深厚历史国家的宝贵文化资源。中国是世界上拥有非物质遗产数量最多的国家，北京是世界上拥有非遗项目数量最多的城市。非遗文化是中华民族的精神血脉，是国家文化软实力的象征。非遗热深刻反映了一个历史大国的文化觉醒。在我国非遗文化的门类中，服装与工艺占有特殊的地位，蕴藏着取之不尽的文化宝藏。发掘中华非遗文化不仅是传承，更重要的是让历史与现代的文化交集碰撞，产生蕴含着中国历史元素的现代新文化新时尚，让世界看到比古代文明更加文明的现代中国。北京时装品牌纷纷发力非遗的传承与发掘，涌现出一批领先品牌，在历史源头上寻找中华文化的根。他们怀着极大的热情对非遗文化进行了大胆艰辛的探索，走进云贵川深山古老村落，收集研究少数民族传统的服饰工艺，运用现代设计理念来重新定义民族服饰特色，以现代、时尚、简约的新面貌呈现，使深藏久远的民族服饰文化真正走出来，赋予了中国传统元素鲜活的生命力，实现了新的历史超越。他们在不同的舞台上一次次向世界奉献着无与伦比的非遗时尚大秀，不断证明着北京时装品牌企业家独到的艺术眼光和非凡的创造力。

北京依文品牌15年前就开始探索非遗文化，创立了中国手工坊。目前已建立了几百个村寨绣梦工坊，为云贵川地区数千位绣娘在深山中建造手工艺术博物馆，拥有8000多位签约绣娘、4000余种传统纹样基因图案。他们将传统的图案提取重组，运用大数据梳理并打造中国文饰及工艺数据库，链接全球设计师，实现中国传统手工艺的活态传承，将原生态的中国美学，呈献给世界。依文品牌先后在恭王府、中国国际时装周上发布非遗新品大秀，以大山对话都市、传统对话现代、手艺对话时尚、布衣对话世界的豪迈情怀让中国非遗手工之美传播到世界。北京雪莲品牌在2018北京大运河文化带非遗大展上展示了非遗研究新成果。他们整合非遗资源，挖掘、邀请了全国30多个非遗技艺传承人、手工技艺传承人签约，将雪莲品牌历史与非遗技艺传承相结合，形成集品牌历史、非遗手工艺、科技研发为一体的新模式，非遗文化新基因带动品牌发展进入新阶段。北京木真了品牌先后在2016北京时装周、2018恭王府《锦绣中华》上呈现了以湘西非遗文化研究设计新成果的惊艳大秀，轰动了时尚界。他们在文化和旅游部支持下，建立了湘西传统工艺工作站。从湘西苗绣的历史源流、艺术价值、典型纹样、图案寓意、技艺针法等进行调查研究，实地考察踏虎凿花、湘西苗绣、土家织锦、苗族银饰等非遗项目，广泛收集第一手资料，形成苗绣专题数据库，创造形成了新一代苗绣。京工集团专注于京绣的研究开发，京绣以材质华贵、色泽典雅著称，具有雍容高贵的皇家气派和尊严，被誉为“宫绣”。京绣与苏绣、粤绣、宋锦、南京云锦等并称中国非遗名绣。他们结合汉代服饰纹样图案，将传统纹饰与现代时尚潮流结合，推出了京绣高定系列产品，在2017北京时装周上的卓然清新的京绣大秀，令时装界耳目一新。

非遗是古老的，也是现代的。非遗的背后承载着中华民族几千年的历史和文化。北京的企业家以敏锐的眼光看到了非遗文化的巨大艺术价值。深山古村落的服饰文化，历千年而不衰，自有它存在的道理和价值。俗话说：“百里不同风，十里不同俗。”风俗即文化。风俗本是民间的流行，在时装设计师的手里点石成金，拿到风雅殿堂演绎，营造非遗文化新时尚。唐代大诗人杜甫《戏为六绝句》云：“不薄今人爱古人，清词丽句必为邻。”古为今用，一个尊重自己历史文化的国家才能赢得世界的敬重。历史证明，一个民族经济的强大必然也必须伴随着文化的强盛，没有文化的繁荣兴盛，不是真正意义的现代强国。发掘传承中华民族的非遗文化，展现新时代文化自信的精神风貌，正当其时。

2018年7月《时尚北京》杂志卷首语

为京津冀百强设计师叫好

由北京市、天津市、河北省三地的服装纺织行业协会发起举办的首届“京津冀百强青年设计师2017推选活动”2017年7月28日在北京启动。这是京津冀三地服装纺织行业响应国家京津冀一体化协同发展战略号召，汇聚时尚设计力量，助力青年设计师群体的开创性活动，是前所未有的大事。此举在京津冀服装企业和设计师群体中引起了热烈反响。

我们为此拍手叫好。随着首都北京确立了城市建设四个中心新定位，曾经为北京经济建设做出重要贡献的纺织工业和服装批发市场将疏解退出。拥有30年历史的北京服装纺织行业协会面临新的挑战和机遇，新一届北京服装纺织行业协会领导审时度势，变被动为主动，把建设服装设计为主体的文化创意产业与开拓新兴商业营销市场作为两个新的发展方向。自2016年起，北京服装纺织行业协会把握机遇，谋篇布局做了两件大事。一是2016年发起举办北京时装周，实现服装时尚产业升级转型；二是2017年在北京市商务委员会的支持下举办北京时尚消费月活动，同时以北京时装设计师协会联合天津市、河北省服装协会，推出了首届京津冀百强青年设计师推选活动。

北京是中国时装设计师谋求个性发展的理想热土。在国家倡导“大众创业，万众创新”的时代，时装设计师是那些怀揣艺术梦想的年轻人最热衷的职业之一，凭借个人的天分与勤奋闯出自己的一片天地，是有志者创业的热切愿望。据统计，目前全国近300多所高等院校设有服装专业，每年大约有两万多毕业生走向社会，他们是推动我国时装设计产业发展的最活跃的力量。

“要出名，去北京。”文化艺术界这样说。时装设计师要想出名，成就一番事业，北京也是首选的目标城市。在中国没有一个城市拥有北京这样深厚的文化底蕴，千年古都积淀的历史文化。近现代国内外不同领域不同门类文化艺术的汇聚交流，当代顶尖艺术家、文学家、剧作家、科学家及各类设计师群体的高度聚集，思想碰撞，交错发声，引领着中国文化时尚的潮流。

近些年来，北京作为文化艺术圣地吸引着国内外的众多知名时装品牌和时装设计师安营扎寨，风生水起。吉芬女装品牌创始人谢峰从欧洲、日本留学回国，先在深圳试水，随后北上选择北京创造了中国真正意义上的设计师品牌吉芬；被时装业界称作天才设计师，为第一夫人彭丽媛设计出国服装的马可，在广州创造了例外品牌之后，移师北京的文化地标中国美术馆旁边建起了集设计与展示于一体的无用生活馆；被称为华服第一人的东北虎品牌设计师张志锋把设计中心移师北京；那些拥有中国服装设计师最高荣誉金顶奖的得主们不约而同地选择了北京，设立工作室或设计中心，聚散交游，峥嵘才艺，比如张肇达、房莹、武学伟等，于是乎北京成为知名设计精英藏龙卧虎之地。

京津冀百强青年设计师2017推选活动将推动大批优秀青年设计师入驻北京时装设计师协会，协会正在筹建集设计、服务、产业全要素为一体的产业链孵化平台，并获得创业支持。惊喜与意外之间，青年时装设计师在这里看到了属于自己的那片蓝天。

金秋时节，谷香蟹黄。当京津冀百强时装设计师站上舞台，让我们掌声响起来，为他们喝彩。“喜看稻菽千重浪，遍地英雄下夕烟。”设计师们很幸运，赶上了倡导创新创业、英雄辈出的好时代。

左上图：2012年，参加深圳时装周期间，向荣获2020深圳40年创新创业人物和县级模范人物称号、深圳市女企业家协会副会长、艺之卉时尚集团创始人兼首席设计师、中国服装设计师最高奖金顶奖获得者赵卉洲祝贺。

右上图：2019年，在深圳国际时装节上与中国十大服装设计名师、广东服装设计师协会终生名誉会长刘洋在一起。

下图：2015年，在宁波国际时装周上采访中国美术学院纺织服装研究院院长、中国服装设计师协会副主席吴海燕时合影。

上图：2019年宁波时装节期间与中国时装设计最高奖金顶奖获得者、中国服装设计师协会理事、时装艺术委员会主任委员武学凯在一起。

中图：2019年在深圳国际时装节上，与广东服装设计师协会会长、中国服装设计师最高奖金顶奖获得者计文波一起在论坛上发言。

下图：2004年担任深圳安莉芳国际内衣设计大赛评委时做点评发言。

左上图：1985年，日本著名服装设计师小筱顺子在北京举办时装发布秀采访时的合影。

左下图：2019年，深圳国际时装节上与中国服装设计师最高奖金顶奖获得者刘薇在一起。

右图：1996年，上海中华杯国际时装设计大赛时，与中国服装设计师协会主席助理、著名时装设计师李欣（左二），上海服装行业协会会长兼秘书长徐秀清（右一）一起合影。

上图：2016年，参加宁波时装周期间，与中国服装设计师协会主席张庆辉（右三），宁波服装协会副会长兼秘书长张晓峰（左三），中国十大服装设计名师、广东服装设计师协会终生名誉会长刘洋（左二），中国服装设计师协会副主席、中国服装设计师最高奖金顶奖获得者计文波（右二），资深媒体人陈强（右一）一起合影。

下图：2002年《服装时报》与深圳服装行业协会共同举办的“衡韵杯”中国唐装设计大赛上，经济日报社副总编辑、人民日报海外版总编辑詹国枢（右一），法国高级时装公会主席哥巴赫先生（右二），深圳衡韵丝绸服饰有限公司董事长钱孟元（左二）一起合影。

恭王府

08

媒体先锋

凡欲成大事，舆论先行。时尚媒体在中华新时尚走向世界、引领潮流的进程中，击鼓呐喊发挥着不可替代的作用。曾几何时，时尚媒体江湖是由西方时尚媒体大刊一统天下。以《时尚北京》杂志为代表的中国本土时尚刊物，率先站出来，打破沉寂，为中国新时代新时尚大声疾呼，成为发掘、传播、推广中华时尚的先锋，俨然时尚江湖的一道靓丽风景，一面领军旗帜。

梦想时尚大刊

2012年11月29日，习近平主席在参观《复兴之路》展览时提出和阐述了“中国梦”：“每个人都有理想和追求，都有自己的梦想。现在大家都在讨论中国梦，我以为，实现中华民族伟大复兴，就是中华民族近代以来最伟大的梦想。”我倾心地听着，低声地朗读着，一遍又一遍，许多年不曾有过的振奋撞击内心深处，久久不能平静。一位国家最高领导人，用老百姓生活中熟悉的一个“梦”字，揭示出伟大民族复兴的丰富内涵，表达了现代中国人迫切的人生诉求，唤起了每一个人为中国梦奋斗的激情，点燃了14亿人的中国梦。中国梦也是在向世界宣告，今天的中国是开放的乐土，在这里能够创造奇迹，实现梦想。中国梦也是世界梦。

梦是中华民族的悠久文化，承载着一种精神力量。自古以来文人墨客就用梦来感怀心志，抒发理想。宋代大诗人陆游的名句：“僵卧孤村不自哀，尚思为国戍轮台。夜阑卧听风吹雨，铁马冰河入梦来。”一代词家辛弃疾则有：“醉里挑灯看剑，梦回吹角连营。”表达了他们壮怀激烈、驰骋沙场的报国之梦；诸葛亮淡泊明志的“大梦谁先觉？平生我自知。草堂春睡足，窗外日迟迟”是著名的励志之梦。而思乡之梦的情怀不胜枚举：“归梦如春水，悠悠绕故乡。”“梦里还乡不相见，天涯忆戴复谁传。”清代名著《红楼梦》更是惟妙惟肖地描绘了不同阶层的百态人间梦。可以说，梦文化始终陶冶激励着生生不息的中华民族。今天，我们党和国家新一届领导人把中华民族凝聚几千年的梦想，赋予了新时代的精神愿景：“实现伟大复兴是中华民族近代以来最伟大的梦想。”成为中国人民继往开来的奋斗理想。

生逢这样伟大的时代是幸运的。人生出彩，梦想成真谁都有机会，只是精彩有不同，就像百花园里姹紫嫣红。5年前，《时尚北京》杂志在北京市陆昊副市长的亲切倡导和关怀下，进行改刊更名工作，他将杂志定名为《时尚北京》。自此《时尚北京》杂志开始了新的时尚征程。那时，活跃在中国市场上的时尚媒体，几乎全部被来自美国、法国、日本的国际时尚刊物占据，比如《时尚芭莎》《服饰美容VOGUE》《时尚COSMO》《时装》《瑞丽》等，这些所谓时尚大刊是由外向内地传播灌输美欧日时尚。此时，看不到中国自己时尚刊物的身影。随着中国文化创意产业的蓬勃兴起，迫切需要宣传民族文化的时尚刊物。在北京市政府提出建设时装之都、世界城市的规划目标背景下，《时尚北京》得天独厚的古都文化积淀和时尚前沿的位势，给予我们一个难得的机会。我们萌生了办一本中国人本土时尚大刊的梦想，叫作：梦想大刊。我还曾代表杂志社同仁撰文描绘了时尚大刊梦想的蓝图愿景。几年来，我们在北京市政府、服装协会领导的悉心关怀下，怀揣梦想，拼搏奋斗，坚守不懈，在坎坷崎岖的创业之路上坚定前行。值得庆幸的是，《时尚北京》以北京都市时尚文化的特色扎根在广大读者中，每月网上与手机阅读量突破了400万人次，成为服装界、文化界、时尚界颇受欢迎的时尚刊物。

中国梦开启了一个大国复兴的新时代，一个人人拥有自己美好梦想的时代。我们时尚大刊的梦想不再遥远，有梦想，有奋斗，有机会，圆梦路上的每一天都释放着生命的意义，都散发着享受生活的无限憧憬。只因那是你心中的梦。

时尚媒体的文化本源

2008年北京服装纺织杂志更名为《时尚北京》，2012年欣逢5岁，这是值得珍重和庆贺的5年。《时尚北京》杂志从一本行业宣传册变成散发着都市时尚品位的高端刊物，一路行走到今天，不容易。这其中蕴含着北京市政府副市长陆昊和市政府、服装协会的各级领导悉心呵护、鼎力支持， 杂志社团队一批接一批坚守如初，毫不懈怠地拼力向前。守望那个梦想，奉献那份年华。

2011年，党中央提出把文化产业作为经济发展的支柱产业，号召建设文化强国，迎来了前所未有的文化大发展大繁荣新时期。《时尚北京》杂志在这样难得的文化背景下如何加快发展做大做强，成为摆在面前的严峻课题。目前，媒体产业经历着由现代科学技术网络、手机引发的颠覆性的革命，新兴媒体形态迅速成为先锋主流，成为新生代“80后”“90后”的生活方式的载体，纸媒体趋于萎缩退居次位，亟待寻找新旧媒体融合发展的新模式。与新闻为主的报纸形态比较，杂志有自身的优势，比如靓丽的装潢、精美的图片、图文并茂的深层主题报道，易于保存流动欣赏等。《时尚北京》杂志如何应对呢？经过几年的摸索，我们感到顺应新时代，在抓住与网络科技新媒体融合发展的同时，仍要把牢牢把握媒体文化定位摆在办刊的首位。

面对纷繁的文化时尚市场存在不少困惑，我们梳理出办刊要协调的五方面文化关系。

行业文化与都市文化是其一。《时尚北京》曾是一本以服装产业为主体的行业刊物。毫无疑问在全世界，尤其是巴黎、米兰、伦敦、纽约、东京五大时装之都时装都是时尚的潮头，杂志从服装文化向都市文化跨界，进入美容化妆、手表珠宝、汽车电子等领域时，时装主流时尚不能动摇。对于不熟悉的新都市行业如何开发，栏目设置内容篇幅占多大比重均是新课题，掌控不当易于落入五味杂陈失去鲜明个性的境地。

旧文化与新文化是其二。弘扬中华文化是办刊宗旨，千年古城北京沉淀着太多的历史文化，是中国更是世界的无价瑰宝。老祖宗的东西不能丢。一位京剧艺术家焦虑戏剧断代现状，提出：“择善固守，期待来者。”对旧文化的追溯中取精华立新意，非一朝一夕之事。旧文化与新时尚新潮流既有不容回避的冲突纠结，也有“东边日出西边雨”交映成辉的厚重文化情趣，犹如北京城古建筑与现代摩天大厦错落共存的别样精彩。在社会的主体年轻人追逐新生活方式成为潮流的今天，决定了反映现代时尚的新文化必须放在杂志的主导地位。显然融入过多旧文化也会造成杂志沉重古旧的形态，我们选择传统文化仅拥有一席之地的策略。此为杂志时尚属性决定。

本土文化与国际文化是其三。对于中华民族文化的发掘还是那句老话：民族的，也是世界的。《时尚北京》杂志的宗旨是弘扬传播中华文化，服务于文化强国。目前，国内时尚刊物多数与国外版权合作，均以传播发达国家文化为主，是由外向内的文化输入，对于中外文化的交流不无裨益。《时尚北京》肩负的是本土文化由内向外的传播输出。随着中国经济大国的崛起，本土文化国际化的进程将大大加快，中华文化势必重新得到认可尊重甚至追捧。近几年，国际时装界许多大品牌也纷纷将中国元素融入时装设计中，已然成为一种新的时尚。世界很多国家建立了孔子学院，研究学习中华文化渐成潮流。但是我们所说的本土文化是经过再创造的有浓郁现代气息的新文化。当然，一本国际化的时尚刊物，国际文化占有不可或缺的重要地位，但我们更看重的是国际品牌落地中国本土化的文化现象。这才是文化交流的本质。

民俗文化与高雅文化是其四。有人说杂志要雅俗共赏，面向大众。现代文化雅与俗的界限是模糊的兼容的，就像时装界推崇的古青花瓷艺术一样。所谓大众与小众是相对而言，要看杂志市场定位。时尚刊物面对白领知识群体，引导新生活方式，坚持高雅为主是必然选择。让更多的人认识欣赏时尚，这也是大众。

人物文化是其五。时尚人物是杂志的活灵魂，是贯穿始终的主脉。当今电视网络媒体都打名人明星牌，杂志展现人物精美大片与精彩故事的独有方式是其他媒体无法比拟的。《时尚北京》名人明星魅力已经风生水起，成为几十家大网站热选的封面人物即是明证，我们没有理由畏缩不前。

当国家把文化的旗帜高高举起，呼唤创造新时代文化之际，《时尚北京》还等什么?

相约芳菲行

2010年不知不觉地忽然来到身边，就像是昨天到今天。2009年是《时尚北京》杂志更名创业的第二年，我和杂志社的同伴们全心投入了那日日夜夜中，像许多创业者一样，忘记了时间，也赢得了时间。一年来，或是编辑部例会，你一句我一句讨论选题；或是挑灯阅稿，字斟句酌出题目；或是白天一脑门子文章题目，夜里梦中一个灵感闪出，喜出望外马上起身记在本上；或是谋划举办活动杂志社全体同仁天南地北大行动；或是绕着满城的报刊亭了解杂志读者群；或是杂志复印前与编辑部同仁加夜班忘却星辰……更多的是思考在世界经济金融危机的困局下，如何不辱使命，让诞生不久的《时尚北京》杂志社迎难而上创造蓬勃发展的新局面。当你淡泊功名，宠辱皆忘，净化浮躁的杂念，全力以赴专注一个事业的时候，才懂得珍惜创业的过程，才理解时尚创造价值是人生的别样享受。新年开篇，《时尚北京》为广大读者献上新一集电视剧编辑部的故事。

眼下，传媒业面临前所未有的大变局。传统媒体遭遇到以互联网媒体为代表的新媒体的挑战，尤其是以新闻资讯为主体的报业首当其冲，竞争可谓残酷，甚至有人判断媒体业变局的拐点时刻到了。在这样的变局中，时尚生活类印制精美的中高端杂志却像春花烂漫，生机盎然，别有一番天地。只要看看北京大街小巷报刊亭上铺天盖地摆满的杂志就清楚了。也许是人们追求生活品质的巨大需求催生了它的繁荣，当然也加剧了杂志间优胜劣汰白热化的竞争。《时尚北京》正是在传媒变局的大背景下诞生的。

古人云，生于忧患，死于安乐。《时尚北京》面对两类杂志的对垒，一类是服装产业的如《中国服装》《中国制衣》；另一类是时尚类国际版权合作的如《时尚芭莎》《时装》《ELLE》《VOGUE》。这些刊物有少则几十年，多则上百年的办刊历史，坐拥市场份额，《时尚北京》要争得一席之地谈何容易。然而让服装业界和时尚界格外惊异的是《时尚北京》起于青蘋之末，居然后来居上与大刊平起平坐了。在国内服装圈，《时尚北京》近300页的原创内容、精美豪华的印制让许多企业家、设计师爱不释手，在众刊之中跃居前茅；国内著名的服装专业展会如北京CHIC、深圳国际服装交易会、大连国际服装节、江苏国际服装节、虎门国际服装交易会等均将《时尚北京》作为邀请媒体的首选；在时尚刊物圈，《时尚北京》与推介欧美新潮的时尚大刊定位不同，以弘扬推广北京国际大都市时尚产业和中国文化、品牌为主的本土时尚刊物，逐步赢得企业家和白领消费人群的青睐，在北京报刊零售市场打开了局面。许多影视文艺界的明星大腕相中了《时尚北京》的独特品位，纷纷与本刊联系合作，共拓演艺文化市场，所谓失之东隅，收之桑榆，意想不到会成为明星粉丝群体的一片热土。

在北京商圈，《时尚北京》也声名鹊起，与50家著名大商场建立了战略联盟合作关系，上到商场老总、男女装部门经理，下至品牌店长、导购都成为《时尚北京》的热心读者和朋友。流行时尚看商场，商业消费栏目是《时尚北京》一大特色，成为品牌老板、中高端消费者的最爱。在互联网圈，《时尚北京》出版后，第一时间就以电子杂志的形式在新浪、腾讯、搜狐、人民、凤凰等十几家著名网站刊出，点击率排名不断攀升，受到网民们的倾情追捧。《时尚北京》凭借品牌资源的优势和淘宝、百度有啊、腾讯拍拍等商务网站也建立了良好的合作关系。有道是："好风凭借力，送我上青云。"《时尚北京》借助电子杂志跻身现代互联网新媒体领域，读者成几何数飞跃，仅新浪网每期杂志的阅读量就有几十万，对《时尚北京》而言，好戏仅仅是刚刚揭幕。

俗话说，英雄不问出处。我们这个团队虽然没有干成什么惊天动地的大事业，也称不上英雄，但我们有一颗火热的报国之心，有创办一本代表世界时尚之都大刊的凌云壮志，不论青春年少，岁月如金；不说人到中年，壮志未酬；不言英雄迟暮，壮心不已；把自己生命中的那一份心血，浇灌在《时尚北京》，值得。我和杂志社的同伴们如是想，如是说，如是做。平凡中亦见英雄。

草树知春不久归，百般红紫斗芳菲。2010年来临之际，《时尚北京》集体亮相创作了一个开篇秀，以时尚的名义向与我们共同度过365日的广大读者致意，在新的春天里芳菲同行。

融资与融文化

今天媒体的发展面临前所未有的机遇期。在文化体制改革的大背景下，媒体人开始谋求现代企业的运营发展模式。他们在补金融课。那种单纯靠原始资本积累的发展方式显然落伍了。从20世纪90年代初起步的几家服装专业媒体，就其发展的速度、规模、拥有的财富与许多同期创立的服装品牌相去甚远，不在一个数量级。尤其是网络视频和智能化手机的高速普及，现代媒体界的竞争无情地将许多纸媒体吞噬，当年轻一代成为社会主流时这种淘汰则更加残酷。可以预见他们的阅读习惯与快速个性需求将主导媒体的形态和格局。纸媒体的地位更加尴尬。2010年在巴塞罗那举办的世界信息通讯大会上，智能手机发展速度超过两倍，远远高于iPad。手机将成为人们获取资讯的主要手段。现代科技超乎寻常的发明创造改变着一切。在现代通讯耀眼的大背景下，媒体要想争得一席之地，除了在机制上寻求突破外，必须借助金融这只手。2010年《时尚北京》杂志首次邀请爱慕、赛斯特、朗姿三个大品牌加盟，成为杂志社的新股东。新股东带来的资本更多的是品牌文化。

2011年春节前夕，年度《时尚北京》杂志董事会在新股东朗姿品牌北环中心大厦25层总部召开。在老总申东日宽敞的办公室，鸟巢、水立方尽收眼底，四面眺望北京城别是一番景象。真正引起我兴趣的是挂在申总办公台后的一幅金碧辉煌的藏传佛教像。谁都知道申总是朝鲜族，朗姿品牌风格具有浓郁的韩风时尚，设计团队中有不少韩国著名服装设计师。意想不到申总竟然喜好研究藏传佛教文化。藏传佛教修行的核心：一是对人性优良品质的开发，二是对智慧能量的开发。这与申总的人才观不谋而合。藏传佛教认为众生是佛，除此没有别的佛。迷则众生，悟则成佛。造福众生是其价值观。品牌造福众生也是朗姿的初衷。细想，佛家的文化精髓移植于品牌修炼也是一大发明啊。面对纷繁浮躁的环境，洞观世界，归于平静，宁静以致远，是许多品牌追求的目标。如孟子所言，“穷则独善其身，达则兼济天下。”品牌创办人必须修炼那样一种至善的心境。在没到朗姿总部参观前对朗姿的高速发展朦胧中不得其解，现在算找到了初步答案。

《时尚北京》杂志最早商谈参股的当数爱慕品牌了。爱慕内衣在国内的至尊地位是许多品牌仰慕的。爱慕有耀眼的今天，文化是支柱。从某种意义上说，张荣明骨子里的文化气质和内涵成就了爱慕。在爱慕总部你可以享受到文化的熏陶。爱慕发展史的展厅就是一部品牌文化发展史；爱慕绘画艺术展厅每个月都有知名的画家艺术家做巡展发布，俨然流动的艺术馆，令来访客人驻足流连；由江苏著名书法家书写的“北京苏州商会”六个大字的横匾，遒劲奔放赫然在目。200余家在京的苏州籍企业家经常在这里聚会，挥毫泼墨尽其能事。张荣明被推举为会长。更叫人称奇的是张总出手投资苏州昆曲传习所，重振有600多年历史、被誉为“百戏之祖，百戏之师”的昆曲。昆曲融诗、乐、歌、舞、戏于一炉，集艺术之大成，爱慕得造化滋润势必如昆曲临居于万品之上。

赛斯特品牌是新世纪集团董事长薄成书创办的三个时装品牌之一，她麾下还有赫赫有名的新世纪服装商贸城。薄总是国企干部，党的多年教育使她事事不忘贡献国家，回馈社会。新中国成立六十周年时，她慷慨出资支持北京服装纺织六十年杰出人物评选颁奖活动，深受各界赞誉。但凡政府、协会有需求，薄总从来都当成企业自己的事情，义不容辞热情资助。居高声自远。不管企业做到多大，薄成书始终心系国家，利归社会，把自己当作老百姓的“父母官”，她的胸襟和风范使新世纪集团声名远播。

三位文化理念风格不同、功成名就的品牌老总加盟杂志社，三美俱，像一股春风为《时尚北京》杂志带来姹紫嫣红四溢芬芳。文化的魅力在于它的永恒。近读司马迁《史记·孔子世家赞》，《诗》有之：“高山仰止，景行行止，虽不能至，然心乡往之。天下君王至于贤人众矣。当时则荣，没则已焉。孔子布衣，传十余世，学者宗之。可谓至圣矣！”孔子绝不会想到2500年后，他的青铜雕像会耸立在天安门广场一侧，孔子文化不仅顶礼中国，而且传遍世界，是古往今来的真圣人。没有人长生不老，孔子活着。资本财富固然珍贵，兼收并蓄融入诸家文化岂不更妙，唯文化长存。把北京的、中国的文化告诉世界，不正是《时尚北京》杂志社新股东和同仁们的共同心愿吗？

风起于青蘋之末。中国文化澎湃大潮已经可以闻到强烈的气息。《时尚北京》杂志愿做那潮中的一朵浪花。

等来延安风

2014年10月15日，习近平总书记在北京召开了文艺座谈会。这些人里多数是活跃在文化界不同领域百姓熟悉和仰慕的知名大家，明眼人也留心到个别火爆的腕儿级人物却不在受邀之列，从中可以悟出座谈会的精心取向。

延安是革命圣地。1942年的延安文艺座谈会是在抗日战争最残酷的背景下召开的，为广大文艺工作者指明了方向，此后催生了一大批反映底层百姓反对封建势力和激发人民奋起抗战的传世优秀作品，如贺敬之的歌剧《白毛女》、赵树理的小说《小二黑结婚》、周立波的《暴风骤雨》、丁玲的《太阳照在桑干河上》、马烽的《吕梁英雄传》、孙犁的《荷花淀》等。文艺展示了在争取抗战胜利和人民解放的战斗中无可比拟的巨大力量，为中国人民记录和保留了无比珍贵的精神财富。君不见，几千年的中华文明史，秦皇汉武，唐宗宋祖，称雄一代的帝王将相灰飞烟灭，唯有经典文化为时代传诵，芬芳永驻。

习近平主席召开的文艺座谈会在文化文艺界引发了前所未有的热烈反响。习近平总书记说：“文艺是时代前进的号角，最能代表一个时代的风貌，最能引领一个时代的风气。”我们有理由期待新的延安文艺之风将创造一个崭新时代。

改革开放几十年，我国集中精力搞经济建设，对文化文艺界思想导向的事关注度不高。我一直在新闻和时尚文化领域工作，这样切中时弊、扫清迷雾、指明方向的文艺座谈会等了多年，如沐春风。“文艺事业是党和人民的重要事业，文艺战线是党和人民的重要战线。”毫无疑问战斗在这条战线的战士肩负着重要职责。马克思的经济基础与上层建筑辩证的朴素真理再次放到了应有位置。座谈会昭示着文化艺术领域新的历史时期的开始。

“高原缺少高峰。”在时尚类刊物中这种现象尤为突出。《时尚北京》杂志刚刚创办5年，我们一直在执着不懈地努力办一本真正本土化高雅有品位的时尚刊物。大家知道，这些年来时尚圈的刊物几乎被国外来的所谓版权合作的大刊盘踞，不遗余力地推广宣传发达国家的时尚文化，中华文化被歧视冷落陷于基本没有话语权的尴尬境地。《时尚北京》杂志的创办力图打破这样的时尚文化垄断，一直坚守弘扬中华文化的旗帜，以原创鲜活的北京都市时尚为特色，闯出了一条新路，逐步被国内外的读者认可，发挥着独特的时尚影响力。现在我们的奋斗目标就是努力攀登那座文化高峰。

“低俗不是通俗，欲望不代表希望。”如何办成一本既有党性人民性原则，又有承载中华文化风格；既要走在时尚前沿引领潮流，又要喜闻乐见不迷失方向的时尚刊物，是摆在我们面前的严肃课题。我们没有被经济危机造成的困境所阻碍，更没有被纷繁耀眼的西方文化所迷失，满怀信心地坚守着既定的办刊路线，可以说《时尚北京》杂志在探索宣扬新都市时尚的道路上已经迈出可喜的步伐。

“传统并非不创新，古典也并非不时尚。”随着中国成为世界第二大经济体，中华民族的传统文化越来越被世界广泛认同，中国时尚元素日益得到应有的尊重甚至热捧。反观中国人自己对老祖宗几千年的悠久历史文化价值，也在重新思考和发现。中华文化是全世界的文化瑰宝，是取之不尽的时尚源泉。对《时尚北京》杂志而言，身居北京是值得世人羡慕的，没有哪个城市把古代与现代文化如此完美地融合。那就行动吧，还等什么？

“等闲识得东风面，万紫千红总是春。”新文化新文艺之风扑面而来，我们只做万花丛中最美艳的那一朵。

时尚媒体新思考

2015年是《时尚北京》杂志发展历程中不同寻常的年份。在北京市经信委和服装协会领导支持促成下，《时尚北京》杂志在提升发展关键阶段，很荣幸地得到了爱慕、赛斯特、朗姿三位有眼光的企业家投资加盟。他们带来的是企业家对杂志的信赖和信心，是杂志崭新的经营格局，是杂志发展道路的新探索。文化产业在现代有广阔发展前景，相信此举将使《时尚北京》杂志实现新的飞跃。

近年来，按照党中央关于文化体制改革的精神，围绕北京建设时装之都，打造世界城市的宏伟目标，《时尚北京》杂志立足做大做强，积极探索新形势下文化产业发展思路，提出了与行业中领军企业合作运作杂志的模式，形成共识，结出硕果。《时尚北京》杂志将如何发展呢？我个人有几点想法与大家分享。

第一，拓展杂志报道领域，从原来的服装专业刊物向以时尚为主的都市刊物转型，办成名副其实的代表北京时装之都和世界城市的都市时尚大刊。《时尚北京》杂志报道主体面向北京前沿时尚产业领域和现代国际大都市中高端白领人群的时尚生活状态。服装是时尚中最前卫、最闪光、最敏感的载体，是杂志的时尚核心。显然仅仅有服装远不能涵盖北京时尚产业的全部，亟待拓展新领域，逐步形成大时尚定位和品位风格。现在已着手选择汽车、化妆品、珠宝饰品、数码产品、健身、旅游等北京发展最快的时尚领域，使杂志时尚内容立体化。大时尚定位为杂志打开了更广阔的发展空间。

第二，将《时尚北京》杂志办成宣扬中国、北京时尚文化的一流高品位刊物，有别于其他传播国外时尚资讯的刊物。在北京报刊亭中，大家可以看到数以百计的刊物。《时尚北京》的位置在哪里？这是我们一直在思考的问题。在我们之前的20年，有《ELLE》《时尚芭莎》《VOGUE》等众多时尚刊物，几乎都是国外版权的代言人。他们的主要内容是介绍国外文化。那么，中国自己的时尚刊物，以宣传中国本土新时尚文化为己任的刊物在哪里呢？我想这就是《时尚北京》要做的。一本中国人的高端时尚刊物，一个具有中华民族自豪感和广泛文化影响力的时尚刊物，这是我们和入资企业家的共同追求，也是中国文化跻身世界时尚媒体舞台的探索。历史证明，经济大国的崛起必然带来大国文化的热衷追崇和快速传播。天时地利人和，北京不可复制和无法比拟的厚重历史、文化艺术、时尚产业中心地位，使《时尚北京》杂志集各种优势于一身，有机会、有条件用10年或更多的时间办成有浓郁北京文化特色的时尚大刊。

第三，《时尚北京》杂志要全力加快扩大知名度和发行量，以北京为中心向全国发展，力争在较短时间内成为中国时尚界有广泛传播力影响力的刊物。北京市常住人口2000万左右，相当于一个中等国家，而其中的高收入人口比例在全国也是首屈一指的。《时尚北京》杂志生长在这样一片沃土中，扩大发行量有很大的空间，除了在邮局报摊、地铁、社区、新华书店、图书市场零售外，要不断渗透到商场、饭店、会馆、旅游景点、机场等城市消费的各个角落。当然，《时尚北京》杂志在中国服装业界也要继续开拓市场，保持良好的发展势头。

第四，建立《时尚北京》杂志时尚网站。《时尚北京》杂志作为纸媒体的高端部分，以其独特的精美印刷和文化载体一直以来都是都市白领阶层文化生活的组成部分。随着信息时代的来临，传统纸媒体遭遇巨大的挑战。在以新闻报道为主导的报纸领域，很多原来的巨无霸似的报业佼佼者如今都因为新闻的采集手段和传播速度不及网络媒体而发行量骤减，遭到前所未有的挑战。而主打高端精致文化品牌的杂志却保持着强劲的生命力，如创办150年的美国《时尚芭莎》杂志等。杂志形态尤其是时尚类杂志在欧美发达国家依然拥有忠实的读者群。实践证明，未来杂志也会在网络世界继续扮演主角。国际著名的时尚杂志《VOGUE》，开通的杂志网站很快就成为世界公认的流行信息风向标。杂志的网站作为杂志平面的延伸可以更全面、直观地展示内容，还可以建立与读者的互动平台，甚至可以实现电子商务功能。这样的发展空间是纸媒体无法企及的。国内一批成熟杂志已经开始进入网络发展阶段。

第五，《时尚北京》杂志为投资方创造丰厚的回报。企业家投资加盟《时尚北京》，既是对政府、协会发展文化创意产业的支持，也是提升增厚自身品牌文化的长远选择。我想回报有两个层面，一是通过与杂志深度合作，更有效地扩大品牌知名度，增加品牌无形资产；二是随着杂志的做强做大，业绩增加，给股东带来良好的经济收益。在市政府、协会各级领导的关怀支持下，在新加盟的各位企业家的通力合作下，加上杂志社全体同仁忘我不懈的努力，一定会为各位股东创造满意的回报。

能在新一届服装协会领导下办《时尚北京》很开心；能与爱慕、赛斯特、朗姿这样的优秀企业家共事很幸运；作为把《时尚北京》办成时尚大刊的一员很自豪。

纸媒人的烦恼

在专业纸媒体里做了那么久，从来没有像今天这样窘迫难行，似乎总是被无所不在的互联网媒体所胁迫，这样的危机感弥漫在所有纸媒体。我参加一个媒体发展研讨会，与会的纸媒体老总无一不在哀叹时日维艰，无尽的烦恼，无奈承命守土有责固守着萎缩的舆论阵地，面对纸媒体灰暗的前景，谁也说不清这种局面会维持多久。

在全世界纸媒体遭遇着相同的命运，纸媒体真的到了日薄西山的穷途末路了吗？2013年8月7日，亚马逊网掌门人贝索斯高调宣布以2.5亿美元收购了美国三大报纸之一的《华盛顿邮报》。这个创办了136年的美国老牌著名媒体，70年代曾因揭露“水门事件”导致尼克松总统下台，名噪一时。但过去6年经营收入下降了44%。贝索斯不是唯一对纸媒体感兴趣的人。在此之前，2012年，股神巴菲特收购了有124年历史的《奥马哈世界先驱报》等63家地方报纸，他同时也是《华盛顿邮报》的大股东。脸谱网的创办人克里斯·休斯2012年收购了《新共和》杂志，成为该杂志的发行人和主编。这些新兴网络巨头与金融大鳄频频出手收购报纸引发了媒体广泛兴趣和深刻思索。这些巨头有一个共识，新闻是永生的，新闻内容不会因为媒体和渠道丧失价值。优秀传统纸媒体的严肃新闻具有特定的价值，将传统纸媒体的内容优势与新兴网络媒体的技术优势有效融合，将获得意想不到的新生，就是我们现在津津乐道的所谓互联网新媒体融合。

当国内传统纸媒体人为生存压力烦恼时，世界的另一端却大手笔地兼并收购纸媒体，纸媒体的价值正在被重新发现。身在纸媒体之中，如何应对瞬息万变的局面呢？《时尚北京》杂志自2008年定名创刊后，一直面对来自两方面的抉择和挑战。一方面如何从一份服装纺织专业媒体转向毫不熟悉且前景未卜的都市时尚刊物；另一方面伴随着互联网大潮冲击和纸媒体的衰落，如何在高端时尚生活刊物与网络媒体之间闯出一条通道，为纸媒体注入互联网的基因，实现纸媒体的互联网化。

贝索斯看重的是《华盛顿邮报》百年之久的严肃内容。“内容为王”依然是媒体的铁律。《时尚北京》在实施内容由服装向化妆品、汽车以及名人、明星、名模等领域的扩展中，经历了巨大的风险和阵痛，但始终坚持了以本土原创定位的办刊原则。在北京服装协会领导的悉心呵护扶持下、杂志理事单位倾力支持下，《时尚北京》顺利度过艰难的转型期，一步一步从服装专业媒体圈走了出来，来到一片时尚新天地。在不断的探索实践中，《时尚北京》以时装领衔的都市时尚风格得到服装界、时尚界的认同，好评连连，在国内时尚大刊中玉树临风，显现出浓浓的北京范儿。

失之东隅，收之桑榆。我们都市时尚的定位与本土原创内容的寂寞坚守，得到了令人意外的收获。当国内不少服装媒体陷入败落境地时，我们也许幸运地躲过了一劫。试想如若我们起步时不是审时度势转变了单一服装的办刊模式，今日的局面还不知纠结成怎样？《时尚北京》独树一帜的内容不仅引得时尚人群、明星垂爱，国内大门户网站搜索目光也开始落在身上。于是《时尚北京》电子版成为互联网媒体的热门抢手货。到目前为止，我们已签约腾讯等近40家知名网站，其中许多是有偿阅读网站，读者随时可以下载阅读《时尚北京》，网上阅读量保持在2000多万人次。我们成为互联网媒体的时尚内容供应商。至此，《时尚北京》开始步入互联网新媒体融合发展阶段。

如今，年轻白领族上班第一件事打开电脑，天下大事尽收眼底；上班下班路上，拥挤的地铁里和公共汽车上，满眼是拿着手机阅读的人；“80后”“90后”已然是高度依存互联网的新生代，互联网代表着新媒体新的生活方式。智者顺潮流而为。当读者的阅读方式习惯于互联网时，新媒体融合是大势所趋，纸媒体何必烦恼？

网读杂志的春天

甲午马年，白驹过隙。新的一年就像网上点击翻页一般来到眼前，时间越来越值钱，难怪春节电视小品拿睁眼闭眼的瞬间来比喻人生。当人们感叹岁月流逝的时候，我们这些杂志媒体人对互联网如此快地渗透到人们的日常生活中深感措手不及。现如今，无论年轻的还是年老的，早晨上班头一件事就是打开电脑上网，天下大事一览无余。过去机关里那种一张报、一杯茶、一部电话的工作方式一去不复返了。媒体是靠读者的注意力生存的，叫注意力经济。当报纸只有那些上了年纪的人遛早逛公园才看时，其价值也许就要寿终正寝了。网媒已经成为人们获取信息的主流新媒体，是现代社会的文化消费方式和学习生活方式，网读手机，大势所趋。网络新媒体压得传统纸媒体透不过气来，不得不寻求新的出路。令人欣喜的是在这样的文化大背景下，《时尚北京》杂志收获了意料之外情理之中的两份特别的荣誉。

2013年12月，国内两个期刊网络机构发布阅读影响力排行（现在网读流行的叫法为“数字阅读”），《时尚北京》杂志荣获了两个重量级的荣誉，一个是中国新闻出版研究院独家权威发布的2013数字阅读影响力期刊TOP100白皮书，通过龙源期刊网对国内外4200家期刊网上阅读发布排行榜，取前100名。《时尚北京》杂志排名第22位，遥遥领先。另一个是期刊界有名的博看网对与其合作的3600余家期刊进行数字阅读统计评比，《时尚北京》杂志获得最具影响力百强期刊称号。这两份荣誉非同寻常，说明《时尚北京》在网读领域占据了宝贵的一席之地，成为时尚期刊的先行者之一。何以这样说呢？过去衡量一份杂志的影响力主要是看它的邮局订阅数量和报摊零售量。比如《读者文摘》《小说周刊》《三联生活周刊》《故事会》等老百姓喜爱的热门期刊，印刷量几十万份就算顶峰了。而这样的阅读人数与网读不可同日而语，据统计，截至2013年6月底，我国网民规模达到5.9亿人，手机网民规模达4.6亿人，比2012年同期增加了4300万人，尤其是使用手机上网的人数占比提升了78％。网上电子期刊点击阅读人数是以千万计，与过往的区区几十万份发行量相比，天壤之别。那么一本杂志的影响力和价值一经通过网络平台传播自然就扶摇直上，一字千金。目前，《时尚北京》杂志已与国内腾讯、新华、新浪、搜狐等近50家网站合作刊出每期杂志电子版，网上统计点击阅读量达到2000多万人次。杂志每一期的封面人物故事报道为何得到一线明星的追捧垂爱，答案也就不言而喻了。

在中国新闻出版研究院2013年度发布的前100名榜单中，排名居前的多数是创办几十年在全国有影响力的大期刊，而作为创刊仅仅5年的《时尚北京》杂志能排名22位当属难能可贵。有句老话：生于忧患，死于安乐。3年前，《时尚北京》杂志刚刚起步，迎头遭遇着网络大潮的侵袭，眼看身边许多纸媒体，尤其是服装专业媒体身处风雨飘摇之中，我们怎么办？必须看清大势迎难而上，创新办刊思路，提出了以时装文化为龙头的都市时尚新定位，大胆开设了明星名人、汽车、手表、珠宝、电子数码以及旅游等全新栏目，赏心悦目，面貌一新，同时积极着手从纸媒体向网读媒体的战略转型，把原创性、可读性强，散发着浓郁都市文化的时尚内容奉献给读者，一步一步坚持这样的办刊风格，才有了今天。

2014年第一期，《时尚北京》杂志的同仁们请本刊的摄影师精心拍摄了迎新美照，真情向广大读者拜年问好，期望大家一如既往地支持我们，一起办好《时尚北京》。“香车宝马照九陌，家家花下扶醉人。”欣逢盛世，民富国强，恭祝新春甲午，马到成功。

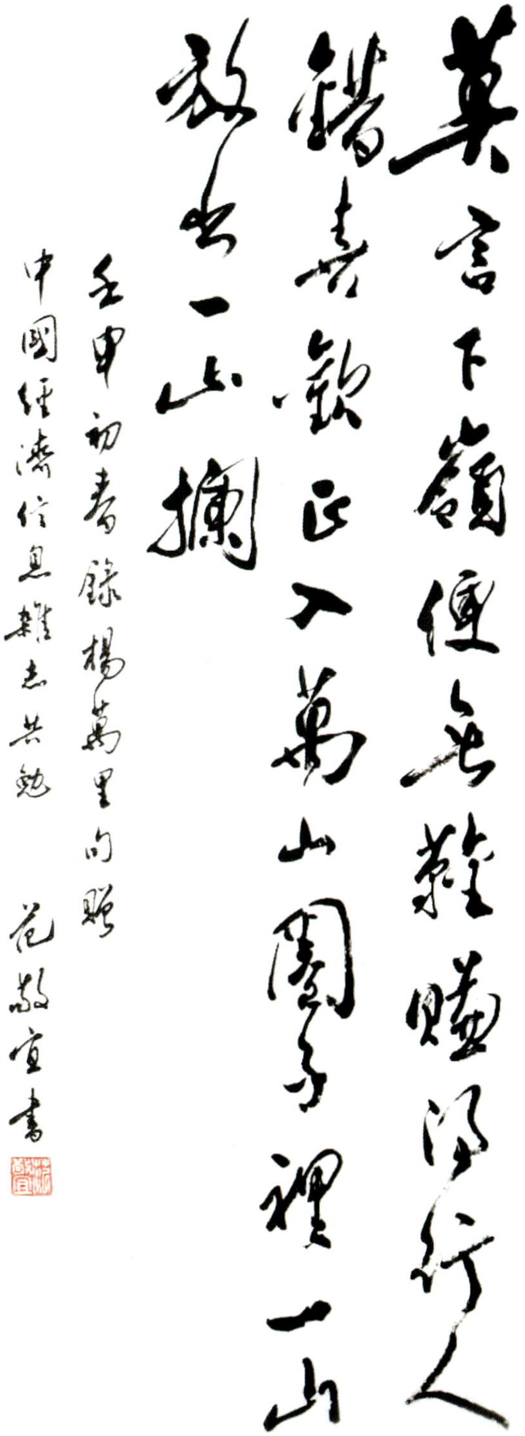

上图：1991年在经济日报社时，担任主编领衔创办了《中国经济信息》杂志。

右图：在作者领衔创办《中国经济信息》杂志担任主编期间，《中国经济信息》杂志在经济界影响日益扩大，得到经济界广泛好评。1992年春，被誉为学者书法家的经济日报社总编辑范静宜（后担任人民日报总编辑）即兴挥毫为《中国经济信息》杂志题写南宋著名诗人杨万里的诗句予以勉励。

服裝時報

国内统一刊号:CN11—0236 公开发行 （试刊第1期）总第1期 1993年12月10日

COSTUME TIMES COSTUME TIMES COSTUME TIMES COSTUME TIMES

为您服务 伴您寻美

发刊词

中国服装独领风骚

指日可待

——'94中国国际服装服饰博览会将在京举行

瑞士人

爱家乡风光 爱中国服装

中国'94春夏服装流行趋势

第一主题：朴素回归

第二主题：原始印迹

第三主题：海岛夏日

第四主题：东方风雅

羊绒大衣"火"起来

热点扫描

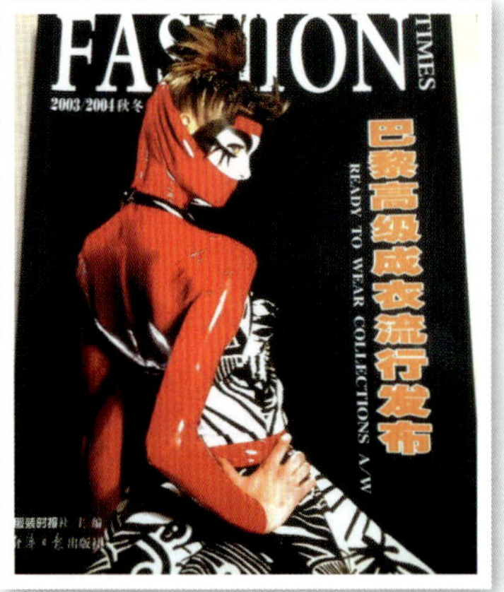

左图：1993年《服装时报》试刊号，全国人大常委会委员长乔石、国务院副总理李岚清题词祝贺。

右上图：2001年，巴黎时装周首度开放邀请中国媒体采访。《服装时报》是国内唯一被邀请的服装专业媒体。作者作为《服装时报》副社长兼总编辑成为国内走出国门采访巴黎时装周的第一人。作者采访巴黎时装周后，将现场拍摄的国际著名品牌时装发布秀的大量图片精选汇集，印制成流行发布图册，派送给国内服装行业的企业家、设计师，反响热烈，一抢而空。在国际时尚流行信息闭塞时，画册成为极为难得珍贵的国际时尚流行最新的第一手资料。

右下图：作者成功实现了我国时尚界破冰之旅的采访后，2002年，再次独家采访了巴黎时装周。这是采访拍摄返回后，印制的高级成衣流行发布图册。

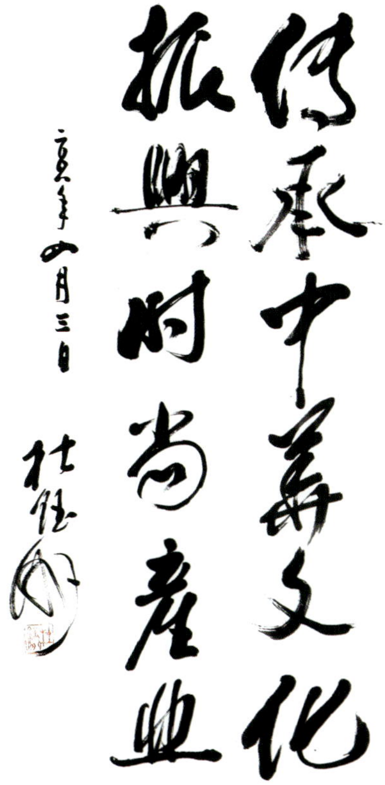

上图：2004年11月19日，北京市人民政府和中国纺织工业协会共同举办《促进北京时装产业发展　建设“时装之都”规划纲要》新闻发布会。北京市首次提出积极发展时装产业，建设具有文化内涵、科技领先、引导时尚的世界“时装之都”。北京市副市长陆昊、中国纺织工业协会会长杜钰洲共同主持新闻发布会。借建设北京时装之都的春风，在北京市原副市长陆昊倡导、支持、运筹下，《时尚北京》杂志得时尚之先，应运而生。2008年《时尚北京》杂志正式创刊。中国纺织工业协会会长杜钰洲致贺，挥墨题词：传承中华文化，振兴时尚产业。

下图：2018年，《时尚北京》杂志创刊十周年，杂志社全体成员合影留念。前排：《时尚北京》杂志主编、北京服装纺织行业协会秘书长贾杨（右一），北京服装纺织行业协会专职副会长王文生（右二）。

《时尚北京》杂志

我 国 本 土 高 端 时 尚 刊 物 领 军 者

上图：2014年，在《时尚北京》杂志社办公室。

下图：2020年冬，由《时尚北京》杂志社主办的新闻大奖活动获得圆满成功。《时尚北京》杂志编辑部在修葺一新的新址会议厅颁奖现场大屏幕前合影留念。北京服装行业协会专职副会长王文生（前排居中）、《时尚北京》杂志主编、北京服装行业协会秘书长贾杨（前排左四）、副主编杜燊（前排左三）、副主编焦晓妮（前排左一）。

上图：1995年，在上海中华杯国际服装设计大赛上，代表受邀嘉宾致辞。

中图：2002年，在《服装时报》社发起举办的“衡韵杯”中国唐装设计大赛开幕式上致辞。

下图：2018年，在深圳国际时装节上作为特邀嘉宾接受中外记者采访。

上图：20世纪90年代，参加上海国际服装博览会时，与东华大学教授、时装评论家包铭欣（左一），北京电视电台《时尚装苑》制片人钱丹丹（左二），中国服装设计师协会主席助理李欣（右二）一起合影。

下图：2020年在深圳时装周玛丝菲尔开幕秀现场。

上图：在北京如何办好服装时尚媒体研讨会上发言。

下图：应邀在深圳服交会品牌论坛上发言。

上图：2002年采访英国时装周期间，参观白金汉宫，与英国女王皇宫卫队骑士合影。

下图：2001年参加巴黎时装周期间与法国老战士合影。

09

记者岁月

记者是我在北京人大附中时的学生梦。上天赐缘，曾投身经济日报初创，先后担任四家报刊社长、总编辑。记者乃无冕之王，一支笔写尽时尚。40年记者路，几度创业，岁月沧桑，阅尽尘寰，圆梦时尚。人一辈子，有机会做自己喜欢的事，很知足，很幸福。

拳拳记者心

《时尚北京》2018年第8期以《时尚无界 如歌岁月》为题编辑了《时尚北京》杂志创刊十周年的特刊。封面人物选的是拥有海量粉丝的当红影星钟汉良。8月刊上网销售第一天，阅读人数就突破100万，销售量直逼4000册。《时尚北京》杂志微信群里欢呼雀跃，击掌庆贺，红包连连。当下做纸媒体的人心里都明白，即便是所谓大报大刊这样惊人的阅读量也算是天文数字了。《时尚北京》真实价值和穿透读者的力量可见一斑。《时尚北京》走在众多纸媒体的前面，实现了纸媒与网媒无缝链接和全方位融合，成为纸媒体新业态的代表。《时尚北京》创造的这个小高潮，让记者同行很眼热。记者编辑们不用说是满满的喜悦和得意，既为《时尚北京》也为自己。常说厚积薄发，为了这一幕，积淀了十年。时下网络媒体大行其道，做纸媒记者的确有沉重的危机感。《时尚北京》时有来应聘记者编辑的人，我接待时第一句话就是：当记者最重要的是热爱，从心底里喜欢这个职业。想想看，如果你想做记者，又是一份称心的工作，是何等惬意啊。然而假如你羡慕记者职业，是为外界描述的那般自由自在和体面光鲜，那就错了。我劝你不要做记者。

做记者易，做好记者难，成为名记者更难。人们称记者为无冕之王。王者凌驾于万民之上，靠手中至高无上的权力，记者则是靠手中的笔，笔让记者享有加冕为王的荣誉。凡世间万物一切都记录在记者的笔下。当然，我们记者的笔首先是为国家和人民服务的。在报社做记者，尤其是日报，要求记者像快枪手，急就章，倚马可待；杂志则以深度报道见长，考验记者的思想性、故事性和文字功夫；无论报纸或杂志的记者都是一个字一个字写出来的，苦乐在其中。

记者需要具备怎样的素质呢？记者是一个挑战性极强的职业，首要的是对党和国家有责任感、使命感，是忠诚的卫士。它走在时代的最前沿，记录着时代，与时代同行。记者是记录者。采访写作是一种乐趣，创作传世作品是人生的追求。写作是记者的基本功，看家的本事。文章是写出来的，勤于练笔，才能妙笔生花。“一从陶令评章后，千古高风说到今。”去掉浮躁，放下名利，心静如水地潜心写好报道，才可能出精品。文章修炼无止境、无尽头，所谓没有最高，只有更高。不练就深厚的文字功底，做不了好记者。

记者是杂家。“读万卷书，行万里路”是对记者的真实写照。良好的读书习惯是记者的必备修养。唯有手不释卷，博览群书，涉猎古今中外，才能使文章生色。所谓读书破万卷，下笔如有神。记者的新闻是靠两条腿走出来的。行遍天下，阅尽沧桑，是记者最鲜明的职业特点。

记者是社会活动家。善于交友是记者的天性。记者的职业性质就是与形形色色的人物打交道，拥有广泛的人际人脉关系，有的甚至成为一生一世的朋友。记者的朋友遍天下，由此眼观六路、耳听八方，成为取之不尽的信息源泉，在第一时间得到第一手信息，写出第一手的报道。没有朋友的记者不是合格的记者。

有人说记者与作家同属一脉的文化河流，彼此之间没有分水岭。记者真实记录着生活，作家则是在生活基础上的再创作。记者职业造就了不少著名的大作家。名满天下的金庸先生是武侠小说鼻祖，无人能及。殊不知金庸先生曾经在上海《大公报》《新晚报》当副刊编辑记者。他的小说始于报纸连载，一发不可收，之后成为主笔，又创办香港《明报》，与媒体有割舍不掉的一生缘分。汪曾祺是京派作家的代表人物，因主笔八大样板戏之一的《沙家浜》名声大噪。汪先生曾经在《北京文艺》做编辑。我和汪曾祺的儿子汪朗曾经同在经济日报总编室共事，时而谈及汪老，拜读过《汪曾祺散文选》，文笔飘逸潇洒，乃大家之作。《时尚北京》采访过的京味儿作家刘一达，以《玩家》等小说蜚声文坛，他现在仍然是《北京晚报》的资深记者。美国著名作家海明威以《老人与海》获得诺贝尔文学奖。他的作家生涯是从《多伦多星报》《堪城星报》当记者开始的。美国记者斯诺因采访延安写下轰动世界的《红星照耀中国》一书，成为著名作家。这样的例子不胜枚举，记者与作家原本是一家，都是用手中的笔记录描述纷繁的大千世界。

做记者也是我的人生夙愿。人在童年时总是心怀许多憧憬，因为那时还不知道未来的世界是何等模样。上八一中学时，祖国百废待兴，老师教导我们将来当工程师、科学家，报效国家。那时我的作文好，一心想当记者。第一志愿考入人大附中，期望上仰慕垂涎的中国人民大学新闻系，毕业后做记者。“文革”后历经沉浮，鬼使神差，20世纪80年代初，经李昭大姐推荐我进入刚刚成立的经济日报社，终于实现了记者梦。

我很幸运的先后在两位新闻界称为泰斗的安岗和范敬宜身边做秘书工作，耳提面命，亲身感受到两位总编辑的大家风范。安岗自1948年人民日报进北京起就任副总编辑，创办了人民大学新闻系，是中国新闻理论的开山鼻祖。20世纪80年代初奉命创办国家经济日报，任总编辑，是老一代德高望重的新闻界开拓者，才思奔放，著作等身；范敬宜是北宋大文豪范仲淹的后代，从辽宁日报的记者起步，曾任经济日报和人民日报总编辑，清华新闻学院院长，儒雅才情，书画精妙。当年，李鹏总理出访时，范敬宜常常随行，为外国政要当场挥毫作画题诗，传为佳话。如今，两位中国新闻媒体界的大家虽已作古，谆谆教诲，却铭刻在心。

当记者有许多机缘巧合，我与北京服装行业协会因做新闻媒体结下了一生的缘分，也是难得的福分。我有幸做了两件终生难忘的最有意义的事。北京服装行业协会分别在1994年创办《服装时报》，李昭会长亲自出任社长，我担任总编辑；2008年创办《时尚北京》杂志，我担任出版人、执行副社长。我倾注身心参与创办一报一刊的工作各有十年之久，二十载好年华，不虚记者生涯。这样的创业机遇一世难逢，我遇到了，幸莫大焉。

少年时的理想是当一名记者。几十年记者路，成为一生的追求，乐此不疲，享受着快乐的过程。什么是人生的幸福呢？选择自己喜欢和热爱的记者职业，与之相伴，把心智播撒在新闻事业中，成也罢，败也罢，与它一起开怀豪放，一起沮丧神伤，一起阅尽人生路上百般风光。回望来路，拳拳之心不变，耿耿之志不移，这是记者的本色。

2018年9月《时尚北京》杂志卷首语

时尚记者的自述

做记者，首先是热爱，从心底里喜欢这个职业，享受做记者带来的挑战刺激和无穷乐趣。人们常说记者是“无冕之王”，因为他不讲所谓官衔级别，不分高低贵贱，他用手中的笔记录沸腾的生活，留下时代的印记，是对社会各个角落的全覆盖。看似小小的记者却肩负着对社会对国家沉甸甸的重大责任。记者不仅仅是跟随时代的脚步前行，而是要做走在时代前面的人。

我从小就很羡慕记者，中学考上了北京人大附中，梦想着再进入中国人民大学新闻系，将来当一名记者。上山下乡让我的梦破碎了。20世纪80年代初，李昭大姐将我推荐到国家初创的经济日报，圆了我的记者梦。2008年，在北京市副市长陆昊的亲自主持推动下，《时尚北京》杂志创刊了。我有幸参与其中，成为时尚记者。十年前，时尚还在懵懂迷茫期，远不像今天这样热络时髦，几乎言必称“时尚”。现在想来，当时扛住重重压力，克服种种困难，力排众议定名“时尚北京”是何等的有智慧、有魄力、有远见。在我的记者履历中，从90年代初起一直在与时尚密切相关的服装纺织媒体工作，然而创办一本国内还没有的本土时尚杂志，毕竟是新课题、新概念、新领域，更是全新的时尚挑战。

中国新闻界有两位鼎鼎大名的先行者，一位邹韬奋，一位范长江，并以他们的名字设立了中国最高的韬奋、范长江新闻奖。他们的记者、编辑精神也教育和影响着一代又一代的新闻工作者。邹韬奋有句名言：“不干，固然遇不着失败，也绝对遇不着成功。”范长江则说过：“欲成大河者，必长其源；欲成大事者，必固其基。源愈长，则此河之前途愈有浩荡奔腾之日；基愈固，则人生之事业愈不敢限其将来。”对于《时尚北京》杂志而言，它面对的时尚业恰恰是一片广袤的荒漠和未开垦的处女地，它面临着生存空间和未来发展的艰难选择，也被两位新闻界先贤言中。《时尚北京》杂志绝不仅仅是一个城市的刊物，首都北京代表着中国，是中国时尚文化的旗帜，宗旨就是宣传推广中华时尚文化，这是基本理念和定位。与许多传播西方时尚资讯的国际版权合作时尚刊物不同，《时尚北京》杂志是地道的本土本色的中国时尚文化刊物。《时尚北京》创刊之时，我们豪迈地提出奋斗目标：办一本中国自己的时尚大刊。现在的流行语叫作：理想很丰满，现实很骨感。对我们这些时尚记者来说现实还很残酷。我们接手的原是一本北京纺织科技专业刊物，覆盖面很窄很小，名不见经传。在许多人看来要改造成一本国内外发行的本土时尚刊物，不要说做，连想都没敢想过，实在是天方夜谭。尤其是在国外时尚媒体大刊占据时尚媒体天下的背景下，创办一本高端时尚杂志谈何容易？资金来源、人脉渠道、发行市场以及必不可少的一批优秀的懂得时尚的记者……

《时尚北京》杂志的核心价值是确定精准的定位，包容涵盖了都市时尚产业细分领域，讲述现代时尚生活方式的现代时尚百科全书。媒体首先是守土有责，跨界不等于没有思想底线，讲政治，讲信仰，讲理想，既要走在时尚的前沿，更要如履薄冰般地守住思想、信念、价值观等主旋律的红线。时尚跨界是本刊的最大特色，也是遇到的最大难题。跨区域合作，走出北京，与“长三角”“珠三角”等时尚产业发达地区的省市建立密切的合作关系，如广东、浙江、江苏、福建省以及深圳、虎门、宁波、石狮市等；与国际机构意大利贸易委员会、香港贸发局、澳门时装周友好合作。跨界服装产业，与最活跃的都市时尚细分产业合作，如汽车、化妆品、手表、数码电子、珠宝、智能家电等相关机构、品牌。跨领域合作，以时装时尚文化为先导，广泛涉足文化各个领域，电影、戏剧、旅游、美食、体育及明星、名人、名家人物，著名的作家、导演、编剧成为杂志的常客。跨界网络合作，《时尚北京》是最早制作发行电子版的时尚刊物。与腾讯、新浪、搜狐等40多家网站合作，开展网上电子版阅读，吸引了数千万的时尚阅读人群。跨界时尚报道像一剂妙方，为《时尚北京》培养锻炼出了不少擅长活跃在不同领域的时尚记者。在网络新媒体浪潮的冲击下，时装业界不少知名的纸媒体风光不再，销声匿迹。《时尚北京》依然屹立不倒，熠熠生辉。

2018年7月1日，是《时尚北京》创刊十周年纪念，我能在这里做了十年时尚记者，三生有幸。

2018年5月《时尚北京》杂志卷首语

有梦有你

写在《时尚北京》杂志更名周年之际

2008年初，《时尚北京》杂志以“梦想大刊”为卷首语的题目，表达了杂志社初创团队的心志。对《时尚北京》杂志社而言，梦想为何物？梦想就是我们这些创办者们创造人生价值的奋斗目标或曰理想：就是创办一本北京实至名归的时尚大刊。

7月既望，转眼间杂志从《北京服装纺织》更名为《时尚北京》整整一年了。谁都明白，现在创办时尚刊物谈何容易，更不要说一本产业与时尚兼容的杂志。《时尚北京》杂志社的初创者们抱定创办大刊的梦想，在市政府和服装纺织协会领导和鼓励下，以超拔的勇气，不舍昼夜地思考着、攀登着、奉献着，也快乐着走过了第一年。无法计算他们的付出，像所有的创业者一样，甘苦留在心中。一年间，《时尚北京》杂志有了第一批尊贵的有眼光的企业理事单位，有了超越之前几倍的发行广告量，有了名企明星一登龙门则身价百倍那种尊荣位势，有了服装、时尚业界真诚的认可和好评，开卷有益，开局得胜，值得纪念。

自古至今，人人都有自己美好的梦想。宋代大诗人陆游“夜阑卧听风吹雨，铁马冰河入梦来”的诗句，大词家辛弃疾“醉里挑灯看剑，梦回吹角连营”的词句，共同道出了一代文豪抚剑吟诗，驰骋沙场，报效祖国的梦想。古有“文死谏，武死战”的传统气节，两位诗人的诗词中都用了一个梦字，文人要像武将那样战死疆场，是充满豪气的梦，是报国之梦！当然，不是每个人都能实现自己的梦想，更多的是追求实现梦想的过程。有道是“冯唐易老，李广难封”。他们一生戎马，战功卓著，终未封侯。然而李广杀寇的神奇故事代代相传，给一代豪杰圆了未了的梦。中国人敢于梦想，古已有之。

歌手刘德华一曲《忘情水》中的“曾经年少爱追梦，一心只想往前飞”唱出了无数少年忘我追梦的情结。它也让我忆起自己学生时代追梦的情景。我在八一学校上小学时，非常喜爱古文诗词。语文老师佘树森，给了我很大启蒙，他后来在北京大学当了教授，成了知名散文家。在佘老师指引下，我梦想长大当一名记者。怀揣这个热切梦想，我第一志愿考取了人大附中。那时上了人大附中就等于进了中国人民大学新闻系，要知道那是中国名记者的摇篮啊。1966年突如其来的“文化大革命”把我的梦想破灭了。80年代初，经胡耀邦夫人李昭大姐推荐，我进入了国家刚刚筹建的经济日报社，有幸参与了报纸初创时期的工作，终于当上了国家大报的记者，梦想成真。说来幸运的是，我被派到报社总编辑办公室任负责人，总编辑安岗是中国新闻界的前辈泰斗，人民日报元老级的总编辑、中国人民大学新闻系的创始人兼系主任，真有点“踏遍铁鞋无觅处，认祖归宗在眼前”仿佛梦中的感觉。在安岗总编辑身边工作的几年，耳提面命，谆谆教诲，学会了如何做一个新闻记者，那是平生经历中受教益最多的时光，是一段追梦的快乐旅程。

作曲家小柯的《北京欢迎你》中的“有梦想谁都了不起，有勇气就会有奇迹”在奥运会上用歌曲倾诉解读梦想的真谛：有梦想，才能有奇迹。众明星唱出的优美激昂的旋律，告诉全世界什么是北京人创造奇迹的梦想。我想《时尚北京》杂志的初创者们，正是这样一群梦想创造奇迹的北京人。目前，在北京几千家报刊零售亭上，最显眼的位置几乎被《服饰与美容VOGUE》《EllE世界时装之苑》《时尚芭莎》等国际时尚大刊占据，这些国际时尚界的大鳄们以版权合作方式，不惜斥巨资进军中国出版市场，凭借资金、资讯的强大优势抢得了先机。要从国际时尚大刊强势林立的局面下杀出一条血路，创办北京本土的一本时尚大刊，必须要有大勇气、大梦想！

拼尽生命的全力去追求梦想，去实现梦想，是我们创业团队的核心精神。也许这个创刊团队有的人看不到《时尚北京》杂志那辉煌的顶峰，但不可以没有追求，没有梦想！就像人们常说的，结果也许并不重要，对于杂志创业者们来说更多的是享受追梦大刊的忘我过程。几天前，一位媒体老朋友见了我，感慨道：杂志有了今天这副模样，好生了得，熬白多少黑发啊，你们这个梦之队不简单。我想同行的话还算实在恳切，我们就像刚刚学会走路的孩子，路还长，梦还远。

更名周岁，想想和我一起日夜兼程付出青春和心血的杂志社创业者们，我想对你说，将来回首往事，你会为实现大刊梦想奋斗而倍感自豪。因为这个事业有你。是的，多么好的梦之队啊！感于斯，拟短文表寸心。

走在时尚前面

创业者要具备过人的勇气，他无法预知成功还是失败，只有拼尽心力和智慧去奋斗。成功了有鲜花和掌声，失败了纵有责难或嘲讽也享受了激情的过程。创业者也是追梦者，若怀揣如此心境，就像快乐的旅行。要知道，不是谁都有创业的机会。

2013年7月1日，《时尚北京》迎来了五岁的生日。七月如火，岁月燃烧，对于我们这些参与《时尚北京》的创业者来说，是值得纪念和珍视的日子。2008年，在北京市陆昊副市长、常青局长、张培华会长三位领导关心倡导下，深谋远虑，将杂志定名为《时尚北京》。国家新闻出版总署特批了这一刊名，《时尚北京》由此诞生。

当时国内各省市的服装协会还没有办杂志的先例，更不要说时尚刊物；在纺织服装媒体圈仅有的两三本杂志也未入主流，蹒跚而行；在时尚刊物领域早已是《时尚芭莎》《ELLE》《VOGUE》等国外百年时尚大刊的天下，没有国内时尚刊物插针立足之地；更何况网络媒体的风暴几乎颠覆了传媒业，纸媒体步入衰落期……将要出生的《时尚北京》面临着复杂险恶的外部环境。

不是说外面的世界很精彩吗？《时尚北京》为我们打开了一片天，也必须精彩。于是五年前我们就提出“梦想大刊”，头也不回地迈出了创业的第一步。

在陆昊副市长关怀指导下，《时尚北京》理事单位机构成立了。北京市著名服装品牌企业纷纷加盟，有眼光、有责任的企业家热情注视着刚刚诞生的时尚杂志，纷纷慷慨地伸出援手；爱慕、赛斯特、朗姿与《时尚北京》投资合作大大加快了《时尚北京》的发展步伐。他们伴随着《时尚北京》一路走来，演时尚之夜，扬流行风尚，树品牌形象，杂志与品牌相互依存，浑然一体，共同营造着北京浓郁的时尚氛围。是的，没有众多北京服装品牌扶持，何来今日《时尚北京》。

这是一群可爱可敬的年轻人，停停留留，来来走走，数不清有多少年轻人在《时尚北京》为梦想奋斗过。就像战士坚守阵地，寸土不丢，不少人抱定信念从创刊到今天守望在这里。简陋的条件、微薄的待遇，他们始终没有离去。“我拿青春赌明天”，没有人有把握判断明天，依然拿沸腾的青春血液浇灌着《时尚北京》。

这是一个令人刮目的团队，他们夜里两三点钟校稿排版是寻常事，一段字句、一个标题、一张图片、一份广告容不得丝毫疏忽，细细把关；节假日加班操办各种活动是家常便饭，主办、承办的活动有声有色。没有牢骚怨言，只有热火朝天；没有鸡毛蒜皮的纷争，只有坚定的一往无前。当然，也有离队落伍，也会沮丧茫然，只要想到《时尚北京》的明天，大家笑容灿烂。

但凡创业从来没有一帆风顺。五年里，当《时尚北京》杂志从服装专业跨界各都市时尚领域，担忧怀疑的声音没能阻止你改革的脚步；当报摊市场因卖不动而大量退刊时，让你寝食难安，果断开辟网上销售；当资金拮据，无力支付印刷费和员工工资时，你毅然拿出自己卖房钱临时垫上，解急迫之需；当初创艰辛的种种缘故，眼看优秀员工不得不另谋职业时，让你痛心疾首……经历过几次创业，我深知寂寞平常心，不求功利，忘却自我，晨起暮息专注做好心中的那一件事情，只要肯付出就会有收获。

今天，《时尚北京》在全国上千种杂志中唱出了北京时尚的好声音。在服装圈、时尚界、演艺文化领域声名鹊起，都市时尚的跨界定位和本土原创的内容风格，使《时尚北京》成为深得认可和追捧的都市时尚刊物。《时尚北京》最成功的突破在于从传统单一纸媒体闪电进入网络媒体。浏览国内知名的几十家著名网站、打开手机随时下载翻阅《时尚北京》电子版，直接影响覆盖几千万“80后”“90后”年轻人消费群体。让人振奋荣耀的是国内服装媒体能这样做的不多，我们走在了开发网络新媒体的最前沿。

五年了，如果有人问我，最让你快乐的事情是什么？我想，最快乐的莫过于今生有机会在知天命之年参与创办了《时尚北京》杂志。生命因它而闪光。

翻开人生最美那一页

《时尚北京》杂志创刊五周年记

2008年的那个夏天，仿佛一切还在眼前。在陆昊副市长积极倡导和促成下，在张培华会长、常青局长直接关怀呵护下，在龙云泽理事长鼎力支持下，《时尚北京》杂志伴随着北京时装之都建设的步伐创刊了。7月1日出版第一期发刊辞，我们满怀激情地提出了创办一本北京时尚大刊的梦想。

当年，不要说全国各地方服装协会没有一本时装刊物，举目国内也没有真正专注中国文化与时装产业的高端杂志。那时你逛逛北京的报摊市场，满眼充斥欧美日的时尚刊物，时尚媒体界长期被所谓国际大刊垄断着。于无声处，《时尚北京》打开了一扇窗，用自己的声音大声疾呼呐喊。当然，有的发声会瞬间淹没在大刊林立的喧嚣中，但《时尚北京》的声音却穿越了时空。

办一本高端时尚刊物，没那么简单，资金、人才、市场、定位、思路一切还是零，眼前没有路。然而，在市政府、服装协会领导的亲切关怀下，别开生面地发起成立了《时尚北京》杂志社理事会，北京服装企业的老总们慷慨伸出暖暖的援手，积极入会担当杂志理事单位，张荣明、薄成书、申东日三位企业家还出资加盟，成为《时尚北京》杂志社社委会委员，众人拾柴，生生托起了《时尚北京》。那不是一桶金，而是一片心。企业老总们与杂志社力克时艰，风雨同行，走过了不寻常的五年。

假如仅是一本时装刊物，没有出路，更没有大前途，也与《时尚北京》名字的广阔含义不相符。北京代表着中国，我们选择了都市大时尚阳春白雪的高端定位，设置了以时装领衔的涵盖汽车、手表、珠宝、化妆品、数码、旅游等现代都市产业的板块；以人物为主线贯穿始终的名人、明星、名模、名家的板块；以北京都市文化为特色的生活板块，犹如酿酒一般形成了浓郁的自成一家的本土时尚风格品位。

创刊初期，我们登高望远，清醒认识到传统媒体必须融入网络新媒体才能如虎添翼。《时尚北京》先后与国内新华网、新浪、腾讯、搜狐等40多家大型网站合作，发送网络电子版，成为网络媒体炙手可热的时尚内容供应商，每期阅读人数达3000多万，实现了纸媒与网媒的完美跨界融合。网络辐射的巨大威力吸引众多影视界一线大腕如巩俐、黄晓明、孙红雷等选择本刊做封面人物，影响了时尚界那些非常有影响力的人，这是过去想都不敢想的。《时尚北京》成为国内服装专业媒体中第一个跨界进入都市高端时尚人群的刊物。过去创办新刊要花十几年甚至更长时间才有可能被社会认知，五年，仅仅五年，《时尚北京》就站在国内一线高端时尚媒体的前位，不禁令人慨然叹服。

《时尚北京》又是一所时尚学校。一批又一批志存高远的“80后”“90后”来到这里创业，洒下萌动青春的作品和共同奋斗的友情。笑看花开花落，任凭浮云飘过。今天看《时尚北京》的队伍几乎都是坚守三年、五年甚至十年的资深时尚青年老媒体人，一次采访、一篇文章、一张图片、一页版式仿佛热土难舍，岁月没有蹉跎，在光鲜夺目的杂志背后，是他们默默无声的耕耘与奉献。在时下浮躁和拜金的风气下，五年的执著坚守，难道不叫人由衷的敬重吗？

世上许多功成名就的人用尽毕生精力也许只做了一件事。我们很幸运，也很自豪，五年时光创办了一本代表北京文化的时尚杂志，就像在生命的河流中淘出一块晶莹剔透的宝石。夜阑人静，当我在灯下一页一页翻过新一期《时尚北京》，往事如轻轻的波澜拍打着无边的脑海。青春不再，岁月不再，我们的激情信念还在，办一本时尚大刊的梦想还在。

佛语有：“一花一世界，一叶一菩提。”对我们这些《时尚北京》的创办者来说则是：一刊一世界。埋头办刊，不觉世间绿荫繁花匆匆而过。记录创业者闪耀着睿智与才华的文章、图片；珍藏创业者稚气的笑脸与不倦的身影；镌刻创业者蹒跚的探索足迹；留下生命中日日夜夜滚烫的记忆……还有什么比这更重要的吗？今天，我们编辑了一本《时尚北京》纪念画册，献给那些年关爱支持我们，与我们一起奋斗的人们，给自己，也给后来者。

“无边落木萧萧下，不尽长江滚滚来。”无须歇息等待，我们已经在新征程的路上，向着未来。

2015年1月《时尚北京》杂志卷首语

我们心中有个太阳

2013年《时尚北京》杂志五岁了。几天前，北京下了头场大雪，那雪花晶莹剔透洋洋洒洒，煞是好看。“丰年好大雪，珍珠如土金如铁。”《红楼梦》这样描绘丰衣足食的好年景。瑞雪兆丰年，也为本刊带来美好的期盼。

《时尚北京》杂志是2008年7月1日正式更名的。原本的北京纺织杂志是一本科技刊物。在北京市副市长陆昊亲自关怀，北京经信委、北京服装纺织行业协会领导的悉心支持呵护下，上下奔走，历经周折，《时尚北京》更名才得到国家新闻出版总署的批复。五年前，《时尚北京》诞生之日，亚洲和世界经济危机接踵而至，国内纺织服装行业市场持续恶化，许多服装品牌陷于困境，因而使杂志的生存发展也面临意想不到的严重威胁，我们接到创办《时尚北京》任务，可以说受命于困难之时。更大的风险在于《时尚北京》杂志是定位在本土都市文化时尚的高端刊物，在国内几乎没有同样杂志可借鉴，而那些美欧日等时尚大刊已经占领了时尚领域的细分市场，几乎没有新刊物的生存空间。故此，我们一上手就陷入尴尬难堪的境地。“上穷碧落下黄泉，两处茫茫皆不见。”然而，困境逼迫我们探索新的办刊思路。有梦想才有希望。我们坚定了创办一本传播中国本土文化时尚大刊的梦想。追逐梦想，我们这支队伍开始踏上五年的奋斗征程。

现在，《时尚北京》杂志在中国服装行业媒体中声名鹊起，成为时尚服装专业媒体的领军刊物。在国外版权合作时尚大刊独霸媒体市场的背景下，独树一帜，以专注中国本土时尚文化的特色，成为新派都市时尚刊物的代表之一，让广大读者耳目一新。五年前，无论胸怀大志的创刊团队，还是鼎力支持的理事单位企业家，谁也不会想到人生的青春年华、沸腾热血能在《时尚北京》留下了灿烂的足迹，谁也不会想到《时尚北京》有如此的时尚地位、如此的光鲜气派，《时尚北京》是我们心中照耀征程的那个太阳。

当一个事业刚刚起步，难以看清成败时，敢于投身忘我拼搏的是勇者；登高望远，看清大势加盟其中的是智者；难耐寂寞，不能坚守，临阵落伍的是弱者。《时尚北京》创业经历告诉我们，要创建一番事业最首要最核心的是那些奋不顾身的勇者。五年须臾，匆匆而过。当我细数一起战斗的杂志社团队骨干成员时，惊喜而感慨，他们已然是五年以上资深媒体人了。鲁迅先生说过："我们从古以来，就有埋头苦干的人，有拼命硬干的人，有为民请命的人，有舍身求法的人…… 这就是中国的脊梁。"我想，没有他们无怨无悔的甘愿奉献，不可能有《时尚北京》的今天，他们是真正的铁骨脊梁。

五个春秋，五度寒暑，我们的团队日日夜夜奔波着、忙碌着、创造着……为了在西山寒冷雪地拍名模单静雅真实大片，记者撞坏了自家豪车；在影棚采访拍摄著名影星吴秀波、黄志忠、吴奇隆、沙溢等人，记者紧追不舍，挑灯夜战，文章一气呵成；面对声名显赫的大作家郭敬明、吴晓波、王海鸰，大导演高希希、陆川，记者采访前备足功课，谈笑鸿儒，写出令人称道的文章；美编们为设计风格鲜明的版式，加班到深夜一两点是平常事；杂志理事单位管理人员热情细致的服务，让企业宣传联络人员感动得无可无不可；发行人员骑着电动车转遍京城报摊……积水成渊、积土成山。一个字、一副标题、一篇文章、一张图片、一个版式汇成一本时尚杂志。在杂志背后融入了杂志社每个成员的智慧、心血和默默的坚守。有一位朋友拜访杂志社，惊讶地说："你们居然在这样不显眼的地方办出了如此时尚精美的杂志！""延安的窑洞出了马列主义呢。"一位编辑幽默地笑答。

记得小时候家父教我的一首革命老歌，歌词大意是："我们的队伍向太阳，脚踏着祖国的大地，背负着民族的期望，我们是一支不可战胜的力量。"《时尚北京》有一支这么可爱的队伍，是一股多么令人羡慕的时尚力量。我想，《时尚北京》赶上了民族伟大复兴的好时代，我们的太阳高高照，十年后不知该怎样好呢?

我的三件西服

几天前，我接到上海培罗蒙公司经理张国良电话，他邀请我参加培罗蒙品牌创立九十周年庆祝活动。我和张国良是20世纪80年代相识的，失联多年了，接到电话既意外也惊喜。那时，我在经济日报当记者，一次采访上海老字号品牌，主办方为我推荐了坐落在上海南京路257号鼎鼎大名的培罗蒙西服公司，负责接待媒体的就是张国良。事有机缘，几年后，我参加中宣部组织的中国品牌万里行活动，故地重游，我又来到南京路培罗蒙公司，喜出望外，接待的竟然还是张国良。作为老朋友，他向我推荐量身定制一套西服。改革开放初期，西服几乎是职业标配，盛情难却，我欣然应允。

培罗蒙公司始建于1928年，量体裁衣是独门绝活，蜚声中外。张国良介绍说他们聘请了上海西服手艺的"四大名旦"全部手工缝制，绝对是一流的。他推荐了当时最流行的纯羊毛高档米色牙签呢，并说，为了西服版型保持挺括，里衬选用地道的马尾鬃。我是外行只有叹服的份儿。这身培罗蒙西服成了我日后显摆的行头，也是我的第一件西服。假如保留到今天，也许能做培罗蒙西服历史的展品呢。现在高级定制被炒作得神乎其神，其实30年前，培罗蒙就已经在做高级定制了。张国良告诉我，近些年培罗蒙西服不仅继承了皮尺、熨斗、剪刀传统工艺“三件宝”，还开发了“电脑智能”量体裁衣另一宝，推出网上定制、订购服务，研制“新一代国服”，这是现代版的高级定制。

20世纪90年代是中国服装业高速发展的繁荣期，尤其是西服产业，形成了数个品牌聚集地，涌现了一批知名的西服品牌，如浙江宁波的杉杉、雅戈尔、罗蒙，温州的报喜鸟、法派、夏梦，福建的柒牌、九牧王、七匹狼，江苏的红豆、海澜之家，山东的红领、希努尔等；其中温州服装协会率先吹响了中国西服产业新势力的集结号，好生抢眼。几年工夫温州新派西服品牌雨后春笋般冒出几十家，如夏梦、报喜鸟、法派等阵容强大，名声大噪，成为追逐时尚人士的最爱。此时，我在《服装时报》做总编辑，多次深入温州采访西服品牌，与报喜鸟的老板吴志泽等人一起去欧洲、美国考察，和许多品牌开创人结下深厚的友谊。温州西服版型款式开始神似西方杰尼亚等大牌西服风采。温州老板打趣说，我们看新闻联播，关注的不仅是新闻，最感兴趣的是西方首脑、明星穿的西服款式和颜色的细节变化。可以看出，西服文化已经融入温州服装人的血液骨髓中，追求顶级范儿。温州现象反映了我国西服产业爆发式增长的顶峰时代。法派西服源于意大利，老板彭星是个热情豪气的帅小伙。一次，他邀请我们参观设计室，亮出刚刚设计制作的贴兜式新款夏季超薄西服，众人一片拍手叫好。法派西服是我的第二套西服，保留了那个火热时代的深深印记，穿了多年，至今还不算过时。前不久，为表示礼仪庄重，我特意穿上有历史情结的法派西服与《时尚北京》的高级顾问、全国政协原副主席林文漪一起照相呢。

2007年，北京服装行业协会举办“金剪刀”服装工艺大赛，各地协会纷纷选派制衣工艺高手参赛。经过现场激烈角逐，北京的谢宗体脱颖而出，荣获金奖，一举成名。我由此结识了谢宗体老师。谢老师从事服装制作三十多年，技艺功力深厚，借捧走金剪刀的声势成立了自己的西服高级定制公司。由于版式现代，工艺精湛，坊间声名鹊起，多次承接党和国家领导人出访、迎宾及重要国事活动的正装任务。书画大师范曾先生穿上谢老师定制的服装后称心如意，十分兴奋，欣然为谢老师题写“宗体大匠”和“万国衣冠拜冕旒”的书法条幅，传为佳话。几年前，谢老师看到我出席活动穿的西服早已老旧过时，笑着劝我订做一身新西服。我现在的深蓝色薄西服就出自谢大师之手，选用现代流行的小开领款式和不粘衬的技术工艺，十分轻薄飘逸。人靠衣服马靠鞍。我穿在身上顿生神采，增色不少。这是我的第三套有故事的西服。

潮起潮落，时装是时代变迁的缩影。时装蕴含着浓厚的政治文化色彩，是社会变革、风俗演变的晴雨表；时装折射出社会文明、开放、自由的程度，是新时代的一把尺子；时装彰显着人们的文化水准、审美情趣和生活方式，是时尚的一面镜子……今年适逢改革开放40年，是开放打开了中西文化交流的大门。当年，胡耀邦在接见外宾时一改穿中山装的传统，第一次穿上西服，这一非同寻常的举动震惊了世界。寓意着中国向西方打开了改革开放的大门。回首改革开放40年，中国服装业沧桑巨变，当西服成为开放和时尚的标志进入亿万寻常百姓家，西服文化重新受到尊重和认识，昭示着一个崭新时代的开始。

岁月匆匆，不经意间我记者生涯中的三套西服记录了改革开放40年我国服装产业发展不同阶段的历程，睹物思情，写下此文以为纪念。

2018年10月《时尚北京》杂志卷首语

交友记

朋友，是个亲切抑或带亲情味的话题。每个人的一生中会结识许多朋友。“找呀找呀，找朋友。找到一位好朋友。敬个礼，握握手，你是我的好朋友。”这是我在幼儿园时爱唱的儿歌，孩子们围成一圈，用丢手绢的办法找朋友。我在孩提时代就受到找个好朋友的启蒙教育了。

我的生活阅历比较周折磨砺，下过乡，种过地，是半个农民；在黑龙江建设兵团扛过枪，上过前线，算半个当兵的；在工厂当过工人、车间主任，够做半个工人师傅；给李昭大姐、安岗总编辑两位赫赫有名的部级领导当过秘书，是被人羡慕的领导身边的半个红人；从20世纪80年代开始一直在新闻媒体里当记者，做过几个报社、杂志的总编、社长……几十年来，在我从事时尚服装媒体的道路上，由于工作性质和角色变换的缘故，上上下下，起起落落，见过各色人物，上至高官显贵，下到农工平民，明星名人，三教九流。身为记者除了采访写文章之外，职业要求最重要的就一件事情：广交朋友。没有朋友的记者不是合格的记者，耳不聪，眼不明，所谓“盲人骑瞎马，夜半临深池。”好的记者一定是眼观六路，耳听八方，朋友遍天下。人活在世上没有朋友，真是白来一遭。没有朋友的人生没有趣味，是孤独寂寞的。

车过留痕，情过留真。前些天，我在黑龙江建设兵团插队时的老班长庄会荣来京，他年过八旬还特地背来大豆和玉米糁子。老庄说：“明年就是你们北京知青到北大荒五十年，想你们，岁数大啦，怕再见不着，来看看。”是啊，友情不需要朝朝暮暮，彼此挂念就好。我刚到北大荒时住在庄班长家的后屋，老庄待我像亲兄弟一般，教我农活、烧砖、伐木、滑雪、骑马，还时常把很稀罕的自家腌的鹅蛋拿给我吃，结下了深厚的友情。贫贱困苦见真心。此时，仿佛周华健唱的《朋友》回荡在我耳际：“朋友一生一起走，那些日子不再有；一句话，一辈子，一生情，一杯酒。”那种淳朴的乡情，是一辈子跟随着你的温馨情谊。

人生中偶有贵人相助，是福缘。所谓贵人也是朋友。我在人大附中读书时，最大的愿望就是考人民大学新闻系，将来当一名记者。随着上山下乡到农村去的大潮，这个理想破灭了。80年代初，党中央创办经济日报，我有幸给创始人总编辑安岗当秘书。天赐机缘，安岗是中国新闻界泰斗，人民大学新闻系创始人。我竟是“塞翁失马，焉知非福”，意外圆了学生梦。在安老身边工作了几年，耳提面命，受益终生。后来我参与收集编纂《安岗新闻文集》时，安老曾谦虚地说：“我和小仲是忘年交。”几年前，安老以95岁高龄谢世。当我前往家中吊唁，望着安老遗像声泪俱下，痛感失去的不仅是一位老领导、指路恩师，更是知己的朋友。阅历让我懂得，人生中有朋友是福气，有知己是难得，有知心更是难能可贵。鲁迅先生曾赠给瞿秋白一句名言：“人生得一知己足矣，斯世，当同怀视之。”渴望朋友之心，珍惜朋友之情，闻于后世。

人生择善而交。朋友如茶，要品；相交如水，须淡。与成功的企业家交朋友更是如此。90年代起，我先后参与创办《服装时报》和《时尚北京》杂志，进入服装界时尚圈。时尚领域是一个群雄并起，民营企业家创造奇迹的地方，北京更是涌现了爱慕、白领、依文、蓝地、庄子等一批国内领先的著名时装品牌。20年来，我们专业时尚媒体与北京的时装品牌相伴相随，鼎力互助，共谋发展。我在和老板们的交往中以诚相见，以礼相待，以良好的口碑和信誉，建立了真诚的友谊，结交了许多朋友。2016年，《时尚北京》杂志发起并参与主办首届北京时装周。于是乎总体规划设计、舞美搭建、模特遴选、舞台编导、品牌演出秀征集等一系列难题摆在我们面前，怎么办？俗话说，知足常乐，无求乃安。登天难，求人更难。困境时刻，朋友见真义真情，我们登门拜访了北京许多知名企业家征集建议请求相助，他们纷纷伸出了温暖的援手。新丝路、宾利、龙腾精英三家最大的模特公司教父们承诺提供最好的模特；爱慕的老总张荣明爽快拍板，推出科技新品支持静态展；蓝地老总肖文玖毅然拍板担纲北京时装周开幕式大秀；新世纪东方集团老总薄成书慷慨出资冠名新闻报道大奖……真应了那句老话："一个好汉三个帮。"多年积累的朋友资源爆发出神奇的力量，2016北京时装周赢得了时尚业界国内外满堂喝彩！毫不夸张地说，北京时装周一战成名。

重朋友情谊是做人的一种美德。先贤留下许多名言。孔子曰："有朋自远方来，不亦乐乎？"这是《论语》首篇《学而》中说的。孔子语录那么多，选朋友话题作为开篇，可见在孔圣人看来，最重要最快乐的事，莫过于有朋友来。诗仙李白最重朋友重情义，留下脍炙人口的名句："桃花潭水深千尺，不及汪伦送我情。"20世纪60年代，当国际上孤立反华时，毛主席曾引用初唐四杰王勃送友的千古诗句"海内存知己，天涯若比邻"比喻我国与阿尔巴尼亚的友谊。绵延几千年，与人为善，广交朋友是我们中华民族的文化精髓之一。

交朋友也是一门学问，有可遵循的道德，有淳厚的平常心，他人有过，不究；于人有恩，不念。交朋友有何避忌呢？自古孝为先，试想假如一个人对父母都不孝，怎能企望他对别人相扶相助呢？同事同僚之间，假如一个人仅唯上，只做官，极尽奉承阿谀、阳奉阴违之能事，还是谨慎避之，远离为好。我是幸运的，人生道路上遇到了很多贵人和朋友，一路走来，黑暗中有人点亮了前行的明灯，泥潭里悬崖边有人伸出了有力的双手，当你经历过遭遇过，才能深切体会到朋友是人生真正的财富。没有了友情，生活该多么枯燥乏味。选择相伴同行的朋友吧，活出快乐，活出精彩。

2014年7月《时尚北京》杂志卷首语

让理想飞翔

说到理想，常使我找到少壮能几时的奋进激昂，看似虚无缥缈，却给人以力量。那首传唱一时的《隐形的翅膀》："我知道，我一直有双隐形的翅膀，带我飞，飞过绝望。我终于看到所有梦想都开花，追逐的年轻歌声多嘹亮。"梦想或说理想，让很多人兴奋地想飞。甚至不少五六十岁心存梦想的老家伙，迫不及待地把这首歌放在手机的响铃上，不知道是激励自己还是向外人显摆，或是自励。我一个兄弟就是这样。他那种永不服输的乐天精神也感染着我。是的，人没有了追求，没有了理想，活着没劲。

理想是什么？人活一世，草木一秋。人非草木，魂魄主心，吾将上下而求索。人有了一个志向，一种理想，生命就有了飞翔的翅膀，活的才有滋有味，不枉度人生。哲学大家曾说："存在决定意识。"我信，生在不同的时代有不同的理想。

《时尚北京》杂志社的主力是"80后"年轻人。有的人干一年半载跳槽走了，是常态；有的人心怀理想，坚守了数年，安身立命创办时尚大刊，是少数。人之常情，他们也时常彷徨，这里是自己理想归宿吗？有什么理由让我与一本刚刚起步的杂志相伴相守赌青春呢？在北京这样飞速扩张的国际化大都市里，个人发展机遇随处可见，唾手可得，但必须承受各种诱惑、压力和残酷淘汰的竞争。现代人有自己的理想标准，活在当下，很现实。比如，有一份待遇收入优厚的职业；租一间略大一点舒适的房子；买一辆新款车，上班郊游快捷风光这是许多人追求向往的。发展经济，造福百姓，是今天党和政府的国策。令我辈羡慕的是他们赶上了中华民族崛起的新时代，他们的人生理想融入了这个伟大的时代。他们拥有未来。

清代诗人赵翼有："李杜诗篇万口传，至今已觉不新鲜。江山代有才人出，各领风骚数百年。"时代不同，理想各异。我的父辈曾怀揣着那一代人的理想，闯天下，打江山。那一年，父亲86岁高龄，他执意要回阔别了几十年的四川苍溪老家看看。他是1933年在家乡参加了徐向前元帅领导的红四方面军。他爬上少年时放牛的山头，双手捧起抓过鱼的溪水，往事历历在眼前，一起出来参加革命的几百个同乡，绝大多数已长眠在红军陵园，他是幸存者……过度兴奋激动加上旅途劳累，老父亲竟然晕倒在山上的稻田里！醒来时，他说："我十几岁参加红军，为的是穷人翻身，当家作主。我们这辈人的任务完成了，走了知足。"南征北战几十年，落叶归根，他情愿就这样长眠在熟悉眷恋的家乡。家父去世在烈士陵园安葬时，六位解放军战士抬着他，正步行走，肃穆庄严，几十位白发苍苍的老战友和许多不认识的老军人，行军礼为他做最后的送别。他们曾为共同的信仰理想冲锋陷阵，流过血，受过伤，战斗过，专程赶来表达对一位老战士的崇高敬意。诀别的那一刻，我对老父亲备加肃然起敬，老一辈是拿鲜血生命浇灌了理想。恰如毛泽东的豪言，引无数英雄竞折腰。

在《时尚北京》杂志社里，年轻人把我称作毛泽东的信徒，办事写文章总离不开毛泽东的"语录"。也难怪，毛主席时代已很遥远，对他们而言也许只是个传说。我们这一代人信仰的是共产主义，理想呢，是建设社会主义。朴素中燃烧激情。何为作为？好儿女志在四方。毛主席说，农村是广阔天地，在那里是可以大有作为的。我在北大荒干了很多年，是老知青。身在农村不坠青云之志，白天干完农活，夜里提着小煤油马灯在粮仓、马棚里读马列的书，《反杜林论》《哲学笔记》，史记汉书、唐宋诗词，自以为有鸿鹄志，胸怀天下，报效国家。理想插上了翅膀，不知飞向何方？家庭和传统教育使我们对党和国家的服从渗透到骨髓，刻骨铭心，至死不渝。我们奉献青春追逐理想，回首过往值得，毕竟你为祖国奋斗过。改革开放春风拂面时，更痛切地感到前所未有的好时代与我擦肩错过。孔子曰，四十不惑，五十知天命。天命者，也许是冥冥中人生的理想和归宿吧。生活的磨炼使我慢慢懂得理想不在头顶，就在脚下。当一些高远浮华的口号飘然而去，人生理想的本质才显露出来。

2011年，喜临兔年新春，我和杂志社中年的、青年的伙伴们又一起站在新的起跑线上。办一本北京人的都市时尚大刊，理想向我们微笑着召唤，那感觉比“啪啪”的鞭炮声提神，比陈年老酒醉人……

心生翅膀，再一次放飞理想。

青春不再逝去

我去深圳出差，与艺之卉品牌老总周胜谈起他自己出资设计建成的服装博物馆和跨界的现代美术馆，洋溢着满腔热血，仿佛又重回年轻时代。谈兴未尽，周胜遂又给我发了一条微信，讲起德国作家萨谬尔·厄尔曼著名的《青春》励志文“青春气贯长虹，勇锐盖过怯弱，进取压倒苟安。如此锐气，二十后生有之，六旬男子则更多见。年岁有加，并非垂老；理想丢弃，方堕暮年……只要虚怀若谷，让喜悦、达观、仁爱充盈其间，你就有望在八十高龄告别尘寰时仍觉年轻。”寥寥四百字，代代相传，激励了世界上几代人。二战期间，麦克阿瑟将此文镶于镜框以自勉。1988年，日本数百名流聚会东京纪念此文，松下幸之助感慨：“20年来，《青春》与我朝夕相伴，它是我的座右铭。”厄尔曼所说的“青春”不以年龄为界限，而是伴随生命始终的那样一种锐气喷薄的精神。周胜是功成名就的企业家，与我相谈厄氏《青春》，彼此勉励，不坠青云之志。对于年轻人而言，青春少年样样红，要风得风要雨得雨，有爱有梦，来日无穷，大志在胸，自古英雄出少年，不新鲜。而当人生走过，沧桑经过，再召唤那颗未泯的童心，燃烧那腔青春的激情，是多数人想做而不易做到的。恰如唐代诗人元稹名句：“曾经沧海难为水，除却巫山不是云。取次花丛懒回顾，半缘修道半缘君。”因此，对于知天命、入不惑之年的人来说厄氏《青春》值得手执一册，随身研读。

如今，我们身边老来发愤建树丰厚的人也很多。《时尚北京》杂志本期采访的著名电视主持人纪连海，之前做了几十年的中学教师，走上《百家讲坛》后，以演讲“正说和珅”“孝庄秘史”等清代历史故事一举成名，连连赢得电视收视率第一。同在《百家讲坛》的易中天教授以52集的“品三国”名闻天下，年届65岁宝刀不老，立志创作撰写鉴古知今的“易中天中华史”，共36卷，计划用八年完成。现已出版第七卷“秦并天下”，热销依然。20世纪五六十年代，毛泽东对历史学家范文澜所著的《中国通史》一书称颂有加，十分推重。可惜限于那个年代的传播手段，老百姓离历史很遥远，没有多少人知道范文澜大名。电视网络的今天，两位名嘴用品评戏说的生动方式，撩拨起国人对国史的那份狂热与钟爱。一个《百家讲坛》成就了两个几乎家喻户晓的文化名人。时装界也不乏这样的青春不老的人物，1934年出生的意大利著名时装设计师乔治·阿玛尼就是杰出代表。1982年，他是唯一携设计大师之名荣登时代周刊封面的人物。《时尚北京》杂志曾在阿玛尼的北京时装发布秀现场采访过他，年逾八旬，满头银发，一袭T恤衫加黑色男裤，健美的身材，台前幕后忙碌，仿佛年轻人一般。他说："工作就是我的生活，我没有闲暇留给他人。"岁月在阿玛尼身上不留痕迹。

在《时尚北京》杂志社编辑部，大家时时感受到网络和智能手机新媒体铺天盖地地压迫着我们，几乎喘不过气来，纸媒体真的那么老了吗？而对于我这样当了几十年的记者、编辑的人来说，这个命题就更加尖锐。近两年，我们经过热烈的讨论和慎重的思考，毫不犹豫地丢掉迂腐的办刊老观念，大刀阔斧地实施纸媒体向网络媒体全方位转变，以锐不可当的速度迅速实现了《时尚北京》电子版覆盖全国50余家最具影响力网站，每期阅读人数达2800多万，并进入中国移动等手机阅读体系，新与老的转换就是如此神奇，原本老之将至的感觉瞬间一扫而光。还是让事实回应纸媒体青春老去的观念吧。

赵薇导演的《致我们终将逝去的青春》风靡一时，《时尚北京》杂志社编辑部的年轻人也多是80后，他们的青春年华与创办《时尚北京》融为一体，那些逝去的岁月里，有无私无畏的投入，有爱恨交织的痛苦；有收获的喜悦，有失去的惋惜……今天，他们依然还站在这里，与《时尚北京》在一起。此时，我猛然也想起自己的青春时代，那是在北大荒一片未开垦的荒原，一滩冒着臭气的沼泽地，不一样的青春有不一样的记忆。只要踌躇满怀地奋斗过、奉献过，就让青春继续，且前行且珍惜。

不必说蓦然回首，无论到了怎样的年纪，时刻不忘把激情揣在怀里，让青春不再逝去。

身边 80 后

时下品牌企业家和商家研究谈论最多的是"80后现象"。背后原因无疑是80后新生代催生着一个新消费时代，并逐步成为时尚消费的主流。不仅在消费领域，从某种意义上说，80后正在或将会影响中国。

《时尚北京》杂志社也有一群80后。因为是更名不久的新时尚杂志，80后们自然成为主力。每天和80后们打交道，领导着一支"80后义勇军"冲锋陷阵，一来二去对80后们有了点粗浅的认识。从1978年起始的改革开放至2008年时已有30年，是中国历史前所未有的翻天覆地大变革时代。80后们正是在这样的历史背景下出生的，有着特殊时代烙印，戏称开放一族。就像美国二战后20世纪60年代出生的，社会富足优裕的环境会腐蚀掉他们，曾被称为"垮掉的一代"，而今美国强大了。中国的80后从小就在肯德基、麦当劳、必胜客、星巴克等西方文化影响下成长，最先接受西方思想，人生价值观很独立、很个性、很自我，崇拜个人奋斗的精神，这是80后们的社会根脉。

《时尚北京》杂志社每年进进出出，来来走走多是80后，他们好似栖息的鸟不停地飞来飞去。我有时偶发感慨 ：日本很发达，多数人忠诚企业，在一个企业一干一辈子，甚至后代接班。你们如此行踪不定，何谈事业? 80后笑答：有人把我们喻作菜鸟，无非是积累阅历浅，其实我们都有飞向天空的梦想。外面的世界很大，不断寻找发展机会是人的本性，有错吗？择业新观念。我在经济日报当了几十年记者，闻之无语。区区小杂志，怎是安身立命地？还是放飞雄鹰展翅吧。当然，《时尚北京》杂志社除了飞来飞去者，也不乏参与创刊至今坚守的铁杆80后们。我却始终认为，只有除却浮躁，抱定志向，坚持守望，才有未来。

社会上不少人以为杂志社记者很光鲜，个中辛苦唯行内人知道。经济日报创刊时我在总编室1版当责任编辑。领衔的是老《大公报》资深报人沈春波老师，他和鼎鼎大名的金庸曾在《大公报》文艺版搭档共事，是经济日报上下敬慕的大手笔。那时还是铅字排版，每晚八点上班到第二天凌晨四五点付印，一夜下来我编的稿不知让沈老退改多少遍，夜夜如是。沈老告诉我，他在《大公报》做学徒时，头两年只能给师傅沏茶扫地，编稿的事根本沾不上边。原来我已然很幸运。庆幸那时沈老严格调教，后来我在总编室编写文章标题也称得上一流高手。《时尚北京》杂志的80后们比我更幸运多了，“师傅”二字是早年间的旧礼数，如今不兴了。他们一上手就提笔发稿。我想无师自通者毕竟是少数，何况礼仪之邦。有份好工作，会享受生活，是80后们的价值观。至于艰苦奋斗，奋斗尚可，艰苦则是上世纪很遥远的事了。当然在杂志社熬夜写稿是家常便饭，加上东奔西走采访，让80后们也很伤神。现实中职业操守与生活享受时有冲突，每逢杂志赶出版时间加班，常有80后发信息给我说有事不能来。善意的谎言，善待吧。我心知肚明，实为个人时间不愿受干扰和约束，无奈媒体工作性质使然。让人宽慰的是杂志社多数80后们每每如约而至，尽心职守。80后们奋斗着，期待着拥有丰厚的收入、自己的车以及在北京拥有一套住房，享受现代人有品位的生活。实话说这样非常现实的追求，也是我们希望给大家创造的，不然瞎忙乎什么呢？国家不是也在奔小康吗。因为整天在他们眼前晃来晃去的名人或成功人士，享有这般生活。80后们的骨子里没有任何权威，没有不可能，只要你奋斗。虽然奋斗含义有别，他们为实现自身价值不懈奋斗前行是断不可否定的。积沙成塔，积水成渊。阅历使他们慢慢丢掉不知天高地厚的浅薄，学会从手边一点一滴平凡的事做起。

自我，不自私，但不无私。有人这样评议80后特征。他们更关心自身的存在和感受。无私奉献的精神与他们的价值观取相不同，格调有异。自我是独立个性的崇拜与张显。作为时尚杂志记者独创能力是宝贵的，但绝不是不合时宜的孤傲不群。杂志社80后们大多毕业于清华美院、北京服装学院等名校名门，专业学识、艺术气质各有所长，杂志为他们展示个人才华实现自我提供了难得的舞台。我对他们说，如今是千里马多、伯乐多，机遇难求，《时尚北京》字字值千金，别看走了眼，将来后悔。两年来，80后们强烈的自我表现欲和创造力初步形成了各自的“博客风格”，所谓自古英雄出少年，他们终于亮出了可爱的一面，《时尚北京》杂志风生水起有了几分时尚模样儿。80后们开始得意于《时尚北京》这块牌子，喜欢这个团队，懂得靠共同奋斗才有力量，才有希望。

80后们已到了而立之年和不惑之年。悉数杂志中层骨干：编辑、美术、摄影、活动策划、发行等主管，关张赵马黄五虎上将非80后们莫属。不论人们对80后如何评议，他们已成为不容忽视的主导力量，影响着中国的未来。诗圣杜甫在评价初唐四杰王勃、杨炯、卢照邻、骆宾王的历史作用时有名句：“王杨卢骆当时体，轻薄为文哂未休。尔曹身与名俱灭，不废江河万古流。”在改革开放大潮的洗礼中站立起来的一代80后们，会用他们铿锵的声音回答历史的期待。

识人辨才新说

曾经与几位熟悉的报社社长总编们在一起聊天，大家不约而同地谈到人才问题。效益下滑的报刊人才流失严重，干了许多年的老编辑老记者跳槽走了，令人扼腕。老总们帐下无人，叫苦不迭。没有人才，何谈办好报纸？在当今市场竞争激烈的时代，新人辈出，识才选才用才是门大学问，以人为本，需要认真研究，重新学习人文学。

人力是一种资本，是金钱无法替代的无价资本。许多领导人没有真正懂得这个道理，要办一项事业，首先想到的是找钱融资，无可厚非，但第一位的还是选人。一切都是人创造的，人才难得。有了人才，赤手空拳，照样能生钱，事业兴，财源旺。过去讲，正确的路线确定之后，干部是决定因素。没有枪可以造枪，没有根据地可以开辟。今天也一样，比如我在经济日报社时的朋友刘东华，《中国企业家》杂志原本是一本濒临倒闭的刊物，刘东华接手社长之后，没有追加任何投资，腐朽变神奇，成为经济企业界最炙手可热的第一刊。由《中国企业家》杂志倡议发起，联合中央电视台、国家有关部委共同主办的中国经济人物评选活动成为我国经济界的最负盛名的大会。刘东华的价值是无法用钱来衡量的，而在他身后的《中国企业家》几何数增长的资产证明着一切。人是最宝贵的资本。只有把人才当作资本时，社会才能进步。

识人辨才，自古以来就是一件最累心最烦心的事，也最惊心。毛泽东曾引用白居易《放言》诗："试玉要烧三日满，辨材须待七年期。周公恐惧流言日，王莽谦恭未篡时。向使当初身便死，一生真伪复谁知？"用历史教育党内同志，识人不当，要误党误国啊！大到国事，小至家私，伪为谦恭者大有人在，识人为上，莫不如是。依我个人经历，那种貌似恭敬表里不一的人，远离为好。

唐代韩愈的名作《马说》家喻户晓："世有伯乐然后有千里马，千里马常有，而伯乐不常有。"伯乐不仅要有慧眼，更要有胸怀和气度。在创办不久的媒体里，记者编辑是在平等的舞台上竞争，靠勤奋立身，拿文章说话，那些有一定天赋又肯努力的人易于脱颖而出。但有的人价值观不同，往往飘忽不定，任性独行，显现出不成熟的一面。在新的时代，面对新的年轻一代，寻找千里马，过去的所谓德才观不适应了，要有新观念新标准新办法。老话说，金无足赤，人无完人。我们主张英雄不问出处，不分东南西北，不论高低贵贱，不拘一格，用其所长，善举贤才。尽管社长总编们感叹，早已没有铁打的营盘，满眼尽是流水的兵。然而，我还是相信，浮躁短视者有，执着坚守者亦很多。《时尚北京》杂志初创至今，抱定目标已奋斗六七年的人不在少数，你会发现，千里马就在身边。

毛泽东曾经说过，领导者无非两件事，一是制定政策，二是用人。用人之道，在企业关乎竞争成败，在国家则关乎千秋事业安危兴衰。所谓知人善任，就是把合适的人用到合适的位置，最大限度地发挥其才能。识人难，用人更难。千军易得，一将难求。《史记》中汉高祖刘邦自言："谋事不如张良，用兵不如韩信，治国不如萧何，此三者皆人杰，吾能用之，所以取天下。"我们常说，自古英雄出少年。唐太宗李世民18岁起兵，做皇帝不过26岁。西楚霸王项羽24岁举兵。诸葛亮27岁做军师。

初唐四杰之一王勃写《滕王阁序》时仅二十几岁。唐朝大诗人李贺死时才27岁。杨振宁、李政道获诺贝尔奖不过30岁。马克思写《共产党宣言》才29岁。历史上成大事者许多是年轻人。摈弃陈腐的用人观，大胆起用年轻人，事业就朝气蓬勃充满活力。

江山代有才人出，各领风骚数百年。现在是中国历史上前所未有的最活跃的时代，赋予了中华儿女奉献聪明才智的广阔天地。青年才俊是幸运的，赶上了好时代。试想，一个能够人尽其才的中国，将创造怎样前所未有的辉煌？

好事多磨

2017年9月19日下午，《时尚北京》编辑部里热火朝天，为“2017北京时尚消费月开幕式”各项活动做最后的冲刺：各位领导、嘉宾精致的开幕式邀请函印刷厂及时送到，会务组正在一件件快递寄出；美术编辑经过日夜奋战，北京时尚消费月的导览图册排版进入最后校对付印时刻；专为北京时尚消费月量身制作的网站、微信、微博、视频、H5等新媒体平台紧张调试中；为开幕式启幕视频、开场宣传片做设计的工程师应邀从宁波飞抵北京，连夜赶制；专门为开幕式邀请的Vyou Club舞蹈培训机构忙着熟悉场地做最后的彩排；来自美国的国际品牌Timberland的一哨人马已经从上海赶来北京，做开幕式时装秀演出的倒计时排练；特邀的四十多家新闻媒体包括国家通讯社、电视台、各大网站、广播电台、报纸杂志记者们摩拳擦掌，静候号令……一切都在紧张有序地进行着，箭在弦上，万事俱备，只欠东风。

谁料想，傍晚时分北京市商务委员会有关领导电话传达了最新指示，10月份，凡是由市政府有关部门主办的活动停办或延期举行。北京时尚消费月活动推迟到11月份举行。听到这个突如其来的消息，编辑部里极度疲劳的几个年轻人放下手里的活，忘情地笑着呼喊，崩溃啦，泪奔啦……

这是“2017北京时尚消费月”因不可抗拒的原因第二次推迟举办时间了。“泰山崩于前而色不变，麋鹿兴于左而目不瞬。”《时尚北京》杂志自创刊之日起策划实施过许多大型活动，是一支锤炼多年的成熟团队，有特别能战斗的顽强精神和应变能力。王文生驻会副会长立即召集大家开会，商议应对方案。他鼓励大家说，推迟给了我们积累和摸索经验的机会，有利于办得更成功。2017北京时尚消费月组委会里凝固的空气顷刻消散。古语有云：“一鼓作气，再而衰，三而竭。”我们面对一波三折，毫不气馁，知难而上，反而越战越勇。大家立即行动，分头通知合作各方，有条不紊地重新调整实施方案。这就应了那句老话：好事多磨。

十年磨一剑。2018年是《时尚北京》杂志创办十周年。《时尚北京》杂志创刊之日，遇到了互联网铺天盖地大潮汹涌之时，纸媒江河日下，岌岌可危，可以说是生不逢时。然而《时尚北京》跳出服装纺织的一亩三分地，紧紧抓住时尚两个字不放，大刀阔斧地开辟时尚产业市场，硬是另辟蹊径闯出了一条时尚全覆盖的生存发展之路。《时尚北京》杂志创办以来，围绕市政府和经信委提出的建设北京时装之都的蓝图设想，在北京服装纺织行业协会的领导下，策划实施了时尚北京之夜、北京十大品牌评选、北京热销品牌评选、北京男装展等一系列有特色有影响力的活动，辛勤耕耘，锲而不舍，打出了一片时装产业的新天地。十年北京时装之都建设，十年《时尚北京》杂志曲折成长的足迹，尤其是在国内服装纺织业界专业媒体陷于泥潭，濒临困境，甚至一些曾经赫赫有名的国际时尚刊物也销声匿迹，《时尚北京》杂志在中国时尚界、时装界有了名列前茅的一席之地。北京市商务委员会正是看重北京服装纺织行业协会在北京时尚业的领军地位，《时尚北京》杂志与汽车、珠宝、家具家居、美容化妆等时尚产业有着广泛的人脉资源和独有优势，被委托作为2017北京时尚消费月协办单位。正所谓，梅花香自苦寒来，这也是好事多磨。

当下最励志的流行语是“不忘初心”。十几年前，北京服装协会张培华会长接手《北京服装纺织》杂志时，就一心想把它打造成一本时尚刊物。经多方奔走努力，2008年，经国家新闻出版总署特批，正式定名为《时尚北京》杂志。我曾代表张培华会长和杂志同仁写过一篇《梦想时尚大刊》的卷首语，是为办刊宗旨，心志所往，这个梦想就是我们办刊的初心。时尚大刊梦一直鞭策着我们奋力前行，初心在胸，矢志坚守。真是好事多磨，如今在北京时尚控股有限责任公司和北京服装纺织行业协会的领导下，抓住北京建设“四个中心”的难得机遇，站在北京时尚产业新领军的行列中，《时尚北京》杂志将依然用燃烧的激情拥抱更加美好的明天。

许下一个心愿

2016年1月初，《时尚北京》杂志年终总结会，我发言时心中虽忐忑却有喜悦。坐在我面前的绝大多数是2008年《时尚北京》杂志更名时加盟的“时尚老兵”，来时20岁出头，恍惚间已过了而立之年。一腔热血的美好青春年华全部交给了《时尚北京》。奋力匆匆前行，还没有来得及也顾不上观赏北京的春花与瑞雪，八个春秋擦肩而过，扪心自问值得吗？还好，面前摆放着印刷精美高端大气的《时尚北京》，那是流逝岁月的倩影，是心血的结晶。

《时尚北京》自2008年更名的那一天起就遭遇着难以想象的困境，时尚媒体圈的同行心知肚明，面对国内7000多种杂志惨烈的竞争，网络新媒体大潮一浪高过一浪，创办时尚新刊谈何容易？平心而论，很少有人相信《时尚北京》能生存下来，居然屹立不倒。然而，就是眼前这支不畏风雨的年轻队伍，头也不回地一路走来，满怀自信地创办了《时尚北京》。为首都北京创办一本属于自己的时尚大刊，是他们创业的夙愿梦想，是春去秋来坚守的不变初衷。我们常常说坚守精神，何谓坚守？有的坚守是在黎明前黑暗中最后一搏，终见喷薄日出；有的坚守是为了胜利，捐一己之躯，含笑阵地，血染红旗；有的坚守是追寻奋斗目标，锲而不舍，毕其终生。坚守是对信仰与理想的忠诚，坚守是人内在意志的完美修炼，坚守是成功事业中不可缺失的精神力量。中国历来就有坚守者，“路漫漫其修远兮，吾将上下而求索。”5000年的悠久传承记载的就是无数坚守者的足迹，这难道不是一种宝贵的民族精神吗？

谁都清楚，这几年纸媒体遭遇前所未有的危机与寒冬，如同暴烈的寒潮来袭，正经历着急剧锐减，重新洗牌。曾经风靡全国的强势媒体如时尚类国际大刊《时尚芭莎》《瑞丽》《时装》《昕薇》《外滩画报》，文摘类的《读者》《青年文摘》等，有的发行量大幅萎缩，惨淡经营，朝不保夕；有的黯然离开了称霸多年的报摊，不见踪影。而再看国内服装专业类媒体，当年盛极一时的业界权威媒体《中国服饰报》《服装时报》《中国制衣》等或销声匿迹，或偃旗息鼓关张倒闭。面对时尚纸媒体动荡的局面，《时尚北京》怎么办？常言说得好，每临大事有静气。形势好与坏是辩证的，逆势中孕育顺势，危机里寻找时机，没有退路，只有知难而进。冷静分析自身优劣，从容积极应对，用智慧和创造力迎接挑战，方能立于不败之地。应当清醒地看到，网络新媒体的兴起，并不能说明纸媒体包括书刊的文化形态从此衰落，甚至消亡。杂志书刊类媒体是人们生活中不可或缺的重要的文化伴侣，仍然有成长发展的广阔空间。2015年，国家新闻出版部门统计表明，读书的人群呈上升的趋势，越来越多的人避开浮躁，静心读书。现在关键看谁在重新洗牌的过程中坚守下来，寻找新的发展机会，成为纸媒体的新领军。

2016年，对于《时尚北京》是新的转机之年，顺势起飞之年。在北京市政府提出的建设文化中心、国际交流中心首都新定位的大背景下，化工、机械、纺织等行业产业被列入淘汰范畴，北京纺织行业面临重大转型期，北京纺织控股有限责任公司提出和制定了科技、时尚、服务为中心新的发展蓝图。《时尚北京》杂志的都市产业定位，文化品位和良好的口碑得到北京纺织控股有限责任公司的积极认可与称赞，与其未来的转型发展方向高度趋同，看重《时尚北京》发展的未来。1月27日，正式入资参股《时尚北京》的公司经营，将在行业企业资源、各类活动项目、发展资金等方面予以全方位的大力支持，《时尚北京》将成为北京纺织控股有限责任公司以及北京服装界重要的时尚平台。丹心热血著文章，守得冰融雪化时。至此，《时尚北京》迎来了又一个美好春天。

春天是播种期望的季节。八年前，我们许下了为首都北京奉献一本时尚大刊的期望，夙愿在心，不舍昼夜。今天，我们心中那团火炙热依然……

1998年，李昭大姐拜会经济日报社时，率领服装时报社领导班子及全体成员与经济日报社社长徐新华等领导一起合影。李昭大姐（第二排右六）、经济日报社社长徐新华（第二排右五）、经济日报社副总编辑李洪波（第二排右四）。

上图：1994年，《服装时报》创刊签字仪式在胡耀邦家举行。李昭大姐与经济日报社总编辑杨尚德一起合影。

下图：2007年，在北京钓鱼台国宾馆， 李昭大姐作为服装时报社社长与服装时报社社委会成员：副社长谭安（左一）、徐青伟（左四）、方玉根（右二）、副总编孙毅（左二）一起合影。

上图：1998年，李昭大姐率领服装时报领导班子成员拜会经济日报社，与经济日报社社长徐新华（前排右二）一起合影。

下图：1998年，服装时报社召开总结表彰大会，经济日报社领导到会祝贺。胡耀邦同志的夫人、服装时报社社长李昭（右二），经济日报社社长徐新华（左一），经济日报社副总编辑罗开福（右一）。

左下图：2000年，中国服装行业协会举办年度杰出人物评选活动。经济日报社社长徐新华（左三）、经济日报社副总编辑詹国枢（右三）应邀出席颁奖。

右下图：2000年，中国服装行业协会举办年度杰出人物评选活动，有关服装行业领导、企业家、媒体记者应邀出席。北京电视台经济人物栏目著名主持人王春元（左二），享有中国服装第一镇美誉的广东虎门镇书记钟淦泉（右三），著名企业家、广东名瑞婚纱集团董事长蔡民强（右一）。

上图：2001年，采访巴黎时装周期间，与中国台湾《芙蓉坊》时尚杂志社社长林俊尧在巴黎的办公处，商谈合作事宜。

下图：2001年，在服装时报社任总编辑时，应巴黎高级时装工会邀请采访巴黎时装周。这是国内服装时尚媒体首次现场采访巴黎时装周。与摄影记者徐乐中在巴黎圣母院前合影。

上图：1995年，《服装时报》创刊一周年年会上，谈如何办好服装专业报。北京服装纺织行业协会副会长、《服装时报》副社长徐青伟（左二），中国服装研究设计中心主任、《服装时报》副社长谭安（右一）。

下图：2002年，由服装时报社与深圳服装行业协会共同发起举办的"衡韵杯"服装设计大赛圆满结束。设计大赛谢幕时，深圳衡韵丝绸服饰有限公司董事长钱孟元与服装时报社参与设计大赛策划运作、落实执行的台前幕后的编辑记者们一起合影留念。深圳衡韵丝绸服饰有限公司董事长钱孟元（前排右起第8人）。

上图：20世纪80年代，经济日报社代表团应邀访问日本，作者担任代表团秘书长。经济日报社副总编辑齐志文（前排左一）、经济日报社社委会编委谭鹏（后排左三）一起合影。

下图：2004年，中国纺织报社领导班子合影。中国纺织报社社长迟宗君（左二）、中国纺织报社副总编辑张泽华（右一）、中国纺织报社副社长徐国营（左一）。

上图：2006年，在中国纺织报任总编辑时，考察采访美国拉斯维加斯国际服装展会。中国服装协会副会长周一奇（左一）、中国服饰报总编辑魏林（左三）一行。

中图：2020年，在深圳时装周开幕式上，与《时尚芭莎》杂志社社长张念军一起出席开幕式。

下图：与北京电视台经济人物栏目主持人王春元交谈。

10

百味人生

人生的本真即喜怒哀乐，五味杂陈，有跌宕，有畅想，还有方向，活出自己洒脱的模样。假如一生昏昏然，空空也，一张白纸还有什么味道，岂不枉来世上。
穷困告诫励志，得意勿忘自省，逆境隐忍修炼，落败思过坚守。岁月如歌，成败交错，当你遭遇过，快活过，失落过，寂寞过，那就是有滋有味的生活。

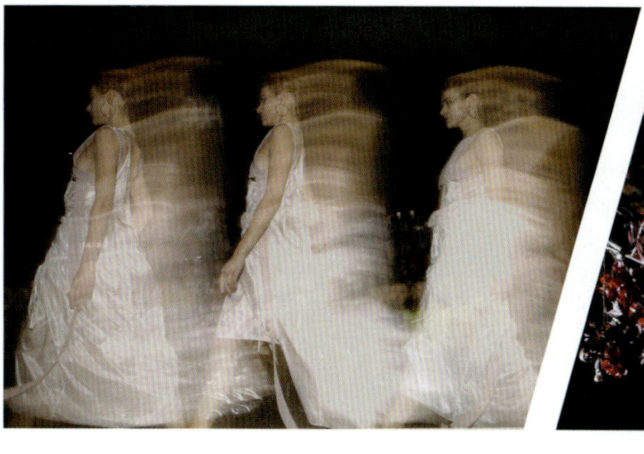

我的共和国日记

2009年，共和国60岁。对老百姓而言，60岁年届花甲。传说皇帝将甲子分轻重而配成六十，号曰花甲子。花字也有宇宙天地以60年往复循环之意。共和国迎来第一个走向复兴昌盛的甲子年。

1936年6月至10月，美国记者埃德加·斯诺采访了长征胜利到达陕北后的中国工农红军，《红星照耀中国》使世界第一次认识了毛泽东和他戴的配有红星的八角帽。斯诺断言：中国的未来掌握在他们手中，红星必将照耀中国，照耀全世界。今天，毛泽东等一代开国元勋创建的共和国迎来了第一个甲子年，美国白宫前破天荒升起了中华人民共和国五星红旗。10月1日，全世界目光聚集天安门，聚集共和国旗帜上那非凡的五颗星。

我们这一代人是伴随着共和国的成立而成长的，共和国脉搏的每一次跳动我们都亲耳聆听，共和国热血的每一次沸腾我们都亲身感受，跟随共和国神圣的脚步走过了60年伟大征程。

儿时，共和国刚刚成立。“一条大河波浪宽，风吹稻花香两岸。我家就在岸上住……”抗美援朝电影《上甘岭》中，由乔羽作词，郭兰英演唱的一曲《我的祖国》，让几代人心怀激荡，共和国壮美河山深深印在心中。这是伟大的祖国，不容豺狼侵犯。我知道了共和国的美丽与庄严。

20世纪50年代，我读小学，大炼钢铁，超英赶美，火树银花不夜天，举国无眠。记得当时，我从家里把当年姥姥陪嫁的一个老铜盆偷偷带到学校，兴冲冲地交给老师，总算为祖国2000万吨钢出了份力。后来虽遭家父一顿暴打，心里还是美滋滋的。我看到了共和国自强于世界民族之林赤灼的民族魂。

60年代，我读中学，三年自然灾害加上帝国主义封锁，共和国遭遇最困难的时期。记得同学们把校园里榆树、杨树叶子摘光了，和玉米面一起煮成照得见人影的汤充饥，有的同学饿得上着课就晕倒了。国家有难，匹夫有责。只有发奋学习将来报效祖国，对祖国母亲深情的爱成为刻苦学习的动力。此时我才粗浅地理解什么叫自力更生，艰苦奋斗，为什么穷则思变。后来毛泽东主席说：“手中有粮，心中不慌。”共和国人口多，吃饭是天下第一的大事，此为治国安邦之本。恰是那时我们这一代人打下了受益终生的勤俭耐劳的传统本色。

70年代，我下乡到了北大荒。家父在世时常教导我：“不管到什么时候都不能忘了爸爸曾是四川山沟里的农民！”我在乡下当了5年农民。是的，人不能忘本，不能忘记共和国的过去。现在我有点资格说，不懂得农民，就不懂得共和国。我想只有人数最多的农民真正文明富裕起来，共和国才能强盛。

80年代，共和国进入前无古人的改革开放时代。我很幸运，赶上了。生在80年代，固然让人羡慕。我能与共和国一起风风雨雨走过60年也备感自豪。30年沧桑巨变，中华民族的聪明才智让世界惊叹，欧洲几百年、美国两百年做到的事，我们仅用了几十年。我想，也许是中国人的血液里蕴含着创造五千年文明的基因罢。今天，中文与英文成为全世界应用最广泛的两大文字，中国悠久的时尚文化元素也重新成为世界研究与热捧的对象。中国人民真正扬眉吐气地站起来了。

毛主席开国之初曾告诫，夺取全国胜利，仅仅是万里长征走完了第一步。今天我们跟随共和国母亲走过了辉煌的60年。古代哲人孟子曰："君子之泽，五世而斩。"所谓"道德传家，十代以上，耕读传家次之，诗书传家又次之，富贵传家，不过三代"。我们共产党几代领导人开创共和国的实践和理论基础，是马克思主义科学发展观，是我们的传家之宝，非"道德"二字能比拟。"红军不怕远征难，万水千山只等闲。"中华民族伟大复兴的新长征已经浩荡启程。

今天是你的生日，祝福共和国母亲，万岁！

感恩三则

2014年的马年春节，人们从天南海北快马加鞭赶回家，图的是拜见父母，一家团聚。自古孝为先，养育之恩为大。记得中学时读朱自清《背影》不知不觉就落下泪来。我想到了自己的父亲。父亲从小当兵没读过书，节衣缩食把我送进当时赫赫有名的北京八一学校。她原名叫荣臻小学，是聂荣臻元帅在晋察冀根据地创办的，进京后改名八一学校。八一学校距离海淀黄庄还有几里路，是偏僻的小镇子。每逢寒暑假，父亲总要扛着我的被卷衣物步行从黄庄把我送到学校。我紧紧跟在后面，望着父亲的背影，心中忐忑不是滋味。而身边土路上一辆辆接送子女的小车疾驰驶过，扬起迷眼的黄尘，让我更知父亲的不易。小学6年，我发奋读书考上了颇有名望的人大附中。父亲调到山西军区工作后，又把弟弟妹妹送到太原市最好的育英学校读书。回想父亲的微薄工资几乎都用来供养6个儿女上学。父爱如山，父亲的背影深深印在了我的心里，几十年像无形的温暖大手推扶着我向前走。天下父母之爱纯洁清澈，是不求回报的无私亲情，唯此子女感念一生。只有当我身为人父时才懂得那份真爱，才理解那种一尘不染的道德境界。父母之恩为首，此为一则。

孝道是中华民族的一种美德，也是一个人品德的基本标志。试想连父母都不孝敬的人，他能对你好吗？这种人万勿与他接近，更不能交朋友，最好是避而远之。

人生道路上总会遇到自己的贵人，尤其是在关键的转折节点上，冥冥之中有人相助。贵人也是伯乐吧。我在黑龙江生产建设兵团三师警通连不怕苦不怕累的出色工作，被现役军人警通连连长王力铎看中，我从班长、排长破格晋升到副连长，铁马冰河入梦来，成为军中佼佼者。在北京化工大学读书时，在系党委书记杨永芝、系主任韩恩业培养教育下，学业成绩斐然，被推举当选学生会主席。学生工作有声有色，成为小有名气的学生干部。在北京纺织工业局办公室工作时，在胡耀邦总书记夫人李昭局长身边做秘书工作，谆谆教诲，懂得了共产党人本色，学会了如何做事做人。调到刚刚创办的经济日报社任办公室负责人，跟随新闻界老前辈安岗总编辑耳提面命，鞍前马后，参与初创工作，终身受益。随后又奉命创办了《中国经济信息》杂志与《服装时报》，几经磨砺，锻炼成为合格的新闻工作者。现在承蒙北京服装纺织行业协会张培华会长的信任，参与创办《时尚北京》杂志工作。人生的每一步都是在恩人的关怀提携下实现个人的抱负。恰如唐诗："才微易向风尘老，身贱难酬知己恩。"我想所谓报答是不能有负于恩人的期望，要成为对国家有用的人，而不是狭隘庸俗的物质回报。让恩人教诲的精神与恩德驻留心中，传于后世，才是值得崇尚的。恩人之情，此为二则。

施恩予人，不求回报；虚怀若谷，为人称道。现实生活中，假如你已不在权位，依旧前来问暖嘘寒的为忠厚善者；得人相助，却忘人大恩，记人小过，为一己小利挟私愤，以德报怨的也大有人在，视为恶者。所谓观过去，知其现在；看眼前，预知其将来。与之相交，谨慎为上。

俗话说，在家靠父母，出外靠朋友。一个人在社会上闯，没有朋友寸步难行。莫逆之交的朋友让你感到温暖和力量，是人生的财富。如大文豪鲁迅所说，人生得一知己足矣。而当你主持一方工作时，身边的朋友就是那个团队。毛泽东常说要讲五湖四海。就像我们《时尚北京》杂志的同仁来自不同院校，东南西北哪里人都有，而只有每个人都奉献自己的那份热爱，那份激情，才能形成一个特别能战斗的团队，才能成就《时尚北京》。作为领导者必须胸怀感恩之心，把每一个人当作朋友，心存敬重予俯仰之间，时时警醒自己，没有众人的帮衬，一事无成。友人之恩，此为三则。

俗话说，滴水之恩，涌泉相报。常怀感恩之心，是人生的道德修养，是一种至高境界。亲人、贵人、友人此三则顾念不忘，修炼品德，受用一生。谨此马年新春之际，感恩三则，与读者共勉。

人生起步时

写在母校北京服装学院校庆五十周年之际

2012年10月17日，北京服装学院50周年校庆隆重热烈，由院长刘元风领衔推出中山装新概念，扬我中国风。我作为校友嘉宾回到了阔别37年的母校，当年同班学子欢聚在一起，回首大学生活，感叹“春光一刻值千金”的年华逝而不返，多少壮怀激烈化作对母校的感念之情；多少功成名就融入母校的教养之恩。50年，北京服装学院桃李遍天下。看到生机勃勃的新校园，猛然想起那句老话，书生老去，功名未立，喜悦之时别有一番滋味在心头。细想起来，一个人对社会贡献大小不同，名位高低有别，重要的是他是否尽了自己全部心力报效国家，无愧于母校教诲。母校对学子而言是人生的起点，心灵的归宿，一生的牵挂，永远抹不去的学生印记。对我而言，母校改变了我的人生道路。

1972年，我在黑龙江生产建设兵团三师师部警通连当警卫排长。那时我下乡4年了，期间在北大荒有名的燕窝岛种过玉米、麦子，上小兴安岭森林伐过木，在农机修理所学过电工，尤其是震惊中外的珍宝岛自卫反击战，我在前敌指挥部当过师首长的警卫，见过战争场面，在知青中算是经历比较曲折丰富的。当年北京服装学院前身的北京化工学院二系杨永芝书记到黑龙江建设兵团招生，三师师部领导推荐了我。杨书记亲自考核面试，她那爽朗亲切的音容，至今依然清晰浮现在我眼前。杨永芝书记是我人生转折的领路人，使我有幸成为北服的学子。学院与社会相比无疑是一片净土，远离纷繁世界，一心只是学习。我被推选为系学生会主席，和曹维新、丁巨元两位副主席一起开展学生会的工作。那时领导我们的是系主任韩恩业，他是留学苏联的教授。后来曾任纺织部教育司司长、中国纺织工业协会教育协会副会长。他待人诚恳亲切，从不摆架子，深得学生们的尊重和拥护，学生会在他的亲自指导下办得有声有色。我们这批学生被称作“工农兵学员”，含义不言自明。但恰恰是因为这些学生大多来自基层生产第一线，珍惜来之不易的学习机会，勤奋读书淳朴敦厚蔚然成风，师生间、学生间那份没有任何杂念和名利污染的真情是社会上再也寻不到的。毕业多年后老同学们依然往来亲密，同窗共读的美好时光成为对母校依依难忘的眷念。毕业时我没有留校任教，希望到基层历练，选择了到通州一家小化纤厂工作。让我做梦也想不到的是，母校没有忘记我。韩恩业主任亲自看望我，关心我在工厂的工作生活情况，并向有关部门介绍推荐我。大诗人李白曾有“生不用封万户侯，但愿一识韩荆州”的感叹，希望结识荆州长史韩朝宗得到赏识提携。我很幸运，遇到了恩师韩恩业。一年后，我从车间当工长调到厂部办公室，也许是略有文采，不久又调到北京毛麻丝公司、纺织工业局办公室任秘书。韩恩业主任是我的第二位恩师，他改变了我的人生道路。韩恩业老师对学生的关爱是无私的。我至今深怀感恩之心，终生不能相忘。正如大散文家韩愈在《师说》中所言：“是故无贵无贱，无长无少，道之所存，师之所存也。”每个人都有人生道路上的恩师，都有自己魂牵梦绕的母校，人生旅途是从那里起航的。

毛泽东尊师被传为佳话。1937年1月，毛泽东提出为从雪山草地跋涉过来的徐特立破例庆祝60大寿。徐特立是毛泽东在长沙第一师范时的老师。毛泽东在延安窑洞里给徐特立写了一封信。信中写道：“你是我二十年前的先生，你现在仍然是我的先生，你将来必定还是我的先生。”我党自1921年成立以来，始终不主张在党内为个人搞祝寿。由毛泽东和党中央提议，先后为徐特立举行过两次公开祝寿活动，是绝无仅有的。毛泽东对老师的垂敬之举和领袖风范令人景仰。自古以来中国就有尊师的美德。孔夫子门下贤人70名，弟子3000人，一部《论语》开启一代宗师，在中国只有这位孔子老师被尊为圣人。如今看到北京服装学院已是国内以服装命名的院校里最具声望的学府，是一片培育中国时装设计师的圣土，我们这些昔日学子重返母校共庆50华诞，真如朝圣一般，备感欢欣荣幸。

一个人能上一所好的学校，又能遇到一位好的引路良师，乃是人生莫大的福气。我则二美兼俱，幸甚。

重回八一学校

2018年2月26日，是北京八一学校70周年校庆的日子，我和同班的校友们相约一起参加母校校庆。

早晨9点多钟，在耸立着“继往开来，开拓无前”的庆祝八一学校建校70周年巨幅彩色门楼前，熙熙攘攘，欢声笑语，挤满了新老校友。他们来自天涯海角或异国他乡，有的银鬓拄杖，有的远渡重洋，陌上花开，缓缓归来。4000多名校友汇聚在校园大操场，在升国旗唱国歌之后，大家按照排好的队形一起挥手共同组成八个大字:“八一母校，生日快乐。”两架飞翔的无人机拍下这历史性的一刻。在每个校友的心中，那片绿茵操场铭刻了属于“八一”军魂的红色记忆。

1947年，伴随着战火烽烟，在巍巍的太行山革命老区，聂荣臻元帅亲自创办了晋察冀军区荣臻小学。新中国成立进京后，定名为八一学校，革命军队为这所学校奠定了红色的基因。

习近平主席指出，一个人遇到好老师是人生的幸运，一个学校拥有好老师是学校的光荣，一个民族源源不断涌现出一批又一批好老师则是民族的希望。

20世纪五六十年代，是毛泽东思想照耀下的沸腾年代，是新中国建设热火朝天的年代，一切只为新中国加油干。八一学校里最响亮的歌声：“我们是共产主义接班人。”最简单坚定的口号：“时刻准备着。”八一学校素有聂荣臻元帅创办的部队流传下来的光荣革命传统，教育信条和宗旨就是：要做未来新中国的建设者、保卫者。这是那个时代八一学校教育的崇高信仰和理想。祖国的需要就是个人的理想和抱负，这样的精神理念从学生时代就融入血液，打下了深深的烙印。八一学校严格军事化的作风，有钢铁般的纪律。当我来到曾经的宿舍和教室，往事仿佛就在眼前：中午晚上按时睡觉，没有人敢说话，看似苛刻教条的作息却使我终身受益；上课迟到了，要站在教室门口罚站；老师严肃地说："部队紧急集合出发作战，你迟到落伍，与逃兵有何两样？"课堂如战场，日后，当我严守纪律时获得的是人生的宽松自由。

少年春花，只开一季。50年代的八一学校坐落在北京西郊中关村的黄庄。今天被称作天下科技第一村的中关村，原本就是个荒凉冷落的小村子；今大高楼大厦林立的黄庄，原本就是个沙土飞扬的小庄子。校园的周围是西山脚下有名的种植皇帝贡米的稻田，每到夏季傍晚青蛙的鼓噪声响成一片。南宋诗人辛弃疾的"明月别枝惊鹊，清风半夜鸣蝉。稻花香里说丰年，听取蛙声一片"就是最好的写照。学生宿舍错落在假山和杨柳树林之间，我们童年时的乐趣就是在草丛里抓蟋蟀，挖知了蛹；爬树爬房檐掏鸟窝，在稻田里用自制的铁丝叉子扎青蛙，摸小鱼；夏季大雨过后，是男同学最快活的时刻，满草窝里挖刚刚脱壳的知了，寻找树干上趴着的知了金色的壳。少年不识愁滋味。要知道，那时，坐在教室里，知了的欢快唱鸣与老师的铿锵讲课声常常混合于一处，也很惬意啊。今天，当我重新坐在当年上课的教室的课桌上，望着面前的黑板，像当年一样举起左手，被老师点名站起来回答问题，又惊喜又得意……

在校庆庆典上，聂荣臻元帅87岁的女儿聂力来了。我的同届同窗校友曾任文化部副部长、"在希望的田野上"歌词作者陈晓光在校庆典礼大会作为学生代表激动地发言："回到母校，头发都白了，牙齿开始脱落了，可我始终觉得我还是个孩子，回到了母亲的怀抱。"他道出了校友们共同的心声。

我很幸运，在八一学校度过了童年学生时代。感恩父亲把我送进这所光荣的学校，受到了良好的革命理想的教育。"笑靥曾如花，童声亦如铃。无忧共携手，激昂踏歌行。两小无猜意，垂老犹未终。行遍人生路，最恋少年情。"啊，八一学校，那是我人生梦想开始的地方。

2017年4月《时尚北京》杂志卷首语

人大附中，不了的梦

2010年8月7日，北京人大附中建校六十周年校庆，我和1964年高中时的同窗们相约，重回阔别几十年的母校参加庆典活动。母校坐落在海淀中关村大街，校门金色的人大附中四个大字格外耀眼，门前摆满了各界校友敬献的鲜花，在校生笑吟吟忙碌着接待来自全国各地的老校友们，让我们置身游子归家的亲情中。庆典隆重热烈，第十八届中央政治局委员，国务院副总理刘延东参加庆典，发表了热情洋溢的致辞。

漫步校园，绿茵如盖，楼宇簇新，风貌依旧，教学楼、图书馆、篮球场……中学时代那激扬文字，指点河山的少年英气情景又浮现在眼前。母校有浓厚的传统学风和独特的文化气象犹如“文化基因”融入一届又一届学子的生命之中，无论你走到哪里，这种精神底蕴都终生伴随着你。曾经年少爱追梦，我考人大附中就是梦想进入中国人民大学新闻系将来当一名记者。人生也许有机缘，许多年后，我有幸在经济日报社总编辑安岗手下当报社办公室主任。安老是延安时期的老革命，自1948年《人民日报》创办时就任副总编，是中国人民大学新闻系的创始人。我拜在新闻祖师爷的门下，圆了新闻的最高境界的梦。日后由我创办的《中国经济信息》杂志、《服装时报》以及现在办《时尚北京》杂志都得益于安老口授身传的教诲。细寻根底，若不是在人大附中的文化熏陶和刻苦修学何谈承载此重任。不知母校培育了多少记者，我算其中一个。从这层意义上说，一个好的学校影响人的一生。

2009年11月，温家宝总理在中南海亲自向人大附中校长刘彭芝颁发国务院参事聘书，在全国中学尚属首次。温家宝总理的聘书是对母校至高无上的奖励。

教师节，9月9日下午，胡锦涛总书记亲自考察了北京人大附中，参观教学成果展，胡锦涛高兴地说：“人大附中全面贯彻党的教育方针，培养了一批又一批优秀毕业生，老师们为此付出了大量的心血和汗水，我代表党和政府感谢你们，希望你们把人大附中办得更好。”胡锦涛的充分肯定和殷切期望是母校的最高荣誉。既说明国家是何等重视教育，也证明了北京人大附中在教育界的分量和地位。

孔子被尊为圣人，他首先是教育家，贤人70名，弟子3000人。《论语》的不朽思想多是以与弟子对话传世的。自古至今，教育是重要的文化传承，是强国之本。人大附中风雨芬芳60年，成为享誉海内外的北京名校。母校历经几代人努力名扬四海，奥秘何在？庄子曰：“美成在久”，意喻一切辉煌在于长久。长久者，文化也。《易经》说：“继之者善”，讲的是在不断继承中有所创造有所发扬。事在人为。继承，非忠诚善举者不能为也。一“久”一“继”，两个字道尽了中国文化传承的精髓。办学与做企业一样，那些想做百年品牌的企业家或许能从中悟出做品牌的真谛。

大诗人杜甫《赠卫八处士》五言诗中：“人生不相见，动如参与商。今夕复何夕，共此灯烛光。少壮能几时？鬓发各已苍。访旧半为鬼，惊呼热中肠。”几十年过去，弹指一挥间。老同学相见感慨万端，如烟往事成笑谈，虽说形象模样留下岁月痕迹，但每个人的秉性脾气一如当年，几乎没有改变。老同学中有北大知名教授、小说作家、军队将军、外交部大使、中央电视台记者、知名律师……大家向往中学时代的生活，重温学生时代的梦想，感念母校培育德行，追忆老师们的恩情，人生路上走过，方知中学原来是起点。“英雄迟暮时，最恋同窗谊。随缘度岁华，相扶道珍惜。”我感慨万端，写下了这几句。假如还有来生，我们依然考人大附中，还做同班同学……

呵，人大附中，我不了的梦。

又见海棠

春夏之交，趁阳光暖照，繁花正茂，闲暇之余，抛开让人烦心的事，读点古人陶渊明的《归去来兮辞》：“三径就荒，松菊犹存。木欣欣以向荣，泉涓涓而始流。善万物之得时，感吾生之行休。”回归草茎柴门，放飞自己的心情，去赏花吧。说起赏花，各有所好，我喜欢海棠。那原因是海棠在我的生活旅程中总是不经意的时隐时现闯入眼帘，让你情不自禁地感叹起来，真真是一种醉心的美。

记得小时候随母亲回河北乐亭老家海棠李庄。村口有一棵碗口粗的海棠树，每年春天红白相映的海棠花开得十分耀眼，十里八乡的老百姓都来围看，煞是热闹。那年代，海棠树很金贵，村名原本叫小李庄由此也改称海棠李庄了。海棠花自童年时就印在我的脑海里。

进北京后，在黄庄的八一学校上学。据说校园原来是一位清朝王爷的宅子，人造假山蜿蜒逶迤，竹树掩映曲径通幽，颇似《红楼梦》中的大观园。在我们宿舍的门前有几株海棠树。“春眠不觉晓，处处闻啼鸟。”春天里，一觉醒来，满眼含苞怒放的海棠花，浓浓密密扑面而来，宛若仙境。语文老师佘树森曾以海棠命题让我们写作文，我的《窗前海棠》被评为范文第一，当堂朗诵，我受宠若惊，从此深深记住了海棠花。多年后我当了记者，拜访在北京大学任教授的启蒙老师佘树森，笑谈当年海棠命题写作文的快乐时光。

海棠花自古有“花中神仙”“花贵妃”的美誉，在皇家园林中常与玉兰、牡丹、桂花相配植，形成“玉棠富贵”的意境。海棠与名人有不解之缘。周恩来最钟爱海棠花。他生前居住的西花厅坐落在中南海西北角，院子不大，一片绿地上满院海棠树。周恩来对居所中的海棠树特别中意，喜爱有加。周恩来过世后，邓颖超睹花思人写下了《西花厅的海棠花又开了》一文：“解放初期，你偶然看到这个海棠花盛开的院落，就爱上了海棠花，也就爱上了这个院落，到这个盛开着海棠花的院落来居住，整整居住了26年。”1954年春，西花厅海棠盛开时，周恩来正在瑞士参加日内瓦会议，邓颖超剪下一枝海棠花，做成标本，夹在书中托人带给周恩来。周恩来看到这蕴含深意的海棠花，百忙中托人带回一枝芍药给邓颖超。周恩来与邓颖超千里迢迢赠花问候，成为广为流传的佳话。

慈禧太后也是海棠花的粉丝。我在人大附中上中学时每逢春天都要去颐和园看海棠花和紫玉兰。颐和园内乐寿堂慈禧的寝宫，面临昆明湖，背倚万寿山，慈禧在院内唯独选了海棠和玉兰两种花木树，尤其是院门两侧罕见的古朴高大的海棠，花开繁茂，遮天蔽日，煞是壮观，尽显皇家气派。慈禧驾鹤，海棠依旧。如今，珍贵的海棠树早已走出皇家园林，京城海棠花几乎随处可见，娇媚地装点着北京城的各个角落。

海棠独有的魅力形成了海棠文化。海棠花既妖娆娇媚又风骨铮铮，既有富贵吉祥的大气又有寻常百姓的平易，逐渐演变为人们对青春、理想美好事物追求的象征。古往今来文人墨客吟咏海棠的诗句佳作不胜枚举。宋代苏轼有：“东风袅袅泛崇光，香雾空蒙月转廊。只恐夜深花睡去，故烧高烛照红妆。”

陆游有："灯山昨梦叹匆匆，便恐新春过眼空。千缕未摇官柳绿，一梢初放海棠红。"金代元好问有："枝间新绿一重重，小蕾深藏数点红。爱惜芳心莫轻吐，且教桃李闹春风。"明朝唐寅有："褪尽东风满面妆，可怜蝶粉与蜂狂。自今意思谁能说，一片春心付海棠。"人们耳熟能详咏海棠的辞赋莫过于李清照的《如梦令·昨夜雨疏风骤》："昨夜雨疏风骤，浓睡不消残酒，试问卷帘人，却道海棠依旧，知否，知否？应是绿肥红瘦。"曹雪芹对海棠可以说是情有独钟。他在《红楼梦》中刻意成立以海棠命名的诗社，借咏白海棠隐喻暗合大观园中各色人物的性格命运和贾府的兴衰，诗才横溢，令人称绝。比如发起诗社的探春自比高洁："玉是精神难比洁，雪为肌骨易销魂。"内敛自持的大家闺秀宝钗："淡极始知花更艳，愁多焉得玉无痕。"衔玉而生的公子宝玉："出浴太真冰作影，捧心西子玉为魂。"多愁善感寄人篱下的林黛玉："偷来梨蕊三分白，借得梅花一缕魂。娇羞默默同谁诉，倦倚西风夜已昏。"怜爱海棠，各领风骚。张爱玲曾经提到人生的三件憾事：一恨鲥鱼多刺，二恨海棠无香，三恨红楼梦未完。我想世间造物总是公平，无香品自高，海棠无香却用静谧的美征服了人心。

四月清明时节，我照例去天津烈士陵园为父母扫墓，猛然看到在高耸的烈士纪念碑前新种了百十棵海棠树，嫩嫩红红的海棠花怒放着生命的力量。我怦然心动，仿佛又看到了母亲老家村口的那棵海棠树……

2016年5月《时尚北京》杂志卷首语

烟柳皇都

“天街小雨润如酥，草色遥看近却无。最是一年春好处，绝胜烟柳满皇都。”这是唐朝大散文家韩愈的一首咏雨佳作。雨中都市春色如烟如醉，令人神往。2012年2月中旬，近百日滴水未见的北京终于迎来了久违的第一场春雨，我情不自禁地兴冲冲在雨中奔走，任雨水浇透全身。气象部门说这是北方自20世纪70年代以来多年未遇的大旱。旱情叫亿万名农民心焦如焚，欲哭无泪。我在农村种过几年地，深知节气不饶人，春旱最无情。何况面对全球百年一遇的金融危机，农业事关中国经济全局。时任总理温家宝来到河南田间地头查看苗情，国家紧急调拨近千亿元资金解决引水灌溉问题。用水问题牵动了全国人民的心。

北京缺水，春季尤甚。因缺水整个北京城少了本应有的光泽韵致。过去北京的春天以多风沙闻名，奥运会后，随着三北防护林的建成和城市大规模植树绿化，沙尘暴大大减少了，然而缺水的问题日渐突出。水是一个城市的灵性所在，犹如一个人不能只有骨骼，没有血脉。你看世界著名的大都市，巴黎有塞纳河，伦敦有泰晤士河，纽约有哈德逊河，就连背靠沙漠的埃及的千年古城开罗，也得益于伴着尼罗河水的滋养。当我沿着巴黎的塞纳河边徜徉时，望着湍急的河水奔流而去，不禁感叹造物主施予了巴黎人多好的地方啊，陪伴着有一条蜿蜒如画的塞纳河。当然六朝古都的北京也有别的城市无法比拟的妙处。我是从小在北京长大的，眼见北京城市建设的高速发展，此起彼伏的高楼，仿佛一夜间长出来的，虽说高耸气派，却并不喜欢，倒是常常怀念小时候北京青山绿水的光景。我的小学生活是在八一学校度过的，校园在海淀黄庄与颐和园之间，四周被西山脚下的稻田环抱，置身于“十里稻花香”“听取蛙声一片”的诗情画意之中。每逢周日，常和同学们一起到稻田溪水间去摸小鱼、抓青蛙，赤脚在稻田泥水里，闻着泥土散发的特殊芳香的感觉，至今想起来还心痒痒，陶醉其中。让我印象最深的是我们兴奋地参加了北京市组织的修建京密引渠的工程。一连几星期挖土背泥，很多人手脚都磨出了水泡，引渠通水的那天，同学们手舞足蹈高兴得跟什么似的。如今京密引渠成了城里仅见的一湾绿水。时过境迁，玉泉山下原本属于盛产皇家贡品稻的千亩水稻田，现在早已是中关村科技园区了。细想，海淀区得名原以积水常在的大片“海淀”而来，且不说儿时一望无际的水稻田见不到了，现在那些标榜水岸楼盘的怕也看不到水呢。在工业化、城市化急切进程中，谁想到了水呢?

曹雪芹在红楼梦中说，女儿是水做的，所以清澈柔美，女人的天生纯美气质皆因有了水。城市如美人。北京要建设现代化时尚大都市，没有水，何谈绿洲城美；没有水，何谈花团锦簇的时尚。奥运会期间，鸟巢和水立方是世界最瞩目的建筑了，也许有意无意间，鸟巢寓含着适合人类居住，水立方的水字恰恰道出了北京多么缺水，或许寄托着北京人对水的渴望吧。

据说，当年乾隆下江南，是乘船而游，浩浩荡荡，足见那时北京的自然环境还是水美草肥。重开大运河是北京人的梦想。近几年，南水北调工程加大了投资力度和进度，我想随着中国经济的迅速强盛，“黄河之水天上来，奔流到‘京’不复还”的日子不会很远了。你想，假如通州有了水岸码头，一准比“清明上河图”热闹繁华得多啦。到那时，北京人可以乘船“阳春三月下扬州”一览江南春色。

韩愈笔下的烟柳皇都，无疑是他向往的人间仙境。欣逢盛世，有了水，北京远胜仙境。

我心中的奥运

最近，伦敦奥运会成了国人最热议的一大话题，这在历史上没有过。自从2008年中国人举办了令世界叹服的北京奥运会后，国人与奥运结下了缘。北京奥运会让中国人真正融入了世界奥运大家庭。在此之前很少人关心奥运，了解奥运，更谈不到昼夜颠倒看奥运比赛了。奥林匹克，那不过是古希腊的传说，欧洲人发起的体育赛事，离我们很遥远。

我从小喜欢体育，是从一套印刷精美的奥林匹克邮票上第一次知道了奥运会，一直小心珍藏着。在我想象中，奥运会就像古罗马竞技场的英雄斯巴达克斯那样，拼死角斗，残酷血腥，令人生畏。邮票丢了，奥运也随着淹没在记忆里。记得在八一学校上学时，乒乓球运动员荣国团获得了中国有史以来第一个世乒赛冠军，举国沸腾。随后，庄则栋连续三年获得乒乓球世界冠军，空前绝后。他们成为我心中至高无上的大英雄。我成了狂热的乒乓球爱好者。那时生活困难，我就用小刀将三合板削成乒乓球拍子形状，上面贴上毛巾作海绵胶粒，拿着这自制的乒乓球拍参加学校的年级乒乓球赛，竟然夺得第一名。那一刻给我带来了无比快乐，当时同学们叫好的情景至今浮动在眼前。在北京化工大学上大学时，中国女排连夺世界冠军，横扫群雄无敌天下，勾起我对排球的无限欲望。由于我身材高度不够，经过刻苦锻炼才入选大学排球队。每天下午几乎都泡在排球场，挥汗训练，肩背晒得通红，犹如煮熟的螃蟹一般。那一年，我们在北京市高校排球联赛中荣获了季军。在强手如林的北京高校，这样的成绩也足足让院领导大张旗鼓地表扬了一番。我能名列其中也着实乐滋滋地美了好些日子。值得一提的是，我们排球队中主攻手是身高一米八几的周小川。他就是后来成为金融界赫赫有名的中国人民银行行长周小川。周小川为人随和谦虚，总是笑吟吟的，训练很是刻苦。几十年后，周小川当了全国政协副主席兼中国人民银行行长，有人大为不解地问他：您一天日理万机这么忙，身体为何保持得这样好？殊不知周小川曾经是排球场上横扫千军的主攻手呢。其实我们国家不少领导年轻时曾经是体育运动爱好者，养成了运动的好习惯。对于热爱体育的人来说，运动给生命的旅途带来无限的快乐。享受运动过程，乐在其中，就足够了。那年代，对奥运说不上憧憬，不过是模糊的西方顶级体育比赛而已。

2008年，奥运会来到北京。这时，我遗失的那套奥林匹克邮票终于找到了本源。当我身临鸟巢奥运赛场才体会到那动人心魄的力量，百米冠军博尔特弯弓射雕的气概、飞鱼菲尔普斯水中腾起的雄姿，来自全世界的运动佼佼者聚在一起，挑战人类极限！此时，我才理解奥林匹克不仅仅是体育，奥运精神、奥运文化、奥运时尚有博大精深的内涵，是人类无与伦比的财富。今天，唯有奥运会能消除世界一切敌对，国不分大小一起走到五环旗下，凝聚几十亿人的目光，成为真正意义上的世界盛会。奥运改变着世界。中国改革开放打开关闭的大门后，奥林匹克运动作为一种全世界共享的体育文化与时尚，颠覆着老百姓的运动观念。奥运让中国最大限度融入世界，世界也更近距离认识中国，了解北京。北京与希腊两种古老文化第一次交汇在一起，奥运打开了中国人看世界的另一扇窗。

伦敦奥运会开闭幕式，英国人完美展现了英伦历史与现代文化，毫无疑问奥运会代表着一个国家、一个民族的强弱兴衰。中国参加比赛的运动员不过几百人，但他们在赛场上代表着中华民族，一举一动牵动着十几亿中国人的心。当我们曾被世界轻蔑地称作“东亚病夫”之时，不正是中华民族遭遇列强侵略体无完肤之日吗？国人对奥运前所未有的热情出于强烈的爱国之心。当五星红旗在奥运赛场升起，“冒着敌人的炮火，前进，前进，前进进！”的国歌响起，我心中情不自禁地燃起做一个中国人的那份自尊与骄傲。

奥运不仅仅是竞技比赛，倡导更多的是人类对体育的广泛参与，是人对于运动与生命的态度。“生命在于运动”这句名言已成为妇孺皆知的新生活口号，富足起来的中国老百姓开始关心健康，关注体育。那些埋头于经济建设的领导们也意识到，运动可以使一个民族更加健康，唯有健康的民族才更有力量、更有希望。为振兴中华民族的体育事业，促进全民健康，我国历尽曲折，百折不挠地成功举办奥运会就是伟大的开端。从这一刻起，中国开始了民强则国强的体育新时代。

伦敦奥运会提出“激励一代人”的口号，在中国正在变为现实。

此文写于2012年

黄沙·蔷薇·鸟巢

奥运转眼到了眼前，年前北京申办奥运会成功，大街小巷狂欢夜的情景还历历在目。今天奥运会真的把北京推到全世界面前。

我算是个老北京。记得刚上小学在海淀黄庄的八一学校。那时黄庄距城里很偏远，很荒僻，窄窄的黄土街道旁仅有几家小店而已。我是住校，每学期爸爸总要扛着我的大行李走很远的路，送我上学。爸爸行伍出身走得很急，我紧跟在身后，望着爸爸的背影，总盼望早点到，别让爸爸那么累。那情景像朱自清的散文《背影》，一辈子抹不去。八一学校坐落在玉泉山下稻田旁，据说这里出产的稻米过去是皇家贡品。我的中小学就是在“十里稻花香”和“听取蛙声一片”的田园稻香环境中度过的。如今海淀区了不得，乡村野景早已不复存在。童年记忆，恍如隔世。奥运会主体育馆等建筑群集聚在海淀，鸟巢被称为当今世界十大建筑奇迹之首，是中国现代科技实力的象征。曾经的鸟语蛙鸣之地，不知设计建造鸟巢是否有筑巢引凤之意，对于全世界的运动员来说，北京当是集古代、现代文明于一体的引凤大巢了。

暑天七月，北京街边一簇簇紫红的蔷薇花，煞是爱人。蔷薇过去只在名园大宅中得见，如今名贵树木成了街头摆物。黄沙百战穿金甲，长城脚下多兵戈。北京自古以来风沙出名，城中难得见树木，就连偌大故宫，不过后花园有几丛老松树。以至于颐和园、中南海的湖水成了上苍恩赐的琼浆，奉若至宝。过去老北京人好像嘴里都含着沙土味儿，缺水嘛。绿色奥运，绝非虚言。在我看来奥运给北京带来的最大变化莫过于种树种草城市绿化了。听说市政府绿化投入了上千亿元呢！今年偏是天公作美，雨水丰沛，北京城到处绿油油的调理得像水葱儿似的，由不得你不喜欢。今天有国外报道，运动员来北京参赛准备戴口罩，足见过去外国人想象中的老北京城是何等模样啦。不过他们戴上口罩也行，走时别忘留在住的饭店吧。有道是“洞中方七日，世上已千年”。奥运催动下的新北京一日千里，让老北京人也认不得。

奥运之于中国，更重要的是传播推广奥林匹克精神。中国是崛起中的大国，弱国无体育。体育是国之强弱的象征，民族整体素质高低的标志。大国崛起，体育不能缺席。经济大国必然是体育大国，经济崛起伴随着体育雄起。当今经济强国发展历程莫不如是。

20世纪初，中华民族横遭列强欺凌霸占。1949年10月的开国大典上，毛泽东代表中国人宣布：中国人民从此站起来了。从此结束了中华民族的旧时代。“站起来”再形象不过地描述了旧中国体弱多病的状态，1949年也应该是中国体育的元年。

体育代表着民族精神。中国真正引起世界关注是从小小的乒乓球开始。庄则栋连夺三届乒乓球冠军，奠定了中国在世界乒坛的霸主地位。使中国人在体育界第一次真正扬眉吐气，站了起来！庄则栋一时成为新中国的民族英雄，有如一代天骄成吉思汗。他是一种民族精神的崛起。庄则栋是我年轻时的偶像，如今叫粉丝。而后来的中国女排、姚明把中国的体育优势从小球扩展到大球以及其他门类，中国正在成为体育大国。有一句歌词，我们亚洲，扬起高傲的头。“东亚病夫”的耻辱已经是遥远的过去，今天，中国人站起来了！

习武强身是中国人的传统习俗，与奥林匹克精神有异曲同工之妙。奥林匹克精神则更科学、广泛、深邃，包含着全世界的运动精神。常说生命在于运动，民族强盛从某种意义上说也在于运动。就目前中国总体而言，远没有形成崇尚运动的风气，国民体质尚待提高。《时尚北京》杂志以与奥运一起运动为主题，围绕运动与健康、运动与时尚、运动与生活进行报道，引导人们从我做起，参与运动，迎接奥运。

我想，当一个民族有健康强壮的体魄时，才可能立于世界民族之林。北京奥运会正是这样的历史新开端。

此文写于2012年

呵，遥远的黑土地

2008年注定是中国历史上不平凡的一年。南方的雪灾，四川的地震，北京的奥运，世界性的金融危机下的股市暴跌70%，首度经济衰退的显现……喜的、悲的、恐的、危的，一齐袭来。所谓沧海横流，方显英雄本色。我们中华民族没有什么不可承载的，尤其是当她迈出了新世纪的崛起步伐，正是这些大事件，让世界开始真正认识中国的力量。

2008年是改革开放30年的纪念年。1978年中国觉醒，思想的解放释放了奇迹般的内在生产力，中国连续30年的高速发展创造了空前的繁荣。一个饱受欺辱没有人瞧得起的农业穷国，一下子走出来，告诉全世界，告诉发达国家，21世纪看中国吧。中国的领导人面对世界突发大事，与美、英、法以及俄罗斯的首脑们不断热线通话，交换看法，商讨联合行动的办法，这在过去是不可思议的。中国经济大国的不争地位，从来没有像2008年那样强有力地影响和左右着世界，全世界的目光不得不一次又一次地关注中国，关注这座古老而又现代的大都市——北京。无独有偶。非常幸运的是《时尚北京》杂志恰在这大浪滔天的2008年实现了更名。对这本小小的刊物而言，2008年也是不平凡的。

2008年对我而言也是极其特殊的纪念年。2008年是毛泽东号召知识青年上山下乡四十周年纪念，“农村是一个广阔的天地，在那里是大有作为的”。我也是一名知青，毛泽东的号召言犹在耳。我是1968年从北京人大附中下乡支边到北大荒的。后来叫黑龙江生产建设兵团，其实就是当农民。正是这片广袤的黑土地，使我真正了解认识了中国的农村和农民。我所在的地方是早期电影《北大荒人》中描述的人烟罕至的雁窝岛一带，当马车把我们这些知青送到几乎是天际边，被水泡芦草包围的驻地时，不少同学呆了，哭了。但我们并没有被困难吓倒，大家用草结、泥巴搭起草屋住下来，与老乡们一起开始新的农村生活。日出而作，日落而息。艰苦的生活自不必述。所不同的是，几个志同的人，每人花三块五毛钱买一盏手提煤油灯（当时算是很奢侈了），干完一天农活后，晚上聚在一起点亮油灯，夜读马列、历史、文学方面的书籍，常常引发激烈的辩论，有点“虎帐夜点兵”的感觉，几乎每天都到夜里一两点钟。黑土地的5年生活刻骨铭心，对广大下乡知青来说无疑是人生最重要的初始课。党中央召开新的三中全会，决定把发展农村、富裕农民作为经济发展的既定总方针。像我这样在农村生活过的人感同身受，全心拥护。陶渊明在《桃花源记》中有：“问今是何世，乃不知有汉，无论魏晋。”可谓目空古今，认祖归宗。是的，我想在中国这样一个以农业为主的发展中大国，如果不了解中国的过去，不懂得研究农民问题，何谈发展？有人瞧不起农民，其实历数现在的成功者，三代以上必是农民。

毛主席1965年5月上井冈山小住8天，作了一首词《水调歌头·重上井冈山》其中有：“久有凌云志，重上井冈山，千里来寻故地，旧貌变新颜……三十八年过去，弹指一挥间……”过去读毛泽东的诗尚不理解他的胸怀，如今当我回首40年前北大荒知青生活时，方知人生苦短，壮志未酬。

2008年《时尚北京》杂志焕发了新生，迈入新起点。在北京市政府、市工业促进局、服装纺织行业协会领导耳提面命的亲切指导下，在所有杂志理事单位的全力倾情支持下，也叫“旧貌变新颜”，在业界诸多刊物中拔得头筹，被许多行业领导、商界领袖、企业家、设计师争相传诵，有点洛阳纸贵的味道。现在人们谈论最多的是全球性经济危机，是服装纺织行业可能遭遇的寒冬，那么面对后奥运时代的《时尚北京》如何把危机变成发展的机遇呢？答案是现成的，当《北京欢迎你》的歌声迷醉大江南北时，当全世界开始喜欢北京时，北京的机会还会少吗？

北方雪

在北方过春节，如果没有一场纷纷扬扬铺天盖地的大雪，就少了点年味儿，没气氛。你想，大街小巷白白的雪地上飘落点缀着红红的爆竹碎片，红白相映煞是叫人兴奋着迷，可谓无雪不成年。

雪在我的生活中落满了记忆。我喜欢下雪，若在北京会踏雪香山、慕田峪长城拍下难得的瞬间；若在北大荒会站在雪地里仰面苍天，任雪片飘落面颊，洗涤胸中块垒。雪给予我的感受是纷繁奇妙的，雪有压盖四野的大气磅礴，有晶莹剔透的纯洁无邪，有轻柔摇曳的万般婀娜，有飞扬怒号的冷峻彪悍，雪给这个世界带来了无尽遐思妙趣。自古以来雪就成为文人墨客咏叹的对象，留下许多名句。大诗人李白有：“燕山雪花大如席，片片吹落轩辕台”“欲渡黄河冰塞川，将登太行雪满山。”杜甫有：“窗含西岭千秋雪，门泊东吴万里船。”由于我的边疆生活经历，更偏爱那些边塞诗人苍凉豪迈的诗句。比如诗人王昌龄的：“青海长云暗雪山，孤城遥望玉门关。”诗人高适的：“千里黄云白日曛，北风吹雁雪纷纷。”诗人卢纶的：“欲将轻骑逐，大雪满弓刀。”而最为脍炙人口的当数诗人岑参的：“北风卷地百草折，胡天八月即飞雪。忽如一夜春风来，千树万树梨花开。”说到咏雪诗，我们的开国领袖毛泽东是雄才大略的诗词大家。毛泽东的诗词中多有咏雪：《冬云》“雪压冬云白絮飞，万花纷谢一时稀。”《咏梅》“风雨送春归，飞雪迎春到。”1946年，毛泽东赴重庆与蒋介石进行国共谈判，期间诗人柳亚子屡有诗赠予毛泽东。毛泽东遂将1936年在陕北行军雪中写的《沁园春·雪》回赠，发表在《新华日报》上，轰动一时，被誉为咏雪的神来之笔，千古绝唱：“北国风光，千里冰封，万里雪飘。望长城内外，惟余莽莽，大河上下，顿失滔滔。山舞银蛇，原驰蜡象……”文采飞扬，气势磅礴，写尽北方雪，古今无人企及。据说蒋介石曾命御用文人步毛泽东之后撰咏雪词，无奈望洋兴叹，自愧弗如。从毛泽东的诗作中能够真切感受到一代伟人对北方雪的那份喜爱之情。

生活在北方的人，雪总能伴随着你，与北方雪有一种天然的缘分。记得在八一学校上小学时，校园比邻颐和园，墙外是一片片田垄相接的水稻，冬天雪后，成了天然冰场。我和同学用木板和粗铁丝做成小冰车，比赛滑冰，打雪仗，无比快活。至今回想起来心里还痒痒的，雪给我的童年带来多少欢乐啊。而我真正喜欢上北方雪，还是下乡支边到了北大荒。20世纪60年代，著名演员崔嵬主演的《北大荒人》所说的“棒打狍子瓢舀鱼，野鸡飞到饭锅里”。人迹罕至的雁窝岛，恰好是我落户的地方。那里的冬季，厚厚的白雪覆盖着一切。每天喝的是煮雪水；上山伐木，运送粮食靠的是雪橇；从雪地留下的足迹辨明野猪、狼、狍子的踪影；有时也在麦场边的雪地上架起箩筐抓野鸡；清晨经常用雪擦拭全身进行雪浴，强身健体；当血红的残阳悬在皑皑的雪原之上，大自然的美真让你不知所措……繁重的劳作、粗糙的生活挤压着我的心，但是每当我看着自己用土坯泥砖和麦草建起的小屋上堆满了积雪，雪墙围起的院落，仿佛生活在格林童话的世界中，种种躁动和困惑一下子就融化了，你的心犹如一尘不染的雪原般顷刻宁静下来，这也许就是雪的莫名魅力。试想，假如北方没有了雪，生活该是多么乏味呀！

几天前，《时尚北京》杂志在白领时装公司总部举办了一个论坛，主题是企业在世界经济危机持续发酵的环境下，如何度过经济严冬。我不由想到北大荒许多动物善于“雪藏”自己，静静度过漫长冬季等待春天的方法。自然界适者生存，企业界也如是。正如毛泽东的诗句：“待到山花烂漫时，她在丛中笑。”

又到蛇年春节时，遥想当年，父母健在，一家几十人围在一起包饺子，边煮边吃年夜饭，热气腾腾，欢声笑语，院子里鹅毛大雪，爆竹声碎……猛然想起白居易的诗：“绿蚁新醅酒，红泥小火炉，晚来天欲雪，能饮一杯无？”

此文写于2013年

夏天的记忆

夏天是让我充满美好记忆的季节。北京的夏天，白天干燥酷热难耐，让人喘不过气来，晚上微风习习，稍许凉快。过去老城里布满四合院，一到傍晚天气稍微凉下来，只见胡同里到处是出来纳凉的人，一个小方桌，几只木板凳，一壶花茶，每个人手摇蒲扇，或家长里短，谈笑风生；或摆一只小收音机，听评书相声，好不自在。孩子们有自己的乐趣。上小学时，每到夏天，我喜欢听知了的叫声，杨柳树上趴伏着许多知了，越是太阳毒热叫得越响，浅吟低唱悠悠扬扬连成一片，好似春节里的鞭炮声，煞是好听。逢到雨天的清晨，我就迫不及待地到树下挖知了洞，每次都能抓到几只还没来得及脱去外壳的知了，小心翼翼地放在纸盒里，看它孵化，金蝉脱壳。现如今，在城里已经很难得再听到知了那悦耳的鸣叫了。说真的少了这一群自然界的歌手琴师，北京城夏天的味道也逊色不少。唐代诗人骆宾王《咏蝉》里有：“西陆蝉声唱，南冠客思深。露重飞难进，风多响易沉。”蝉俗称知了，吸风饮露而生，真是玉体临风，品相高洁。北京城知了去哪了？骆宾王说是露重风多，拿到今天也许是雾霾的污染让它们吃不消了罢。岂止是小小的知了，我在微信里常常收到朋友的帖子感叹：老北京不在了。

放暑假了，现在的孩子们可以痛痛快快地上网玩儿游戏了，过现代派的暑假。我小时一放暑假，就整天钻到墙角下草坑里逮蟋蟀，拿根竹竿抹上胶粘蜻蜓，玩儿得昏天黑地，晒得黑泥鳅一般，那是另一番有滋有味的童趣。那一年，父亲调到山西省军区工作，暑假带我去游猎。父亲有两支枪，一只装铅弹的长筒猎枪，一只小口径步枪。在芦苇荡里，父亲穿着齐腰的胶皮衣站在水里，只等鱼群浮上水面，就开枪。我兴奋地用网把活蹦乱跳的大鱼兜上来。在丘壑的草丛里，我们疾速地行走，不时有野兔高高地跃起，父亲眼疾手快往往在空中就命中，我惊喜地飞快跑过去按住猎物，得意地举起来让父亲看……后来，当我读北宋词家苏轼的《江城子》：“老夫聊发少年狂。左牵黄，右擎苍，锦帽貂裘，千骑卷平冈。为报倾城随太守，亲射虎，看孙郎。”恍惚又回到童年游猎那一幕，心里痒痒的。那个军旅夏季再也没有第二回了。

夏天有三伏，伏为潜伏意，叫“伏邪”。常言说得好，头伏饺子二伏面，三伏烙饼裹鸡蛋。仔细想来夏天这三样吃货，都没有离开小麦面粉。老百姓就是要用新一季小麦面粉，发汗排毒驱暑邪。说到麦收，我回想起在北大荒黑龙江生产建设兵团生产队里夏季收麦子的往事。麦收无疑是知青们一年中最辛苦也是最快乐的季节。麦场有足球场大小，用于晾晒收回的小麦。女知青用木铲来回翻动小麦，力争在最短时间晒透晾干。男知青则要扛起装满一百八十斤重的小麦麻袋，走单根木跳板，把小麦倒入四五米高的麦垛里。常常有人走到半截就摔下来，有点像现在挑战峡谷走钢丝的味道。两个肩膀连晒带磨脱几层皮，真不知道当初是如何挺过来的，初生牛犊不怕虎啊。夏季多雨，如果小麦不能及时入库，就会发芽腐烂，所以知青们一个多月不分昼夜在麦场上抢收，几乎没有睡觉的时间，个个累得人灯儿一般。让一年到头闻不到肉腥味的知青们垂涎欲滴的是麦收期照例要杀几头肥猪犒赏三军。新小麦蒸的枕头般大小雪白的馒头，来一碗猪肉炖粉条，电视上所谓《舌尖上的中国》美味无一堪比。说来不信，就连女知青一口气也能吃三四个大馒头。也许只有打过麦场的人才能嚼出新麦馒头的别样香味。夜幕下，暑渴难耐的男知青悄悄潜入西瓜地，背一麻袋西瓜到麦场，不由分说个个吃得肚歪，那叫一个痛快。瓜棚守夜的大爷知道孩子们不易，也就睁一眼闭一眼，笑笑了事。我拿手的挑西瓜绝活还是在瓜地里练出来的。当看着用苇席圈成一垛一垛新小麦高高耸立在面前时，心底的自豪感油然而生。那些年的夏天是知青们最快活最难忘的。

古语说，寒来暑往，秋收冬藏。夏天日照充足是万物最繁茂滋长的季节，也是人们最活跃最繁忙的季节。试想，要有丰收满满的冬藏，夏天怎能不繁忙？忘不了那青葱年纪夏天的好时光。

今昔车马吟

北京进入了汽车时代，汽车代表新的生活方式，代表着新的现代时尚。

说起汽车，车迷们有说不完的话题。前些日子举办的北京国际汽车展国际顶级名牌车悉数亮相，最新概念车和首发车让车迷们大饱眼福。近八十万人参观车展，频频爆棚，成为世界第一大车展。人们看什么呢？有的寻找心仪的首发新款车，有的想一睹大牌最新概念车，更多的是看看当今汽车新潮流，是一种汽车文化体验。汽车走进了千千万万北京人的家庭。五月，北京市统计汽车拥有量达到430万辆，如按1500万人口计算，平均每4个人有一辆汽车。汽车成为北京的一大景观，上下班高峰时马路上挤满了各种品牌的车，车堵为患。我记得早些年，一张获奖新闻照片是长安街北京饭店十字路口，几百辆自行车泻闸般奔行，透着北京人改革开放初期的精气神儿。现在不经意间换成了汽车，长安街还是那么宽，老北京城本不是为汽车设计的，堵车似乎在情理之中，当然这也是大都市最头痛的难题。目前有多少汽车品牌参与中国的竞争呢？经济日报一位资深汽车记者做了一个粗略统计：中国市场有95家！我不信，哪冒出这么多品牌啊？记者笑言，如算型号都数不清呢。过去说美国是汽车轮子下的国度，汽车文化催生了快餐文化。一边开车，一边买个麦当劳、汉堡走人，美国人创造了汽车文明。现在不少北京人买不起房，买辆车，方便也体面。汽车让生活提速，大大延伸了生活半径，改变了生活方式。不言而喻，假日郊游的火爆，楼盘别墅移建郊外也是汽车带动的。当2009年中国跃升为世界第一大汽车销售国时，北京功在其中。汽车文化也开始在《时尚北京》杂志中占有独有的时尚地位。

车与马，汽车文化是现代的，马文化则更久远。我是有十几年驾龄的老司机，对车却不很热衷，更喜欢马。马性情温和通人性。我和马打交道是在黑龙江兵团插队的时候，连队运输和农务的需要，养了不少马。我国的马主要分为伊犁马和三河马两类。我们那里多为伊犁马。伊犁马健壮俊美，眼大眸明，头颅高昂，四蹄额头常有“白章”。我常骑的就是一匹枣红色的额头带有雪白章的伊犁马，大家叫它“白头星”。我们连队饲养了几十匹马，除了平日拉车跑运输外，冬季围猎野猪是最刺激最兴奋的事。北大荒冬天皑皑冰雪，一望无际。雪深没膝，对腿短体肥的野猪来说跑起来就困难了。野猪群小则几十只大则几百只，常常啃吃粮仓，呼啸而过。我们挑选善骑知青组成的马队，将野猪群三面围住，鸣金呼喊逼得野猪狂奔，几十里路下来，野猪满身白沫，只剩下喘气的份儿。这时拖拉机手抓住机会用履带将跑不动的野猪压住，我们一围而上七手八脚捆起来，野猪肉成了冬天的美食。我那匹“白头星”常在围猎中立头功。“白头星”每每见到我都高兴地扬起双蹄嘶鸣，像老朋友一般。我和马结下了缘。古往今来关于马的故事很多。《史记》中有田忌赛马的典故，孙子将马分成上、中、下辈，为齐将田忌赛马取胜，是为善用也；唐朝韩愈有：“世有伯乐，然后有千里马。千里马常有，伯乐不常有。故虽有名马，只辱于奴隶之手，骈死于槽枥之间，不以千里称，是为善选也。”古人名为选马用马之道，实则借马喻人。今天，企业竞争说到底也是人才之争。人才亦可分上、中、下辈。上乘者，有胜人一筹的天分和学识，若扎实勤奋或成中坚，或堪大用。现实中往往恃傲不群，眼高手低，虚名而已。中等者，论才能难分伯仲。在这个层次的人才中，善于最大限度发掘自己的潜能，富于创造的思维，尚德务实，坚持如一的职业操守，为上选。所谓人才难得者往往出在此辈中。居下者，贵在不自弃，敢拼搏。才能有高低，德行有短长。忠诚更多，投入更多，付出更多，是弥补才学不足的正道，自古英雄不问出处。对企业团队来说，厚德则人和，勤勉则业兴。唯才是举，不拘一格。选马与选才相通也。

“车辚辚，马萧萧，行人弓箭各在腰。耶娘妻子走相送，尘埃不见咸阳桥。”大诗人杜甫《兵车行》中车马簇拥，烟尘飞扬的场面见不到了。而今满街车水马龙，何以解忧？手扶方向盘，听着流行音乐，偶尔随声低吟几句，那恰是有车一族的生活乐趣。马有灵性，这也许是汽车的灵性所在吧。

苏适墨宝得失记

2016年11月30日，在中国文联十大、中国作协九大开幕式上，习近平主席发表了重要讲话，振奋人心地号召：“伟大的时代呼唤伟大的文学家、艺术家。广大文艺工作者要牢记使命、牢记职责，不忘初心、继续前进，同党和人民一道，努力筑就中华民族伟大复兴时代的文艺高峰！”许多新闻文化圈的朋友纷纷发微信击掌欢呼，感叹从来没有像今天这样把文化文艺工作放到如此重要的地位，欣逢盛世，不辱使命。

《时尚北京》杂志与文化艺术界有广泛密切的交往，报道了大量的知名人物，自然有共鸣。说到文化名人，我想起了著名书法家苏适。苏适年过八旬，是当代在世的屈指可数的几位著名书法家之一，现今已然封笔。苏适多年临摹追寻王羲之、赵孟頫 、董其昌等古代书法大家的神韵，书法风格秀美飘逸，端庄大气令人赏心悦目，深得国内外书法爱好者喜爱。改革开放初期的80年代，我曾与苏适老师有过一段交往，学到了不少书法文化历史和临池挥墨方面的知识，受益匪浅。我从小喜欢书法，在八一学校上小学时有书法课，每每用印有红方格的本子练毛笔大字，格外兴奋认真，常得到老师的表扬。那个时代古代经典的柳公权、颜真卿的正楷字体帖就是临摹的范本。由于非常喜爱书法的原因，十分仰慕苏适老师，有空就到珠市口附近苏适老师家登门求教。室雅何须大。苏适老师家不大，进门客厅摆放着一张大条案，宣纸平铺，墨香扑鼻，满屋书香气。苏适老师每天临池挥毫，几十年从不间断。唐代诗人刘禹锡《陋室铭》中：“谈笑有鸿儒，往来无白丁。”常来拜访苏适老师的大多是书法界的名人，切磋笔法，品鉴佳作。我也是在他家认识了刘炳森等当代书法大家。苏适老师为人十分谦和，没有丝毫大书法家的架子。在苏适老师的指导下，我淘来一块厚厚的城墙方砖，每天用毛笔蘸水在上面临写他推荐的诸家名帖，坚持了多年，颇有心得。

1982年，我从北京纺织局调到党中央刚刚筹建的经济日报工作。一天，我特意去苏适老师家道别，他闻讯后，知道我在黑龙江边疆插队的艰苦生活经历，对唐代边塞诗人高适、岑参、王昌龄十分喜爱。特意为我挥墨题写了唐代著名诗人王维被誉为阳关三叠的《送元二使安西》名句“渭城朝雨浥轻尘，客舍青青柳色新。劝君更尽一杯酒，西出阳关无故人”表达送别之情，以壮行色。不久，我去看望苏适老师，他亲切地说：“建春，你三十多岁，正是立志报国的年华，我再给你写个横幅，苏轼的名词《念奴娇·赤壁怀古》吧。”说着起身研磨铺纸，一挥而就，酣畅淋漓。“大江东去，浪淘尽，千古风流人物。江山如画，一时多少豪杰……”又郑重地写上“建春弟惠存”字样，取出他的印章，双手稳稳地盖上。我手接条幅，如获至宝，不知说什么好。苏适老师时值壮年，这是他最喜爱也是临写最多的名词，因此字体流畅飘逸，神采飞扬，代表了苏老师书法造诣的顶峰时期。苏适老师亲笔为我题写的这两幅墨宝，我视为传世上品一直珍藏在身边，须臾不离。时而拿出来欣赏把玩。因为担心调包，未敢拿到荣宝斋装裱。之前《时尚北京》参与举办北京时装周，办公地点迁址，忙乱中竟然将苏适老师赠予的墨宝遗失。三十几年的珍爱顷刻间灰飞烟灭，痛心疾首，不能自已，心头像压了块巨石，透不过气。我想不是书法的痴迷者，无法理解这种失去苏老师亲笔书法作品的追悔莫及的心情。

2014年，习近平主席视察北京师范大学时说，我很不希望把古代经典的诗词和散文从课本中去掉，“去中国化”是很悲哀的。应该把这些经典嵌在学生的脑子里，成为中华民族的基因。汉字是我国独有的几千年创造的文化遗产，书法是一门艺术，与黑白水墨国画被誉为中华民族的两件文化瑰宝。在现代电脑网络时代，不要说学生、年轻一代，就是中老年人都被电脑打字俘虏，手写汉字的人已经寥寥无几，更不要说书法了。数年之后，这也许将是一种文化的悲哀。习近平主席的演讲中精辟地提出“文运同国运相牵，文脉同国脉相连”。书法艺术是中华民族独特的文脉，我们应当一代一代传承下去。

天无绝人之路。不久前，在长辈遗物中偶然发现了苏适赠写的一幅《念奴娇·赤壁怀古》，虽烟熏虫蛀，毕竟侥幸保存下来，遂请名家装裱，了却心结，成为永久的纪念。

摄影让我着迷

在深圳举办的中国内衣展上，几十家品牌在展位上搭台用模特真人秀，发布新一季流行，成为一大时尚风景。我端起相机拍了一组真人秀照片。其实在没进入新闻媒体之前，我就曾是个业余摄影发烧友。一晃几十年，只是喜欢拍摄，没什么长进，但不知不觉留下许多人生轨迹的旧照。在我看来摄影不仅是一门记录时代的艺术，更是一门现代创作艺术。与画家、雕塑家、电影摄像师属于同样的艺术范畴。当今摄影界的专业细分化趋势越发明显，分成人物肖像、自然风景、商业产品、婚纱摄影，当然还有新闻摄影。摄影是一门学问。好的摄影作品需要长久的修炼，非一日之功。获奖新闻摄影作品，看似简单，似乎是一时凑巧撞上的画面，其实不然。摄影除了要具备精湛的专业技术以外，涵盖了绘画、美学、光学以及文学等方面的功底。比如懂得作画，知道讲究留白、用光、配色，前后景致的错落布局，人物在画面中黄金分割的位置等。摄影对于训练滋养人的文化品位和观察事物能力有潜移默化的作用。

当手机的摄影功能普及后，一夜之间每个人好像都成了准摄影师，摄影成为人们享受生活的内容。时任美国总统奥巴马、德国总理默克尔也成了手机自拍的爱好者。他们在外交场合玩手机自拍让全世界的粉丝们争相效仿。中国的摄影水准进步很快，得到世界普遍认可。前不久，中国的三位摄影师在阿姆斯特丹摘得了国际最高的荷赛新闻摄影一等大奖，证明中国的摄影正在走向世界前沿。吴印咸、徐肖冰等老一辈从战争中走出来的著名摄影家是我崇拜的大家。我最初看到他们的作品深受感染和教育，之后喜欢上了摄影。吴印咸1942年拍摄的毛泽东在延安窑洞前穿着带补丁的衣服作报告的传神照片，让人看到艰难岁月一代伟人真实瞬间。徐肖冰、侯波夫妇拍摄的毛泽东开国大典站在天安门上的照片，代表着新中国的诞生。摄影家用黑白照片记录了老一代革命领袖的风范，他们为毛泽东等一代革命领袖拍摄的照片，熠熠生辉地镶嵌在历史的长河中，用经典照片印记历史，像画家名画、作家名著一样传于后世，这就是摄影的独特魅力。

我喜欢摄影还是从一台上海海鸥牌相机开始的。记得1968年我刚刚到北大荒建设兵团插队，每个月的工资是32元，除了拿出一半寄给父母以外，剩下的十几块钱打发日常生活。攒了一年多后，我第一件事就是买了一台上海制造的海鸥牌120照相机，是从上面取景单反式的，一个胶卷可以拍12张黑白照片。这在当时是一项十分奢侈的消费，队里的知青伙伴们都说我是让东北玉米大茬子撑的，找不到北。前几天，和我从人大附中一起到北大荒插队的严小衡发微信传来摄影作品，还笑谈当年我买的海鸥相机的往事。当然，严小衡已是解放军文艺出版社的领导，大校军衔，军界知名摄影家啦。不仅如此，我还在家里自制了一间暗房，专门冲洗黑白照片，买了投影仪，显影液、定影液，经常通宵达旦地冲洗放大照片，那是一种制作摄影作品的无比冲动和乐趣。至今保存着那时放大的黑白照片。那台海鸥相机为我立下了记忆岁月的汗马功劳。用它，我拍下了知青们雪地收玉米、上深山伐木、麦场上肩扛麻袋走跳板、骑马围猎野猪的生动场面，被收录在《北大荒知青三十年》一书中；用它，我翻拍保留了家父战争年代的旧照片，成为永久的纪念；用它，我拍摄了唐山大地震尸骨满地的惨烈场景；用它，我记录了纺纱厂一排排纺纱机轰鸣的过去。原始老旧的海鸥相机用一张张黑白照片，印记了那个激情难忘的时代。在我心中黑白照片的原始自然的魅力是一个时代的永存，是不可替代的历史记忆。

20世纪90年代中期，我在《服装时报》当总编辑，摄影的爱好无意中派上了用场。《服装时报》是第一家应巴黎时装周组委会邀请采访的专业媒体，在享誉世界的卢浮宫采访拍摄大牌发布时装秀。这时我已用佳能相机，美国柯达135彩色胶卷。那时国内服装界还比较闭塞，看不到巴黎时装周大牌秀的第一手图片。我们回京后立即精选秀场图片，做成画册出售，很是抢手。同时，我把采访凡尔赛宫、巴黎圣母院的照片以游记形式发表，有很多追逐的读者呢，毕竟那是中国记者现场第一手的照片嘛。

我也喜欢珍藏老照片。今年是胡耀邦总书记诞辰100周年。遵照李昭大姐的希望，我意外找到了胡耀邦同志当年视察北京纺织工厂车间的照片，弥足珍贵，多有意义啊。有人问我将来退下来最想干什么？我呀，背上照相机周游世界。

此文写于2015年

想快乐 运动吧

近两年春节，我家隔壁40多年的老邻居彭伯伯家总有解放军的高层领导来拜年祝寿，2014年春节时来拜访彭伯伯的是解放军原总政治部主任。彭伯伯今年106岁，是全国极少还健在的走过二万五千里长征的江西老红军。彭伯伯个子不高，瘦瘦的，总是穿一身旧军装。我遇到他散步，“彭伯伯，您是怎么长寿的？”我请教道，“每天坚持走路啊。”他笑着说。家父和彭伯伯是老战友，也是常年走路，活到90来岁。他们一辈子戎马生涯，枪林弹雨受过不少伤，长寿的经验就是一个“走”字。

运动是一门学问。所谓走路就是最简单而又有效的运动。运动要讲究科学，遵循规律。比如古语说，日出而作，日落而息。不能违反自然规律，早晨刚刚起来或晚上8点以后大运动量都适得其反，是很忌讳的。当今世界研究公认：走路或慢跑是运动之王。英国一家研究机构分析说，一个人身体重量的2/3在腰以下的躯体部分，两条腿有人体50%的肌肉，50%的神经，50%的血管，是交通枢纽。人在跑步时下身运动加上双臂的摆动，全身85%的肌肉群在均衡地的运动，配合均匀的呼吸，达到最佳锻炼效果。彭伯伯的长寿之道也佐证了走路健身的科学性。俗话说：“人老腿，马老嘴。迈开腿，管住嘴。”说的都是腿在运动中的重要作用。走路是最简便易行的运动方式。现在北京大街小巷和公园里开始涌现走路健身潮。

生命在于运动。人不可再生，现代人愈来愈在意健康。如今运动是个很热的时尚话题，要享有快乐的有质量的生活，不能没有运动。在超快节奏的都市工作和生活重压下，运动可以使你融入轻松快乐的情趣，忘掉烦恼，挥汗释放，豁然开朗，生活一下子变得如此美好，

但凡热爱运动的人都会有这样的感受。我从小十分喜欢运动。记得我在八一学校小学六年级的乒乓球比赛决赛时，用自制的三合板沾上毛巾的球拍战胜了黄克诚大将的儿子黄晴，夺得第一名。几十年后，黄晴已是《人民日报》驻日本的首席记者，我是《经济日报》总编室负责人，老同学见面还笑谈起儿时那次紧张的巅峰对决；在北京化工大学参加了排球队，我和周小川都是副攻手，他一米八的个子，戴一副眼镜，很是斯文，总是笑容满面。他就是当今世界金融界名声显赫的中国人民银行行长周小川，他也是一位运动爱好者。那一年我们排球队赢得北京高校排球联赛第三名；后来有一次在中央党校和周小川聊天，还兴奋地谈起当年挥汗激战的排球比赛；运动带来的快乐使我人生旅途中平添精彩，留下一路难忘的风景……当运动深深融入一个人的生活，他就会让人由里向外散发着青春的朝气。

运动贵在坚持，也难在坚持。当运动成为一种快乐的习惯，成为生活中不可分割的一部分，那才是人生用之不竭的财富。16年前我开始去健身房锻炼，只有两件事，跑步和游泳。健身房里器械撞击声，发力呼喊声，强节奏的音乐声，声声入耳，让你感受到一种强烈跳动的时代脉搏。运动是自己的事，没有对手，真正要超越的是你自己。日复一日，风雨无阻，我竟然硬是挺过来了。如果几天不去健身，浑身懒懒的，干什么都提不起精神。老话形容练武的人：站如松，坐如钟，走如风。常锻炼的人才有这等形神。一起健身的老金，体重从350斤减到140斤，他打赌说：“总有一天，同龄人吃不进喝不下时，我还吃嘛嘛香；别人坐轮椅遛弯时，我还走得快着呢，嘿嘿。”这话，我信。

运动的兴趣是需要培养的。对我这样常年在电脑前工作的人来说，颈椎炎、肩周炎是常见病，疼痛难耐，坐卧不宁。此时，如果你每周游泳两三次，蛙泳抬头换气，自由泳左右转颈换气，加上轻松的挥臂，俯仰之间你会发现很神奇，不治自愈。当你再修炼出优美的泳姿，如鱼翔浅底，怡然嬉戏，真是其乐无穷。懒惰是生命的天敌。当你每天在跑步机上奔跑，似乎很枯燥乏味。假如你细想，其实最单调的、最枯燥的也是最管用的，杂念顿消，乐此不疲。如果跑步时，上下左右转眼球，养眼力，有节奏地上下叩齿，固牙齿，一举三得，此乐何极？快乐就在运动中。

除夕夜，一家人看春晚其乐融融。我呢，选一天晚上，到健身房的游泳池，倾听噼噼啪啪悦耳的鞭炮声，仰望夜空五彩缤纷的礼花，轻拨池水，肆意畅游，那种身驰心往的快乐境界，唯有运动者体会得到。想快乐，运动吧。

2015年2月《时尚北京》杂志卷首语

唐山往事

青海玉树原本青藏高原的一个角落，如果不是地震几乎没有人知道它。今天全中国乃至全世界都向它伸出了温暖的援救之手。中央电视台情系玉树大爱无疆的赈灾捐款义演一夜筹得善款21亿元人民币，远超汶川地震，创捐款之最。胡锦涛主席亲赴玉树地震现场深情写下：“新校园，会有的。新家园，会有的。”是的，玉树人经历了灭顶之灾的哀痛，也享受着天南海北涌来的无私大爱。玉树地震发掘出的是黎民百姓生命的珍贵价值，是亿万国人胸中的博大爱心，是一个国家和民族不可征服的意志。身在开国盛世，玉树人是幸福的，也是幸运的。

每个人一生中总有让你刻骨铭心抹不去的记忆，地震也是我心中的旧痛。我永远不会忘记1976年夏天唐山大地震，我亲身经历了那场中国历史上从未有过的地震大灾难。三十多年过去，玉树地震引起我搜索当年唐山大地震记忆的碎片：唐山大地震时我家住在部队大院，四家一栋楼。我父亲出差，幸免于难。我母亲是那座楼中的唯一幸存者。也许是参加过战争的习惯直觉，她在地震的轰响中惊醒，楼房尚未倒塌的瞬间，从二楼跳下摔断了腿。我六弟则在睡梦中被屋顶震落的三块几米长的钢筋水泥板直接拍死在床上，只露出安详的头。两天过去了，当我赶到现场时母亲仍旧躺在地下，动弹不得，红肿的两眼直勾勾望着楼上的六弟，抬手指着弟弟，不停地涕泣着呼喊：“六儿，六儿……”燥热的夏季，猛然下起了暴雨，六弟的尸体开始腐烂，眼窝和嘴角爬满了蛆。我不忍看弟弟，我憎恶那三块压在弟弟身上的水泥板，我更鄙视自己的无能，没有力量搬开它，无助无奈撕裂着我的心……

我们家楼后不远是新盖的三十多栋六层居民楼，地震把这群新楼夷为一堆一堆的瓦砾，上面横七竖八裸露着残缺的胳膊、大腿和身躯，没有一丝生息，就像一片沉寂的大坟地，数不清有多少人，几乎全部罹难。令人难以置信的是，唐山周边有人竟然赶着毛驴车进城在死人堆里挖抢财物，眼见这种没有人性的场面，毛骨悚然……政府、军队发布公告，对趁机发国难财抢掠者严惩不贷！道德良心的泯灭比死亡还要悲哀。

暴雨过后，大量死难者的尸体加速腐烂，整个唐山市弥漫在令人窒息的恶臭中。急迫情况下，救援的部队战士就地用棉被、床单将死人裹起来，并排码放在卡车上运送到郊外临时墓地掩埋，无法清洗他们的面容，无从知道他们的姓名，更来不及为他们的亡灵祈祷，只有沉默悲痛；运尸车一车一车疾驰往返，谁能想到由于尸体过多，埋的深度不够，腐臭重新散发出来……平生没见过堆积成片的骇人尸体，生命此时此刻如此脆弱，如此宝贵；猛然感慨生死不过一瞬间，我对生命本源有了更深层的开悟。

我和二弟安顿好了母亲，把六弟埋葬在玉田县后，志愿参加到部队抗震救灾的战斗中，瘟疫随时可能发生，我们是与死神搏斗了一个多月。抗震救灾部队的条件十分简陋艰苦，粮食、蔬菜、水奇缺，我们没有白天黑夜地在废墟里挖人抢救，手指都是血肉模糊的。我的脑子一片空白，只有挖人救人。腐烂尸体滋生了大量苍蝇，我们住的帐篷顶上黑压压地爬满一层，绿帐篷变成了黑帐篷，挥之不去。若不是直升机一天几遍低空洒药，瘟疫将把唐山变成一座死城。那时，也许是军人后代年轻血壮，死之将至而无畏。

如烟往事俱忘却，唯有唐山浮眼前。唐山市有百万之众，与北京相隔咫尺；青海玉树高原县城，距首都千里之遥；抚今追昔倍感改革开放后中国翻天覆地的变迁。欣逢盛世，民富国强。我们与玉树同在，展示了新时代中华民族的大爱。国家把苍生百姓高高举过头顶，生命的价值高于一切，国家大爱，百姓之福。举国上下，支援灾区奉献无私爱心，展现大爱道德新风范，前所未见。道德兴，则国家强，所谓厚德国强，国之本也。

试看今日之玉树，我可以告慰亡灵，抹去旧日唐山大地震的记忆了。

此文写于2010年

天下孝心

“爆竹声中一岁除，春风送暖入屠苏。千门万户曈曈日，总把新桃换旧符。”王安石的诗句就像一幅旧时年画教人沉醉。我喜欢春节里噼噼啪啪的鞭炮声，它唤起我儿时春节的快乐记忆：吃饺子，穿新衣，放鞭炮，盼除夕，爸妈给压岁钱，老爸没有了平日的威严，露出笑脸，老妈唤着我的名字，拉我坐在身边……

记得前些年春晚，蔡国庆、陈红一首《常回家看看》牵动了亿万人的心，一时传唱大江南北。

歌曲拨动了老百姓心底虔诚的孝心，引发了浓烈的思亲共鸣，把春节回家看父母看长辈的古老习俗带到一个高潮。勤奋耐劳的中国人，用智慧和双手创造着经济发展的奇迹，多数人一年到头在外打拼，快节奏的生活压力让他们无暇照顾看望父母。许多信佛的人到普陀山拜佛，拜的是一份崇敬、一种寄托。其实，父母即是佛，养育之恩不图回报。春节回家也是“朝圣”，拜父母是自身心灵的净化，道德的升华，更多的是暖融融的亲情享受，家庭团聚的幸福。几天前，在哈尔滨时装周欢迎晚宴上，席间谈到时尚与佛的大雅大俗话题，中国服装协会常务副会长陈大鹏说看到山中一座庙门的一副对联：“真佛只说家常，名山只留仙住。”大家齐声称绝。佛学亦玄亦俗，看似浅显的说家常包含着做人的哲理。父母健在，过年拜父母是儿女的福分，是人生享受的最好时光，千万珍惜。当我的父母离开人世，先前过年团圆一家人其乐融融的幸福感再也回不来了。回首过年往事，那孤寂失落的滋味重重地压在心头，年愈久痛愈深，真想再拜父母还愿。

百行孝为先。孝是中华民族的传统品德，一种民族文化。孝文化在中华文化中占有重要的地位。儒家《孝经》有：“身体发肤，受之父母，不敢毁伤，孝之始也。立身行道，扬名于后世，以显父母。”中国历史上尊长重孝的典故很多。汉代倡导以孝治天下，所有皇帝的谥号都有个孝字，如孝惠、孝文等，皇家如是，垂范民风。清朝康熙在历代皇帝中以孝著称，他认为孝为万事之纲，五常百行皆本诸此。曾说：“朕孝治天下，思以表率臣民，垂则后裔。”有记载评康熙：至德纯孝，奉事皇太后三十余年，无一时不尽敬，无一事不竭诚。以致孝庄太后遗诏中称其：大孝性成，超越千古。晋朝李密以孝闻天下。晋武帝委任他太子洗马职，却因祖母病，辞官不就，写下传世的《陈情表》，文中描述祖母刘氏病状“日薄西山，气息奄奄，人命危浅，朝不虑夕”曾被毛主席引用。其“臣无祖母，无以至今日，祖母无臣，无以终余年。臣尽节于陛下之日长，报刘之日短也”悲切率真，孝心可见。人同此心，每个人也许都有这样的经历和境遇。那一年我母亲病重临危，神志昏迷，兄弟姐妹日夜守护。当我给老母喂粥时，母亲无意识地颤巍巍张着嘴，我极度悲楚，泪流不止，巴望着再睁眼看儿子一眼有多好啊……此时此刻追悔没能更多在母亲身边尽孝。圣人孔子曰：“树欲静而风不止，子欲养而亲不待。”至情至理，我现在才领悟其中真谛。儿女孝为人伦之本，古人尚如此，何况现代人？

时下，文化价值被重新认识发掘，文化立国，文化强国呼声再起。不少有理想的媒体人热血沸腾，文化报国之情瞬间点燃。细想何为文化？我们这个有悠久历史的古国蕴含着怎样的文化？当我们重新审视文化的力量时，需要认祖归宗，把中华文化的精髓发扬光大，使其得到世界的认同和尊重。孝文化是中华文化的组成部分，是一种文化道德传承。古人说，人慎终追远，以孝立身，以孝齐家，甚至以孝治国平天下。治国必先齐家。家庭是什么？家庭是社会最基本的细胞。家庭美满，则社会稳定；家庭和睦，则社会和谐。所谓家和万事兴。孝文化的延伸，体现于社会道德风化、国家精神文明中，我想，当崇敬孝心成为新时代的美德风尚，普天之下尽是亲情乐土，才是文化生命力爆发时。

爆竹声醉

北京的春节气氛浓，味道足，中国传统年文化表现得最集中最鲜明，加上千年古都皇城根沿袭下来的习俗，处处透着皇家的气派风范。唐诗中有：“春城无处不飞花，寒食东风御柳斜。日暮汉宫传蜡烛，轻烟散入五侯家。”现如今却是另一番景象：“古都无处不入画，千巷万店酒旗斜。日暮灯火连星汉，烟花飞入百姓家。”在北京过春节真是一种文化享受。每逢春节，我最快活的莫过于放爆竹和听噼噼啪啪的爆竹声了。白天坐在窗下，晒着暖暖的阳光，捧一本唐宋诗词，边品诗中韵味，边听爆竹声碎，有如欣赏铿锵激昂的音乐会；入夜睡在床上，那时而激烈时而稀疏的爆竹声，恰似一首一首委婉欢乐的催眠曲，让我感受着节日的甜蜜缓缓睡去……不知为什么，那古老而喧闹的爆竹声却让我全身心彻底放松下来，仿佛醉了一般。

说起来我与春节天生有缘。小时候，妈妈告诉我，生你的时候正好是大年初一夜里两点，姥姥迷信，唠叨说过大年第一天老天爷送个大儿子，这是家道兴旺吉祥啊。全村的人也都来贺喜沾沾灵气，一家子乐得无可无不可。别说还真灵验，后来我妈又一气生了四个儿子，父亲的战友翘着大拇指说，老仲家有五虎上将。过年也就成了我一年中最开心的日子。记得上小学时，家里亲戚、兄弟姐妹十几个，靠父亲一人支撑，家境窘迫。每逢年关，心里一天天数着日子，巴望过年。常言说得好，“有钱没钱回家过年”“谁家过年不包顿饺子”，而我心眼里最馋的是放鞭炮。上小学时，过年了家家孩子都买了鞭炮，邻里的小伙伴燃烛放鞭炮，欢跳雀跃，我只能捂着耳朵站在一旁看，心中煞是羡慕。我家哥们儿弟兄多哪里买得起？急得哥儿几个抓耳挠腮。终于妈妈参加节日游行回来，特意给我捡了几个没响的无捻双响鞭炮。情急之下，不由分说手攥着二踢脚炮用烧红了火筷子就捅，嘭得一声，把两只小手崩得像火烤的猪蹄一般，哇哇乱叫！一家人吓呆了。我却很快活，没哭。我也和别家孩子一样终于放鞭炮了，还有什么比妈妈的这份生日礼物更让我幸福甜蜜吗？妈妈的爱刻在我心里，那一幕至今还在眼前。那是天真烂漫的孩子对春节的渴望与憧憬。

2010年的虎年春节来了，中国年文化被联合国列入非物质文化遗产，足以证明其珍贵。在我看来绵延千年的春节生肖习俗，融入衣着、饮食、娱乐、艺术各个领域，形成一种特有的年文化，有如一幅百姓喜庆生活的画卷，文化是精髓。随着时代变迁，年文化日益丰满多彩，呈现出时代新特征。比如过去因为穷，只有过年才能包顿饺子，食文化以饺子为代表，现在各大饭馆的年夜饭早早就订满了；过去大年初一亲戚朋友提着点心白酒挨家串门拜年，现在时兴一大家子凑在一起，自驾车天南海北旅游了；过去过年孩子们穿身新衣裳乐得屁颠屁颠的，现在女人们挑两身华贵的新中式品牌，那是年下显摆显摆咱华服文化；中国传统的春联、生肖剪纸、版画、门神家家照旧写照旧贴，只是很多人把贡的神换了，词改了，正所谓：总把新桃换旧符。北京天、地、日、月坛等举办的春节庙会是一大人文景观，可称北京年文化的杰作。这些年，年文化中“春晚”成了最大看点，借助电视集中宣扬中国年文化的经典。2009年赵本山一出小品《不差钱》，不仅一夜捧红了小沈阳，“这个，可以有”也成了民间津津乐道的口头语。现在随着中国经济大国的崛起，全世界兴起中国文化热，中华文化元素也开始受到追捧。华人汉语走遍天下。中国年文化不仅在东南亚、欧美甚至传入世界各个角落，只要有华人的地方都洋溢着虎年文化的喜庆气氛，堪称世界第二大具有民俗特色的节日。北京市提出建设现代世界城市的新目标，文化是现代城市的核心价值，是不可复制的时尚标志，只有中国文化融入世界、影响世界，才是真正意义上的世界城市。

年年爆竹声碎，年年烟花纷飞，有如浓浓的烈酒叫我心醉，爆竹给我的人生带来了快乐记忆。虎是威风，催生勇气；虎是护符，带来运气；虎是女人，模样还挺可爱。虎年是新十年的发端，也许再攀人生旅途又一座高山。遂有感言：“人事起落浮云间，阅尽沧桑知天年，爆竹声声忆旧岁，莫道衰翁又扬鞭。”

爆竹声中看民风

小时候，每逢春节我最大的快乐莫过于燃放爆竹，除夕、破五、十五放个痛快淋漓，听着外面噼噼啪啪的鞭炮声很享受很惬意，假如飘着纷纷扬扬的雪花那更是诗一般的意境了。燃放爆竹是千年民俗，更是中国年的文化象征。今年北京家家户户放炮竹的骤然减少了许多，究其原因有二：一是降低雾霾；二是节俭新风。习近平总书记在十八届中纪委会上的讲话指出，大力倡导反腐倡廉的新政，对反腐倡廉工作要以猛药去疴、重典治乱的决心，以刮骨疗毒、壮士断腕的勇气，零容忍的态度进行。我们基层党员许多年没有听到惩治党风党纪这样犀利尖锐的讲话了，如沐春风。自古上行下效，所谓“上有所好，下必甚焉”。

“新三年，旧三年，缝缝补补再三年。”这样节衣缩食的勤俭民谚已经很遥远了。于我却不可能从记忆中抹去。小时候，我家兄弟多，我是老大，几个弟兄捡我穿旧的衣服，一个个传下去，破了缝补丁是常事。那时穿的鞋都是我大姨找旧布一片片糊起来，再用线纳鞋底做成，常见大姨被针锥子扎破手。这情景恍如隔世，就像旧时裹小脚的老太太，现如今的人再也见不到了。“慈母手中线，游子身上衣。”长大了才懂得其中的深意。常说家贫出孝子。贫困窘迫的生活让我知道父母不易，教我养成了勤俭习惯，受用一生。家父是老红军，他的口头语常在我耳边：“节约每一个铜板，为了前线。”也许，那就是毛泽东时代在我身上留下的深深烙印吧。日后，当我于艰辛中白手创业，才领悟到那是人生莫大的宝贵财富。

唐朝大诗人李商隐的《咏史》：“历览前贤国与家，成由勤俭破由奢。”开国领袖毛泽东那件补了又补的旧毛衣，周恩来总理接见外宾的旧皮鞋，朱德总司令伴随戎马一生落满补丁的旧毛毯……在老一辈革命家身上闪耀着崇尚简朴的美德和心忧天下的风范。看似生活平常事，却是共产党人得民心打天下的优良传统。人事变迁，时代不同，勤俭是共产党人的本色，丢不得。

马年春节的鞭炮声渐渐远去，小小的爆竹让我们感到勤俭之风重新回到了身边。古语说：“正心修身，齐家治国平天下。”美德是中华民族繁衍兴盛之本，真心期望富裕之后淳朴依然。

此文写于2014年

那年 那情 那春节

2017年春节来得早，民间历来有闻鸡起舞、金鸡报晓的典故说法，鸡年味道自然早早地浓起来。春节是中华民族千百年来独有的传统习俗，是一种民族文化的传承，是社会亲情的融合和延续。年年过年年新，时代变迁习俗不变。春节为何能够绵延兴盛几千年，有其深刻的社会伦理和文化价值。如今，随着中国的强大崛起，不仅国内，世界上只要有华人的地方，春节阖家团聚的喜庆气氛就传播到那里，逐步成为遍布世界的春节文化。

说到年文化，人们最熟悉的莫过于宋代王安石的《元日》诗：“爆竹声中一岁除，春风送暖入屠苏。千门万户曈曈日，总把新桃换旧符。”在每个人的记忆中，也许最难忘难舍的还是童年时代那份火辣辣的心情，眼巴巴盼着过年，喜滋滋收压岁钱，香喷喷吃煮饺子，乐颠颠燃放爆竹……恍惚之间，年少无心的快乐时光已不再，更多的是每逢佳节倍思亲的惆怅与陶醉。过年，不同的时代、不同的年纪、不同的境遇有着不一样的情趣、不一样的诉求。然而都要过一个属于自己的年。记得小时候，家父第一次带我回老家四川苍溪过春节。那是偏远的山区，家家的泥草屋建在半山间，梯田环绕，山下是蜿蜒的元坝河。在农村过年就是天大的事，时兴拜关公庙，烧香求个风调雨顺好年景；妇女发髻别红花，图个红红火火好日子；每家宅院门上都贴着对联，满满福禄喜寿，讨个好彩头。奶奶家的灶台的屋顶上挂着烟熏的腊肉、鱼干，平日舍不得吃，此时才拿出来做成各色菜肴，招待晚辈儿孙。我是长孙，按老礼儿习俗孝为先，跪在地上给奶奶磕了三个头，奶奶把我搂在怀里喜欢得不得了，一面亲揉我的脸，一面把一只保平安的老玉坠轻轻地戴在我的胸前。门口挤满了村里看热闹的小娃子，妈妈把从北京带来的糖果分撒给他们，一个个高兴地拍手尖叫着。入夜，家家炊烟袅袅，户户欢声细语。此情此景，真真儿像杜甫的诗句："问答乃未已，驱儿罗酒浆。夜雨剪春韭，新炊间黄粱。"这是古老的带着浓浓乡情的春节。

20世纪70年代在插队的黑龙江建设兵团过年，最热闹最讲究的是杀猪。几个身强体壮的小伙把养的肥猪从圈里生生拖出，四蹄拴紧，插一根大棍子抬起来，一路兴高采烈地吆喝着，抬到一张大条案上，旁边一口柴烧的热气腾腾的大铁锅，可谓"磨刀霍霍向猪羊"，选出好手，从猪的脖子下面手疾眼快一刀插入，血喷如注，下面放一个大盆接血，做猪血豆腐。我们买了个猪头，提上老乡送的一篮腌鹅蛋，外加一堆土豆白菜，就是全部年货了。年三十晚上，在自建的土坯草棚屋，架起柴锅，填满豆秸麦秆，一通大火煮起来。知青们一年到头没闻过肉香味，端上猪头可劲儿造。几杯北大荒酒下肚，有人提议仿照《红楼梦》的菊花诗社，每人作一首诗。"大荒炊烟直，把酒思乡时。月明千里雪，父老遥相知。"我胡乱凑了一首五言。于是大家你一句，我一首，倾诉衷肠，激昂壮志，诗兴甚欢，别有一股热血在心头。那样的春节是北大荒战友情的边塞文化。岁月蹉跎，当我有了儿女，身为人父，过春节就多了一份心思。刘德华唱红的《忘情水》"曾经年少爱追梦，一心只想往前飞"让我深有同感。怎样让儿女品味花季少年的过年乐趣？每逢春节，我总要抽空带他们逛天津娘娘宫老街，买杨柳青的传统年画剪纸，手扎的鲤鱼宫灯，捏制的泥人玩偶，着意从小熏陶民俗民风，不能丢了老祖宗流传下来的年文化。多年之后，儿女过年也许方能体会到父亲高山般的那份情。家父在世时，每逢春节总要给每个孙子孙女准备一份压岁钱。多年来不可少的规矩是他讲革命传统和家风。随后每个孩子欢天喜地地走到家父面前，端端正正鞠个躬，道一声"给爷爷拜年啦！"接过红包，撒腿跑着燃放爆竹玩去了。家父笑得两眼眯成缝，吃了蜜一般。年夜饭上，家父照例拿出最爱的山西杏花村竹叶青酒，按当兵的规矩，每人满上一杯，当家菜是四川回锅肉和糯米枣糕，老少同贺，其乐融融。如今，父母已经远去，爷孙几代人围在一起吃年夜饭的日子不再。春节之际，愿父母健在的人好好珍惜难得的父母情、亲人情吧。

1950年，毛主席有名句"一唱雄鸡天下白。"66年过去，你在鸡年春节老百姓的欢乐声中，可以看到今日中国。

2017年1月《时尚北京》杂志卷首语

年味儿真好

小时候，我总是盼着过年。过年了，吃妈妈包的饺子，穿妈妈买的新衣，满街跑着放爆竹，那是一年最快活的日子。长大了，为人父，和儿子一起手把手燃放鞭炮，很是爽快惬意。除夕夜零点，买几挂三千响的大鞭，噼噼啪啪放个痛快，比听流行音乐还舒服，还过瘾。过年的味道深深地沁入心底，成了生活中不能少的念想。

狗年春节就在眼前，又到家人团圆时，浓浓的年味儿撩动着南北东西游子的心，网上最热的莫过于抢订回家火车票了。春节原本是中国人传统佳节，随着中国经济的强势崛起，带动了中华文化的广泛认同与效仿，现在从东南亚到欧美也都过起春节来，几乎成了世界性的节日。浓郁的春节文化就像1573泸州老窖，久远的家乡味道醉倒了世人。

老北京过年最讲究包饺子，而且必定是白菜猪肉馅儿的。为什么首选白菜呢？白菜的谐音为“百财”，有聚财、招财、发财、百财聚来的含义，有人专选长叶青帮白菜，寓意天长地久、清清白白，图个吉利。白菜过去是老百姓的看家菜，现在却动辄就说：“好东西卖了个白菜价。”落得一文不值了。殊不知若是在清朝白菜可金贵呢，慈禧太后最爱的稀世珍宝就是一个白绿呼应的翡翠玉白菜。台北故宫镇馆之宝也是翡翠白菜。如今风靡年夜饭，称之为美食文化。我看不如一家人围在一起，其乐融融地包白菜馅儿饺子，端上热腾腾的一碗，那才是满嘴正宗的年味儿呢。

买年画是我的一个嗜好。每逢春节前，我总要逛天津海河边的娘娘宫，那是早年渔民出海捕鱼祈求平安的庙宇，现在改建成古文化街。这里汇聚着杨柳青的各色精美的年画、剪纸，年画以大红方纸铺底，装贴上活灵活现的彩色生肖纸图案，妙不可言。剪纸多为红色，刀法精细，栩栩如生，贴于门窗之上，顿时喜庆生辉。说到年画，中国有久负盛名的四大年画产地，各具特色，堪称年画文化的发祥地。杨柳青年画始于明代，清康乾年间是鼎盛时期，有“家家会点染，户户善丹青”的盛况。源于宋代的苏州桃花坞年画，被称为“姑苏版”年画，不仅广泛流传于江南一带，而且远销日本、英国和德国，与杨柳青并称我国南北两大年画中心。享有盛名的还有山东潍坊杨家埠年画和河南开封的朱仙镇年画。古文化街还卖制作精巧的红彤彤的绒花，有凤凰、聚宝盆等各色形状，依天津过年的老风俗，妇女时兴戴在头上，恰似万花丛中一点红，别有一番韵味。我每每给年迈的老母亲选几枝，插在银白的发髻上，平添喜气。妈妈总是笑盈盈地说：“好，好。”春联，又叫“春贴”“门对”“对联”，是中国特有的对偶文学，也是过春节的文化标志。春联中凝聚了诗词、书法两样地道的中华文化精粹。春联是凝练的诗，用书法形式展现出来，二者合一，形神兼备。“新年纳余庆，嘉节号长春”是我国有历史记载的第一副春联。人们最熟悉的春联“爆竹一声除旧，桃符万户更新”就是源于王安石《元日》诗：“爆竹声中一岁除，春风送暖入屠苏。千门万户曈曈日，总把新桃换旧符。”自古沿袭至今。除夕之夜，无论城市农村家家户户大门的两旁都要贴上新对联，表示辞旧迎新，展望新的吉祥一年。我喜欢书法曾临摹赵孟頫、董其昌的名帖，每年春节院里邻居时常找我抄写对联，自家选喜爱的联句，自出各色红纸，我现场乘兴挥毫泼墨，一挥而就，可谓把酒临风，其喜洋洋者矣。

从20世纪80年代起，春节新增添了两个重要的文化内容：发行生肖邮票和中央电视台举办春晚。1980年发行了以中国古代干支纪年的十二种生肖动物为图案的贺年邮票，即生肖邮票。生肖文化的起源与动物崇拜有关。十二生肖，又叫十二属相，每一种生肖都有丰富的传说，作为悠久的民俗文化符号，古往今来留下了大量描绘生肖形象的诗歌、春联、绘画、书画和民间工艺作品。生肖也成为春节的吉祥物，第一张生肖邮票猴，是画家黄永玉创作的猴，每枚面值八分钱。据说，现在一张1980年版猴票的面值已高达87万元。东风西进，生肖文化逐步风行欧亚地区，美国、法国、加拿大等国家也相继发行了生肖邮票，以此表达对中国春节的祝福。

1983年，中央电视台举办了第一届春节联欢晚会。从这一年起，看春晚成了除夕夜必不可少的文化大戏，牵动着亿万人的心，欢声笑语感染着一代又一代人，化作难以忘怀的记忆。1984年，香港地区歌手张明敏在春晚上的一首《我的中国心》“河山只在我梦萦，祖国已多年未亲近，可是不管怎样也改变不了，我的中国心”唱出了炎黄子孙的心声，让心向祖国的海内外中华儿女潸然泪下，心潮澎湃。一夜间，传遍世界。连我这个五音不全不谙曲韵的人，也学会了《我的中国心》。春晚成为传播中华文化的世界舞台。

春节习俗绵延千年经久不衰，风行世界，个中缘故在于厚重的中华文化，诗词、书法、对联、年画、剪纸、服饰、美食、龙舟、舞狮等经典的文化元素集其大成，加之阖家团圆的浓浓亲情，祈盼幸福生活的美好相聚，那醉人的年味儿能让你不想吗？

2018年2月《时尚北京》杂志卷首语

中国红烙印

2019年2月6日，在深圳时装节开幕式的现场，我采访了开幕秀的意大利皇家童装设计师斯蒂凡诺。他身着黑色中国式对襟盘扣的立领小褂出场，引来满场喝彩。他说对中国文化十分着迷，红色代表好运与繁荣，因此在设计上采用中国传统红色为灵感来源，从红彤彤的中式建筑、大红灯笼中提取色彩元素。他的童装秀场背景纯一色浓浓的中国红，两侧摆满了专门从深圳街头买来的几十个大红灯笼，格外耀眼。几十套新设计的走秀童装也全部采用红色，好一个红满天。你想象不到，中国红居然让世界最时尚的意大利设计师如此崇拜。

红色是春节年文化的象征，眼下又迎来了猪年春节，北京的大街小巷挂起了红灯笼和红红的“中国结”。每逢大年三十，家家户户张贴红春联、红窗花、红生肖吉祥画，挂红灯笼，燃放红鞭炮，长辈给晚辈压岁的红包，本命年扎红腰带，好一个满眼红彤彤的世界。那时在农村，时兴男孩穿个红肚兜，女孩扎根红头绳。结婚的，新娘坐的花轿盖红布，进洞房时新郎要为新娘掀红盖头，喜得贵子送的鸡蛋也要染成红色，还有那舞龙耍狮的红绣球和象征大富大贵红红的“中国结”。我记忆中印象最深的是戏剧《白毛女》。旧社会过年，贫穷的长工杨白劳为喜儿买红头绳那段唱词：“人家的闺女有花戴，你爹没钱不能买，扯上二尺红头绳，给我闺女扎起来。”红色是杨白劳对美好生活的念想。没有红色就没有了春节的味道，浓浓的红色已经深深浸透到中国人的骨子里。

我和红色有点缘分。妈妈说生我的那天恰好是农历大年初一。当时大家正忙着过年，夜里生下了我。父亲部队的战友都来道喜，送红包。按照老家的习俗，妈妈还亲手为我缝制了红肚兜，也许自此打上了深深的红色烙印。头上佩戴红花是天津人的春节习俗。妈妈过了花甲之年后，头发花白了。每逢春节，我总要去天津的老庙会娘娘宫为妈妈选两只传统的红绒花，有凤凰、梅花、聚宝盆等，造型各异，玲珑精巧；亲手为老人家插在头上。妈妈对着镜子，露出会心的微笑，美美的神态，仿佛就在我的眼前。那一抹红色让我还了儿时的心愿，因为妈妈最爱红色。

红色是革命的象征。父亲从小就把我送进八一学校读书。前年，习近平主席重回母校八一学校，一夜之间这所学校名震海内外。在八一学校我最早学唱的歌词“东方红，太阳升……”“山丹丹那个开花哟红艳艳”“五星红旗迎风飘扬”；最早接受的教育是红军不怕远征难、延安是红色革命根据地、红色是国旗的颜色，是烈士用鲜血染成的；对红色的崇拜成为对领袖毛主席的爱戴之情；最早戴上了鲜艳的红领巾，成为为共产主义事业奋斗的少先队员；学生时代耳濡目染的教育把红色融入血液中，铸就了红色文化的基因。至今我珍藏着父亲留下的两件礼物：一顶红五星的旧军帽，一面布满战火硝烟的红旗；以此铭记父亲殷殷的嘱托：继承红色革命传统，红色烙印是革命后代的本色。中国红是中国革命、建设和改革的深厚底色。中国近代史就是一部红色历史，承载着中国人太多太多红色的记忆。

几千年来，为何春节成为中国老百姓最大的节日传承下来，其中集中蕴含着中华民族精神和文化精髓。红色是中国人的文化图腾，代表喜庆与吉祥的红色构成了百姓生活主色调。过去说到中国红，人们就把它视为农村的土红，不入流的色彩，登不了大雅之堂，更与时尚沾不上边。这是对中国人审美和美学艺术观的贬低嘲弄。年文化是一个民族特有的文化，红色为主流色彩集中展示了中国年的文化品位。如今每逢农历腊月末世界就进入春节时刻，全球把目光投向中国的春节，华人华侨在世界各地举办庆贺活动，春节逐步传播时兴起来并成为世界性的节日。中国人把红色赋予了全新的理念，红色成为演绎时尚的经典颜色，红色改变着世界。这就是春节年文化的力量。

“等闲识得春风面，万紫千红总是春。”中国红是中国人的魂，中国红无处不在，无时不在。

2019年2月《时尚北京》杂志卷首语

2014年春节，作者前往胡耀邦同志家给李昭大姐拜年时，在胡耀邦同志油画像前留影。

左上图：作者荣获中共中央颁发的《光荣在党50年纪念章》，特留影纪念。

下图：2011年2月，作者生日时，与服装时报社、《时尚北京》杂志社一起奋斗多年的老同事、老朋友聚会。《时尚北京》杂志主编、北京服装行业协会秘书长贾杨（右三）。

上图：1987年，是北京八一学校建校40周年校庆。作者返回母校参加校庆活动时，与中学时代的同班同学合影。

中图：1992年，参加北京八一学校校庆时，与同班同学合影。

下图：2010年，重返高中母校北京人大附中参加庆祝60周年校庆活动，在北京人大附中学校大门口与同班同学一起合影。

上图：2019年重返母校北京服装学院参加庆祝60周年校庆活动，与北京服装学院院长贾荣林一起合影。

左下图：2019年，重返母校参加北京服装学院60周年校庆活动留影。

右下图：2019年，重返母校参加北京服装学院60周年校庆活动时，与老师、同班同学合影。

左上图：1968年，响应毛主席上山下乡号召，赴黑龙江建设兵团前与家父老红军仲世发合影留念。

右上图：1971年在黑龙江生产建设兵团第三师警通连任警卫排排长留影。

下图：1966年，与北京人大附中同学参加大串联在长江边。

左上图：2016年夏，作者重返曾经战斗生活过的黑龙江生产建设兵团三师师部，北大荒书协主席、著名书法家赵家玺挥毫题字，合影留念。

右上图：2016年，黑龙江生产建设兵团三师警通连战友聚会留影。

下图：1993年，作者与黑龙江生产建设兵团三师警通连的战友在黑龙江农场总局北京联络处一起合影。

Wectmono
君成皮业·化高峰

11

随想拾英

做记者，行走天下，阅览风景无数；随走随写，记下万般人事。思想的闪光转瞬即逝，心灵的情愫飘然远去。往事如烟，当重新翻阅那百十篇文字，仿佛来到春日溪边柳岸，香气袭人，落英缤纷，蓦然拾起泥土中最美的那一簇鲜花。

拿什么献给你我的祖国

2019年是共和国历史上浓墨重彩值得铭记的一年，是不同寻常的一年。中华人民共和国迎来七十岁的生日。七十年风风雨雨，七十年波澜壮阔，七十年铸就辉煌，七十年迎来又一个新时代。

七十年，共和国从诞生、成长、强大，披荆斩棘豪迈地走在胜利的征途上，亿万儿女的心与祖国的脉搏一起跳动，每一个时期，每一代人都用不同的方式、共同的心愿把爱奉献给祖国。国事、家事、天下事，国家是最大的事。自古："国家兴旺，匹夫有责。"七十年，有外国敌对势力亡我之心不死发动的侵略战争，有国内反动势力妄图颠覆的叛乱，有历史罕见自然灾害的侵袭……历史证明，所有一切都不能阻挡祖国前进的步伐，都挡不住东方巨人的伟大崛起。解放初期，毛主席曾经预言："夺取全国胜利，这只是万里长征走完了第一步。中国的革命是伟大的，但革命以后的路更长，工作更伟大，更艰苦。"七十年，祖国在新长征的道路上实现了开天辟地的伟大飞跃。

五十年代初，新中国刚刚成立，美国就悍然发动了侵朝战争。为了保家卫国，中国人民志愿军奔赴朝鲜战场。黄继光、邱少云的大无畏英雄事迹，惊天地泣鬼神。毛主席的儿子毛岸英献出了年轻的生命，长眠在异国他乡。他们那一代青年用一腔热血和生命保卫祖国，献身祖国是最高荣耀。乔羽为电影《上甘岭》创作的那首歌《我的祖国》传唱大江南北，火了几十年，影响了几代人，经久不衰为什么？"这是美丽的祖国，是我生长的地方。"最朴素的歌词，点燃了最深切的爱国情怀。

新中国百废待兴，祖国母亲召唤着海外游子。殷殷慈母意，悠悠游子心。被称为中国原子弹之父、两弹元勋的科学家钱学森、邓稼先、钱三强等一大批科学家毅然从美国等西方国家辗转回到祖国怀抱，投身新中国的科学复兴事业。叶落归根，祖国是海外华人的根。科学报国，他们的奉献为原子能太空事业和祖国腾飞插上了翅膀。

1958年热火朝天的大跃进时代，那一代人焕发出冲天干劲，用双手为建设祖国创造了无数奇迹。为了实现大炼钢铁的目标，家庭主妇砸了做饭的锅，学生捡到一颗钉子交给老师，哪怕很少很小，每一个人都在为祖国建设献上一份爱心。全国人民沉浸在意气风发大干快上的氛围中，那是一个沸腾的时代。

20世纪60年代初，是祖国遭遇到最艰难困苦的时期，逆境中涌现出一批时代英雄。位卑未敢忘忧国。战士雷锋，为人民服务的普通一兵。毛主席亲自为他题词："向雷锋同志学习。"雷锋热爱祖国、服务人民、助人为乐的奉献精神，成为民族精神最好的写照。工人王进喜，大庆油田的铁人。"为国分忧、为民族争气""宁可少活20年，拼命也要拿下大油田"的爱国主义忘我拼搏精神，是工业战线豪气冲天的杰出代表。农民陈永贵，改变大寨穷山恶水的带头人。他用愚公移山的精神，带领农民战天斗地、治山治水，把七沟八梁一面坡改造成良田，成为亿万农民的楷模。那个时代，工业学大庆、农业学大寨，是中国人民改变一穷二白面貌的两面旗帜。干部焦裕禄，亲民爱民、艰苦奋斗的人民公仆。他担任县委书记带领兰考人民向内涝、风沙、盐碱三害开战，积劳成疾，至死战斗在工作岗位上。"心里装着全体人民，唯独没有他自己"的焦裕禄精神昭示了共产党干部的本色。战士、工人、农民、基层干部，他们都是平凡而又普普通通的人，然而他们为祖国无私奉献的精神永远铭刻在时代英雄的丰碑上。正是像他们一样千千万万祖国儿女的奉献，共和国战胜了百年一遇的天灾，渡过了急流险滩。

1978年，党的十一届三中全会拉开了改革开放的大幕，邓小平的两句名言：“贫穷不是社会主义”“发展才是硬道理”开始了我们党的一次伟大觉醒。40年改革开放的伟大成就再次证明了毛主席的论断：“人民，只有人民，才是创造历史的真正动力。”亿万中国人民成就了近代以来实现中华民族伟大复兴的三大里程碑之一。无论是“50后”“60后”“70后”“80后”，还是“90后”，这一代人万分幸运地赶上了历史上难得一遇的美好时代，他们拥有施展聪明才智的属于自己的那片地、那片天。他们用青春的力量把亲爱的祖国高擎在世界民族之林。江山代有才人出，各领风骚数百年。难道不是吗？正如习近平总书记指出：“掌握着自己命运的中国人民焕发出前所未有的积极性、主动性、创造性，在改革开放和社会主义现代化建设中展现出气吞山河的强大力量！”40年，是我国英雄辈出群星灿烂的时代。党中央表彰为改革开放做出杰出贡献的个人，授予100名改革先锋称号，他们集中代表了这一代人勇于开创、勇于担当、勇于追梦的时代风貌。我拼搏、我奋斗，为了复兴我的祖国。

五十年前，毛主席曾号召：“农村是广阔的天地，在那里是大有作为的！”如今带领我们向新时代奋进的国家领导集体中，有很多是上山下乡的知青。“天将降大任于是人也，必先苦其心志，劳其筋骨，饿其体肤，空乏其身，行拂乱其所为，所以动心忍性，曾益其所不能。”农村的艰苦生活使他们最了解基层百姓疾苦，坚定了报效祖国的信仰，磨炼了实现理想的意志，他们是知青中的出类拔萃者。这是中华民族之大幸，中国人民之福气。

2019年，共和国70华诞，一个崭新的时代向我们走来，拿什么献给你，我的祖国。

此文写于2019年

感悟立志

2012年，胡锦涛主席在五四青年节纪念共青团成立九十周年大会上发表了倡导青年立志报国的讲话，在中国有为青年中激起巨大的反响。他说：当代青年是无比幸运的一代，又是责任重大的一代。鼓励青年在人民前进的伟大实践中实现人生理想和远大抱负。我们已经很多年没有听到如此让人心潮激荡的呼唤了。抚案自问，青春不再，流年蹉跎，很是羡慕身边的年轻人，欣逢盛世啊。

人生苦短，立志须及时。人的一生真正有效工作的时间不过几十年，弹指飞过。上小学时老师告诫：少壮不努力，老大徒伤悲。我辈鬓发已苍，方悟出其中真意。立志是每一个人都要面对的人生大事。青少年时最追梦想、最有志向，是立志最好的时光，所谓好男儿志在四方。《史记》中载：农民起义领袖陈胜少时即胸怀大志，与人佣耕，怅恨久之，曰：“苟富贵，无相忘。”同伴笑话他说：“你不过替人耕地，何谈富贵？”陈胜叹道：“嗟乎！燕雀安知鸿鹄之志哉！”成为励志名言。开国领袖毛泽东在湖南读书时有指点江山的诗句：“自信人生二百年，会当水击三千里。”意气飞扬，豪情万丈，展露远大抱负。但凡成就一番事业的人都是年轻时铭心立志，尔后有所作为。

时代不同，过去追求理想志向的路径狭窄，缺少广泛选择的自由。我是个知青。“农村是广阔天地，在那里是大有作为的。”当年响应毛主席号召奔赴北大荒。那时心中燃烧着对未来憧憬的火焰，个人理想是模糊的、朦胧的。每天干完农活后，几个志趣相投的同学，提着煤油马灯，拖着疲倦的身体，挤在自建的茅草屋里读书到深夜……马列著作、历史、文学包罗万象，夜复一夜，艰苦的生活压不住年轻人沸腾的脉搏，恰如孟子所言：“天将降大任于是人也，必先苦其心志，劳其筋骨，饿其体肤，空乏其身……”真有一点“路漫漫其修远兮，吾将上下而求索”的味道，那是让我终生难忘的农村的知青岁月。那片黑土地撩拨着那一代年轻人报效国家的壮志，种下了蕴含理想的种子。在社会的变迁中，我做过农民、工人、机关干部，增长了阅历，磨炼了意志，浮躁的心沉寂下来。20世纪80年代初，偶然的机遇进入国家刚刚创办的经济日报当了一名记者，一干就是几十年。旧时有“万般皆下品，唯有读书高”的比较绝对的说教，不可否认青年时期读书与实践历经年久发酵，日后促成我在时尚媒体做了对得起人生的那一些创业的事，很庆幸。

立志在乎个人，没有高低贵贱之分。衡量理想志向的价值观的核心，在于是否有益于社会，有益于人民。旧时，事业成功的标准似乎只有一条路：做官。以此光宗耀祖，衣锦还乡。无数人轰轰烈烈拼挤在这独木桥上。而今，财富成为不少人追逐的终极目标，有钱人备受垂青仰慕。那么，理想志向为何物？毛泽东主席平生的著作文章中赞扬的都是张思德这样平凡中见伟大的普通人，亲自题词号召人民学习的刘胡兰、雷锋都是为党的事业牺牲的年轻战士。“俱往矣，数风流人物，还看今朝。”在毛泽东的眼中他们才是真正的英雄。苹果品牌创始人史蒂夫·乔布斯身家富可敌国，却始终过着朴素的生活。有人问他动力是什么？“回馈社会，为这股洪流加上一点儿什么，那就是推动我的力量。”乔布斯平静回答。他的名言：“活着就是为了改变世界”成为新一代青年志者的座右铭。今天，年轻人志向的选择远非他日可比，企业家、科学家、设计师、艺人、艺术家抑或是平凡的岗位……在这个无比幸运的时代，只要你努力，都有机会为社会做点什么。这是立志的价值真谛。

立志行志，贵在坚守。我们常说，一辈子，一件事。历史上有成就的大家，倾其一生专注一个领域，研究一门学问，做好一件事情。不恋世间千般诱惑，不看身边万般风景，忘身于世外，耐得住寂寞，追求志向如入无人之境，拼力向前奔走，才有可能成功。然而，就是这人生一件事，许多人半途而废。尤其在当今的纷繁世界里，物欲横流，择志后的实施定力成为事业成败的节点。

宋代王安石有诗：“不畏浮云遮望眼，自缘身在最高层。”当我走过人生半程，回首浮云，站在高处对人生立志的道理才看得分明一些，说了上面感悟立志的话。“老骥伏枥，志在千里。烈士暮年，壮心不已。”其实，立志不只是青年人的事，我辈知时日去多，自当更加扬鞭奋蹄。

梦回延安

习近平主席重回延安梁家河有感

2015年2月13日，羊年春节前夕，习近平主席来到阔别46年的插队农村延安市延川县梁家河村，看望父老乡亲们。报道一出，引起社会热议，尤其是那些曾经上山下乡的老知青们微信相传，热血澎湃，感慨万千，仿佛又回到岁月峥嵘的当年。

我最先想到的是革命诗人贺敬之那首脍炙人口的诗《回延安》：“几回回梦里回延安，双手搂定宝塔山。千声万声呼唤你，母亲延安就在这里！”贺敬之道出了老一代革命者对延安的无限向往和眷恋的心声。记得父辈们每每回忆起延安的战斗生活无不充满孩子般幸福的神情，回延安是他们朝思暮想的梦想。1935年经过二万五千里长征的工农红军落脚扎根延安，延安精神成为我们共产党人的灵魂，延安成为革命的圣地。毛主席在延安的窑洞里完成了《实践论》《矛盾论》《论持久战》《延安文艺座谈会上的讲话》等重要著作，奠定毛泽东思想的理论基础。《毛泽东选集》一半以上的文章是在延安写成的。后人评价说：延安的窑洞出马列主义，也是在这延安的山沟沟里出了开国的人民领袖毛泽东。毛泽东是生长在农村最懂得农民、了解农民的伟大革命家。

十五岁的习近平，来到延安梁家河村，开始了他艰苦却受益终生的插队岁月——住窑洞、睡土炕，忍耐跳蚤叮咬，与村民同吃同住，打坝挑粪、修公路、建沼气池，在这里加入了中国共产党，担任大队党支部书记……直到1975年秋天习近平才离开这里，整整 7 年时间。“当年，我人走了，但我把心留在了这里。”习近平主席心里一直挂念着梁家河村的乡亲们，四十六年过去重回延安。我想那根就是千千万万老百姓，就是人民，深深扎根于人民之中是共产党人的本色。那魂就是马列主义、毛泽东思想，离开了这个理论基础就会迷失方向，丰富发展这个理论基础我们的党和国家才会蓬勃兴旺。人生沧桑，国事变迁，如今延安的梁家河村走出了一位我们党和国家新的领导人。

从习近平主席重回延安梁家河村给我们带来哪些思考和启示呢？时刻不忘我们是从哪里来的。我们的党是从延安起始走向全中国，建立了共和国。延安精神是老一代革命家留下的传家宝，是共产党人江山的奠基石。面对新时期如何研究继承发扬延安精神的精髓成为治国理政的一个重要课题。时刻不忘人民养育之恩，时刻不忘修炼自身。艰难困苦磨炼意志，最基层的工作经历是干部必修课。孟子曰：“天将降大任于是人也，必先苦其心志，劳其筋骨，饿其体肤，空乏其身。”古人尚且如此，何况共产党人？知青生活要过“跳蚤关”。“在城里，从未见过跳蚤，而梁家河的夏天，几乎是躺在跳蚤堆里睡觉，一咬一挠，浑身发肿。但两年后就习惯了，无论如何叮咬，照样睡得香甜。”这样难以忍受的窘境，没下过乡的城市年轻人是无法想象的。

1965年5月，毛泽东重回当年创建革命根据地的井冈山，写下著名的《重上井冈山》：“久有凌云志，重上井冈山。千里来寻故地，旧貌变新颜……三十八年过去，弹指一挥间。可上九天揽月，可下五洋捉鳖，谈笑凯歌还……”所谓九天、五洋也是诗人的梦境畅想。时光飞逝恰恰五十年。

2015年3月《时尚北京》杂志卷首语

北京有个《红楼梦》

2015年是曹雪芹诞辰300年。300年前，曹雪芹在北京西郊的陋宅里创作了中国文学史上堪称第一的巨著《红楼梦》。这样，有着八百年悠久历史的皇城北京有了世上无双的两绝。一个是享誉世界的文化国宝《红楼梦》；一个是珍藏历代稀世文物的故宫。《红楼梦》以文学艺术作品的形式集中国封建社会之大成，是文化思想的瑰宝，是不可复制的文化遗产；故宫汇集价值连城的数万件各类珍贵文物，是古代文明智慧的精华。《红楼梦》《西游记》《三国演义》《水浒》被并称为中国古典小说四大才子书，《红楼梦》当之无愧地居首位，成为唯一独立的《红学》，为后人研究。毛泽东爱读《红楼梦》，曾经称:“《红楼梦》是中国的第五大发明。”

曹雪芹生于1715年，名霑，字梦阮，雪芹是其号。曹雪芹的曾祖母孙氏做过康熙帝玄烨的保姆。祖父曹寅做过玄烨的伴读和御前侍卫，后任江宁织造，极受玄烨宠信。晚年，曹雪芹居北京西郊，四面蓬蒿，生活穷苦，却矢志不渝地潜心创作《红楼梦》，历时十余载，可谓字字皆心血，十年辛苦不寻常。曹雪芹也是一位画家，喜绘突兀奇峭的石头。他笔下的贾宝玉生下来嘴中含了一块玉石，所以书的原名叫《石头记》。我留存的就是1930年版由商务印书馆刊印配图的《石头记》。那是家父五十年代在书摊上买的。那时《红楼梦》被认为是禁忌的淫书，“文革”期间家父因嗜书如命冒险将收藏的四大才子书送到乡下保留了下来。我第一次读的就是曹霑著的《石头记》。《红楼梦》要当作历史看，你想了解什么是封建社会吗？就读《红楼梦》。17世纪是什么时代呢？那是明末清初，曹雪芹就生活在那个产生不满封建制度的小说人物的时代。《红楼梦》是反封建的代表作，一大特点是尊重女性，主张妇女解放。妇女在封建社会是最受歧视奴役的，曹雪芹用很大笔墨篇幅描述妇女的呐喊与反抗。他书中描写了几百人，妇女有108个，其中被压迫死去的不少，如鸳鸯、金钏、晴雯、尤二姐、尤三姐、司棋等。她们用不同的方式抗争封建制度压迫，展现了性格迥异、才华出众、命运坎坷、多彩多姿的妇女形象。

旧时老话说，女子无才便是德。封建社会妇女是进不了学堂的。曹雪芹偏偏在《红楼梦》中绘声绘色地描写了一群吟诗作赋的才女，就像今天的微信粉丝群一般，诗兴勃发，你来我往，传诵一时，轰动了男人当道的诗书门第，在那个时代无疑是一种最时尚的乐事。由女人发起组成的海棠诗社，“宴集诗人於风庭月榭，醉飞吟盏於帘杏溪桃。”作诗吟辞都是闺中姐妹，只贾宝玉一男子，以显大观园女子文采不让须眉。诗社花魁当属林黛玉。她的“偷来梨蕊三分白，借得梅花一缕魂”，“一从陶令评章后，千古高风说到今”，“杏帘招客饮，在望有山庄。菱荇鹅儿水，桑榆燕子梁”，“一畦春韭绿，十里稻花香”等诗句读来余香满口，既有女人的柔美秀韵，又含着男子气概，让人肃然感佩，拍手叫绝，显示了曹雪芹的诗文才气，更是对女性聪明才智的正名。《红楼梦》中着意展示了才华横溢的女性群体，留下了许多脍炙人口的警世名言。毛泽东曾多次信手拈来引用《红楼梦》里女性说的话评议时事，比如，用林黛玉的话“东风压倒西风”比喻国际形势，给东风、西风赋予政治含义；用王熙凤说的“舍得一身剐，敢把皇帝拉下马”提倡敢于造反的大无畏精神；用丫环小红说的“千里搭长棚，没有不散的筵席”揭示聚散有时的社会发展规律。

大观园里的丫鬟虽地位低下，却少有媚骨，面对不平的威逼欺凌，不惜用年轻的生命反抗和控诉黑暗的制度，血溅花容，震人心魄。鸳鸯是贾母的头牌丫鬟，但她自重自爱，从不以此自傲、仗势欺人。贾赦看上她，威逼纳她为妾，但她坚决不从，贾赦威胁：“凭他嫁了谁家，也难出我的手心。”鸳鸯毫不动摇，当着贾母的面，铰发立誓：“我这一辈子，别说是宝玉，就是宝金、宝天王、宝皇帝，横竖不嫁人就完了，就是老太太逼着我，一刀子抹死了，也不能从命！”真真是绝命红颜不可辱。贾母死后，她悬梁自尽，用生命来坚守自己的贞洁和自尊。晴雯是曹雪芹最爱的一个人物，他写晴雯：“霁月难逢，彩云易散。心比天高，身为下贱。风流灵巧招人怨。寿夭多因诽谤生，多情公子空牵念。”晴雯有高洁自尊的品性，不对任何人卑躬屈膝。虽是丫鬟却有着一股傲气儿，这个傲不是心高气傲，是人的自尊。对贾宝玉撕扇子作千金一笑，就活脱脱描画出晴雯的性格，成了大观园中不可多见的绝妙一幕。在等级森严的荣国府里，不可能容得下像晴雯这样个性刚烈的奴婢，最终被定罪故意勾引贾宝玉而赶出府，病死在哥哥家里。金钏是王夫人屋内丫鬟，不谙世事，天真烂漫。因为和宝玉说几句玩笑话，被王夫人骂作小娼妇，无情地撵出去。金钏哀求道：“我跟了太太十来年，这会子撵出去，我还见人不见人呢！”虽金钏苦求，也不肯收留。那时官宦人家的丫鬟被人撵出去是一件非常丢人的耻辱事。金钏含羞忍辱地出去，投井自尽了结一生，以死来证明自己的清白，倾诉对封建社会的不满和愤怒以及对不幸命运的抗争。投井身亡，也应了她所说的那句谶语“金簪子掉在井里头，有你的只是有你的”。曹雪芹笔下大观园里那些横遭欺辱而香消玉殒的女性，是他对封建社会压迫妇女的血泪控诉。林黛玉的那首葬花辞正是为她们写的：“花谢花飞花满天，红消香断有谁怜？……未若锦囊收艳骨，一抔净土掩风流。……质本洁来还洁去，强于污淖陷渠沟。”

曹雪芹用心塑造了贾宝玉这样一个有思想、有才华，鄙视功名利禄，不考科举，不求功名，同情爱护女性的主人公。他有一句名言“女儿是水作的骨肉，男人是泥作的骨肉；我见了女儿便清爽，见了男子便觉浊臭逼人！”道出了300年前一个伟大文学家曹雪芹对女性的真心尊重和高尚境界。《红楼梦》里有三位聪明绝顶女性是不得不说的。一个是王熙凤，高居贾府大管家宝座，统管着上下三四百人，点兵派将，杀伐决断，井井有条。封建社会是男人至上，女人当权是忌讳的。曹雪芹反其道而行之，他笔下的女人不仅吟诗作赋，还有高超的管理才干，刻意把王熙凤推到贾府相当于大臣的高位，就是对传统的反叛。当然，王熙凤有阴毒手辣的一面，比如逼死尤二姐，设相思局贾瑞命丧黄泉等，最终落得个“机关算尽太聪明，反送了卿卿性命。”另一个是贾母，俨然精明睿智的家族最高统治者。她宅心仁厚，开朗幽默，是富有人情味的长者。对儿孙创办诗社是默许欢喜的，对刘姥姥这样的村妇没有居高鄙视，而是欢笑接纳，显示了像武则天治天下那般的宽容大度。所以她活到83岁，寿终正寝。再一个是刘姥姥，“刘姥姥进大观园”已经是当今比喻农民工进城打天下的经典段子。刘姥姥是一位有心计有阅历的村野老妇，她三进三出大观园，游刃有余，凭借机智风趣的应对赢得贾母等怜惜接纳，比如吃饭时，贾母拣了一朵大红的菊花簪在鬓上，让刘姥姥也戴一朵，凤姐儿便拉过刘姥姥来，笑道：“让我打扮你。”说着，把一盘子花横三竖四地插了一头。贾母和众人笑。刘姥姥也笑道：“我这头也不知修了什么福，今儿这样体面起来。”“我虽老了，年轻时也风流，爱个花儿粉儿的，今儿索性做个老风流！”引得贾母众人捧腹大笑。那是刘姥姥逢场演戏。临走，王熙凤送刘姥姥二十两银子，她说：“瘦死的骆驼比马大，凭他什么，您老拔根汗毛比我们的腰还粗呢。”王熙凤心里自然服帖。曹雪芹在西郊农村生活了多年，笔下刘姥姥的形象寄托着对社会底层穷苦农民的同情和赞许。

读了《红楼梦》更增添了对文化先贤曹雪芹的由衷敬仰。当下，浮躁散漫的风气，醉心追逐功名，拜金的盛行，少有人不为世尘所扰，甘于寂寞，静心创作。曹雪芹的《好了歌》说得好：“世人都晓神仙好，惟有功名忘不了！古今将相在何方？荒冢一堆草没了。世人都晓神仙好，只有金银忘不了！终朝只恨聚无多，及到多时眼闭了。”洞观沉浮世界，坚守自己，才是有志者的选择。

我们的时代需要伟大的作品。我们期待着北京再产生一位现代曹雪芹。

千年一遇 话通州

最近，通州建设北京行政副中心是老北京们的热门话题。我从小在北京长大，看着改革开放三十年，北京一天一个样，几乎是瞬间满眼的高楼大厦从地上冒出来，有了大都市的气派，却生生挤走了老北京的那些熟悉的古城楼古建筑，四合院老胡同，只留下孤零零的几处代表性经典园林，另一番失落滋味在心头。党中央决定为保护古都北京，选择建设通州副中心是北京的老百姓多年盼望的，他们从心眼里感慨庆幸欢欣鼓舞，我是高举双手赞同的一个。

通州我是熟悉的地方。我大学毕业后分配到地处通州北大街的北京毛线化纤厂工作。20世纪70年代的通州与河北县城的区别不大。北大街是通州主路，312路公交车在厂门口有一站，每天车轮滚滚尘土飞扬，时时还飘来烤红薯的甜香。我住在一个工厂旁的土院子里，几间小平房，冬天在屋里生煤球炉子做饭取暖，炊烟袅袅，一派乡土气息。说起来，通州距天安门不过20公里，是京杭大运河北起点，也是通往天津、河北枢纽要道，堪称北京的东大门。通州始建于西汉，距今已有两千多年历史，帝王谒陵南巡，文人进京会试，商贾云集、物阜财丰历来是漕运仓储重镇和御敌门户。当年八国联军入侵北京时，在通州清朝用弓箭与入侵洋鬼子的枪炮曾打了一场恶战。党中央选定通州为北京的行政副中心为破解大城市病开了一剂良方。这一高屋建瓴、深谋远虑的大手笔让困惑北京多少年的城市定位和改造找到了科学的答案。更叫人羡慕的是南水北调将使新通州绿水环绕，通州迎来了千年一遇的新生。通州行政副中心的现代构想，不禁使人想起了梁思成先生。梁思成是维新派领袖梁启超之子，著名古代建筑学科的开拓者和奠基者，曾参加人民英雄纪念碑等设计。新中国成立之初，梁思成兼任北京规划委副主任，草拟了新北京发展方案，主张保护古建筑和城墙，建议完整保留老北京城，提出了“梁陈方案”，即在北京城东西再各建一座新城，西面是公主坟一带，东面即是通州，而长安街就像是一根扁担，以北京旧城为中心挑起两个新城。然而，由于城市大规模建设的种种原因，北京城的许多古建筑被拆除。梁思成痛心疾首地说：“拆掉北京的一座城楼，就像割掉我的一块肉；扒掉北京的一段城墙，就像割掉我的一层皮！”为了保护北海公园的团城，梁思成直接去见周恩来总理，当面恳陈意见。周总理亲自登上城台，了解情况后决定：团城的一砖、一瓦、一树、一石都不能动，团城得以保存下来。

1948年年底，解放军包围了北平城，毛主席曾经亲自给前方做出指示，要妥善保护文物，甚至要绘制地图，让前方战士知道哪些地方需要保护，不能炸毁。北京和平解放，傅作义将军的历史功劳就是保护了千年古都。我们共产党人的远见，北京城在战火中奇迹般地保存下来；可惜由于缺乏城市科学规划保护经验，在和平建设时期却被逐渐毁掉。“如果这一片古城可以存留至今，那将是世界上唯一得以完整保留，规模最宏伟、气势最磅礴的历史文化名城，就连今日之巴黎、罗马也难以企及。”中国文物学会长罗哲文曾如是说。时隔六十年后，今天，建筑学家梁思成“一根扁担”的构想终于开始大规模实施。保护古都，尊重科学，往往跨越时空。梁思成先生若有知定会破涕为笑，与我们载歌起舞，了却心中憾事。

破解大城市病，保护和重新规划古城是一个世界性的难题，通过建设“副中心”来应对，一般也是国家行为。从巴黎、伦敦、罗马都可以看到这样的发展过程。巴黎建都有1400年历史，全部是历史遗留下来的老建筑群，没有高层建筑。1840年，法国颁布了《历史性建筑法案》，是世界上最早一部文物保护的法典。根据法国法律规定对文化建筑和历史建筑不得随意拆除。在巴黎，坐落在塞纳河两岸的巴黎圣母院、凯旋门、卢浮宫、香榭丽舍大街，哪怕是街心一座雕塑、路边一座小教堂都在讲述着她“每个拐角处都有历史”的荣光。巴黎自1965年之后开发了9个城市副中心，将商务、住宅区迁出旧城安排到郊区，在旧城之外形成30多个新城区，并将75万人从老城迁至新城。英国伦敦对古建筑的保护有悠久传统，早在1877年就成立了古建筑保护协会。80年代，英国设立了中央政府直接管理的遗产办公室，古建筑保护走上了法治化轨道。全国被列入国家重点保护的古建筑和历史遗迹共约50万处，大到皇宫、古堡、教堂，小到草屋、拱门、电话亭，甚至电线杆。走在伦敦街头小巷，常可以看到直径约一尺的圆形搪瓷蓝牌，这蓝牌上的文字记载着此间老屋某年至某年曾住过的名人及名人的生辰。老屋一经被挂上蓝牌，便成为“英国遗产”，不得拆除和改变其原貌，并定期得到修缮。老舍1924年至1929年在伦敦教过5年书，期间住在圣詹姆斯花园31号，这些房子都被挂上了蓝牌。意大利罗马被誉为世界最大的“露天历史博物馆”，是唯一在城市中心保存有大面积古遗址的首都。罗马以一墙为界，分为老罗马和新罗马。对老罗马遗址遵循“修旧如旧”原则，保留原有风格，内部是古罗马共和国、帝国、文艺复兴时期的建筑和遗址。20世纪50年代，罗马新城建成，被打造成新兴商业区和居住区，建筑多为不超过10层的办公楼和公寓楼。罗马总人口约300万，大部分人住在新罗马，或更远的周边小镇。罗马新旧城分开的做法为世界许多城市所效法，成为解决现代与传统冲突的有效途径之一。

改革开放后，北京古城的保护开始得到政府的重视。北京的老城墙如今只有正阳门城楼及箭楼、德胜门箭楼被保存下来。正阳门城楼、德胜门箭楼相继成为全国重点文物保护单位；两段明城墙遗址也得到整修，被辟为公园供人们游览参观。2003年重建于1957年被拆毁的永定门城楼，2005年竣工。许多古代遗址得以重新修缮一新。城市古建筑保护是对一个民族文化的敬仰和敬畏。历史古建筑一旦毁坏无法恢复，犹如人的生命一样。在飞速发展的现代社会，在千年古迹沉淀的北京城，为了文化和历史的需要，为了国家保留文化遗产，更为给后人保留珍贵的历史遗迹，大力倡导尊重历史文化，培养敬仰文化、珍惜文化和爱戴文化的意识，已然成为每一个北京人自觉自愿的行动。当你漫步在红墙绿瓦的紫禁城，或驾一叶扁舟荡漾在颐和园昆明湖，那是何等的惬意、何等的自豪，那不也是生活在北京的人莫大的福气吗？

一场稀稀落落的小雪散落京城，2016年春天轻轻的脚步分明已经听见，脑中闪过唐代诗人韩愈的《早春》诗句：“天街小雨润如酥，草色遥看近却无。最是一年春好处，绝胜烟柳满皇都。”“绝胜”二字拿来形容正在热火朝天建设的新通州副中心再贴切不过了。

此文写于2016年

孔子又归来

2015年10月19日，习近平主席访问英国成为全球最轰动的外交大事。英国王室和女王超高规格的接待，中英签订了4000亿人民币超大订单，习近平主席与卡梅伦首相超乎寻常的啤酒屋小酌会谈，令世界惊叹不迭。而让我心仪神往的却是习近平主席的孔子学院之行。10月22日，习近平主席与约克公爵安德鲁王子共同为全球第1000所孔子课堂即奥特利尔中学孔子课堂揭牌。习近平主席揭牌的那一刻，当我看到英国的青少年欢呼雀跃的热烈情景，中国人的文化自信与自豪油然而生。大家知道习近平主席博览群书、善用典故，在访英期间行程排满，大事密集，特意前往孔子学院，鲜明的重视态度不言而喻。据报道英国拥有孔子学院26所，孔子课堂129个，是欧洲也是世界孔子学院最多的国家。谁都知道英国的教育产业闻名世界，我们熟知的伦敦圣马丁艺术学院就是服装设计的顶尖学府。谁能料想到在英国这样的教育大国，孔子学院居然占尽风头。据统计全世界目前已设立了282所孔子学院，遍布88个国家，孔子学院遍布世界，孔圣人思想巡幸天下说明什么？中华文化开始受到尊崇敬仰，孔子是象征。世界各国积极兴办孔子学院和课堂，说明中国悠久的历史文化得到广泛赞赏认同，也证明文化的力量没有国界，是世界共同的思想财富。就像习近平主席访英演讲时引用英国剧作家、思想家莎士比亚的“凡是过去，皆为序章”一样。生活在开放的互联网时代，有多幸运、多幸福，只有经历过改革开放前闭关锁国的人才更深切地体会到。用历史唯物主义的观点看待评价历史人物，唯有今天才真正做到，这是社会的大进步。

回首往事，当我积累了几十年的阅历，发现孔子的许多名言一直伴随我左右，潜移默化地给人生带来了有益的指引。智慧在远方，孔子是人生的良师益友。小时候上学就知道中国古代有位孔夫子，是大学问家。他对弟子说过，“敏而好学，不耻下问。三人行，必有我师。”这是当时老师要求学生应当谨记遵从的道理，我铭记在心，受益匪浅。孔子关于人生节点的名言：“吾十有五而志于学，三十而立，四十而不惑，五十而知天命，六十而耳顺，七十而从心所欲，不逾矩。”精妙形象，记忆尤深。其中三十而立，成为血气方刚的年轻人励志有成年龄的经典边界。我当年虽身在遥远的黑龙江边塞农村，每天在油灯下夜读，数年不断，不求三十而立，心存报国之志，孜孜不倦读书不负青春年华。我入党以后读了刘少奇主席所著的《论共产党员修养》一书。从中我领悟了一些孔子做人的主张，比如：“其身正，不令而行；其身不正，虽令不从。己所不欲，勿施于人。”这与共产党员立身处事的道德修养是一致的。现在我党反腐倡廉提出的“打铁还需自身硬”，道理相通。

1994年，我奉李昭大姐和经济日报社重托参与创办《服装时报》。此时《服装时报》鉴于种种困难已息刊八年之久，我是临危受命。孔子有言：“人无远虑，必有近忧。凡事预则立，不预则废。”所谓远虑者，即是李昭大姐办一张宣传推动北京乃至全国服装产业发展的专业服装报的夙愿。所谓预者，即谋事先。我倾心谋划艰苦创业十年之久，《服装时报》声名立于国内服装界。

2006年，我父母不幸先后辞世。父母在世时年迈多病，我一直埋头奔波创业很少在二老身边床前伺候，深有内疚。后来读到孔子的：“子欲养，而亲不待。”至情至理，直抵心痛处，声泪俱下，追悔莫及。如今念此，常常十分羡慕父母健在，亲情融融乐享孝心的人，于我而言再无这样的幸福时光。岁月荏苒，须臾百年。年轻创业时，每天想的是明天做什么，不觉时间悄悄流逝。子曰：“发愤忘食，乐以忘忧，不知老之将至。”古语儒风，令我唏嘘。有感于斯，当你在人生的道路上匆匆行走时，不要忘了停下来欣赏路边的美景，还生活本源，不是吗？

十月秋初，我再次到曲阜拜孔子，听到一位导游赞：“孔子是人中泰山，泰山乃山中孔子。”我双手合十，深以为然。

辛亥百年祭

2011年10月，我们纪念辛亥革命一百周年。辛亥革命推翻了中国几千年的封建帝制，是划时代的大事。中国近代革命自辛亥始，孙中山是伟大的先行者。

辛亥百年，取消封建帝制，建立民主共和，实现社会制度变革，民心所向，不可阻挡。孙中山提出的民族、民权、民生的“三民主义”是中华民族创造的新革命理论和目标，核心是重新认识和尊重人性价值。为达此目的，辛亥革命前仆后继涌现出一大批仁人志士，前有戊戌变法的康有为、梁启超，后有辛亥革命的廖仲恺、邹容、秋瑾等；其中最令我敬重的是被称为“戊戌六君子”之一的谭嗣同。变法失败，有人叛变，有人流亡海外，谭嗣同谢绝了友人请他暂往日本避难的劝告，决意留下，语出惊心：“各国变法，无不从流血而成，今日中国未闻有因变法而流血者，此国之所以不昌也。有之，请自嗣同始！”1898年谭嗣同遭杀害时年仅33岁。自古中国就有为民请命的，舍身取法的，洒血报国的。谭嗣同“我自横刀向天笑”的铮铮气节让我仰慕不已。有如邹容壮怀激烈的《革命军马前卒》檄文，每临国家兴亡之际，必有谭嗣同辈拼血马前卒。这也是中华民族绵延五千年兴衰不败的魂魄所在。

辛亥百年，解放思想，移风易俗的大潮最为壮观彻底。剪辫子、禁缠足、易服饰、倡女权，地覆天翻，民风巨变。服饰革命是政治革命的外在表现形式和文化延续，孙中山领衔，亲命红帮裁缝吸收日本学生装、英国猎装的元素，设计制作了光耀百年的中山装，成为辛亥革命的文化象征。北京红都服饰集团秉承其志为毛泽东、华国锋、邓小平、江泽民、胡锦涛等国家领导人定制中山装，代代传承，尊为国服，开中山装新风。当天安门广场上，孙中山、毛泽东身着中山装的巨幅画像相视微笑时，看到辛亥百年今日富强之中国，两位世纪伟人一定无比欣慰。

妇女地位的提高是社会进步的标志。说到妇人缠足对今天的“80后”“90后”来说是很久远的事了。我小时候，看到姥姥就是旧社会遭摧残的缠足或叫裹小脚的女人。在我记忆中，姥姥很少走路，只能整日呆呆地坐在床上。姥姥洗脚时，要一道道解开长长的裹脚布，看到姥姥那被捆绑变形的小脚，我惊愕地问：姥姥痛吗？这残酷的一幕至今深刻在我脑海里。封建礼教宣扬所谓“七寸金莲”的美，从儿时就摧残妇女，试想人若不能正常走路，等于剥夺了她的一切，锁入了牢笼。拿到今天真是不可思议！辛亥革命解脱了妇女枷锁，恢复了做女人的尊严，前无古人。

辛亥百年，是开放的先驱。孙中山打开了国门，开港口，通商务；修铁路，建工厂；兴教育，办学堂；新思想，新科学，新技术潮水般涌进中国，一个千年封闭的泱泱大国被冲开决口，一发而不可收拾，中华民族从辛亥革命起开始走上伟大复兴的道路。辛亥革命举起了中华民族复兴的旗帜，让世界看到睡醒的东方雄狮。1974年4月6日，邓小平在中国恢复联合国合法席位后，第一次身着中山装风采照人地在纽约联合国大会上发言，让世界再次刮起中山装旋风。中国从此以一个大国应有的地位回归国际社会。今天，我们祭奠辛亥百年，就是要让子孙后代铭记中华民族奋起觉醒的那一段非凡的历史。辛亥革命精神光芒永在。

“世界潮流，浩浩荡荡；顺之者昌，逆之者亡。”一百年前，孙中山先生曾大声疾呼，今天这位伟大先行者的著名论断依然回荡着、践行着、验证着。悠悠百年，辛亥革命风云硝烟仿佛就在昨天。

莫言 百年诉说

2012年10月11日，随着山东高密57岁的“年轻作家”莫言获得了2012年诺贝尔文学奖，他成为诺贝尔文学奖设立110年来首位获奖的中国作家，这也是新中国成立六十多年来获得的第一个诺贝尔文学奖。中国的乡土文学为世界关注，中国文学开始真正走向世界，融入世界，可喜可贺。自此，中国文学翻开了历史性的新一页，值得中国文化界永远铭记。

当莫言得知获奖时，他说：“狂喜而又惶恐。”喜为人之常情，而“惶恐”则透出一位大家的心胸。他谦逊地表示：“中国作家有很多，写得好的作家成群结队，我想我是很幸运得了这个奖，这个我心里很清楚。”所以他诚惶诚恐。有人拿诺贝尔文学奖与奥运金牌相比，在我看来奥运金牌是年轻人几年的拼搏，诺贝尔奖则往往要付出一个人毕生的创造与智慧，不好相提并论。中国的文豪鲁迅、茅盾、巴金、老舍、沈从文都无缘诺贝尔奖，莫言幸运地赶上了中国崛起的好时代，正所谓时势造英雄。毕竟中国一百年出一位莫言。

莫言获得诺贝尔奖在中国文化界沸腾一片，有人要投资筹建莫言文学馆，有人要在高密种万亩红高粱，有人要在北京赠莫言豪宅别墅，更多的要将其文学作品改成电影、电视剧……面对喧闹的一切，莫言心静如水。他说：“得奖只是暂时的，一切如过眼云烟。”他期望尽快回到平静的写作生活。在无尽的纷扰中，还能出好作品，那才是莫言。正如莫言所说：“真正让一个作家青史留名的还是作品。”

莫言从小痴书如命。说到读书，他感慨道：“小时候，为借邻家一本《封神演义》，到同学家帮助推磨，推十圈磨才能看一页。这样周围十几个村的书都看完了。一本《中国通史简编》看了无数遍。”可以想见，没有博览群书，没有中国文学的根基，也就没有今天的莫言。凡是割断历史，扼杀文化的时代不可能有文学的繁荣。我父亲虽是老革命军人，在部队学的文化，却酷爱读书买书，家中古今中外藏书颇丰。“文革”时，他在天津市当支左军代表。一天，父亲把我叫到身边，指着挑选封装好的几箱子书，让我送到郊区孙庄子大姨家去。那里面有线装版《红楼梦》《水浒传》《三国演义》《西游记》等中国四大才子书，还有《金瓶梅》《三言二拍》。不识字的大姨把那些书用一口大缸封装好，埋在房后地下。试想，中国老祖宗留下的文化都不能容纳，甚至被当作四旧毁掉，何谈文化继承，何谈出现伟大文学作品。有人参观莫言高密市故居，老式木门框上写着一副对联：“忠厚传家远，诗书继世长。”今天，莫言做到了，他创作的小说行于当代，传于后世。中华文化得以源远流长，直至今日被世界认同并称道，多么不易。只有改革开放、思想解放的时代才能产生莫言这样伟大的作家。

莫言说：“在他的记忆中，饥饿是最可怕的事。”他曾因饥饿难耐，偷拔了生产队一根红萝卜被批判，遭父亲毒打。莫言是从农村黄土地走出来的世界级作家，作品中饱含着浓浓的中国味道的乡土气息。没有经历过20世纪60年代三年自然灾害的人，很难理解饥饿的滋味和含义。我至今记得上小学时，每天吃榆树杨树叶煮稀汤的情景……饥饿在我们那一代儿童心里留下了抹不去的恐怖阴影。饥饿使莫言在更深层次认识了人的本能。恰如他所说：“我是站在人性的角度写作。”莫言的作品真实生动再现中国农民的质朴人性，获得世界文化的认知与尊敬。

从《红高粱家族》到《蛙》，莫言在三十多年的创作生涯中，始终怀着一种巨大的写作冲动与欲望。莫言坦言："这种冲动和欲望是对文学创作的迷恋和爱好。"莫言获奖不仅鼓舞了无数有志文学的青年，而且使整个社会重新审视中国文学的价值以及文化产业的未来。

《时尚北京》杂志作为一本以发掘传播中国本土文化为己任的时尚刊物，为中国有莫言这样一位乡土作家感到无比自豪与骄傲。从近百年来的历史眼光看，莫言是中国文化走向世界的开山之石。伴随着中国文学地位的提升和繁荣，时尚刊物将迎来前所未有的发展机遇，让我们张开双臂拥抱新时代新文化吧。

2012年12月《时尚北京》杂志卷首语

不散的抗战硝烟

2015年9月3日，为纪念反法西斯抗战胜利七十周年，中国在天安门广场举行隆重的阅兵仪式。这个意外振奋人心的消息，让我们这些革命军人的后代激动地挥洒相庆，不知所以。前不久，在电视上看到习近平主席率领中国人民解放军仪仗方队威武雄壮地参加俄罗斯庆祝反法西斯卫国战争胜利阅兵式，初露军威，惊震四方。俄罗斯每年都要举办纪念卫国战争胜利阅兵仪式，已成传统。

何日显军威，扬眉剑出鞘。今天我国也要举行阅兵式，为了这一天，我们等了几十年。记得那还是我上中学时，十一国庆到天安门观看阅兵，眼见身边高头大马的骑兵方队，军刀闪亮，昂扬疾驰；铁堡般的坦克车轰鸣驶过，履带将柏油路卷得像泥土一样翻起，深深震撼。亲眼所见才明白什么叫解放军无敌天下。当今世界战事频仍，并不太平。我国是世界第二大经济体，对维护和平负有责任，理应有所担当，决不能坐视日本军国主义复活，让历史的悲剧重演。阅兵就是将我们坚定的意志和主张昭示全世界。

抗日战争是中国近代史最惨烈最残酷也是耗时最长的全民族抗战。七十年倥偬而过，虽然领导那场战争的伟大领袖们已然作古，抗日战争的硝烟却不曾散去，卢沟桥上日军飞机大炮轰炸的硝烟，平型关、台儿庄的大战，抵命血拼的英雄们呐喊依旧声震耳畔；南京灭绝人寰的大屠杀一幕幕浮动在眼前；中华民族自古以来就有不向侵略者屈膝低眉的铮铮骨气，有前赴后继血战到底的英雄气概，抗日精神是民族精神的集中体现，教育和鼓舞着一代又一代人。亡国奴是一个国家和民族最大的耻辱，也是国人心中最伤的痛。中国人民永远不会忘记日本军国主义对中国人民的侵略罪行，更不能忘记十四年浴血抗战的艰难历史。

我们这一代人从小接受抗战历史的教育。当我还在上小学时，最喜欢看的电影是《平原游击队》，数不清看了多少遍，郭振清饰演的游击队长李向阳，是我心中顶天立地的大英雄。还有《铁道游击队》《野火春风斗古城》《小兵张嘎》等，使我们对抗日战争有了直接形象的认识。家父参加过抗战，他曾向我讲述日本法西斯在东北用鼠疫细菌残害中国老百姓的罪行，我的姥爷就是在东北死于日军的细菌战，姥姥是幸存者。国仇家恨积于胸，我对那场侵略战争本能憎恶。近些年，国家对继承发扬抗日精神的教育很重视，抗战题材成为影视界的一大看点，新一代年轻人对抗日战争有了更多的了解。前事不忘，后事之师。我想，抗战是每个中国人的历史必修课。

我曾随经济日报代表团访问过日本的许多地方。自唐代以来中国的文化对日本有很大的影响，日本文字中加有许多汉字就源于此。在富士山下，日方特意安排的日本歌舞伎表演，色彩艳丽，脂粉浓重的脸谱和造型，也有对中国昆曲、京剧的借鉴。我们在东京一家有名的饭馆就餐，老板特别展示赵丹等中国名艺人在此就餐与他的合影，表明一种荣耀和敬重。访问日本普通老百姓处处感受到礼仪和友好。即使在日本的高层领导人中，也不乏愿意与中国做友好邻邦，像1972年周恩来总理与日本首相田中角荣、外相大平正芳签订了中日和平友好条约，开启了中日友好的破冰之旅；八十年代胡耀邦总书记与中曾根康弘首相积极倡导中日青年三千人互访交流等，争取中日和平，造福两国人民历来是中国的对外政策主张。但这并不意味着我们会淡忘日本军国主义侵略中国的历史，失去对日本军国主义复活野心的警惕。隆重举行纪念抗日战争胜利七十周年阅兵仪式即是我国庄严意志的宣示。

家父在世时，一天他语气郑重地说："送你一件纪念物。"那是用一块旧红丝绸包着的望远镜，望远镜小巧精致，有好几处已经损伤剥落，外壳是斑驳褪色的牛皮套，散发着一股战争硝烟的味道。父亲说这是他在战场上缴获日本鬼子的，你好生保留它，让我们家的后代知道先辈曾经参加抗日战争，永远不能忘记硝烟弥漫的那段历史。这或许可以称作：革命传家久，教育继世长。

位卑未敢忘忧国。七十年岁月烟雨，洗不掉中国人的记忆。在日本的右翼政客们频繁参拜靖国神社，挑战战后国际秩序，妄图死灰复燃的新动向下，我们应该保持高度的警惕，绝不能让北京卢沟桥的侵略战争硝烟再度燃起。

2015年8月《时尚北京》杂志卷首语

红歌九十年

2011年是我们党九十岁生日，可喜可敬可贺。最近，大江南北兴起唱红歌庆贺党的生日热潮：《十送红军》《山丹丹花开红艳艳》《绣金匾》《南泥湾》《祖国颂》……回首征程，红歌嘹亮，南湖一曲唱到今。那一句"唱支山歌给党听，我把党来比母亲"唱出了多少共产党人的心声。是啊，我们都是党的儿女。共产党人的光荣传统要靠一代一代人传承下去，经典红歌凝聚着时代的精神，唱红歌的艺术形式抒发着每个人心底的寄托与情怀，是个好办法。

党的传统重在传承，贵在发扬。我是从父母那里懂得什么是共产党人。父亲那代人经常唱《东方红》：“共产党像太阳，照到那里亮，哪里有了共产党，哪里人民得解放。”记得小时候，父亲经常被学校、企业、机关请去作革命传统报告，讲红军长征的故事，爬雪山，过草地，从死人堆里闯过来。父亲从头到脚满是弹伤疤痕。他常说：干革命，跟党走，吃苦在前，牺牲在前，这就是共产党人。他们那一代人对党有特殊的感情。父亲弥留之际还轻轻地哼着最喜欢的红军时期歌曲：“八月桂花遍地开，鲜红的旗帜升起来……”他是伴着红歌走的。这几天，中央电视台播放大型纪录片《旗帜》，这让我又忆起了那句歌词。父母的谆谆教诲让我有了一种信念：你所做的一切都是为了党。我想，这叫革命传统，是一种精神传承，一记永远抹不去的烙印。

“妈妈教我一支歌，没有共产党，就没有新中国。”这是小时候常听常唱的一首歌。今天，我们党面临着前所未有的复杂局面。1917年在列宁领导下，由苏联共产党创造了世界上第一个苏维埃政权，《国际歌》就是从彼得格勒唱响世界的。但几十年后，没有被希特勒大军压垮的苏联，却在一夜之间溃散解体，给全世界共产党人留下沉重的思考。我曾随经济日报社记者团参观过苏共《真理报》旧址，偌大的办公楼空空如也，只有列宁的半身塑像悄然摆放在进门大厅，形单影只。曾几何时左右世界舆论的苏共中央喉舌《真理报》荡然无存。苏联的解体，使二次世界大战后形成的社会主义与资本主义即东西方两大阵营不复存在。毛主席曾以“海内存知己，天涯若比邻”的诗句称誉阿尔巴尼亚的那一盏社会主义明灯也失去了昔日的光芒。然而，美国、北约盟国们在当今多极世界中横行称霸。沧海横流，方显英雄本色。在庆祝党的九十岁生日的时候，我们自豪地看到在党领导下创造的中国特色的社会主义成为挽狂澜于既倒的中流砥柱。中国经济的奇迹充分证明了我们党的集体智慧臻于成熟。中国不仅仅是一个崛起的经济大国，更代表着共产党领导下的社会主义大国，代表着马克思主义的政治力量。十月革命一声炮响，给我们送来了马克思列宁主义。中国是马克思主义胜利的典范。没有共产党，就没有社会主义中国；没有共产党创造的中国特色的社会主义道路，世界社会主义事业不知要倒退多少年。

九十年风风雨雨，是党把国家和人民从水深火热的苦难中解救出来，造就了今天的繁荣昌盛。此时此刻，共产党人在思索什么？“领导我们事业的核心力量是中国共产党。”我们国家的缔造者毛泽东曾精辟地阐述了共产党的核心作用。毛泽东思想穿越历史时空。这些年我们党的理论与实践相结合、紧密联系人民群众、批评和自我批评“三大作风”提的不多了。或许时代不同，当你把党的老传统搬出来时，有的人不理解，以为老调重弹，不合时宜。甚至许多人不知道何谓党的“三大作风”。党的“三大作风”是长期浴血奋战中形成的传家宝，共产党成立时不过几十人，靠它打败了国民党，推翻了三座大山，夺取了政权。唐朝魏征《谏太宗十思疏》中：“思国之安者，必积其德义。德不厚而思国理，知其不可。善始者实繁，克终者盖寡。”所谓德义者，即思想与传统。面对新时期，居安思危，德厚国昌，应当清醒地认识到党的三大作风是实现执政党长治久安的基石，淡忘或丢掉它，终将有一天使我们共产党人的政权得而复失。因此，在党的九十岁生日之际，唱响红歌，重温党的光荣传统寓意深远啊。

我想，红歌将在我们这片土地上薪火不熄，代代传唱。

此文写于2011年

闻鸡起舞一千七百年

2017年是鸡年，联想闻鸡起舞的历史故事距今已有一千七百年了。东晋时的祖逖，从小勤练武术，钻研兵法，立志报国。他的好友刘琨和他一样心怀大志。这天晚上，半夜过后，祖逖忽然被一阵鸡鸣声吵醒，他唤醒刘琨说："我们何不趁鸡鸣早些起床练习武艺。"刘琨欣然同意。从此，两人每到夜半，一听到鸡鸣，便起床练剑。日复一日，数年不坠。当国家遭到匈奴入侵时，祖逖上书皇帝，请求率兵抗击，被封为"奋威将军"，带领军队英勇作战，收复了很多北方的城池。自此闻鸡起舞传为历史佳话，成为中华民族立志报国精神的象征之一。也许你没有留意，东晋距今已经有一千七百多年了。清代诗人赵翼有："李杜诗篇万口传，至今已觉不新鲜。江山代有才人出，各领风骚数百年。"在我看来，闻鸡起舞的故事历经千年，依然引领风骚，还是很新鲜。

随着时代的变迁，现代社会人们的人生观、立志观、价值观、生活观等不能同日而语，发生了极大的变化。然而无论时代如何变，世界如何变，做人做事的基本规则没有变。闻鸡起舞是一种精神，一个是"闻"，犹如阵前听到部队的军号，洪钟灌耳，闻之而动。一个是"舞"，如蛟龙起于深渊，舞动长空，就是要行动。但凡要成就一番事业，古老的闻鸡起舞故事里的那样一种精神依然熠熠生辉，照耀着那些胸怀大志的人们。

闻鸡起舞是一种坚守。坚守是每个有远大志向的人必修的一课，学会坚守是人生的修养与智慧。专注于一事一物，贵在坚持不懈，几年，几十年如一日，甚至毕生的精力只做一件事。大诗人李白《将进酒》说："君不见，高堂明镜悲白发，朝如青丝暮成雪……天生我材必有用，千金散尽还复来。"人生苦短，就是一个时刻准备着的过程，寂寞坚守的过程。当祖国需要的时候，当机会来到你的身边的时候，才能挺身而上，立即闪光，施展自己的才华，报效国家。当下，不少人心态浮躁，朝三暮四，耐不住寂寞，整日里沉浸在一夜暴富，一日成名的幻觉中，因此坚守精神更为难能可贵。北京的爱慕、白领、雪莲、蓝地、格格、木真了等一批著名时装品牌企业家，二十几年潮起潮落，心志不移只做时装，守得一方天地，成就一个时装品牌。殊不知回首望去，有多少名震一时的时装品牌消失在岁月的烟雨中。

闻鸡起舞是一种功夫。何谓功夫？平时我们常常说某人功夫了得!功夫即是时间的长期积累，也是锲而不舍的意志力体现。功到自然成。练武是这样，做任何事情都要舍得下功夫，没有功夫就没有成功。一年之计在于春，一日之计在于晨。抓住最好的时间，练就最过硬的功夫。自古至今大凡有成就的人都是下过苦功夫的人，概莫能外。孟子告诫世人，生于忧患，死于安乐。他的传世名言："天将降大任于是人也，必先苦其心志，劳其筋骨，饿其体肤，空乏其身，行拂乱其所为，所以动心忍性，曾益其所不能。"说到底是下苦功，经磨难，方可担当大任。

闻鸡起舞是一种信仰。祖逖练就一身武艺，抗击外敌，捍卫国家统一，是中华民族最宝贵的文化传承信仰。我们不妨看看历史，古往今来世界上许多曾经不可一世的帝国如：古罗马帝国、奥斯曼土耳其帝国、拿破仑法兰西帝国、俄罗斯帝国等都在历史的长河中解体消亡了，唯有中国这个古老帝国历经沧桑屹立东方。历史绝非偶然。我想决定的力量是渗透在民族血液中深厚的精神和文化，这是我们炎黄子孙的魂。没有信仰的民族是没有希望的。鲁迅先生说过：“中华民族自古以来，就有埋头苦干的人，就有拼命硬干的人，就有为民请命的人，就有舍身求法的人。他们是中国的脊梁。”今天，中国强大的崛起也源于这样的信仰。

《韩诗外传》记载鸡有“文武勇仁信”五德：“首戴冠者文也，足搏距者武也，敌在前敢斗者勇也，见食相呼者仁也，守夜不失时者信也。”祖逖取其信的美德，传于后世。一千七百年过去，适逢鸡年有感于斯。

2017年3月

《时尚北京》杂志卷首语

上图：2001年采访巴黎时装周期间在巴黎圣母院。

中图：2002年经济日报社记者团访问俄罗斯圣彼得堡。

下图：2002年采访伦敦时装周期间，与英国女王白金汉宫皇家卫队骑士合影。

上图：2018年4月在深圳与深圳服装设计师协会会长、中国（深圳）国际时装节发起创办人周世康（右二），资深媒体策划人陈强（右一）商谈中国（深圳）国际时装节有关活动事宜。

中图：在经济日报社工作时，随从经济日报社总编辑冯并采访贵州少数民族地区。

下图：2001年采访巴黎时装周期间与中国台湾《芙蓉坊》时尚杂志主编交谈。服装时报社摄影记者徐乐中（右一）。

上图：2019年参加母校北京服装学院六十周年庆活动时，与北京市教育考试院书记兼院长、原中国纺织报社社长王健在一起合影。

下图：参加北京化工大学校庆活动，与北京化工大学副院长、同窗同学丁巨元合影。

左上图：2001年，采访巴黎时装周期间，参观卢浮宫留影。

右上图：2002年经济日报社记者团访问俄罗斯。

下图：2002年采访英国时装周期间留影。

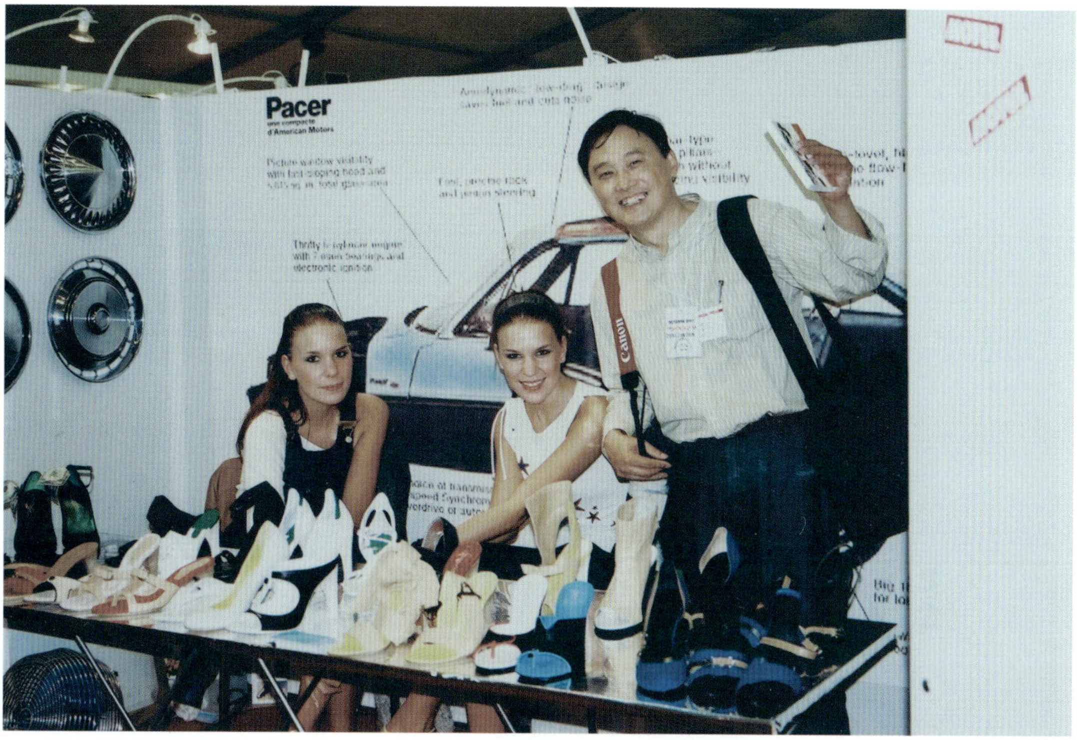

上图：2001年在巴黎时装周期间，与鞋品牌展商一起合影。

左下图：2006年参加美国国际服装展会时，在美国著名的西点军校留影。

右下图：2006年参加美国国际服装展会，参观美国二战阵亡军人墓地。

Guo Pei

12

寄情山水

青山着意，流水知音，山水有灵，所谓万水千山总是情。我喜欢爬山，更喜欢名山大川，当你挥汗泰山十八盘，徘徊庐山乱云间，独步黄山迎客松，攀援华山一线天，沉浸在登临快意，忘情于苍茫天地，“云横九派浮黄鹤，浪下三吴起白烟。”阅尽人间沧桑，莫如依偎在祖国母亲山水的怀抱。

俄罗斯采访记

最近，俄罗斯与美国、欧盟在乌克兰的克里米亚问题上发生前所未有的激烈角逐，成为全世界关注的焦点。普京总统签署同意接纳克里米亚加入俄罗斯的举动引发西方的强烈制裁。舆论担心是否重回冷战时代。俄罗斯会陷于孤立吗？我作为记者采访过俄罗斯，对俄罗斯民族和那片蕴含浓厚革命色彩的土地有亲身的感受。

受俄罗斯经济报邀请，我参加经济日报记者采访团从黑龙江绥芬河口岸乘汽车出发进行实地采访，一路深入广泛地接触了俄罗斯普通百姓。在穿越世界最大的西伯利亚浩瀚无际的森林时，一层层迷人的白桦林，高傲的落叶松群，让你真正了解什么叫地大物博资源丰富。每到沿途驿站，热情豪放的俄罗斯人必定要让每个客人醉倒在伏特加酒下。贝加尔湖是世界最大、最深的淡水湖。眺望深蓝色的湖水横无际涯，像海洋一样，水最深处达1600米。陪同的俄罗斯人介绍说，汉代有名的苏武牧羊就生活在这一带。我和一个善泳的记者试着下水，岸边没有浅滩，瞬间几百米深，寒冷彻骨，犹如巨大的磁力把人吸入湖底。游出不过一百米全身就快被冻僵了。据介绍当地人一般不敢轻易下湖游泳，闻之后怕。

一路览尽风光到了莫斯科。随处可以感受到十月革命、卫国战争的精神融入俄罗斯人的血脉中。红场一侧石雕的列宁墓有川流不息的人群肃穆瞻仰，无名烈士墓也摆满了人们敬献的鲜花，手握钢枪的士兵像战神般守卫在那里，旁边日夜燃烧着火焰，象征着永不熄灭的俄罗斯精神。“忘记了过去就意味着背叛。”列宁的名言深深地铭刻在一代又一代俄罗斯人的心中。《真理报》是1918年苏维埃时期创办的，苏联解体后被私人接收。走进《真理报》大楼，迎面仍然摆放着一座列宁的半身铜像，庄严肃穆。“只要对俄罗斯作出过贡献的伟大人物我们都永远崇敬。”《真理报》的社长虔诚地说。这让我们很惊讶，俄罗斯对英雄和历史人物持唯物主义的态度，既使是赫鲁晓夫这样的人物也被安葬在红场旁的名人墓地。

圣彼得堡是让我最为难忘的城市。自从1703年彼得大帝征集世界工匠建造圣彼得堡，这里成为俄罗斯文化的象征，也是革命的摇篮。普希金、高尔基曾在这里生活创作。普京总统也出生在这里，毕业于圣彼得堡国立大学。我小时候看过《列宁在十月》等许多苏联革命影片深受影响，冬宫、斯莫尔尼宫、阿芙乐尔巡洋舰耳熟能详。“让列宁同志先走”“面包会有的”等流行语影响了我们那一代人。圣彼得堡不仅是十月革命的发祥地，二战时德国法西斯围困了900天，饥饿寒冷夺去了几十万人的生命。但是俄罗斯人宁可冻死，但在彼得保罗大教堂等巴洛克式建筑的广场上，许多几个人才抱拢的百年古松保存完好，没有一个人砍伐。像旋风一般席卷欧洲的德国法西斯遇到了英勇无畏的俄罗斯人顽强抵抗，始终没有进圣彼得堡一步。俄罗斯人不可征服的精神令人肃然起敬。在二战纪念馆前，有一组设计独特的士兵雕像，燃烧的火焰旁，摆放着一束束的鲜花。翻译说，在圣彼得堡有个传统，为纪念二战时牺牲的烈士，年轻人结婚时一定要买鲜花来这里送上祝福，缅怀先烈。这样的民间方式传承着俄罗斯人大无畏的革命精神。在那片迷人土地上，处处让我深切感受到俄罗斯是一个伟大的民族。

普京总统说过，给我二十年，建设一个强大的俄罗斯。20世纪50年代，我们曾经把苏联称为老大哥，马列主义是我们共同的理论信仰。

假如有机会，我期望重访圣彼得堡，再次感受俄罗斯。

2014年4月《时尚北京》杂志卷首语

登山偶记

户外运动是新时尚，登山为大热门。春回草长正值登山踏青的好时光。我喜欢爬山，更心仪名山。山是自然界创造的宠物，层层叠叠的万山之中蕴含着多少诱人的未知啊。登名山是一件令人陶醉的事，是一番身心的净化，是一种回归自然的享受。远离喧嚣的都市，遁入满目翠微的深山，那人山融为一体的感觉如入佛家境界。观赏追溯名山独有的文化更给你带来无穷的乐趣。

“日照香炉生紫烟，遥看瀑布挂前川。飞流直下三千尺，疑是银河落九天。”李白《望庐山瀑布》的千古绝句使我学生时代就神往庐山。我上庐山是取道九江，饱览一路秀美自不必说，印象最为深刻的是庐山的云。站在山口，只见一团团浓浓的白云呼啸飞驰而过，宛如一群群奔腾的白马，令人惊骇。这时我才领悟到毛主席“乱云飞渡仍从容”诗句中的别样意境。而登上望江亭凭栏远眺：“云横九派浮黄鹤，浪下三吴起白烟。”蜿蜒浩淼的万里长江，浮云缭绕煞是壮观，则心情释然，宠辱皆忘。庐山出名，参观庐山会议旧址，拜谒毛泽东庐山别墅，党的那段历史似乎清晰可见，想到苏轼“不识庐山真面目，只缘身在此山中”名句，更理解了前事不忘后事之师的深邃道理。故而庐山凭添了政治名山的寓意。

泰山为五岳之尊，素有天下第一山的美誉。泰山毗邻孔子家乡，孔圣人有言：登泰山而小天下。也许正因如此显赫的声名，千百年来先后有十二个皇帝到泰山封禅。毛主席曾引用大史学家司马迁的“人固有一死，或重于泰山，或轻于鸿毛”比喻为人民利益而死就比泰山还重的名言。泰山成为我们民族精神的崇高象征。1981年和1988年时任中共中央总书记的胡耀邦曾两度登泰山。他把改革开放的伟业比喻成登泰山，形象地说：“征服十八盘，登上南天门，到达玉皇顶，再向新的高峰前进。”极大地振奋了全国人民的精神，泰山成为中华民族的精神山。改革开放一路走来，跨越大大小小的山峰，回眸望去不过是泥丸小丘，尽在眼底。如今再来拜读杜甫“会当凌绝顶，一览众山小”诗句，才得其真意。我曾三上泰山，十八盘那抬头望不到边的石阶最吃劲，那是真攀登，站在玉皇顶放飞畅想，感慨无人会，登临意。而要想在日观峰看到喷薄的日出就靠运气了。

民间传：“五岳归来不见山，黄山归来不见岳。”黄山在众山中的地位可见一斑。黄山以奇松、怪石、云海、温泉四绝著称。1979年，邓小平到了黄山，要徒步登山。警卫担心他年事已高准备了轿子，他执意不肯坐。“这个山，我一定要上。”邓小平坚持说。黄山山峰陡峭，“山从人面起，云傍马头生。”变幻无穷，年轻人尚畏避三分。邓小平一口气登上了海拔1840米的光明顶，向世人证明了一位老革命家的豪迈气魄。黄山最让我流连的是排云亭。脚下缓缓翻涌的白云，层层烟涛袭绕你的全身，随即化为乌有，那浮游云端的感觉令人身心俱醉，方知山外有山。徽学、藏学、敦煌学是中国三大区域文化之一，黄山独有的历史文化古迹被誉为文化山。

人生若登山，无止境。登小山，飘飘然；登大山，茫茫然；登深山，惶惶然。登山之趣在于艰难的攀援过程，征服高山的过程也是在征服自己，超越自己，国家与个人亦如是。登高山，知天之高；临深谷，知地之厚。登山是陶冶情操开阔心胸的良方。古人说：“读万卷书，行万里路。”阅览无数，遂成大事。假如有幸寻遍祖国名山，那才是中国文化的大雅路径，岂是行万里路能比啊。

前不久，清华大学新闻与传播学院院长、人民日报原总编辑范敬宜不幸谢世。范敬宜是范仲淹的后裔，擅长书画，有名望。我想起范敬宜任经济日报总编辑时，为鼓励表彰我创办《中国经济信息》杂志的成绩，亲自泼墨手书南宋诗人杨万里的咏山诗“莫言下岭便无难，赚得行人空喜欢。正入万山圈子里，一山放过一山拦” 装裱赠送。如今，斯人已去，言犹在耳。写此登山偶记也表达对老领导范敬宜总编辑教诲的感念之情。

重登泰山

登山是人生的一大乐趣，是一种征服感的倾诉，也是一种山文化的追求。山有不同，登山的意境趣味自然不同。登珠穆朗玛峰是要征服，征服世界顶峰，证明自己是雄心大志不泯的勇士。登黄山游览山川云雾之中，飘飘然似欲登仙，是放浪身心的仙客。登华山则是险峻陡峭一条路，知绝处逢生的境界，是知险而上的侠客。游普陀山是寻仙拜佛，得一方净土，遁入另一番世界，是虔诚香客。

十月初，一个偶然的机会我再次登临泰山。重登泰山的初衷是为了个心愿，在我的心目中山东省有两个国宝，一是人中泰山孔子，一是山中之山泰山。读孔子知天下，登泰山望天下。我第一次登泰山已是二十多年前了。当时我在经济日报社游泳队参加全国新闻界游泳比赛，获得团体第三名，奖励我们登泰山。至今坐玉皇顶上裹着棉被眼巴巴守望了一夜，终于看到喷薄日出的壮观情景还在眼前。我们一行记者从北京乘高铁不过四五个小时就到了泰山脚下的泰安。泰安市是一座干净整洁的小城，傍晚时分灯火初上，街两边布满了特色小店，漫步游逛，很是惬意，不亚于江南小镇。在这里小憩一夜，第二天清晨，我们驱车来到泰山脚下。

泰山名气大，为五岳之首。泰山儒、道、佛并存，有寺庙、宫、观等建筑群29处，古遗址128处；从孔子、司马迁、杜甫、李白到现代，泰山一直是历代皇帝和文人墨客顶礼膜拜的胜地。最有名的是唐代诗人杜甫的《望岳》："岱宗夫如何？齐鲁青未了。造化钟神秀，阴阳割昏晓。荡胸生曾云，决眦入归鸟。会当凌绝顶，一览众山小。"民间有许多与泰山有关的成语、掌故比如称岳父为泰山、因德高望重被称为泰斗等。毛主席曾有"人固有一死，或重于泰山，或轻于鸿毛，为人民利益而死，就比泰山还重"的比喻。泰山更多是中华民族的精神文化高峰。

登泰山之前，首先要拜岱庙。岱庙是历代帝王封禅泰山的起点，因此显得神秘。岱庙创于秦、汉，经2000多年的反复修建，占地9.6万平方米。成为泰山规模最大、保存最完整的古代建筑群。庙以泰山称"岱宗"而得名，主祀泰山神，号称"东岳神府"。岱庙与北京的故宫、曲阜的大成殿、承德避暑山庄称为"中国古代四大古建筑群"。故宫显示了皇帝的至高权威、曲阜孔庙显示了思想的至高境界，岱庙则显示了泰山通天的至高地位。游览岱庙看不懂与其他古建筑群的区别，更多是敬畏之心。

如今泰山脚下进行了很大的改造修缮，首先要经过十几个巨大的雕刻着游龙的汉白玉石柱，犹如进入天门，给旅游者一个震撼。沿山路拾阶而上，道路两侧排满了大大小小的专卖当地旅游产品的店铺，熙熙攘攘，目不暇接，煞是热闹。走了一段蜿蜒平缓的山路，就开始进入十八盘。十八盘是泰山登山盘路中最险要的一段，共有石阶1600余级，为泰山的主要标志之一。此处两山崖壁如削，陡峭的盘路镶嵌其中，远远望去，恰似天门云梯。泰山之雄伟，尽在十八盘。从下面向上放眼望去，石头台阶，一阶接着一阶，层层叠叠，直连天际云海。爬十八盘最比脚力腿力，我平日虽有锻炼的习惯，遇到十八盘也不得不服软，爬百十个台阶就要坐下来歇歇脚，不一会儿已是汗流浃背，喘成一团了。不少人在山下就买了登山棍，一路拄着走。我们这一哨人马没有一个人买，就是来征服十八盘的。我背着相机，一面爬，一面张望拍摄，记录攀登途中上下前后的瞬间美景。终于我们来到南天门，由下仰视，南天门犹如天上宫阙，是登泰山顶的门户，再回首向下望去，十八盘的台阶上影影绰绰晃动着五颜六色的人影，又是一番征服者们的壮观画面。此时，微风徐来，汗气顿消，享受到爬山的那种莫名的愉悦与快感。登泰山就像是一层层一阶阶地卸掉满身的负担：精神的、物质的，还有汗水。南天门位于泰山十八盘的尽头，海拔1460 米，古称"天门关"。它建在飞龙岩与翔凤岭之间的低坳处，双峰夹峙，仿佛天门自开。1264年元朝中统五年由布山道士张志纯创建。南天门为阁楼式建筑，分上下两层，下层为拱形门洞，条石垒砌，券石起拱，顶铺条石。拱形门洞上镶石匾额"南天门"贴金。两侧镶石刻对联："门辟九霄仰步三天胜迹，阶崇万级俯临千嶂奇观。"门上石匾额"摩空阁"，红墙点缀，黄色琉璃瓦盖顶，白地贴金红墙衬托，与黄琉璃瓦顶相辉映，更显巍峨壮观。明清多次重修，新中国成立后又翻修两次，现在建筑保持了清代的风格。

做记者常常善于联想，坐在南天门的石阶上，忽然记起改革开放初，当年胡耀邦总书记在登泰山后，曾经形象地把实现社会主义现代化建设比作攀登泰山十八盘。讲过一段有名的话："我们还要走一段相当的艰难的路程。好比登泰山，已经到了中天门，前面还有一段要费很大气力的路十八盘。要爬过这一段路，才能到达南天门。毫无疑问，在伟大征途上，我们一定能够征服十八盘，登上南天门，到达玉皇顶，然后再向新的高峰前进。”胡耀邦总书记将登泰山的精神赋予新的政治含义。

出了南大门就来到山顶一大片开阔的游览地，就像玉皇大帝用刀斧将半个山顶拦腰削去，这里称为岱顶，也叫天街。从山下坐缆车的游客也落脚在天街。站在天街顿觉日近云低，左右浮云，极目远望，中原江河尽收眼底，这大概就是杜甫所言“会当凌绝顶，一览众山小”的地方。天街处处是特色店铺，也有旅馆，很是热闹。往前行就是著名的大观峰，大观峰削崖为碑布满了历代题勒，最著名的是唐玄宗李隆基登泰山时亲手撰书御制的《纪泰山铭》，所以也称“唐摩崖”。摩崖高13米，宽近6米，全文1000字，书体为唐隶，史书载“旧填金泥，元时错落”。刻石年久，贴金剥蚀。1982年，山东省政府又拨专款贴金，每当风和日丽时，贴金大字在阳光下闪光，蔚为壮观。这里是泰山石刻最为集中的地方，布满了历代题刻摩崖石刻，是泰山文化和精神的集中体现。

穿过唐摩崖，拾阶而上，不一会儿来到泰山的最高处玉皇顶。玉皇顶为泰山绝顶，旧称太平顶，又名天柱峰。玉皇顶是泰山主峰之巅，海拔1545米，气势雄伟，因峰顶有玉皇庙而得名，主要建筑有玉皇殿、迎旭亭、望河亭、东西配殿等，殿内祭玉皇大帝铜像。东亭可望“旭日东升”，西亭可观“黄河金带”。 殿前有“极顶石”，标志着泰山的最高点。极顶石西北有“古登封台”碑刻，这里是历代帝王登封泰山时设坛祭天之处。现在许多年轻人在这里燃一炷香，更多是求得内心的平静与生活的平安。人们常常把泰山称为五岳之首，有崖刻为证。在玉皇顶的景观巨石上刻着“五岳独尊”四个大字，系清朝光绪年间由泰安府王室子孙爱新觉罗玉构题书的，历经百年沧桑的“五岳独尊”的泰山名传天下。

山有五岳独尊，人生一路处处有高峰，不断追求自己的至尊吧。

秋游黄山

人们常说，读书破万卷，莫如踏遍祖国山川。我喜欢爬山，更爱上名山。许多年来有两句山水诗让我魂牵梦绕，时时回荡在耳畔。一句是毛泽东的《长征》诗：“红军不怕远征难，万水千山只等闲。”豪迈气魄，令后生文人望而止步；一句是汪明荃的那首柔情励志的“莫说青山多障碍，万水千山总是情”唱遍大江南北，成为难以翻越的经典。寄情于山水之间，堪称巅峰之作。

十一假期，我放下一切杂念，独自重上黄山。上一次游黄山是十几年前的事了，记忆中的黄山已经模糊。黄山尊为天下第一山，因传说轩辕黄帝曾在此采药炼丹、得道成仙，唐玄宗在公元747年定名为“黄山”。自古有“五岳归来不看山，黄山归来不看岳”的美谈，以奇松、怪石、云海、温泉“四绝”

著称于世。

我不想随旅游团乐得无拘无束游黄山。在网上预定了飞机票，从北京到黄山市中途要在合肥停转，一早九十点起飞，下午两三点才到黄山屯溪，并不会轻松。从机场出来没有公交车，只能打车前往黄山的长途汽车站，不足十公里，出租司机张口就要四十元。光天化日，黑车宰人，竟然无人管，人地两生，也无可奈何。之后我看中央电视台记者专门报道揭露了黄山的这段旅游宰客怪事。虽然我被宰了一刀，总算出了一口恶气。想象中如此鼎鼎大名的景区，到黄山脚下会是舒适的大巴车，可到了长途汽车站，眼前确是破旧不堪的十几座中巴，票价25元，颠颠簸簸将近一个小时，天色擦黑才到了山下汤口镇。我在网上预定了这里的乐之家快捷酒店，单间450元。网上照片说酒店在镇中心，下了车才知道还要步行20多分钟，看来网友不能信。汤口镇是登黄山的必由之路，镇上倒是餐馆林立，热闹非凡，开了四五家打着上海华联旗号的小超市，我胡乱买了些面包、方便面、矿泉水等爬山的必需品，溜达回酒店安歇。酒店服务员告诉我说，每天清晨四五点钟就有几万人从这里挤公交车到黄山大门云谷寺坐索道上山，这里有小黄帽服务，见到戴黄帽游客，帮你买门票、索道票，一个人服务费40元。我将信将疑，为了少麻烦，买了一顶小黄帽。第二天一早四点就匆匆忙忙爬起来，赶到公交总站，果然黑压压挤满了人，随着戴小黄帽的队伍上了大巴车，车内还算比较干净。二十分钟左右来到了云谷寺索道站。你很难想象这里有如此多的游客，人挤人，就像在北京高峰时挤地铁一般，有人玩笑说，快要挤成一张黄山导游图了。望着密密麻麻的小黄帽，也是黄山的另一番景观。管理人员介绍说，十一期间每天的游客达十几万。粗算一下，仅每人门票200元，一天就是两千多万元的收入呢。靠山发财，旅游业真是成本最低的金不换的产业啊。在黑蒙蒙弥漫雾气的云谷寺排了一个多小时的队，天色渐亮，终于坐上了缆车，很快就来到了白鹅峰。信步上去，这一带是黄山奇峰云集的境地，有梦笔生花、观音峰、石笋峰、卧云峰以及知名的始信峰。相传明代著名文人黄习远从云谷寺游至此峰，到此始信黄山可爱，并题名“始信”。从这里向山下望去，众山壁立，烟雨茫茫，不禁让我想到毛泽东登庐山的诗句：“云横九派浮黄鹤，浪下三吴起白烟。”黄山奇峰尽收眼底。

当我来到群峰环抱的北海宾馆，邓小平视察黄山的巨幅画像赫然在目。1979年，75岁的邓小平徒步游黄山，他对黄山旅游寄予厚望，曾提出：“要有点雄心壮志，把黄山旅游的牌子打出去。”三十多年过去，且不说景区及配套设施不尽如人意，老外游客的身影也很难见到，如今中国制造的品牌已名扬世界，而绝世自然瑰宝黄山国际知名度显然很低，离他老人家的愿望相差甚远。

黄山的云海是一绝，站在排云亭前，眺望峡谷，由于天气晴朗没有一丝云彩，很是遗憾。导游说雨季时排云亭被层层云海冲卷，煞是壮观，留个念想也好再来。“横看成岭侧成峰，远近高低各不同”从这里遥看远处的飞来石，清晰如天外飞来，那是黄山怪石的代表石，自成一峰。西海大峡谷是新开辟的景区，一般游人难得到此，劈山栈道，凌空修筑，下临深谷，险峻异常，走一趟要四五个小时，许多游人望而却步。有道是“无限风光在险峰”， 我想既然来了就不虚此行，非要跨越大峡谷。黄山以天下闻名的迎客松为代表有望客松 、送客松 、探海松、 蒲团松 、黑虎松 、卧龙松、 麒麟松 、连理松等号称十大名松。在大峡谷里我见到了经越南领袖胡志明起名的团结松。枝叶繁茂，层层叠叠，寓意深远，我专门拍照立存。途中峡谷里难得一见的骆驼峰浮现眼前，活脱脱一只雄壮的骆驼行走在山涧，形象逼真，令人称奇。傍晚时分我终于下到谷底，俗话说上山易下山难，我的两腿早已不听使唤，只得乘缆车上到石床峰。我不得不奉劝那些腿力不强的游客，假如你想从大峡谷谷底爬上排云亭，还是打消这个念头吧，没戏。好像大诗人李白说过，蜀道难，难于上青天。此时，我有同感。

当我来到预定的白云宾馆时，天色渐黑，宾馆外的广场上搭满了一个个五颜六色的小帐篷，许多年轻人要在山上过夜，第二天一早看日出。租一顶帐篷要300元，来晚了还抢不到，火爆得叫人咋舌。黄山日出闻名遐迩，殷红的太阳是在山峰交错的流动云层里喷薄而出，那奇观是绝世无双的。早晨四点钟我忍着腿痛爬起来，穿好宾馆预备的红羽绒服，撒腿直奔光明顶。谁曾想光明顶早已挤得水泄不通，想到前面看日出几乎不可能，也罢，选了个高点的石头远看吧。身边乱云飞渡，呼啸翻滚，浓浓的云雾吹过，一片片松林像水洗了一般，松叶上露珠欲滴，我猛然悟出为何黄山的松树能在悬崖绝壁的石缝中存活。看日出要有运气，不是谁都有那样的福气，有的人守十天半月都看不到日出。于我而言兴之所至，足矣，是个乐。所喜的是我拍下了山头上驻足引颈的游客，黄山观日出的场面俱在其中。下山时，我来到迎客松，朱德总司令题写的“风景如画”四个雄浑苍劲大字刻在巨石上，与迎客松相映生辉，那松树似乎浸透着将军的铮铮风骨，有一派浓浓的沧桑历史美感。

大画家刘海粟十上黄山，留下了许多传世墨宝。还特别题写了“黄山是吾师”的匾额。我是第二次登黄山，假以时日，也要登十次黄山。人生的许多美好愿望本就是山峰。人活在世，登山不止。

普陀山 佛的山

早就知道有个普陀山，不仅中国，在东南亚一带也是鼎鼎大名的佛教圣地，灵验异常，香火甚旺。

不久前，我在黑龙江建设兵团下乡时，一起滚过黑土地的老战友马宁祥发微信，邀我到他宁波老家看看。宁波与普陀山隔海相望，敬一炷香，了却烦恼，如佛家所言：一笑一尘缘，一念一清静。既叙旧又陪游，何乐不为？

从北京乘高铁出发，不过六个小时就到宁波，比坐飞机方便多了。宁波是我国最早开放的沿海历史名城，红帮裁缝的发祥地，也是雅戈尔、杉杉等许多著名男装品牌基地。宁波城环绕缓缓的甬江而建，甬江两岸现代化的高楼鳞次栉比甚是壮观，街道两边古老的香樟树遮天蔽日，平添古朴的韵味。我在网上订好了火车站旁边的如家连锁酒店。黄白相间的建筑很明快，干净整洁。服务员告诉我，这里离长途汽车站很近，乘小巴约四五十分钟就能到溪口，那里是蒋介石的出生地，值得拜谒游览一番。时间有限只能留个念想了。第二天一早，我就随马宁祥夫妇驱车前往普陀山。穿过繁华的市区，来到宁波到舟山的跨海大桥。毛主席曾有一句诗：“一桥飞架南北，天堑变通途。”称颂的是武汉长江大桥，那是20世纪50年代我国自主建造的跨江大桥，桥长1670米。时隔六十年，2009年建成的舟山跨海大桥长48公里，是长江大桥的20倍!中国建造，今非昔比。我从车内向桥下望去，海天一色，惟余莽莽，粼粼波海中的渔船和油轮犹如影影绰绰的玩具一般。经过约四十分钟的行程，来到了朱家尖渡口。渡口停车场停放着几百辆车，都是来普陀旅游的。在这里的渡轮十几分钟一班，船票六十元。登上渡轮凭窗远远望见普陀山标志性的那尊大佛了。这里就说说普陀山，它是舟山群岛中的一个岛屿，面积近13平方公里，以其神奇、神圣、神秘为特点，素有“海天佛国”“南海圣境”之称。普陀山的佛教历史悠久，作为观音道场初创于唐代。宋元两代，普陀山佛教发展很快。宋绍兴元年（公元1131年）易律为禅，山上700多渔户全部迁出，普陀山遂成佛教净土。嘉定七年（公元1214年）普陀山为专供观音的道场，与五台山、峨眉山、九华山合称为中国四大佛教名山。

下船后，马宁祥在普陀的一位朋友早已驾车等候多时了。汽车盘山而上，不一会儿来到半山腰一座幽静的三星级酒店。由于不是旅游旺季标间打折后150元，还算过得去。吃罢晚饭，我望着星空伴着月色在山间的小路上散步。普陀山的树木植被百分之九十以上，海风习习，像是闯入一座大氧吧，深深的呼吸着那久违的清新空气，那真真是雾霾笼罩下的北京人的非分之想。

普陀山现存最早寺院为不肯去观音院，最盛时有82座寺庵，僧尼达4000余人，香火极盛。普济禅寺和法雨寺、慧济寺并称为普陀山三大寺，是现今保存的二十多所寺庵中最大的。第二天一早，我们先爬到位于海拔290米的佛顶山上的慧济寺。佛顶山又名“菩萨顶”，是普陀山最高处，原有石亭、供石佛，俗称佛顶寺，清乾隆时刻在云扶岩上的“海天佛国”四个大字比较有名，传说是出自明代抗倭名将侯继高的手笔。走进慧济寺迎面是一座笑容可掬的巨大石刻坐佛。进到里面就看到修葺一新气势恢宏的大雄宝殿，据说由于这里是全山最高的地方，佛教信徒们出于对释迦牟尼佛的崇敬，把圣像供奉在寺中，因此这里明灯莲台，香火常年不灭。

从山上下来，沿着一条逶迤的石径走不远，来到一座高耸的古箭楼前，穿过箭楼下的门洞，眼前豁然开朗，只见迎面气势雄伟的黄色寺庙墙壁上赫然四个黑色大字：天华法雨。这就是普陀山第三大寺法雨寺。法雨寺创建于明朝，清康熙兴修大殿，并赐“天华法雨”匾额，故得今名。院内有一座1987年仿照北京北海九龙壁修建的银灰色九龙壁，雕工精巧，与天花法雨的题字相映成辉。两侧新增建了对应的两个石径幢，气势超凡。这里最大的观音殿又称九龙殿，九龙雕刻十分精致生动，九龙殿内的九龙藻井及部分琉璃瓦从南京明故宫拆迁而来，被誉为普陀山三宝之一。出法雨寺不远处是千步金沙，滩平海阔，海浪声日夜轰鸣，据说北宋王安石游至此处曾留下诗句“树色秋擎书，钟声浪答回”。那海浪伴着寺里钟声的空灵意境远胜“姑苏城外寒山寺，夜半钟声到客船”了。

要论风物景致当数普济禅寺了。普济禅寺前有一个偌大的莲池，名叫海印池，亦名放生池。池中荷叶层层，稀稀落落的荷花点缀其中，有几只水鸭嬉戏，别有一番意境。普济禅寺是普陀山供奉观音的主刹，是人气最旺、面积最大的寺庙。进门迎面是一弥勒菩萨，光首、笑脸、袒胸、盘坐，一手拿一只布袋。据说他能将世人一切苦难装入布袋之中。佛像两旁有一副对联：“慈颜常笑笑天下之可笑之人，大肚能容容世间难容之事”，规劝人们慈悲大度为怀，用乐观态度对待风雨变幻的生活。再往里走是大圆通殿，这是普济禅寺的主殿，圆通是观音菩萨的别号。殿前的香炉烟火缭绕，挤满上香的游客，俯身举香跪拜者比比皆是，甚是壮观。有句俗语叫：“人人阿弥陀，户户观世音”，观音信仰已被学者称为“半个世界的信仰”。见到此景此情始信为真。当然，国泰民安，信仰自由，也从一个侧面看出百姓祈福好日子的愿景。圆通殿东西两壁又各塑有16尊不同服饰、不同形态的金身菩萨，称观音三十二应身，即观音以不同身份教化世人时的现身说法形象。有声闻身、梵王身、帝释身、自在天身、童男身、童女身等，再加上中间供奉的观音佛身，共33身，这种塑法是观音道场的独特之处。我也见过不少菩萨，如此惟妙惟肖，生龙活现的大尊的群塑十分罕见难得。

游普陀山除了必拜的三大古寺之外，最有名的就是新建的南海观音大佛了。南海观音露天大佛铜像位于普陀山之东南的龙湾岗巅。从普济禅寺出来，沿途鹅卵石子铺路，路边林林总总挤满了搭建的商铺，主要是卖梵香、佛珠、玉石等小商品，生意很是红火。路上我们遇到一位自称是五台山来的虔诚信徒，周身上下是用各色棉布一块块拼缝起来的百衲衣，头顶一只残破的竹编帽，一步一俯身一磕头，似这般爬到山顶的观音大佛，用这种方式表达自身的敬畏崇拜，不惜粉身碎骨。据他说，他就是这样从五台山一步一叩，一路过来的。众人闻罢，一声叹息：“阿弥陀佛，善哉。”我随手拍下了他那灰尘斑驳的形象。南海观音大佛铜像高33米，重70余吨，乃当今观音铜像之最，也是海天佛国的象征。菩萨脸如满月，眉目清秀，左手托法轮，右手结无畏印，显现大慈大悲相，光耀天日，壮观无比。佛像基层是面积1000多平方米的功德厅，上层供奉500尊形态各异的观音铜像，下层大厅饰有观音灵异故事的大型黄杨木雕和以普陀山景色为题材的彩玉浮雕，精美绝伦。站在大佛的下，眺望无际的海面，现代宁波城隐隐约约可见，猛然想起白居易《长恨歌》中的那句：“忽闻海上有仙山，山在虚无缥缈间。”普陀山不正是这样一座佛的仙山吗?

有人说佛教文化千年积淀，博大精深故此广有信徒，绵延不衰，从中可以悟出文化力量的历史穿透力和永恒的价值。唐朝诗人杜牧的诗《江南春》中有：“南朝四百八十寺，多少楼台烟雨中。”唐代佛教盛极一时的景况可见一斑。那时的普陀山寺庙就是皇家修缮巡幸的重地。君不见唐宗宋祖早已化作尘埃，普陀山的大佛前朝拜的香火依然……

博物馆的文化记忆

5月18日是国际博物馆日，今年的主题是“超级连接的博物馆：新方法、新公众”。北京近百家博物馆免费开放，开展了93项主题活动。如今，博物馆已经成为北京人假日旅游休闲的好去处，博物馆热不经意间悄然兴起。博物馆是一个城市的深厚历史和文化的标志。北京和伦敦都拥有200多个博物馆，排在世界前两位。2017年11月8日，习近平主席和特朗普总统一起参观故宫，百年沧桑的故宫见证了中美领导人的历史性握手。方寸间一览千年。故宫博物院珍藏的国宝再一次走进世界的目光。

我从小生活在北京，故宫博物院不知去过多少回，博大恢宏的建筑群和叹为观止的珍宝依然深深吸引着我，百看不厌。故宫博物院建立于1925年，是在明清两代皇宫及其收藏的基础上建立起来的中国最大的古代文化艺术博物馆。文物总数达到180万件，其中珍贵文物160万件，同时具备艺术、建筑、历史、宫廷文化等博物馆特色，有着北京独一无二的地标意义和文化象征。说到博物馆，故宫与英国大英博物馆和法国卢浮宫、俄罗斯冬宫博物馆、美国大都会博物馆并称世界四大博物馆。据联合国教科文组织的统计数据，中国流失文物多达164万件，被世界47家博物馆收藏。中国文物在世界四大博物馆中均占据重要的地位。

博物馆的文物展览，就是见证历史。中国文化从来没有像今天这样受到尊崇和热捧。要让文物说话，我们绝不能遗忘珍藏在世界各大博物馆里的中国文物。那些文物不仅承载着中国灿烂的文化，也记录着中国遭受外国侵略掠夺的罪恶行径。我有幸参观过卢浮宫、大英博物馆和冬宫，不仅亲眼看到中西历史文化的精彩与不同，也深切感受到被掠夺的旧中国的愤懑与悲哀。20世纪90年代，我曾是中国最早采访巴黎时装周的记者。巴黎时装周的主秀场设在卢浮宫的正门大厅，典雅气派。我受巴黎时装周组委会之邀参观了卢浮宫。卢浮宫与巴黎圣母院同建在塞纳河边，相映成辉。我很早就读过雨果的《巴黎圣母院》，很敬仰。卢浮宫收藏的艺术品达40万件，展示的是西方艺术精妙绝伦的文物，举世闻名的有三件宝：《断臂维纳斯》《胜利女神像》和《蒙娜丽莎》。在西方无数历史石雕塑中，《断臂维纳斯》无疑最负盛名。维纳斯在罗马神话中象征爱与美神，故此成为女神雕像。那是一尊近两米高大理石雕塑，半裸全身，右臂残缺，展示出女性特有的曲线美，端庄妩媚，目空古今。《蒙娜丽莎》是达·芬奇的最高艺术成就，是西方油画的代表作之一。我上中学时就知道文艺复兴时的《蒙娜丽莎》，很神秘，很遥远。当我站在《蒙娜丽莎》画作面前一睹真容时，背景山水幽深茫茫，油彩上已有清晰的细细裂纹，她的微笑里有一种神秘莫测的味道，更让我感到惊异的是无论你站在油画的正面或是两侧，她微笑的目光总是紧紧注视着你，难怪美术史家称之为“神秘的微笑”。卢浮宫收藏中国文物3万件以上，以彩陶器、青铜器、瓷器为主。中国馆内最显著的位置摆放着一座巨大的圆明园鎏金塔，高2米，青铜鎏金，通体各层镶嵌着绿宝石，稀世器物，弥足珍贵。塔的左右摆放着一对象牙和一对青铜雕龙，是圆明园正大光明殿皇帝宝座前的摆放之物。1860年，圆明园遭英法八国联军火烧洗劫，是中国近代最惨痛的耻辱。圆明园被掠夺焚毁更是中国人民无法挽回的痛中之痛。历史戏剧性地展示着中国文化的魅力。卢浮宫正门入口处那座透明金字塔，它的设计者是中国著名建筑设计师贝聿铭。20世纪80年代初，密特朗总统扩建卢浮宫，邀请了国际上十五个博物馆馆长遴选来自全世界的设计方案，最终选定贝聿铭的方案。后来世界评价说，“卢浮宫院内飞来了一颗巨大的中国宝石”。卢浮宫与玻璃金字塔中西合璧，成为博物馆文化的美谈。

2005年，我应邀采访伦敦时装周，其间参观了大英博物馆。它位于罗素广场，建于1753年，是一座希腊复兴式建筑，地上地下共8层，100多个展厅，公开展藏品约有5万件。大英博物馆是收藏中国流失文物最多的博物馆，以瓷器居多，上自汉唐，下至明清，青花、钧瓷、唐三彩、景泰蓝，堪称中国以外最大的中国陶瓷馆。走进中国厅，迎面墙上悬挂着几十平方米的敦煌壁画，三位雍容丰肥的菩萨虽饱经岁月依然鲜丽，其切割痕迹十分清晰。我真觉得不可思议，英国人当年是怎样明目张胆地把敦煌国宝切割盗取运回伦敦的。被称之为镇馆之宝的《女史箴图》中国绢画，是当今存世最早的东方文物，曾是乾隆皇帝的案头爱物，也是中国丝绸之国的历史印证。

2006年，我随经济日报社记者团采访俄罗斯，来到敬慕已久的普京总统老家圣彼得堡，苏联时期叫列宁格勒。我最早是在电影《十月革命》看到冬宫的。1917年阿芙洛尔巡洋舰一声炮响，轰开了冬宫的大门，建立了世界上第一个苏维埃政权，也给中国送来了马克思列宁主义。冬宫博物馆是沙皇皇宫，它是在不同时代、不同建筑师用不同风格建造的，广场的气魄规模和富丽堂皇胜过卢浮宫、大英博物馆。宫内以各色大理石、孔雀石、碧玉镶嵌，以包金、镀铜装潢，金碧辉煌。该馆曾是俄罗斯女皇叶卡捷琳娜二世的私人博物馆，16万件展品中有古埃及、伊朗、巴比伦、土耳其等国的文物。中国文物和艺术品在冬宫里占据重要地位，其中有殷商时代的甲骨文，敦煌千佛洞的雕塑和壁画以及瓷器、珐琅、漆器和仕女图等。当今世界公认的中国、古埃及、古巴比伦、古印度四大文明古国，唯有中国文明绵延五千年至今未曾中断。存在即真理。唐朝诗人杜牧的诗《赤壁》有“折戟沉沙铁未销，自将磨洗认前朝”。当你浏览参观过世界上最大的博物馆，才更亲身感受到中国人创造的华夏文明博大精深，熠熠生辉，深深铭刻在浩瀚的世界历史中。

文化是历史的厚重积淀，是永远无法抹去的记忆，绵延几千年的中国文化无处不在，一直在影响着世界。今天，中国强大了，中国文化元素成为时尚，绝非偶然。

2018年6月《时尚北京》杂志卷首语

在中国纺织报社担任总编辑时瞻仰西柏坡革命圣地。

左上图：2002年经济日报社记者团访问俄罗斯时，随处感受到浓厚的十月革命的传统精神，列宁的肖像巍然屹立。

左下图：2002年经济日报社记者团访问俄罗斯参观圣彼得堡叶卡捷琳娜宫殿。

右图：2002年经济日报记者团访问俄罗斯时在莫斯科红场前留影。

上图：2002年9月，经济日报访俄罗斯记者团的部分同事乘游艇游览贝加尔湖。经济日报社副秘书长郑光兴（右二）、中国纺织报社副社长徐国营（左二）。

中图：2002年9月，在教堂前与俄罗斯新婚夫妇合影。中国纺织报社副社长徐国营（左一）。

下图：2002年9月，经济日报社记者团访问俄罗斯时，在圣彼得堡留影。

左图：2013年秋，秋游黄山。

右上图：2013年秋，游黄山迎客松。

右下图：2014年，参加宁波时装周期间，与黑龙江生产建设兵团三师警通连战友、宁波知名心理医学专家马宁祥（中间）及其夫人陈绥贞一起游览普陀山。

上图：2009年，作者与兄弟姐妹游览北京香山时合影。

左下图：作者与儿子仲云来游览浙江普陀山景区合影。

右下图：作者与儿子仲云来游览宁波奉化雪窦寺大佛景区。

左图：作者登顶泰山后留影。

右上图：作者游览西藏时，与牧羊的藏民合影。

右下图：游西藏布达拉宫。

左上图：2002年采访英国时装周期间，参观大英博物馆。

右上图：2002年采访伦敦时装周期间，参观大英博物馆。

下图：2002年采访伦敦时装周在伦敦郊区。

图书在版编目（CIP）数据

时尚先行记 / 仲建春著. -- 北京：经济日报出版社, 2023.5

ISBN 978-7-5196-1205-4

Ⅰ. ①时… Ⅱ. ①仲… Ⅲ. ①随笔－作品集－中国－当代 Ⅳ. ①I267.1

中国版本图书馆CIP数据核字（2022）第213649号

时尚先行记

作者	仲建春
责任编辑	闫丽
助理编辑	张琦
责任校对	王明明
美术创意 装帧设计	顾敦茹
时尚图片 修改提供	徐乐中
作者漫画	李文一
出版发行	经济日报出版社
地址	北京市西城区白纸坊东街2 号 A 座综合楼710（邮政编码：100054） 010-63567684（总编室） 010-63584556（财经编辑部） 010-63567687（企业与企业家史编辑部） 010-63567683（经济与管理学术编辑部） 010-63538621 63567692（发行部）
网址	www.edpbook.com.cn
E-mail	edpbook@126.com
经销	全国新华书店
印刷	北京文昌阁彩色印刷有限责任公司
开本	787mm × 1092mm 1/16
印张	18.5
字数	450千字
版次	2023年5月第1版
印次	2023年5月第1次印刷
书号	ISBN 978-7-5196-1205-4
定价	88.00元